La Voleuse de Ballon

Collection Stardust dirigée par Dorothy Aubert
Ouvrage dirigé par Dorothy Aubert
Couverture par Camille Decoster

Titre original : *The Balloon Thief*
Publié en version originale anglaise en 2022 sous le titre *The Balloon Thief* chez Chicken House, 2 Palmer St, Frome, Somerset, BA11 1DS, UK

Pour la présente édition :

34-36, rue La Pérouse
75116 - Paris
www.hugopublishing.fr

ISBN : 9782755695472
Dépôt légal : septembre 2022
Imprimé en France par CPI Bussière
N° d'impression : 2066611

La Voleuse de Ballon

ANEESA MARUFU

Traduit de l'anglais par Estelle Flory

STARDUST

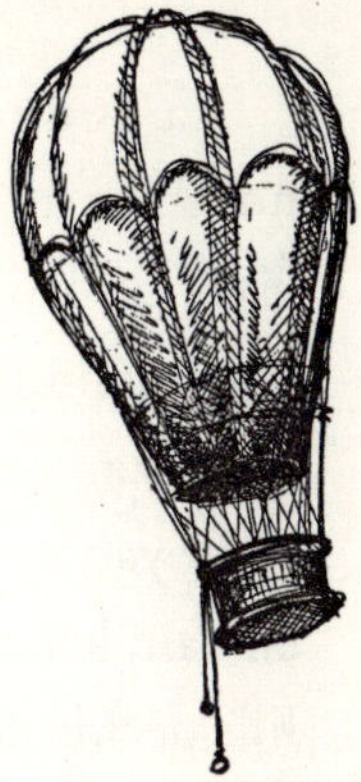

CHAPITRE UN

Khadija

Les hommes blancs ressemblaient à des oiseaux. Du moins, c'est ce que se disait Khadija. Depuis la fenêtre de sa chambre, elle les voyait comme des silhouettes minuscules, pas plus grosses que son doigt. Elle observait leurs genoux pliés, leurs bras flous comme des ailes en plein vol tandis que leurs gesticulations frénétiques donnaient vie à la soie entre leurs mains. Un poil plus vite et elle aurait pu croire que c'étaient eux qui s'apprêtaient à décoller, et pas la montgolfière.

Elle était trop loin pour entendre les insultes racistes proférées par les marchands alors qu'ils donnaient leurs ordres aux hommes blancs, mais elle pouvait tout à fait imaginer les commentaires sur leur peau laiteuse qui rougissait au soleil pendant que le ballon se gonflait. Pourtant, Khadija n'arrivait pas à avoir pitié d'eux. Elle les enviait. Malgré toute leur souffrance et les mauvais traitements dont ils étaient l'objet, ils avaient quand même une meilleure vue qu'elle sur le ballon.

La pointe de son stylo en roseau déposait une encre noire sur le papier, traçant l'esquisse du globe aux couleurs vives du ballon ; elle ajouta un quadrillage de lignes fines pour délimiter chaque panneau. Elle avait vu des femmes au bazar coudre des carrés de tissu et ourler les plus chatoyants de rangs de perles d'eau douce ; ainsi, une fois en l'air, le ballon devenait une œuvre d'art vivante, volante. Elle décida de n'inclure dans son dessin ni les hommes blancs ni les riches marchands qui se tenaient à côté, prêts à bondir à tout moment si leurs ballons tentaient une évasion avec, à bord, leur gagne-pain. Après tout, les ballons étaient des créatures imprévisibles, capables d'emporter des hommes à la première brise, dans une docilité presque parfaite, avant de devenir gloutons et bouffis, de se goinfrer d'air chaud jusqu'à exploser de façon spectaculaire et sans prévenir. Il y avait les paresseux, avachis sur le sol comme des carcasses vides refusant de s'animer, et les furieux dont les flammes affamées léchaient le tissu et embrasaient toute l'enveloppe. Peu importaient les efforts des hommes, les ballons demeuraient des créatures qu'on ne pouvait complètement dompter. C'est pour cela qu'elle les aimait tant.

Au coup léger frappé à sa porte, Khadija replia prestement sa feuille de papier, qui se trouva toute collée à cause de l'encre encore fraîche. Elle la glissa sous son oreiller et essuya ses doigts tachés d'encre sur son *shalwar kameez* au moment où la porte s'ouvrait.

– Oui, Abba ?

Khadija se redressa pendant qu'Abba entrait en traînant des pieds. Ses lunettes avaient glissé sur son nez, exposant les marques permanentes qu'elles avaient creusées au fil des années. Tout ce temps passé à étudier de la paperasse et des chiffres avait réduit sa vue à celle d'une taupe, forçant Abba à plisser les yeux même quand il se tenait à quelques mètres de sa fille. Ses sourcils souvent froncés ne faisaient qu'accentuer l'expression déçue qu'il affichait en permanence.

– Ah, te voilà, beti ! s'écria-t-il.

Comme si elle pouvait se trouver ailleurs que dans sa chambre ! Ses genoux craquèrent quand il s'assit au bord du lit, son front se rida à la vue du livre ouvert que Khadija, dans sa précipitation, avait oublié de cacher. Sur la double-page s'étalait un magnifique ballon argenté, taillé dans un matériau aussi fin et délicat que de la dentelle.

Elle jura tout bas.

– Tu n'es pas un peu vieille pour les livres de contes ?

Abba ramassa le livre en le tenant par un coin comme s'il s'agissait d'un vieux torchon humide.

– Ce ne sont pas des contes, Abba, c'est de l'Histoire, protesta Khadija en lui prenant le livre des mains. Les contes sont des inventions. Tout ce qui est décrit ici a réellement eu lieu.

Abba ricana.

– Pah ! Tu crois vraiment qu'un vulgaire djinn a enlevé la princesse la mieux gardée au monde dans une montgolfière ?

Khadija grimaça. La princesse Malika avait mystérieusement disparu la veille de son mariage, après que son tempérament intrépide eut attiré l'attention de la reine djinn Mardzma – la reine des femmes guerrières, si on en croit l'histoire. La reine envoya en ballon l'un de ses djinns, déguisé en prince charmant, pour séduire la princesse. Il l'enleva dans les cieux afin qu'elle admire le monde d'en bas, avant de l'emporter au royaume de la reine Mardzma, dans le monde des djinns, où elle subit un entraînement draconien qui devait faire d'elle l'une des combattantes les plus héroïques. Le livre contait un certain nombre de ses aventures, mais celle de sa disparition avait toujours été la préférée de Khadija, ne serait-ce que pour l'illustration du ballon d'argent.

Contrairement à sa fille, Abba ne goûtait guère la littérature qui mettait en scène des femmes s'adonnant à toutes sortes d'activités tout à fait inconvenantes. Khadija ne savait pas trop quelle partie de l'histoire il trouvait la plus invraisemblable : une princesse kidnappée par un djinn dans une montgolfière ou une armée de femmes guerrières.

Abba s'éclaircit la gorge.

– Peu importe, ce n'est pas pour ça que je suis ici. J'ai d'excellentes nouvelles pour toi ! s'écria-t-il en se claquant les cuisses. Des nouvelles qui te réjouiront.

Khadija sourit timidement. Abba et elle avaient souvent des opinions très différentes quant à ce qui représentait une bonne nouvelle. En tout cas, ça ne pouvait sûrement pas être aussi réjouissant que de combattre aux côtés d'une reine guerrière.

Elle demanda tout de même :

– Quelle nouvelle, Abba ?

Il repoussa ses lunettes à leur place habituelle, et ses yeux parurent deux fois plus gros.

– J'ai enfin trouvé le parfait époux pour ma fille !

Encore cette histoire de mariage ! Encore et toujours. Chaque fois un nouvel arrangement, un nouveau prétendant potentiel, de nouvelles fiançailles avortées avec pour seul résultat que les favoris d'Abba grisonnaient à vue d'œil et que Khadija passait de plus en plus de temps enfermée dans sa chambre, où l'on pouvait presque l'oublier ; et Abba pouvait feindre que le poids de trouver un mari pour sa fille cadette ne pesait plus sur ses épaules.

– C'est un jeune homme très bien, dit Abba en caressant sa barbe naissante. Un cordonnier. Imagine, Khadija, toutes les jolies chaussures qu'il pourra te fabriquer ! Les voisines seront jalouses, crois-moi !

Des chaussures. Vraiment ! Il la connaissait donc si mal ?

– Je n'ai pas besoin de chaussures, Abba. J'en ai déjà bien assez.

Et c'était la vérité. Tous deux regardèrent du côté de son armoire la rangée de chaussures bien alignées – délicates ballerines de velours et jolies sandales ornées de brillants. Aucune ne lui appartenait, bien sûr. Elle n'en avait jamais porté. Et ce n'était pas une question de pointure.

C'étaient les chaussures d'Ammi qui ramassaient la poussière dans un coin de la chambre. La dernière fois qu'elles avaient été portées semblait appartenir à une autre vie.

Le visage d'Abba s'assombrit. Ses épaules s'avachirent. Il se dégonfla comme un ballon percé.

– Je sais, beti, mais je pense que ce serait bien pour toi. Tu ne peux pas passer le reste de ta vie enfermée dans ta chambre à lire des histoires.

C'était blessant. Dans sa bouche, ça paraissait si futile. Il ne se doutait pas qu'il y avait sous son lit toute une pile de croquis, résultat de dizaines d'heures passées à observer les ballons décoller et atterrir tous les jours. Khadija étudiait les ballons comme d'autres étudient les oiseaux ou les fleurs sauvages, et elle se targuait de connaître leur anatomie bien mieux que les marchands au-dehors. Les filles n'avaient pas le droit de voler, mais il en fallait plus pour refréner son obsession. Après tout, la princesse Malika avait bien volé dans une montgolfière. Il lui avait suffi de se faire enlever par un djinn.

– La plupart des filles de ton âge sont déjà mariées, reprit Abba. Si tu attends trop, tous les bons partis auront disparu et tu te retrouveras avec un type… (Il leva les bras comme pour cueillir les mots justes dans l'air.) Ordinaire. Ennuyeux.

Il fixa sur elle son regard sombre.

Elle ne s'était jamais doutée qu'Abba pouvait trouver si intéressantes quelques paires de chaussures. Khadija baissa les yeux, triturant un fil qui dépassait de son couvre-lit jusqu'à ce qu'une perle s'en échappe. Elle rebondit sur le sol. Non. Ils savaient tous les deux qu'un cordonnier n'avait rien de glorieux ni d'excitant. Talia avait eu de la chance avec son mari. Un marchand de tissus. À présent, elle parcourait Ghadæa en montgolfière pendant que lui faisait commerce d'organza luxueux et des crêpes de soie les plus fins. Il faut dire que sa sœur aînée avait toujours eu plus d'appétit pour le mariage. Elle s'en accommodait bien mieux que Khadija.

– Je ne suis pas si vieille, Abba.

– Mais tu le seras. Bientôt, la coupa Abba. Tu as seize ans. Talia était déjà fiancée à ton âge, et regarde comme elle est heureuse maintenant.

Elle leva les yeux au ciel.

– Comment tu sais qu'elle est heureuse, Abba ? Ça fait des mois qu'on ne l'a pas vue et qu'on n'a aucune nouvelle.

La mâchoire d'Abba tressauta. Il y a encore quelques années, il l'aurait grondée pour une telle insolence. Aujourd'hui, il se contenta de soupirer, comme si le franc-parler de sa fille était une maladie qu'il devait endurer. Une épine dans le pied qui le faisait souffrir mais à laquelle il était tellement habitué que tout espoir de s'en débarrasser s'était depuis longtemps éteint.

Abba se leva du lit, contempla la commode couverte de bracelets brillants destinés à des poignets bien plus fins que ceux de sa fille. Elle était obligée de se savonner les bras jusqu'aux coudes pour les enfiler de force, et encore, quand elle prenait la peine de les porter. Il y avait aussi les jolies épingles à cheveux en plume de paon et les broches serties de brillants pour décorer son hijab, encore nichées dans leurs boîtes luxueuses, jamais ouvertes. Tous ces cadeaux qu'il lui avait offerts dans une vaine tentative pour faire d'elle la fille qu'il aurait souhaitée.

Abba poussa un soupir.

– On croirait presque que tu ne veux pas te marier, Khadija.

Enfin, il avait compris ! Et il lui avait fallu combien d'années ? Khadija croisa les chevilles, joignit les mains sur ses genoux et soutint le regard d'Abba. Elle se sentait comme une petite fille devant un géant. D'ailleurs, quel que fût son âge, Abba la traitait toujours comme une petite fille, la petite dernière, alors qu'elle ne l'avait pas toujours été.

Elle se mordit la lèvre.

– Je ne veux pas, Abba, murmura-t-elle. Je ne veux vraiment pas me marier.

Son honnêteté le fit grimacer.

– Je ne sais pas ce qui ne va pas chez toi, parfois ! s'écria-t-il en levant la tête comme s'il cherchait la réponse au plafond. Je suis sûr que c'est tout ce temps que tu passes seule. Ça n'est pas bon pour toi, marmonna Abba, comme s'il venait de résoudre l'impossible équation du refus qu'opposait sa fille au mariage. Tu dors bien ? Pas de cauchemars ? Des maux de tête ?

Elle devinait où menaient ces questions.

– Tu sais, la fille du voisin était comme toi. Elle non plus ne voulait pas se marier, et Monsieur Rashid ne savait plus quoi faire. Ça a commencé avec des mauvais rêves, puis une migraine lancinante, constante. (Abba se frappa le front pour illustrer la migraine.) Monsieur Rashid l'a emmenée tout droit chez le docteur, et tu sais ce qu'il a dit ? Possédée par un djinn ! s'exclama-t-il sans attendre de réponse. Apparemment, ça arrive facilement aux faibles d'esprit.

Il fit claquer sa langue et caressa du pouce le *ta'wiz* qu'il portait autour du cou – une petite poche en tissu contenant un talisman pour se protéger contre le mal.

– Heureusement, ils l'ont pris juste à temps, poursuivit Abba d'un ton léger, comme s'il ne venait pas de l'insulter ouvertement. Ils ont exorcisé le djinn, l'ont enfermé dans une bouteille en verre fusionnée de cuivre, et maintenant la fille est mariée et heureuse. Je crois même qu'elle attend un bébé.

Khadija roula des yeux à les faire sauter de leurs orbites. Les djinns étaient des esprits polymorphes qui peuplaient Al-Ghaib, une dimension invisible aux yeux des mortels où régnaient divers rois et reines djinns. La plupart des djinns se fichaient bien des affaires humaines. Il était peu probable que la fille de M. Rashid eût éveillé leur intérêt, alors que, comme Khadija, elle sortait rarement de sa chambre. Quel djinn aurait voulu la posséder ?

La faim était le principal motif qui poussait les djinns à interagir avec les mortels. Les djinns avaient un goût singulier pour les cadavres, humains et animaux. On ne gardait jamais les corps longtemps afin de ne pas les attirer. On disait que la mort perçait le voile qui séparait les deux mondes, permettant ainsi aux djinns de se glisser dans le royaume des hommes ; encore une bonne raison de se débarrasser des corps sans tarder.

– Je devrais peut-être appeler un exorciste, réfléchit Abba en se tapotant le menton.

On trouvait facilement des exorcistes, même si la majorité d'entre eux étaient des charlatans, tout juste bons à nourrir les superstitions en s'attaquant aux plus crédules.

– Je n'ai pas besoin d'exorciste. Je vais très bien.

Elle aurait aimé pouvoir affirmer la même chose en ce qui concernait Abba. Au fil des ans, il était devenu de plus en plus distant, s'enfermant dans son bureau où il restait plongé dans ses papiers toute la journée. Il la croyait ignorante, mais Khadija avait parfaitement conscience des piles toujours plus épaisses de factures et de lettres de créanciers qui s'entassaient dans le tiroir de son bureau. C'était probablement pour ça, en vrai, qu'il voulait la marier si vite, tant qu'il avait encore les moyens de payer un mariage.

Elle devait l'arrêter, le convaincre, avant qu'il prenne une décision précipitée qui ruinerait sa vie à elle pour toujours.

– Donne-moi juste un peu de temps.

– Tu en as eu assez. (Il regarda le livre posé sur le lit.) Toutes ces histoires idiotes que tu lis sans cesse ! Le mariage, ce n'est pas un conte de fées, Khadija. J'aimerais le croire, mais ce n'est pas le cas. Le mariage, c'est une affaire de convenance, pas un élan du cœur.

Khadija se leva et fit le tour du lit, comme si en mettant un meuble entre eux deux, elle pouvait échapper à cette conversation.

– Peut-être que si tu me laisses rencontrer des gens (elle prit garde à dire « gens » et pas « garçons »), je pourrai me trouver moi-même un mari.

Abba pouffa comme si elle venait de demander une montgolfière pour cadeau de mariage.

– Une fille qui se trouve toute seule un mari ! Et que penseraient les voisins d'un tel scandale ? Je crois qu'il est temps que tu jettes ce livre d'histoires, que tu commences à vivre dans le monde réel.

Ses mots étaient tranchants comme du verre. Elle ne s'imaginait pourtant pas qu'un prince charmant allait l'enlever dans son ballon. Khadija serra le livre contre son cœur, si seulement les pages pouvaient l'avaler tout entière ! Un instant, Abba parut sur le point de le lui arracher. Mais il n'en fit rien.

Le livre, comme les chaussures d'Ammi, venait d'une autre vie. Il avait appartenu au frère de Khadija. Hassan avait été un conteur né, même tout jeune. Il pouvait lire à haute voix pendant des heures sans faire une seule erreur. Abba avait toujours dit qu'il deviendrait un écrivain ou un vizir pour le Nabab d'Intalyabad, s'il trouvait le moyen de se payer le vol jusqu'à la grande ville. Quand elle y pensait assez fort, elle pouvait encore entendre la voix de son frère qui récitait les histoires, la magie filtrant à travers les pages pour se déverser au bout de sa langue.

La voix sévère d'Abba la ramena à la réalité.

– J'ai été trop laxiste avec toi, et ce n'est pas bon. Je suis ton père. Je sais ce qui est bon pour toi.

Khadija sentit son estomac se nouer. Elle avait toujours réussi à esquiver les projets de fiançailles d'Abba en le baratinant, en lui soutirant chaque fois quelques mois de répit. Mais cette fois, c'était différent. Son heure avait sonné.

– Enfile quelque chose de convenable et descends. Il attend dans la cuisine.

Sur ce, Abba sortit et ferma la porte.

CHAPITRE DEUX

Jacob

Des globes de verre poisseux pas encore refroidi étaient alignés sur le comptoir tel un assortiment de berlingots, mais Jacob se gardait bien d'y toucher. Munir perça le centre de chaque globe transparent au moyen d'une tige de métal chauffée à blanc, puis les roula sur une dalle de marbre pour donner sa forme au verre avant qu'il finisse de refroidir. Des pendants de cristal et des chandeliers de verre scintillaient au-dessus de sa tête et créaient des arcs-en-ciel qui tourbillonnaient autour de ses pieds comme un kaléidoscope. Sur l'étagère opposée, les fioles de verre fusionné de cuivre et de laiton, destinées aux exorcistes locaux, luisaient d'un éclat orange-rouille dans la lumière du feu.

Jacob commença à compter tout bas. Munir fabriquait un gobelet de cristal, ou du moins il essayait : quelques secondes de plus et le verre serait trop froid pour qu'il puisse coller la tige au pied.

Jacob ne dit rien, bien sûr, comme l'exigeait sa position. Munir n'était pas du genre à se laisser donner des conseils par son apprenti ; quant à admettre que Jacob puisse s'y connaître un tant soit peu en matière de soufflage de verre, il ne fallait pas rêver. Jacob était apprenti chez Munir depuis moins d'un an, mais déjà il excellait, alors que Munir s'était attendu à ce qu'il échoue. L'art de souffler le verre ne tenait pas qu'au talent et à l'expérience. Il exigeait de la patience, de la délicatesse pour travailler un matériau si fragile que l'on pliait et tordait, créant des formes impossibles en l'espace de quelques minutes avant que le verre ne se solidifie. C'était facile de se précipiter, de produire un résultat approximatif et brouillon ; exactement comme Munir en cet instant.

– De l'eau, vite ! aboya Munir en portant la canne de verrier à ses lèvres.

Il souffla et gonfla une boule de verre en fusion comme si c'était un ballon, travailla la forme qui deviendrait la coupe du gobelet puis déposa la bulle à refroidir sur le marbre.

Jacob savait qu'il était trop tôt pour laisser le verre durcir, que la tige et le pied posés à côté se briseraient à peine on les aurait touchés.

Mais il garda le silence. Munir l'avait pris en apprentissage pour une seule raison : la garantie que Jacob ne pourrait jamais lui voler ses créations pour aller monter sa propre affaire, ainsi que l'avait fait son précédent apprenti qui tenait désormais un commerce bien plus florissant à l'autre bout de la ville. Les gens comme Jacob n'avaient pas le droit de monter une affaire. Les gens comme Jacob n'avaient pas le droit de faire grand-chose à Ghadæa à part se fondre dans le décor.

Il était donc facilement remplaçable et obligé de tenir sa langue, même lorsque Munir massacrait son propre métier.

Jacob revint aussitôt avec un seau. À son passage, les pendants de verre, les talismans, les babioles et amulettes qui, selon les croyances, éloignaient les djinns, se mirent à vibrer et tintinnabuler. Peut-être qu'ils marchaient vraiment; ou plus sûrement, c'était dû au travail médiocre de Munir.

Celui-ci plongea dans l'eau la boule de verre en fusion qui grésilla violemment. Les flammes du four teintaient sa peau d'une lueur cramoisie, ses yeux qui reflétaient le feu brillaient d'un rouge infernal.

Tous deux se penchèrent pour observer ce qui se passait dans le seau. Une fois immergé, le verre se figea instantanément, transparent et dur. Munir n'aurait pu cacher sa joie même s'il avait essayé. *Attends un peu*, pensa Jacob avec un petit sourire. *Il va s'effondrer au moment où il entrera en contact avec l'air.*

Et c'est exactement ce qui arriva. À la seconde où Munir retira le verre de l'eau, il s'affaissa sur lui-même comme du sucre fondu. Munir grogna et lança le verre contre le mur opposé de la pièce où il éclata en morceaux.

– Je vais devoir tout recommencer!

Il s'en prit à Jacob, ses yeux lançaient des éclairs. Il n'y a rien de plus humiliant que de commettre une erreur devant une personne que l'on est censé former.

– Eh bien, ne reste pas planté là! Va me chercher encore de l'eau!

Jacob acquiesça. Il n'en fallait pas plus pour le convaincre: il était prêt à tout pour échapper quelques minutes à Munir.

Le souffleur se retourna vers son four, non sans lâcher une insulte qui suivit Jacob jusqu'à la porte:

– Espèce de bon à rien de Hāri !

Lorsqu'il sortit dans la chaleur étouffante, Jacob fut ébloui par le soleil. Il dépassa des rangs de maisons en brique sèche aux jardinières garnies de fleurs léopard orange et d'hibiscus rouges qui se balançaient sous la brise. Des chiens parias jaunes farfouillaient dans les poubelles. Dans l'air flottaient une odeur âcre de fruits pourris et le parfum subtil de la terre et des pins. Jacob marchait d'un bon pas, en détournant le visage du soleil de midi, mais bientôt la chaleur lui brûla le cou. Les gens sensés restaient à l'intérieur jusqu'au soir, quand une température plus clémente permettait de sortir de chez soi. Ils étaient rares dans les rues à cette heure et ceux que Jacob croisait l'évitaient largement comme s'il était un des chiens qui fouillaient les ordures.

Il avait l'habitude. Sa peau blanche et ses cheveux blonds étaient la preuve qu'il n'avait pas sa place parmi les natifs à la peau brune. Ses ancêtres venaient d'un lieu situé au-delà de la chaîne de l'Himalaya ; on disait qu'il faisait si froid là-bas que lorsque les gens parlaient, on pouvait voir leurs mots dans l'air. Le négoce les avait attirés à Ghadæa, avec ses merveilleuses épices, ses soieries, son coton, ses pierres précieuses et son opium. Mais bientôt, le commerce s'était mué en cupidité, en soif de pouvoir. Les tentatives de ses ancêtres pour s'approprier la terre et ses trésors s'étaient retournées contre eux. Près de quatre-vingt-dix ans plus tard, les Ghadæans châtiaient encore ses semblables pour les crimes de leurs grands-pères. Ils les appelaient « Hāris » désormais. Indésirables. Apatrides. Des gens qui n'appartenaient plus à aucun lieu.

Les rangs soignés de maisons au toit plat laissèrent bientôt place à des cahutes poussiéreuses et à des draps élimés tendus sur de fragiles poutrelles qui menaçaient de se renverser au premier souffle de vent. Les bidonvilles, là où il habitait avant que Munir ne le prenne en apprentissage. Au loin, des champs de pavots rouge pivoine s'étalaient à perte de vue, et au-delà, les cimes bleutées des montagnes de l'Himalaya se perdaient dans les nuages.

La queue devant le puits n'était pas longue. Jacob s'inséra derrière un vieil homme au menton tremblant. Des filles hāries gloussaient un peu plus loin en bondissant à travers les champs d'opium pendant qu'un groupe de garçons qui traînaient près des équipements agricoles les sifflaient et leur jetaient des pierres. Jacob eut un pincement au cœur. Ça lui manquait de vivre parmi les siens, même si ça voulait dire passer de longues journées à travailler aux champs et dormir dehors, au risque de se faire attraper par un tigre. C'était chez lui, ici. Ici, au moins, il était à sa place.

Une main sur son épaule le fit frémir, puis il reconnut le visage familier. Il laissa William le pousser vers une petite étendue d'herbe jaunie.

– Ça fait un bail que je t'ai pas vu, dit William avec un sourire en s'asseyant par terre à côté de lui, ses bras entourant ses longues jambes.

Il était plus grand que Jacob de deux bonnes têtes, mais bien plus maigre – sa tunique lui pendait sur les épaules comme sur un cintre.

– C'est comment la vie dans le luxe ?

– Le luxe ! ricana Jacob.

Il n'y avait rien de luxueux à esquiver les pantoufles de Munir après une mauvaise journée de ventes à la boutique de verre, mais en comparaison de la vie ici, à camper dehors, protégé du soleil et des moustiques par un pauvre drap mangé aux mites, ç'aurait pu être bien pire.

– Ça doit être sympa de manger plus d'un repas par jour.

L'amertume dans la voix de William mit Jacob mal à l'aise. La jalousie n'allait pas à son ami. D'autant plus que c'était lui qui avait convaincu Jacob d'accepter la proposition de Munir.

– Au moins tu vis ici avec tout le monde, contra Jacob, les yeux plissés. Je donnerais cher pour…

– Du calme, le coupa William, une main levée. Je plaisante.

Mais dans ses yeux demeurait une froideur qui troubla Jacob.

– Faut tirer le maximum de toute opportunité dans ce monde. Tu es nourri et tu apprends un métier. Tu serais idiot de passer à côté.

Jacob hocha la tête. William croyait fermement qu'il fallait tirer le meilleur parti de toute situation désespérée. Alors que la plupart des Hāris dérivaient de jour en jour, hébétés par leur lutte constante pour survivre, William espérait encore que les choses puissent changer. Il débordait d'une énergie qui démentait l'apparente faiblesse de son corps malingre. Il était animé d'un feu intérieur, d'une électricité à la fois effrayante et irrésistible. C'est pour cela que Jacob le respectait autant. Pour cela, et parce qu'il l'avait quasiment élevé. Jacob était trop jeune lorsque ses parents avaient été emprisonnés, jetés dans des cellules bondées d'autres Hāris forcés d'enfreindre la loi pour survivre. Il ne les avait jamais revus et n'en gardait aucun souvenir. William était tout à la fois : sa mère, son père, son frère et son meilleur ami.

Jacob plongea la main dans sa poche et en tira une mangue abîmée.

– C'est pour toi.

William se passa la langue sur les lèvres. Ses doigts tressaillirent et Jacob s'attendit presque à ce qu'il lui arrache le fruit des mains pour y planter les dents. La faim a cet effet-là ; de même que la vue de l'opium fait trembler les mains du toxicomane, la vue de la nourriture fait ressortir l'instinct animal chez les affamés.

William se mordit la langue.

– Donne-la plutôt à un des gamins. Ils en ont plus besoin.

Jacob ignora sa réponse et entreprit de peler la mangue, dont le jus poisseux lui coula sur les doigts. William l'arrêta, lui saisissant le poignet.

– Je suis sérieux. Je n'en ai pas besoin.

Jacob soupira.

– Tu dois prendre soin de toi de temps en temps, tu sais.

Il pouvait compter les côtes de son ami à travers sa tunique. Lorsque William secoua la tête, Jacob céda et rangea la mangue à demi pelée dans sa poche.

– Tu veux te rendre utile ? dit William en se levant. Alors dépêche-toi de remplir ton seau et de filer. Il va se demander ce que tu fiches.

Il avait raison. Jacob pouvait presque voir Munir fulminer devant son four, mais il ne bougea pas, les yeux posés sur William qui le dominait de toute sa taille.

– Je ne suis pas à quelques minutes près.

William n'avait pas l'air convaincu, mais il ne protesta pas. Le regard tourné vers la lointaine chaîne de montagnes aux flancs parsemés de cèdres et de sapins, il murmura d'une voix si basse que Jacob ne sut pas s'il s'adressait à lui ou aux monts bleutés :

– Un jour, tout sera différent, je te le promets.

– Tu ne peux pas promettre une chose pareille, riposta Jacob. Ça ne dépend pas de toi. Ça ne dépend de personne !

– Vraiment ? rétorqua William. Ou bien est-ce juste ce qu'*ils* veulent nous faire croire ? dit-il en pointant du doigt les étals colorés du marché et les tentes aux rideaux de perles qui claquaient au vent. À ta place, je ne baisserais pas les bras tout de suite. Les choses sont en train de changer, et quand ce sera le cas, j'ai besoin de savoir que tu seras prêt.

– Quelles choses ? Prêt à quoi ? demanda Jacob, le front plissé.

Ce n'était pas la première fois que William parlait de changement. Il était têtu, refusait d'abandonner le mince espoir que leur sort s'améliore un jour. Pour Jacob, cet espoir était mort il y avait bien longtemps. Il avait fini par accepter sa place dans la société, au lieu de s'accrocher au rêve futile qu'un jour les Hāris soient considérés comme les égaux des Ghadæans. Il avait plus de chance de voler dans les airs que de voir ce jour arriver.

William ne répondit pas immédiatement, le regard toujours aimanté par les cimes acérées à l'horizon. Il baissa la voix.

– Et si je te disais que nous avons la possibilité de tout changer ? Tu le ferais, même si ça voulait dire risquer de tout perdre ?

Jacob sentit sa gorge se serrer. Ça ne ressemblait pas aux habituelles déclarations de William. Non. C'était plus que juste des paroles en l'air.

– Qu'est-ce que tu mijotes ?

– Réponds à la question.

Jacob eut un mouvement de recul.

– Je… je…

– Tu as encore trop peur, se moqua William. Je comprends, hein. Contrairement à moi, tu t'en sors bien avec cette histoire d'apprentissage. Pourquoi vouloir gâcher cette chance ?

Jacob s'empourpra.

– Mais moi, dit William en posant une main sur sa poitrine, je n'ai rien à perdre.

– Je n'ai pas peur, protesta Jacob, mais les mots lui laissèrent un goût acide dans la bouche.

Les lèvres de William tremblèrent. Jacob le soupçonnait de prendre plaisir à l'agacer. Peut-être parce que c'était si facile ; la colère l'embrasait si souvent tout au long de la journée qu'au soir venu il en portait les marques de brûlure. William lui disait toujours de canaliser sa rage pour la rendre utile, mais c'était plus facile à dire qu'à faire.

– Alors, dis oui. Si vraiment tu n'as pas peur.

Les narines frémissantes, Jacob expira un long souffle tremblant.

– Je ne vais pas m'engager à quelque chose dont je ne sais rien. Contrairement à toi, j'aime bien réfléchir avant d'agir.

Il se mordit la langue, redoutant d'avance la riposte de William. Mais celui-ci éclata de rire.

– Je te fais marcher, c'est bon !

Et aussitôt, la tension électrique qui s'était installée entre eux se dissipa.

– Toi et ton gros cerveau, vous voulez toujours qu'on vous expose tous les faits, poursuivit William en lui mettant un petit coup sur la tête.

– Aïe !

– Ne le prends pas mal, c'est bien de réfléchir avant d'agir. Ça prouve que t'es intelligent. Mais parfois, il n'y a pas le temps de peser le pour et le contre, d'étudier tous les faits. Parfois, il faut tout simplement agir ou manquer sa chance. Garde ça en tête, d'accord ?

Jacob se frotta le crâne. William lui donnait la migraine avec tous ces discours. Son ami le tira par le col.

– Tu devrais y retourner, lui dit-il en le poussant vers le puits. Et applique-toi à apprendre tout ce que tu peux de Munir. Crois-moi, ça sera utile.

Une bousculade près du puits attira leur attention. Des enfants hurlèrent. La foule se dispersa.

– Qu'est-ce qui se passe ? demanda Jacob en se levant.

Le seau accroché au puits continuait de se balancer, mais au lieu de ralentir, ses oscillations semblaient redoubler, de plus en plus furieuses, jusqu'à ce que le seau se renverse et qu'une masse poilue retombe sur le sol.

Alors tout le monde se mit à crier. Jacob ne comprit pas d'abord ce que c'était, juste que c'était couvert de mouches. Puis la puanteur le prit à la gorge, et il recula, se couvrant la bouche et le nez de sa manche. C'était une odeur reconnaissable entre toutes. Un remugle de pourriture. De décomposition. De mort.

Un cadavre. Une souris, à première vue. Et où il y avait de la chair morte, il y avait sûrement aussi…

– Djinn !!!

William le tira en arrière, lui soufflant à l'oreille :

– Va-t'en. Maintenant !

Mais Jacob ne pouvait détacher les yeux de l'ombre qui s'étirait sur le sol comme de l'encre renversée. Des garçons lui jetaient des pierres qui retombaient, inutiles, dans l'herbe, tandis que les mères poussaient des cris et entraînaient leurs enfants loin de là. L'ombre grossit, s'assombrit, plus épaisse, plus opaque, jusqu'à n'être plus ombre mais volute de fumée enroulée autour de la souris morte, fouaillant de la queue et découvrant ses crocs, fixant la foule de ses yeux émeraude.

Un serpent. Jacob avait entendu dire que les djinns pouvaient changer de forme, les plus faibles prenant l'apparence de serpents ou d'oiseaux, alors que les plus forts se transformaient en chats ou en loups. Il existait aussi des djinns si puissants qu'ils pouvaient adopter une apparence humaine. Mais il n'en avait jamais vu. Les gens s'en assuraient en incinérant les corps à peine la mort survenue. Même les animaux étaient brûlés avant que leur chair ne pourrisse. Les djinns faibles étaient attirés par la chair faible, surtout les petits animaux, alors que les djinns plus forts se repaissaient de cadavres plus conséquents, en particulier les corps humains. Parfois, on passait à côté d'une dépouille – il était impossible de toutes les brûler –, mais dans ce cas, on réglait très vite leur sort aux djinns, soit qu'on les piège dans un vase clos que l'on enterrait ensuite très profond, ou qu'on les renvoie à Al-Ghaib avec l'aide d'un exorciste.

– Je m'en occupe, siffla William en attrapant un pot en fonte devant une tente.

Avant que Jacob puisse le retenir, il s'élança de toutes ses forces vers le djinn en brandissant le pot au-dessus de sa tête.

– Non ! cria Jacob avant de se jeter à sa suite.

Le djinn leva les yeux, ses crocs dégouttaient d'un sang épais et noir. William s'arrêta en dérapage devant la créature qu'il fixa droit dans les pupilles.

– William !

Le djinn attaqua. William abattit le pot sur lui et le maintint fermement avec le pied. À l'intérieur, la créature se débattit et poussa un long sifflement blessé.

Jacob en resta bouche bée, la langue pâteuse.

– Mais comment… ?

– C'est le fer, expliqua William en tapotant le pot du bout du pied. Il ne peut pas s'échapper.

On voyait encore la tension dans ses épaules, mais son comportement avait quelque chose de détaché que Jacob n'arrivait pas tout à fait à identifier. La façon quasi désinvolte qu'il eut d'ôter son pied du pot, de s'appuyer nonchalamment au puits avant de se faire craquer le cou le troubla. C'était presque comme si William avait déjà fait ça.

CHAPITRE TROIS

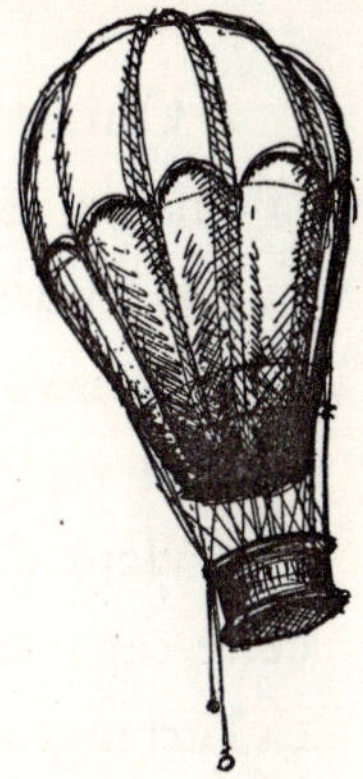

Khadija

En entendant le murmure de voix d'hommes provenant de la cuisine, Khadija s'arrêta dans l'escalier, une main agrippée à la rampe, l'autre cherchant à tâtons le livre d'Hassan. Si Abba s'attendait vraiment à ce qu'elle le jette, il ne la connaissait pas du tout. Balancer toutes ces années de précieux souvenirs, comme s'ils avaient tout simplement moisi tels des fruits abîmés ! Comment pouvait-il lui demander pareil sacrifice ?

Probablement de la même façon qu'il lui demandait d'épouser un homme qu'elle ne connaissait pas et n'avait aucune envie de connaître. Il agissait ainsi car c'était tout ce qu'il savait faire. Khadija avait glissé le livre dans les plis de son *kameez*. Elle le garderait avec elle. En sécurité.

L'escalier grogna sous son poids. Elle se figea, retint son souffle.

Les voix se turent.

– Khadija ?

– Oui, Abba, soupira Khadija et elle émergea dans la cuisine, les yeux baissés, si bien que la première chose qu'elle vit des deux invités fut leurs pieds.

– Ahh, voici ma beti, susurra Abba.

Son visage s'éclaira comme une lampe à huile que l'on vient d'allumer. Ça l'avait toujours époustouflée, cette capacité qu'il avait de transformer ses traits quand ça l'arrangeait. Alors qu'elle-même savait à peine retenir un bâillement, sans parler de camoufler une humeur de chien.

Quelques secondes d'un silence inconfortable s'ensuivirent, durant lesquelles les deux inconnus la scrutèrent des pieds à la tête. L'un était assez âgé, son crâne chauve brillait dans le rayon de soleil filtrant par la fenêtre. Son visage aussi était entièrement glabre, sans même l'ombre de sourcils. L'autre était un garçon plus vieux qu'elle d'un an ou deux. Il ressemblait tellement à son aîné, même tête ronde et face de lune, qu'ils étaient clairement père et fils. Quand elle entra dans la pièce, le fils commença à se triturer les pouces, à se dandiner d'un pied sur l'autre. Alors seulement il vint à l'esprit de Khadija que lui aussi, peut-être, était un protagoniste réticent de toute cette histoire. Le mariage était pour les parents, pas pour les amoureux, après tout.

– Khadija était très impatiente de rencontrer votre fils, monsieur Omar, annonça Abba avec un large sourire. N'est-ce pas, Khadija ?

Elle ignorait son existence encore quelques minutes auparavant, mais elle savait quand tenir sa langue.

– Oui, Abba.

– Je te présente le fils de monsieur Omar, Abdel, continua Abba en désignant le garçon.

Khadija capta du coin de l'œil le petit coup de pied que mit M. Omar dans les chevilles de son fils qui se redressa aussitôt et rangea ses mains sagement le long de son corps.

– Il est cordonnier, se réjouit Abba. Il a son propre stand au marché.

– Très lucratif, intervint M. Omar. Les affaires sont florissantes et le moment est venu pour Abdel de songer au mariage, ajouta-t-il en poussant son fils du coude. Il est maintenant en mesure de subvenir aux besoins d'une femme et d'enfants.

À la mention des enfants, l'estomac de Khadija se recroquevilla comme une datte Medjool. Ce n'était pourtant pas une surprise. C'était apparemment le seul but du mariage : produire des bébés. Mais l'entendre énoncé à haute voix lui donna les mains moites. Elle les essuya sur son pantalon *shalwar*. Tout de même, on n'attendrait pas d'elle qu'elle tombe enceinte immédiatement. Sa sœur, Talia, était mariée depuis plusieurs mois maintenant, et aucune nouvelle de grossesse ne leur était parvenue. En même temps, aucune nouvelle du tout ne leur était parvenue depuis le mariage de Talia. Si ça se trouvait, elle était enceinte. L'idée que sa sœur puisse traverser une expérience aussi fondamentale que de donner naissance, sans qu'elle soit à ses côtés, fit naître dans la gorge de Khadija un nœud qu'elle eut du mal à avaler. Serait-elle obligée de vivre la même chose ? Seule.

Et sans Ammi.

La voix de M. Omar la ramena au présent. Il avait jusqu'ici jacassé à propos de sandales de cuir et de pantoufles à sequins, mais prononçait maintenant son nom.

– Khadija veut-elle visiter le stand au marché ? Voir son futur en époux en action ?

Futur époux ? Il était bien trop tôt pour parler ainsi ! Des semaines, des mois trop tôt. Abba ne pouvait exiger qu'elle prenne une décision sur-le-champ. À moins qu'il ne s'agisse pas du tout de sa décision.

Abba s'enthousiasma pour la proposition.

– Excellente idée !

Il attrapait déjà son *topi* sur le crochet derrière la porte, le posa sur sa tête et en ajusta le gland afin qu'il ne lui tombe pas devant les yeux quand il marcherait.

– Après vous, monsieur Omar.

M. Omar poussa son fils vers le couloir où la lumière de la fin d'après-midi se répandait sur le carrelage par la porte ouverte. Khadija se hérissa lorsqu'Abdel la reluqua au passage avant de suivre son père dans la rue. Abba toucha le coude de sa fille.

– Tu ne t'es pas changée, siffla-t-il. Tu aurais pu au moins te maquiller !

C'est Abba qui cherchait à impressionner, pas elle. Et comme il l'avait dit lui-même, le mariage était une affaire de convenance, pas de joues poudrées ou parfumées à l'eau de rose. Il ne pouvait pas exiger qu'elle abandonne tout espoir d'amour romantique et en même temps insister pour qu'elle soigne son apparence. *Toujours deux poids, deux mesures !*

M. Omar marchait d'un bon pas. Le soleil était un peu plus clément que quelques heures plus tôt, et la ville s'animait à peine. Qasrah avait jadis été une cité débordant d'activité et de commerces, à l'architecture splendide, mais après des années de guerre entre les trois Nababs, qui cherchaient tous à étendre leur province en s'appropriant les terres voisines, la ville n'était plus que l'ombre de sa gloire d'antan. La province natale de Khadija se trouvait au nord de Ghadæa, où le climat était moins étouffant de chaleur que les jungles de la province de l'Est, moins aride que la région du désert de l'Ouest. Le Nabab d'Intalyabad régnait sur le Nord depuis son palais de cuivre, récoltant les profits dus à la végétation luxuriante de la province et à son commerce d'opium florissant. Le Nabab d'Intalyabad avait placé ses soldats dans toutes les petites villes afin d'empêcher les autres Nababs de détruire ses précieuses cultures, mais leur présence apportait son lot de problèmes. Ils coûtaient cher, pour commencer. Ils étaient notoirement paresseux, passaient leur temps vautrés à l'ombre à fumer de l'opium, dilapidant les impôts des citoyens et se rendant, de façon générale, indésirables. Encore un prétexte invoqué par Abba pour forcer Khadija à rester enfermée à la maison.

Ils descendirent des rues encombrées de jeunes gens qui tenaient en équilibre sur leur tête des paniers pleins de fruits et de pains plats, dépassèrent des maisons devant lesquelles des femmes décrochaient le linge qu'elles avaient pendu à sécher au soleil le matin.

M. Omar s'éclaircit la gorge.

– Khadija a… seize ans, vous dites ?

Abba acquiesça.

– Tout juste seize ans, c'est ça. Encore jeune !

Ce qui était un petit mensonge : elle avait fêté son anniversaire sept mois auparavant.

M. Omar chuchota quelques mots à l'oreille de son fils, qui se mit à glousser, puis à tousser. Khadija sentit Abba se raidir.

À mesure qu'ils approchaient du marché, le labyrinthe foutraque de tentes et de maisons au toit plat se clairsema peu à peu jusqu'à s'ouvrir sur une grande place. Khadija se dressa sur la pointe des pieds pour tenter d'apercevoir les ballons qui la narguaient de leurs étoffes peintes froufroutant derrière les stands.

Abba lui mit un coup de coude dans le dos.

– On n'est pas là pour admirer la vue, gronda-t-il, la tirant par le bras pour éviter une mendiante hārie recroquevillée sur l'herbe, occupée à gratter un coup de soleil sur sa joue.

Khadija baissa les yeux. S'il était courant de voir des Hāris déambuler entre les étals du marché, mendiant de la nourriture ou fouillant les poubelles, ils se tenaient en général à l'écart, cantonnés au bazar de tentes rapiécées et de cahutes branlantes qu'ils avaient érigées à la périphérie de la ville.

– Saletés de Hāris, cracha M. Omar. Je ne sais pas pourquoi on tolère encore leur présence. Les soldats devraient les chasser. Ils sont censés nous protéger, sinon pourquoi on les paye ?

Abba s'esclaffa, un peu trop bruyamment, ce qui fit pencher son *topi*.

– Vous avez parfaitement raison, monsieur Omar, renchérit-il en jetant un regard dégoûté à la femme hārie.

Mais ils sont les seuls assez désespérés pour accepter les boulots que personne d'autre ne veut faire.

Cette remarque lui valut les ricanements de M. Omar et d'Abdel, le rire de ce dernier se muant en quinte de toux qui envoya un glaviot aux pieds de Khadija. *Il passe trop de temps sous les tentes à chicha*, se dit-elle. Peut-être qu'elle préférerait ça. Un mari qui passerait la plupart de ses nuits dehors, rentrerait en titubant à l'aube et dormirait jusqu'à midi. Ça lui laisserait tout loisir pour continuer à étudier les ballons.

M. Omar agita un doigt boudiné.

– Ce n'est pas faux. On devrait sans doute les garder à disposition, mais je suis en revanche tout à fait opposé à ce qu'ils traînent si près de la ville. Beaucoup trop près de nos femmes et nos enfants, à mon goût.

Abba approuva, l'air sévère.

– Bien sûr.

– On devrait instaurer une ségrégation totale, intervint Abdel. Il ne faut pas sous-estimer les Hāris. Ils sont dangereux. Rien que la semaine dernière, des soldats ont trouvé un campement de Hāris à quelques kilomètres d'ici, au nord. Un lieu immonde, répugnant, à ce qu'on dit. Le sol jonché de cadavres. Apparemment, ils s'étaient adonnés au *sihr*, conclut-il en jurant.

Tous eurent un mouvement de recul outré. Le *sihr* était l'invocation des djinns, une pratique magique interdite. La plupart des djinns étaient des créatures malfaisantes qui n'avaient pas besoin d'encouragements pour causer des dégâts ; surtout quand il s'agissait de verser du sang. Khadija frémit. Avec un peu de chance, ce n'étaient que des rumeurs, même si les Hāris avaient une réputation de fauteurs de troubles. Elle n'en avait jamais rencontré qui ne bouillonnât pas d'une rage mal dissimulée. La violence était dans leur nature. Dans leur sang, comme dans celui de leurs ancêtres.

Abba gronda.

– J'espère que les soldats leur ont réservé le sort qu'ils méritent.

– Oh, j'en suis certain, affirma M. Omar. Ils sont probablement en train de retourner tous les villages des environs en ce moment même, à la recherche des responsables.

Abba hocha la tête, tout son être dégageait une chaleur furieuse que Khadija percevait à distance. Abba détestait les Hāris. Il les haïssait avec une passion qu'elle aurait crue impossible chez un homme aussi placide, un homme qui égarait sans cesse ses lunettes ou confondait les noms du barbier et du boulanger. Mais elle en avait été témoin. Sa rage était brute et imprévisible, tel un éclair en pleine mousson. Chaque fois qu'on mentionnait les Hāris, il n'était plus lui-même. À le voir enrager ainsi, elle en venait à détester elle aussi les Hāris, ne serait-ce que pour l'effet que leur présence produisait sur son Abba.

– On rapporte de plus en plus d'observations de djinns ces derniers temps. Les rues ne sont plus sûres. C'est eux, forcément. J'ai entendu dire qu'ils préparaient un soulèvement.

La plupart des gens étaient prompts à qualifier de djinn le moindre jeu de lumière, la moindre ombre suspecte, aussi Khadija ne prêta-t-elle qu'une oreille distraite à cette partie de la remarque. Mais un soulèvement hāri, ça, c'était autre chose. Pourtant, elle doutait de la véracité de cette affirmation d'Abdel. Les Hāris ne possédaient ni les ressources ni l'influence nécessaires pour un tel projet, foulés aux pieds qu'ils étaient par la société. Mais peu importait que ses propos échappent à toute logique, Abba le croyait les yeux fermés.

Il fronça les sourcils.

– J'ai entendu la même chose. Un groupe de terroristes qui aiment fricoter avec les djinns. Ils se font appeler les Hareefs.

– Des terroristes hāris ! pouffa M. Omar. Impossible. Comme s'ils avaient les compétences et l'organisation pour planifier une telle action !

Abba s'assombrit. Sa voix trembla.

– Je sais de quoi ils sont capables, croyez-moi. Des pires horreurs, voilà ce que je dis.

Ses mots restèrent suspendus dans l'air comme une brume matinale. Khadija serra les lèvres et avala le nœud qui s'était formé dans sa gorge. Des horreurs, oui, ils en étaient capables.

M. Omar épongea les gouttes de sueur qui perlaient à son front.

– Khadija a bien une dot, n'est-ce pas ?

Lentement, la conversation fastidieuse à propos d'argent et du mariage radoucit Abba. Ils avaient traversé la place du marché et se trouvaient maintenant assez près des ballons pour que Khadija puisse apercevoir entre les stands leur soie colorée chatoyer. Ses paumes la démangeaient, ses doigts fourmillaient à l'idée de fixer sur le papier leur image, afin de la contempler des semaines durant.

Des Hāris secouaient l'étoffe avec violence, forçant les ballons à s'animer. Leurs brûleurs crachaient de longues flammes tandis que les hommes gonflaient le tissu, leur col trempé de sueur. Ils actionnaient frénétiquement les pales d'un ventilateur en bois, soufflant de l'air chaud dans l'enveloppe qui se gonflait peu à peu. Les ballons aspiraient l'air comme des créatures affamées, jusqu'à ce que, pleins, enflés, bouffis, ils s'arrachent du sol.

Khadija se tordit le cou un peu plus. Une rafale de vent s'était emparée d'un ballon aux panneaux verts et jaunes, les couleurs vives se fondaient ensemble comme le ciel se confond avec l'horizon, si bien qu'il était impossible de dire où commençait l'une, où finissait l'autre. Vert comme des olives pas mûres. Jaune comme la racine de curcuma tranchée. Si brillantes qu'elles lui piquaient les yeux.

Des hommes se précipitèrent pour empêcher l'évasion du ballon pendant que les marchands aboyaient des ordres à distance. Khadija cachait mal sa jalousie des femmes drapées dans leurs *dupattas* de mousseline de soie, au visage maquillé et aux narines ornées d'anneaux d'or, qui se tenaient auprès de leurs maris marchands aux barbes teintées de henné, prêtes à embarquer. Quelle liberté de posséder son propre ballon ! D'avoir le ciel littéralement à portée de main.

Le ballon jaune et vert voleta de-ci, de-là comme pour la tenter de se lancer à sa poursuite, il cracha du feu sur les Hāris qui s'efforçaient de le maîtriser. Mais pourquoi passerait-il sa vie cloué au sol alors qu'il pouvait s'envoler ? Elle-même ne s'y résignerait pas.

Abba la rappela à l'ordre.

– Khadija, Abdel te parle, siffla-t-il entre ses dents.

Abdel toussa dans sa main.

– Je disais que les rencontres fortuites avec des djinns ont nettement augmenté récemment. Ce n'est pas sûr de se promener, surtout pour les jeunes femmes. Les djinns ont la réputation d'être attirés par les jolis minois, dit-il en lui adressant un rictus salace.

Khadija en eut la chair de poule. Elle lui avait d'abord accordé le bénéfice du doute, mais sa patience s'évaporait à toute vitesse.

– Les femmes devraient rester à la maison, en sécurité, intervint M. Omar.

Abdel acquiesça énergiquement.

– Parfaitement ! Si Khadija devient ma femme, je veux m'assurer qu'elle sera en sécurité. À l'abri des regards.

À l'intérieur, c'est-à-dire. En permanence. Pour toujours. Il ne pouvait pas être sérieux. Khadija se tourna vers Abba, qui se caressa le menton et hocha la tête, mal à l'aise.

– Tout à fait. On veut s'assurer qu'elle est en sécurité.

– Bien entendu ! s'écria M. Omar.

En sécurité ? Elle mourrait d'ennui. Non. Ce n'était pas possible.

– Bien sûr, je peux tout de même sortir de temps en temps. Je suis dehors maintenant, et aucun djinn n'essaie de me posséder.

Les trois hommes lui lancèrent un regard sévère. M. Omar avait l'air interloqué, comme s'il découvrait qu'elle était dotée de la parole. Abba paraissait sur le point d'exploser. Elle pouvait presque voir la fumée sortir de ses oreilles.

Abba minimisa la chose avec un rire forcé. Il était devenu expert dans l'art de sauver la face.

– Les jeunes filles sont si naïves… Inconscientes des dangers du monde, dit-il en lui tapotant l'épaule.

Khadija bouillait intérieurement.

– Quand tu seras la femme d'Abdel, Khadija, tu feras ce qu'il ordonne, poursuivit Abba avec une touche de menace dans la voix. S'il veut te garder en sécurité à l'intérieur, tu resteras à l'intérieur.

Khadija serra les poings. Non. Elle refusait d'échanger sa chambre pour une autre où elle passerait le restant de ses jours, assignée à résidence. Ça faisait trop longtemps qu'elle était enfermée, condamnée à regarder par la fenêtre la vie lui passer sous le nez, soustraite aux yeux baladeurs, comme disait Abba. Ce qu'il ne comprenait pas, c'est que les hommes pouvaient bien la regarder avec gourmandise si elle s'aventurait à sortir seule, ce n'était rien en comparaison de la faim insatiable qui la consumait chaque fois qu'elle apercevait la sphère brillante d'un ballon se rapprochant du sol.

– Dans ce cas, peut-être que je n'ai pas envie d'être sa femme, grinça-t-elle.

Abba s'arrêta net. M. Omar et Abdel se retournèrent, curieux.

– Tout va bien ? Elle a dit quelque chose ?

Abba la prit par le bras, plaquant sur son visage un sourire factice.

– Tout va bien. La chaleur lui monte à la tête, c'est tout. Marchez devant, on vous suit.

Quand Abdel et M. Omar eurent de nouveau le dos tourné, Abba se jeta sur elle tel un tigre affamé. Khadija luttait pour contrôler le tremblement furieux qui agitait ses mains. Comme chez Abba, la fureur montait en elle, mais elle ne pensait plus avoir la force de la maîtriser. Sa chaleur suintait de sa peau, gouttait le long de ses bras, s'accumulait en flaque à ses pieds. Elle n'aurait pas été étonnée de voir l'herbe se mettre à grésiller.

– Tu ne gâcheras pas cette opportunité, Khadija. Maintenant, tu vas m'obéir.

– Tu ne peux pas me forcer à l'épouser !

Des larmes brûlantes jaillirent de ses yeux, qu'elle essuya d'un geste rageur. Abba lui secoua le bras, pas très fort, mais assez tout de même pour signifier sa colère. Khadija sentit quelque chose tomber au sol avec un bruit mat. Tous deux baissèrent les yeux.

Le livre d'Hassan.

Elle essaya de le ramasser, mais Abba fut plus rapide.

– Je croyais t'avoir dit de t'en débarrasser ! cria-t-il en agitant le livre d'un air outré. Ça suffit ! Je dirai à monsieur Omar que tu ne te sentais pas bien et que je t'ai ramenée à la maison, dit-il en la traînant dans la rue, furieux. Tu épouseras son fils, un point c'est tout.

– Non !

Les gens se retournaient sur leur passage pour observer la scène, marmonnant des commentaires désapprobateurs à voix basse.

Khadija savait à quel point Abba détestait se donner en spectacle.

Il la tira devant un stand où des cuisiniers faisaient frire des samossas dans de l'huile bouillante ; il lui serrait le bras si fort qu'elle craignit d'en avoir des bleus.

– Et fini de lire des histoires ! siffla Abba.

Il secoua une dernière fois le livre d'Hassan puis le jeta dans les braises du foyer.

Khadija hurla comme s'il venait de lui mettre le feu. Elle se libéra et plongea les mains dans les flammes pour essayer de sauver le visage de la princesse Malika avant qu'il soit réduit en cendres. La peau de ses doigts se couvrit de cloques.

Abba la tira en arrière.

– Assez !

Khadija réussit in extremis à arracher une page calcinée qu'elle serra contre son cœur. Une petite foule s'était formée et les cuisiniers assistaient à la scène, les yeux ronds.

Abba la força à se tourner vers lui, et alors elle l'aperçut de nouveau : le scintillement des tissus colorés. Vert et jaune. Qui se balançait dans la brise.

Abba se redressa de toute sa taille et croisa les bras.

– On rentre à la maison, ordonna-t-il, et il fit quelques pas, persuadé qu'elle le suivrait.

Mais elle demeura clouée au sol, le cœur battant la chamade, incapable de détourner les yeux du ballon.

Une nouvelle rafale arracha le ballon du sol. Les Hāris glissèrent et dérapèrent, tirant sur les cordes dans leur lutte contre les désirs d'évasion du ballon, mais ce dernier refusait de se laisser dompter.

Il lui parlait. Des mots cachés dans le crépitement de son feu qu'elle seule pouvait entendre. Il chuchotait. Il la narguait. L'appâtait avec les chatoiements de son étoffe et ses couleurs si vives qu'elle en avait la vue brouillée. Et puis d'un seul coup, toute sa retenue s'effondra. Elle n'était plus qu'une étincelle vorace léchant du bois sec.

Une flamme qui traversait le pré. Une paire de sandales frappant le sol en cadence. Son foulard volant derrière elle comme une paire d'ailes. Elle était l'oiseau encagé qui voyait le ciel pour la première fois, prenant conscience que la douleur de se glisser entre les barreaux de fer n'était rien, comparée à l'agonie de vivre sans jamais avoir goûté au pouvoir de s'élever dans les airs.

– Khadija ! cria Abba.

Mais sa voix se perdit dans le martèlement du sang à ses tempes.

– Reviens ! Reviens tout de suite !

Elle était déjà trop loin. La page brûlée du livre d'Hassan se froissa contre sa poitrine tandis qu'elle se mettait à courir.

Je ne peux pas rester enfermée pour toujours.

Le ballon échappa aux mains des hommes et s'éleva brusquement. Un mètre, deux… Plus haut à chaque seconde. Khadija courut plus vite, ses cuisses brûlaient, ses yeux restaient fixés sur le ballon.

– Tu n'oseras pas me désobéir, Khadija !

Elle bondit.

Il y eut une seconde de flottement pendant laquelle Khadija ne fut plus attachée à rien. Absolument libre. Débarrassée de la pesanteur. Portée par l'air. Puis ses doigts accrochèrent le rebord de la nacelle. Elle se sentit décoller.

Flotter, c'est un peu comme tomber, mais dans la direction inverse. Elle eut l'impression que ses organes faisaient des saltos avant de se stabiliser ; que son estomac se changeait en plomb. Elle regarda vers le bas.

– Khadija ! hurlait Abba, les mains en porte-voix.

Mais elle ne pouvait plus lâcher prise.

Ses bras fatiguaient. Le ballon ruait comme un cheval sauvage, menaçant de la désarçonner, refusant d'être dompté. Rassemblant toutes ses forces, elle réussit à se hisser dans la nacelle où elle retomba lourdement.

– Khadija !

La voix d'Abba semblait distordue, comme venue de sous les eaux.

Elle jeta un coup d'œil par-dessus le rebord de la nacelle et eut aussitôt envie de vomir.

Abba était déjà tout petit, vu d'ici.

– Reviens, Khadija ! S'il te plaît !

Sa voix s'effaça dans le néant.

Les bâtiments blanchis comme des os rapetissèrent, pas plus gros que son ongle. Les bras arachnéens de la rivière Ravi qui traversaient Qasrah sur toute sa longueur se réduisirent à de minces lignes bleues, qu'elle aurait pu tracer à la plume de roseau. Un paysage de collines douces, verdoyantes, tranchant sur le fond blanc aveuglant des champs de coton, s'étala sous ses yeux. Plus haut, toujours plus haut, elle grimpa dans le ciel. Elle plaqua sa main sur sa bouche pour s'empêcher de hurler. Il n'y avait plus de retour possible, désormais. Et malgré sa peur et sa colère, et toutes les émotions qui l'agitaient, elle était sûre d'une seule chose : elle ne voulait plus jamais toucher le sol.

CHAPITRE QUATRE

Jacob

L'eau dans le seau débordait tandis que Jacob s'efforçait de suivre William qui marchait à grandes enjambées à travers le champ de pavots.

– Retourne auprès de Munir. Il doit t'attendre.

L'attendre. Il ricana. Sûrement en train de chauffer son tisonnier dans le four pour lui en mettre un coup quand il rentrerait. Jacob grimaça. Plus il tardait, plus cruel serait son châtiment ; pourtant, ça ne l'empêchait pas de courir après William et le pot de fer qu'il tenait calé sous son bras.

– Dis-moi juste ce qui se passe.

William ne répondit pas. Jacob grogna. Ils s'étaient bien éloignés à présent, avaient dépassé les parcelles de pavots en fleur, avec leurs pétales cramoisis qui murmuraient dans la brise, et se trouvaient maintenant au milieu des pavots pas encore éclos, avec leurs bourgeons poisseux. Ici ou là, au loin, on apercevait un fermier hāri en train de lacérer chaque bourgeon pour récolter la substance blanche et gluante dont on faisait l'opium ; à part ça, ils étaient seuls.

William fit subitement volte-face, la nuque couverte d'une pellicule brillante de sueur. Il posa le pot par terre. À l'intérieur, le djinn émit un sifflement.

Jacob déglutit, incapable de détacher les yeux du pot. Le silence s'étira comme le tic-tac d'une pendule, oubliant de marquer la dernière seconde. Puis William parla :

– Très bien. Que veux-tu savoir ?

Sa voix s'était voilée, on aurait dit que s'il tentait de parler plus fort, ses mots se briseraient en deux et seraient emportés par le vent.

Jacob aurait donné n'importe quoi pour pouvoir s'en aller, faire semblant que rien de tout ceci ne s'était jamais produit. Il jeta un regard dans la direction du bidonville. La foule de Hāris qui avaient inspecté le puits à la recherche d'autres animaux morts s'était presque entièrement dispersée. Pourtant, les cris devaient bien avoir attiré l'attention de quelqu'un, non ? Jacob plissa les yeux, s'attendant à voir apparaître à l'horizon des soldats avec leurs sabres d'acier et leurs uniformes verts, et dans leur sillage l'odeur âcre de la poudre, semblable dans son esprit à celle des œufs fermentés, au moment où ils chargeraient leurs mousquets, prêts à viser. Le châtiment pour ceux qui pratiquaient le *sihr* était la mort. Les Ghadæans s'assuraient méticuleusement que toute chose morte soit incinérée aussitôt, y compris les animaux. Tous les matins et tous les soirs, des boutefeux faisaient des rondes, revêtus de combinaisons intégrales et armés de longs bâtons terminés par un crochet qui leur permettaient de fouiller les ordures et passer au peigne fin les ruelles à la recherche de choses mortes qu'ils brûlaient avant qu'elles pourrissent au point d'attirer les djinns.

Sauf que cette fois, ils en avaient loupé une.

– Comment tu savais ce qu'il fallait faire ? Tout le monde était terrorisé, mais toi…

William s'accroupit près du pot.

– C'est plus facile si je te montre.

– N'ouvre pas ce truc ! cria Jacob avec un mouvement de recul. T'es malade ?

Jacob ne pouvait ignorer le gouffre qui s'était creusé entre eux depuis qu'il avait accepté la place d'apprenti chez Munir. Avant, ils parlaient de tout et de rien, de leurs vœux chimériques et de leurs rêves sans espoir. Peut-être son absence avait-elle affecté William plus qu'il n'était prêt à l'admettre. Jacob ne s'était jamais demandé comment William s'en sortait sans lui. Il aurait peut-être dû.

– Il ne me fera pas de mal, assura William en tirant sur une ficelle qu'il portait autour du cou et à laquelle pendait une amulette sertie d'un œil vert.

Jacob ne l'avait jamais vue avant. William caressa du pouce l'iris couleur émeraude.

– Tu sais ce que c'est ?

Jacob haussa les épaules.

– C'est l'œil de Bidhukh. La reine djinn de la magie. Et notre sauveuse, ajouta-t-il après une pause.

Jacob secoua la tête comme pour vider ses oreilles des mots de son ami.

– S'il te plaît, ne me dis pas que tu t'adonnes au *sihr*.

William posa une main sur le pot et entrouvrit doucement le couvercle.

– La reine djinn nous observe. Elle a vu comment les Ghadæans font souffrir notre peuple, cracha William. Et elle compatit à notre sort. Elle veut nous aider.

Jacob fut pris d'une furieuse envie de coller son poing dans la figure de son ami pour le ramener à la raison. Si l'on découvrait que William pratiquait le *sihr*, tous les Hāris du village, jusqu'au dernier, seraient exécutés. Si l'un d'entre eux était jugé coupable, ils l'étaient tous.

– Tu t'entends parler ? s'insurgea-t-il en élevant la voix. Tu risques la vie de tout le monde par tes actions. Tu t'en rends compte ?

– Je sais que ça a l'air dingue.

Les yeux gris de William qui lui rappelaient toujours des nuages gonflés de pluie lançaient à présent des éclairs comme un orage en pleine mousson.

– Je n'y croyais pas non plus avant de le voir de mes propres yeux.

– Voir quoi ?

William lui décocha un sourire en coin, mais l'expression démente de son visage donna des sueurs froides à Jacob.

– Ce djinn ne m'attaquera pas tant que je porte ceci, expliqua William en caressant l'amulette. Il sait que je sers sa reine, aussi me servira-t-il à son tour.

Puis il souleva le couvercle.

Une langue fourchue et l'éclat de deux yeux verts fusèrent. Jacob poussa un cri. William lui plaqua une main sur la bouche, balançant de l'autre l'amulette devant le djinn. Ce dernier la fixa des yeux tout en sifflant et fouettant de la queue.

Puis il battit en retraite, ses contours fumeux luisant au soleil, épais et noirs comme la fumée des pipes à eau. Il paraissait immatériel ; si Jacob s'avisait de lui mettre un coup de pied, il s'imaginait assez bien que son pied lui passerait au travers. Pourtant, les pointes acérées de ses crocs laissaient penser que la créature pouvait facilement le blesser s'il lui en prenait l'envie. Le serpent-djinn émit un sifflement, ses contours se brouillèrent et il se transforma alors en corbeau. L'oiseau inclina la tête, son œil émeraude brilla un instant, puis il s'envola dans le ciel. William retira sa main de la bouche de Jacob quand l'oiseau eut disparu en direction des montagnes. Il se tourna vers Jacob, les yeux brillants.

– Tu vois.

Jacob eut un haut-le-cœur.

– Ne t'inquiète pas. Ce n'était qu'un djinn assez faible. Je m'entraîne encore à contrôler les plus puissants.

– Qui t'a appris ça ?

– On les nomme les Hareefs, dit William en ramassant le pot qu'il cala sous son bras. Ce sont des Hāris, comme nous, alliés à la reine Bidhukh qui les laisse commander à ses djinns. Avec leur aide, on n'aura plus jamais besoin d'avoir peur. Ce sont les Ghadæans qui nous craindront. C'est pour ça que je vais les rejoindre.

Jacob chancelait sous le poids de ces révélations. Son esprit s'affolait comme l'aiguille d'une boussole cherchant le nord. Au cours des ans, William avait agi souvent avec témérité, flirtant toujours avec les limites de la loi. Il avait joué au pickpocket avec des soldats, volé de la nourriture sur les stands du marché et même fait frire du poisson en plein jour, un crime punissable de mort – les Ghadæans étaient strictement végétariens : ils craignaient que la simple odeur d'un animal mort en train de cuire n'attire aussitôt des djinns affamés. Oui, il s'était montré téméraire, mais Jacob avait toujours admiré secrètement son courage. Sa dernière lubie, en revanche, n'avait rien à voir avec le courage ; c'était de la stupidité, point.

– C'est une mauvaise idée, dit Jacob en secouant la tête. Il ne faut pas.

– C'est notre seule chance de gagner la liberté ! riposta William. Tu n'en as pas marre de tout ça ? dit-il en indiquant le bidonville et ses cahutes branlantes.

Jacob ne répondit pas, et William eut un rire désabusé.

– Laisse-moi deviner : tu es heureux comme ça, inutile de rien changer. Ça te va qu'on ne soit jamais autre chose de toute notre vie ?

– Bien sûr que non, je ne suis pas heureux ! protesta Jacob.

Son ami grinça des dents.

– Tu dois être assez satisfait de ton sort si tu refuses de faire quoi que ce soit pour qu'il change !

Jacob serra l'anse de son seau.

– Si tu te fais prendre, tu es mort. Tu en as conscience ?

– Je préfère mourir en ayant au moins essayé que vivre en sachant que j'aurais pu changer les choses mais que je n'ai rien fait.

Jacob en eut le souffle coupé. William n'était pas sérieux. Il ne pouvait pas l'être. Dans le bidonville, les Hāris allaient et venaient au gré des saisons, un jour ils étaient là, le suivant, déjà repartis ; il n'y avait rien de permanent à leur présence. Jacob avait fini par accepter cet état de fait. Sauf en ce qui concernait William. L'idée que William puisse souhaiter perdre la vie le blessa profondément.

Il soupira et leva la tête. Le soleil avait largement dépassé le zénith et la rumeur lointaine du village s'éveillant lentement à la vie parvenait jusqu'à eux. Munir serait furieux. Il fallait vraiment qu'il rentre.

William sembla lire dans ses pensées.

– Vas-y, si c'est ce que tu veux.

Jacob se passa une main sur le visage. Il était impossible d'arrêter William quand il avait une idée en tête.

– Rien de ce que je dirai ne pourra te convaincre, n'est-ce pas ?

William secoua la tête.

Alors il n'y avait plus rien à dire.

– Promets-moi juste que tu ne feras rien de stupide.

– Seulement si tu promets de me retrouver dans les champs d'opium demain soir. Tu verras alors de tes propres yeux de quoi je parle.

Jacob grogna. Il ne voulait pas participer à cette folie.

– Je crois que j'en ai vu assez.

– Comme tu voudras, conclut William en haussant les épaules avant de s'en aller à travers champs.

Jacob regarda sa silhouette s'éloigner. William finirait par changer d'avis. Il n'abandonnerait pas Jacob. Pas après tout ce qu'ils avaient traversé. On lui avait tourné la tête, mais il reviendrait rapidement à la raison. Le *sihr* ne lui apporterait rien d'autre qu'une mort certaine. Jacob serra les poings. Il ne pouvait nier que quelque chose dans les paroles de William avait résonné en lui.

Tu dois être assez satisfait de ton sort si tu refuses de faire quoi que ce soit pour qu'il change.

La vérité, c'est qu'il n'était *pas* heureux. Il *voulait* que les choses changent.

Il n'était pas obligé de retourner auprès de Munir. Personne n'était là pour l'y forcer. Il pouvait s'en aller, rejoindre William. Munir se trouverait un nouvel apprenti. Après tout, Jacob était facilement remplaçable.

Son amitié avec William, elle, ne l'était pas. C'était son bien le plus précieux, et il le laissait filer entre ses doigts. Jacob avala le nœud douloureux qui lui serrait la gorge. Au lieu d'écouter William, ou au moins d'accepter d'en apprendre un peu plus, il l'avait regardé s'éloigner, trop effrayé pour entendre la vérité. Il était lâche. Et maintenant, il était tout seul. Jacob poussa un grognement de frustration et s'en prit aux pavots écarlates, brisant quelques tiges dans sa rage.

Ce qu'il lui fallait, c'était des réponses, et il n'y avait qu'un moyen de les obtenir. Il devait retrouver William le lendemain soir. Il avait besoin de voir par lui-même jusqu'où son ami avait glissé dans la folie avant de décider s'il allait l'y suivre.

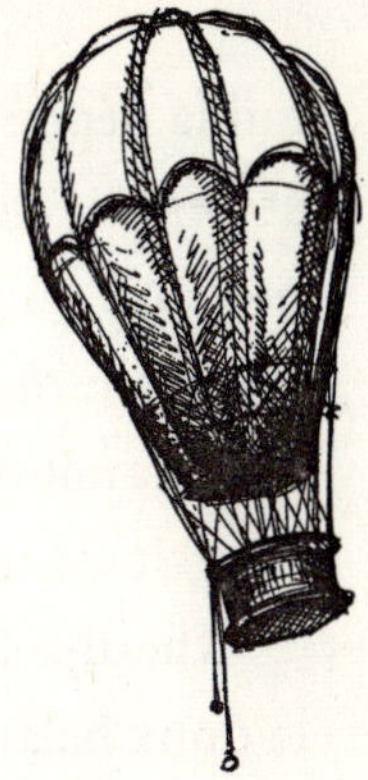

CHAPITRE CINQ

Khadija

Une heure avait passé. Peut-être deux. Le silence était presque total ici, rompu uniquement par le grincement des cordes du ballon dans le vent et par les pensées erratiques qui martelaient son cerveau. Khadija gémit. Mais à quoi pensait-elle ? Avait-elle seulement réfléchi ? Manifestement non, mais elle ne pouvait plus faire marche arrière. Qasrah avait disparu depuis longtemps, le sol n'était plus qu'une grande tache verte barbouillée par endroits du jaune des champs de blé ; la montgolfière fixait son propre cap, suivant les méandres de la rivière Ravi en direction des lointaines cimes de l'Himalaya.

Elle était coincée ici, dans les airs, probablement pour toujours, et pourtant, elle s'en fichait complètement. Le paysage de nuages était trop beau. Depuis le sol, ils avaient l'air gris et plats, mais d'ici, elle pouvait admirer les rayons du soleil qui les transperçaient, créant des prismes de lumière qui coloraient les nuages de rose, de lilas et d'orange. Certains n'étaient que de fines volutes blanches qui la dépassaient à toute vitesse, d'autres étaient sombres et denses, chargés d'humidité ; heureusement, il était peu probable qu'il se mette à pleuvoir. On était en pleine saison sèche, le moment idéal pour voguer en montgolfière. Si elle avait décidé de voler un ballon pendant la mousson, ç'aurait été très différent.

Khadija ferma les yeux, laissa son corps apprivoiser le doux balancement du ballon comme s'il s'agissait d'une créature qui respirait et qu'elle-même était simplement enfermée dans ses poumons. Voler si haut la rendait euphorique, elle en avait le tournis, et ses jambes en coton l'obligeaient à agripper fermement le rebord de la nacelle en osier. Elle volait ! Khadija prit une grande inspiration. Même l'air avait un goût différent. Plus frais, plus propre.

Bien sûr, il restait un tout petit inconvénient qui la ramena à la réalité.

Elle ne pouvait plus rentrer chez elle. Abba l'enfermerait pour de bon ; la possession par un djinn était la seule explication à sa folie. L'exorciste serait appelé aussitôt. Abba serait la risée de tout le village. L'homme déshonoré par sa propre fille. Les gens l'éviteraient dans la rue. M. Omar et Abdel avaient probablement déjà répandu leurs ragots à la ronde. *Eh bien, qu'ils parlent !* s'énerva Khadija. C'était bien fait pour Abba. Il n'avait qu'à pas lui choisir un fiancé si mal assorti, les jeter l'un contre l'autre comme on jette des vêtements humides sur une corde à linge. Sans réfléchir. Sans prendre en compte les différences criantes qui les opposaient. Juste : garçon, fille, mariage. Elle se doutait que c'était tout ce que connaissait Abba du mariage. Le sien avec Ammi avait été similaire. Bien sûr, il l'avait aimée, à sa façon, et puis elle était morte en emportant avec elle Hassan, laissant un trou béant dans la famille de Khadija. Avec le départ de Talia, Khadija était tout ce qui restait à Abba.

La culpabilité lui laissa un goût acide dans la bouche. Elle ne pouvait plus revenir en arrière. Elle ne savait même pas comment.

Le ballon n'était pas très plein. Elle pensa que le marchand auquel il appartenait venait juste d'en décharger les marchandises. Le brûleur dominait la nacelle, il avait la forme d'un four tandoori surmonté d'un long cylindre qui crachait de l'air chaud jusqu'au cœur de l'enveloppe. Sous le brûleur se trouvait une bonbonne de métal avec un robinet et une petite flamme qui vacillait au-dessus. Elle avait vu des bonbonnes identiques au marché, remplies de propane qui émettait un sifflement quand on l'allumait. Il y avait aussi un cadran de verre où une aiguille oscillait sans jamais s'arrêter très longtemps sur un chiffre. Elle ne savait pas trop à quoi il pouvait servir. Elle suivit des yeux le long tube plein d'eau relié au cadran. La surface de l'eau se ridait selon les mouvements du ballon.

Pour l'instant, le ballon était gonflé à bloc et flottait selon son gré, la petite flamme de la bougie dansant dans la brise. À côté, se trouvait une hélice en bois que l'on pouvait actionner à la main pour envoyer de l'air chaud dans les plis des panneaux de soie teintés en jaune et vert telles des feuilles au début de l'automne.

Il y avait aussi un petit poêle portatif, une caisse de petit bois, un sac de lentilles crues et un autre plein de riz, le tout fixé au plancher en osier par des sangles. Au-dessus de sa tête, les cordes épaisses qui reliaient l'enveloppe à la nacelle grinçaient et se balançaient dans le vent, comme suppliant qu'on tire dessus, mais elle n'osait pas encore s'y risquer. Également fixée au plancher, une boîte contenait divers instruments dont Khadija supposa qu'ils étaient destinés à la navigation. Elle avait vu des objets semblables fabriqués au bazar – des appareils en métal intimidants, hérissés de cadrans et de pièces qui tournaient et se tordaient. Khadija farfouilla dans la boîte, mais à part une longue-vue rouillée, elle ne trouva rien d'utile. Malgré sa fascination pour les montgolfières, elle n'était pas préparée à en piloter une.

Khadija but une gorgée d'eau à la gourde qu'elle avait trouvée et porta son regard sur les nuages qui frangeaient l'horizon. Abba ne lui pardonnerait jamais. Elle ferma les yeux.

Mais moi, je ne lui aurais jamais pardonné s'il avait accepté que je vive enfermée entre quatre murs pour toujours.

Khadija tenta de se perdre dans les volutes et les torsades des nuages laiteux, semblables à des coups de pinceau tracés sur le ciel du soir. Elle avait toujours sur elle l'unique page calcinée qu'elle avait réussi à sauver. Elle la sortit, la tenant fermement de peur qu'elle s'envole, et suivit du bout du doigt la courbe des lettres qu'elle prononça à haute voix.

Khadija savait lire, mal, mais mieux que la plupart des filles de son âge. Grâce à Hassan. Il ne s'était jamais moqué de Khadija quand elle demandait à son jeune frère de lui faire la lecture. Il ne s'était jamais montré cruel. Il n'y avait pas une once de méchanceté chez Hassan.

Au lieu de quoi, il sortait une feuille de papier et un encrier, et traçait des lettres pour qu'elle les recopie.

Du moins jusqu'à ce qu'Abba les surprenne et lui ordonne de cesser. « Les garçons et les filles sont différents et le seront toujours, avait-il déclaré. Ils font des choses différentes et mènent des vies différentes. » Khadija soupira et caressa le dessin qui montrait un homme observant un ciel étoilé au travers d'un télescope. Un petit sourire flotta sur ses lèvres.

Elle se rappelait cette partie de l'histoire rien qu'à la vue de cette illustration. C'était la préférée d'Hassan. On venait de découvrir la disparition de la princesse Malika et on fouillait le moindre recoin du palais à sa recherche. Les gens n'avaient pas dormi depuis des jours. Le Nabab, père de la princesse, était occupé à déclarer la guerre à ses voisins qu'il accusait d'avoir enlevé sa fille. Seul le rusé vizir soupçonnait autre chose. Il scrutait le ciel, s'efforçant de lire dans les étoiles le lieu où était retenue la princesse disparue. Le djinn avait ensorcelé le ballon, l'entourant d'une lumière argentée qui le faisait passer pour la lune, mais le vizir ne s'y laissa pas prendre ; il révéla au Nabab qu'un djinn avait enlevé la princesse Malika. Le vizir était le personnage favori d'Hassan, sans doute parce que lui-même aurait aimé en devenir un. Quant à Khadija, la princesse Malika avait sa préférence, ou peut-être la reine djinn Mardzma. En fait, n'importe quelle femme dans l'histoire qui menait une vie bien plus excitante que la sienne.

Jusqu'à maintenant.

Khadija pressa la page sur son cœur, la gorge serrée. À présent, le livre était perdu pour toujours. Des larmes de colère lui montèrent aux yeux. Comment Abba avait-il pu lui faire ça ? Un gouffre de tristesse s'ouvrit en elle, si profond qu'elle ne pouvait en voir le fond ; pourtant, elle ne réussissait pas à haïr son Abba. Elle l'imagina seul chez lui, assis, la tête dans les mains, à se demander ce qu'il avait bien pu faire pour mériter une fille aussi désobéissante. Sombrerait-il dans le désespoir ? Se laisserait-il décliner, refusant de manger ? Il oublierait de payer la taxe du mois prochain si elle n'était pas là pour le lui rappeler. Des soldats viendraient frapper à la porte, jetteraient Abba à la rue comme les autres miséreux déclarés insolvables.

Et tout ça par sa faute à elle.

Khadija triturait les cloques qui s'étaient formées sur ses doigts et faisait les cent pas dans la nacelle, jetant de fréquents coups d'œil vers le ciel, comme si elle s'attendait à ce qu'on la prenne en chasse, mais jusqu'ici, personne ne la poursuivait.

Le jour déclinait vers le soir. Le cercle d'ambre du soleil basculait rapidement derrière l'horizon, au bord de la terre, et le ciel était teinté de bleu pâle et d'indigo. La température plongeait, et elle se mit à claquer des dents. Elle serra ses bras sur sa poitrine pour se réchauffer. L'idée de se trouver à une telle altitude alors que la nuit tombait la fit chanceler. Serait-il préférable d'atterrir ? Khadija se pencha pour regarder vers le bas. Le sol était vraiment très loin. Elle recula, prise de vertige. Non. Atterrir ne semblait pas une bonne idée.

Et elle n'avait pas moyen de savoir où elle allait.

Une brise soudaine fit claquer son *shalwar* à ses chevilles. Elle frissonna. Une nouvelle rafale. La flamme orange du brûleur vacilla…

Et puis s'éteignit. Elle fut plongée dans l'obscurité.

Elle se sentit tomber.

La panique la saisit. Elle trébucha, se cognant les coudes aux parois de la nacelle en osier. Ses yeux se brouillèrent de larmes. Elle leva la tête.

Le ballon s'affaissait sur lui-même, l'enveloppe n'était plus tendue mais faseyait dans le vent tel un drapeau à mesure qu'elle se dégonflait. Elle chutait comme une pierre.

L'estomac noué, elle attrapa les cordes d'équilibrage et se rua vers le brûleur. Les doigts tremblants, elle chercha à tâtons la bonbonne de gaz, ouvrit le robinet jusqu'à entendre le couinement du gaz sous pression et renifler son odeur.

Le ballon poursuivait sa chute.

Khadija trouva dans le noir les pierres à feu, les frotta l'une contre l'autre, en tira des étincelles blanches qui embrasèrent le gaz. Elle se jeta sur l'hélice en bois et la tourna furieusement comme elle l'avait vu faire par les Hāris. Le feu rugit de contentement, mais Khadija s'interdit de ralentir le mouvement. Elle fut bientôt trempée de sueur. En gagnant de la vitesse, l'hélice commença à souffler l'air chaud dans l'enveloppe avachie. L'étoffe se gonfla comme un paon.

La perte d'altitude ralentit, puis s'interrompit complètement lorsque le ballon fut entièrement gonflé. Khadija n'osa pas lâcher l'hélice avant que l'enveloppe soit tellement tendue qu'elle menaçait de rompre ses coutures. Pour faire bonne mesure, elle tourna encore le robinet de gaz ; le feu crépita et une chaleur épouvantable se répandit dans la nacelle. Ça devrait faire l'affaire. Elle se retira à l'autre bout de la nacelle et se laissa glisser par terre.

Elle avait peut-être commis une erreur. Peut-être qu'Abba avait raison et qu'elle était naïve. Une idiote qui aurait mieux fait de rester à la maison. Et maintenant, dans quelle galère elle s'était fourrée ! Elle entoura ses genoux de ses bras et s'autorisa à craquer. Ses épaules furent secouées de sanglots violents qui la submergèrent, vague après vague. Elle était là, réalisant son rêve de piloter une montgolfière, et pourtant elle ne pensait qu'à la vie qu'elle avait laissée derrière elle, à terre.

CHAPITRE SIX

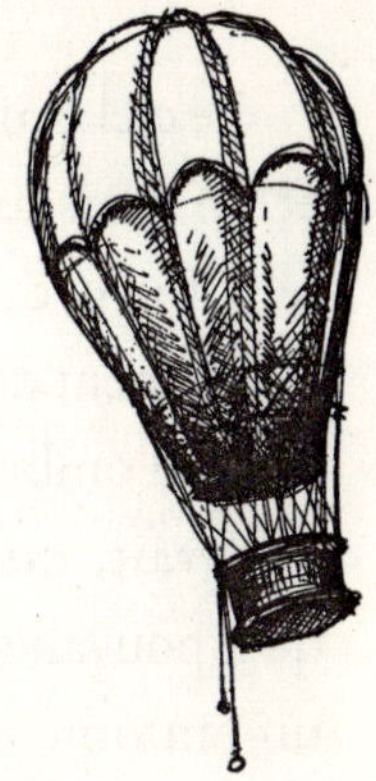

Jacob

Jacob se leva aux premières lueurs de l'aube, le cou endolori par sa nuit passée sur le sol de la cuisine de Munir, avec pour oreiller un sac de têtes d'ail. Le sol était jonché d'éclats de verre semblables à des grêlons. Heureusement pour Jacob, Munir avait passé ses nerfs sur ses créations plutôt que sur lui. Lorsqu'il était finalement rentré la veille, Munir avait déjà eu vent qu'un djinn avait été aperçu dans le bidonville hāri. Jacob s'en était servi d'excuse pour expliquer la durée inhabituelle de son expédition au puits. Bien sûr, il avait pris garde d'omettre tout détail susceptible d'éveiller les soupçons du verrier.

Jacob commença par balayer le sol, puis s'occupa des charbons dans le four, retournant chacun dès qu'il se couvrait d'une fine pellicule de cendre blanche, de sorte que le feu se mit à rougeoyer d'une lueur infernale. Quand le four fut bien allumé, Jacob quitta discrètement l'atelier, son seau vide à la main. Il sortit dans le petit matin.

Le ciel était d'un bleu opaline teinté de rose par endroits, et un croissant de lune y était suspendu. L'air était frais, le village dormait paisiblement, on n'entendait que le bêlement de chèvres rachitiques qui se disputaient les rares coins d'ombre. C'était le moment de la journée que Jacob préférait, quand le monde n'était pas encore éveillé et qu'il pouvait se promener dans les rues sans être vu. Comme un fantôme. Comme s'il n'était pas vraiment là. Comme si la couleur de sa peau ne le mettait pas à part. Le matin, Jacob n'avait pas besoin de se cacher.

En approchant du bidonville, il observa la cahute au drap rouge tendu entre deux grosses caisses de bois – celle qu'il avait partagée avec William avant d'emménager dans la maison de Munir –, mais elle était vide. Depuis le temps qu'il connaissait William, ce dernier n'avait jamais été un lève-tôt. Ça ne pouvait signifier qu'une chose : il n'était pas rentré de la nuit.

Sous l'inquiétude, ses poumons semblèrent se contracter comme un bout de charbon cognant contre ses côtes. William était stupide. Il était prêt à risquer la vie de tous les Hāris du village, et pour quoi ? Jacob s'efforçait de rallumer l'étincelle de sa rage, sans succès. William ne faisait rien d'autre que tout le monde. Essayer de remettre un peu d'espoir dans sa vie. Il ne pouvait pas le lui reprocher.

Le croassement d'un rokh lui fit lever la tête. Il plissa les yeux pour l'apercevoir. L'oiseau planait si haut qu'il paraissait d'une taille ordinaire, mais Jacob savait que de près c'était un géant à l'envergure dépassant les deux mètres. Il le regarda décrire des cercles dans le ciel : ses plumes iridescentes dans la lumière du soleil, le rokh miroitait de mille couleurs.

À cet instant, un froissement de tissu vert et jaune lui attira l'œil. Jacob mit sa main en visière pour mieux regarder.

Une montgolfière tombait vers le sol comme une feuille morte. Les ballons atterrissaient très rarement à Sahli. En général, il les voyait passer dans le ciel, si hauts qu'on pouvait les confondre avec des oiseaux.

Mais celui-ci descendait, si bas à présent qu'il frôlait les toits des maisons endormies. Il était peut-être vide. Abandonné. Pour quelle autre raison atterrirait-il ici ? Jacob inspecta les rues désertes. Le village ignorait tout de ce visiteur. Munir ne serait pas debout avant une bonne demi-heure. Il n'y avait aucun mal à aller voir. Jacob courut à toute vitesse dans la direction du ballon, son seau lui battant la cuisse.

Faites qu'il soit abandonné.

Une petite tête apparut au bord de la nacelle. Jacob pila et jura. Évidemment qu'il n'était pas abandonné ! Une telle chance, ce n'était pas pour lui.

La montgolfière était assez proche pour qu'il en distingue chaque corde. La flamme du brûleur vacillait faiblement, l'enveloppe n'était plus tendue, s'affaissant à mesure que l'air s'en échappait. Une silhouette s'agitait dans la nacelle, visiblement en difficulté. On entendit un juron étouffé, puis l'occupant tira sur une corde et poussa un cri aigu. Un trou parfaitement rond de l'épaisseur d'un bras s'ouvrit au sommet du ballon. La soupape parachute. Il ne connaissait ce mot que pour l'avoir entendu au bazar dans la bouche de marchands ambulants qui conversaient des mérites ambigus de la soupape parachute. Excellente pour une descente rapide, mais il était facile de perdre le contrôle avec une perte d'altitude aussi brutale. « Ce n'est certainement pas une corde qu'on tire à la légère, avait gloussé le marchand avant de cracher un noyau de datte. Les vantaux latéraux sont une option bien plus sûre. Ils libèrent de l'air de façon progressive. »

Jacob regarda le ballon se froisser, le tissu se repliant sur lui, tandis que la nacelle heurtait le sol. Il grimaça. Si le ballon s'était trouvé ne serait-ce que trois mètres plus haut, la brutalité de l'atterrissage aurait suffi à briser la nacelle. Celui qui pilotait ce ballon, quel qu'il soit, ne savait manifestement pas ce qu'il faisait.

L'aérostier se tortillait sous l'enveloppe dégonflée comme si celle-ci l'avait avalé. Devait-il proposer son aide ? De nouveau Jacob scruta les rues. Désertes. Personne en vue. Il se rappela son seau. Il ne pouvait pas se permettre d'énerver Munir de nouveau, et il avait déjà assez perdu de temps.

Mais à ce moment-là, une silhouette émergea de sous l'étoffe. Une fille, à peine plus âgée que lui. Elle se hissa par-dessus le rebord de la nacelle et se laissa rouler dans l'herbe, luttant pour reprendre son souffle.

Jacob la contempla, bouche bée.

Lorsqu'elle le vit, elle bondit sur ses pieds, époussetant la boue séchée qui crottait ses genoux.

Ils se toisèrent l'un l'autre.

– Qu'est-ce que tu regardes ?

Jacob baissa aussitôt les yeux. Il savait qu'il ne devait pas fixer les femmes ghadæanes. C'était assez pour lui valoir la lapidation. Il fit demi-tour pour s'éloigner.

– Attends !

Il tourna la tête. Elle le scrutait, semblait jauger son poids. Il se recroquevilla sous ce regard brûlant, se mit à transpirer. Il n'avait pas l'habitude de ce genre d'interaction avec des Ghadæans. Avant Munir, il ne se souvenait pas d'avoir jamais adressé la parole directement à l'un d'eux, encore moins d'avoir tenu une conversation.

– Où suis-je ?

Sa voix était éraillée et elle fut prise d'une toux rauque, comme si elle n'avait pas bu depuis des jours et que sa gorge râpeuse s'était changée en parchemin. Il connaissait cette sensation.

Il bafouilla :

– Sahli… mademoiselle. Vous êtes à Sahli, mademoiselle.

Il espérait qu'elle ne lui demanderait rien d'autre.

Il l'entendit jurer entre ses dents et en fut étonné. Les filles n'étaient pas censées jurer de cette façon, en tout cas, pas les Ghadæanes. Mais bon, ces dernières n'avaient même pas le droit de sortir de chez elles sans être accompagnées, alors piloter des montgolfières… n'en parlons pas. Il lança un coup d'œil du côté du ballon dégonflé, s'attendant à ce qu'une autre figure en émerge. Mais non. Elle était seule.

La fille jeta un regard circulaire, s'attardant sur la batterie de tentes aux couleurs vives qui les entouraient. Elle empoigna un bout de l'enveloppe et le jeta en l'air, comme si elle s'imaginait pouvoir tout simplement lancer la montgolfière dans le ciel. Le tissu voleta brièvement, protestant contre ce réveil brutal, avant de retomber en un tas informe. Ce ballon ne redécollerait pas de sitôt.

La fille fit face à Jacob, les lèvres entrouvertes. Il connaissait ce regard. Celui qui précédait en général une insulte, une grimace de mépris ou un crachat sur sa joue.

C'est un Hāri. Voilà ce que signifiait ce regard. Il était trop tôt dans la journée pour subir ce genre de regard. Jacob fit demi-tour.

Il laissa la fille s'énerver tandis qu'elle essayait d'étaler proprement l'enveloppe sur l'herbe, mais l'étoffe était toute tordue et emmêlée, bien trop grande pour se laisser manipuler seule. Ce n'était pas son problème. Il avait assez des siens.

Jacob se dirigea vers le bidonville, tout en jetant un coup d'œil de temps en temps vers la fille. Elle avait l'air d'avoir seize ans. Dix-sept au plus. Jacob savait qu'il paraissait plus jeune que son âge. À quinze ans, ses membres commençaient tout juste à s'étirer comme la tige d'un haricot, mais c'étaient sa maigreur, ses jambes grêles et ses bras chétifs qui lui donnaient cette apparence faible et enfantine.

Il n'y avait rien de faible chez cette fille. Son corps vibrait de frustration tandis qu'elle luttait pour redonner son galbe au ballon, elle suait et soufflait avec la fureur d'un orage électrique. Elle lui rappelait la bouilloire que Munir posait sur le poêle : bouillonnant, tremblant, sifflant de plus en plus aigu. Elle agitait les bras en faisant claquer l'étoffe. Bientôt, les gens s'éveilleraient, et vu l'urgence qui s'était emparée d'elle, la fille en était bien consciente.

Elle dégageait une certaine simplicité. La plupart des Ghadæanes se paraient de foulards pailletés, dorés, colorés, qu'elles nouaient en échafaudages compliqués sur leur tête. Celle-ci semblait bien terne en comparaison, et il se demanda si ce vol n'était pas improvisé. Mais de toute façon, ce n'était pas son problème.

Lorsqu'il approcha du puits, le grincement léger des poutrelles cassées et des cahutes précaires qui se balançaient doucement dans la brise matinale le réconforta. Des enfants hāris dormaient dans la poussière. Les rares déjà levés étaient rassemblés près du puits.

Jacob s'avança. Le jeune garçon qui se dressa sur la pointe des pieds pour atteindre la manivelle permettant de remonter le seau lui arracha un sourire bref et désabusé. Pour lui, c'était le début d'une longue journée, encore une, marquée par la faim et la soif. Déjà, la vie avec Munir avait amolli Jacob. Comme il serait facile à son maître de le rejeter à la rue, où il retournerait à une existence semblable. C'était une perspective à laquelle il se préparait constamment.

Son seau plein, Jacob s'apprêtait à repartir quand une silhouette s'affairant au milieu des pavots attira son regard.

Il eut l'impression de recevoir un coup de hache en pleine poitrine.

C'était William.

Jacob se renversa de l'eau sur les pieds en se hâtant vers son ami. Il s'arrêta devant William sans savoir quoi lui dire ni par où commencer.

– Ça va ? dit-il finalement avant de poser sur les yeux sur un sac plein à ras bord de fleurs de pavot. C'est pour quoi faire ?

– Ne pose pas de questions si tu as trop peur de connaître la réponse.

William sélectionna deux fleurs de pavot et noua leurs tiges ensemble. L'une d'elles se brisa. Il la jeta et en prit une autre.

– Tu as dit très clairement hier que tu ne voulais rien avoir à faire avec tout ceci. À moins que tu aies changé d'avis ?

À ses pieds s'étirait une longue chaîne de pavots noués comme une corde. Jacob n'avait aucune idée d'à quoi ça pouvait servir, mais il avait le funeste pressentiment qu'il s'agissait de *sihr*.

– On devrait parler.

William continuait d'assembler les tiges.

– Je t'ai déjà dit tout ce que tu dois savoir.

Jacob s'empourpra.

– Je comprends que tu ne veuilles pas vivre ainsi. Je comprends ton désir de voir les choses changer. Je comprends tout ça, soupira-t-il. Mais pourquoi les djinns ? Tu ne pourrais pas trouver un autre moyen d'aider notre peuple, quelque chose qui ne soit pas aussi… dangereux ? Tu risques la vie de tout le monde par tes actes, William.

William le fusilla du regard, ses yeux gris lançant des reflets d'acier.

– Pourquoi les djinns ? Je pensais que c'était évident : les djinns sont la seule chose que craignent vraiment les Ghadæans.

Jacob devait bien admettre que, sur ce point, il avait raison.

– Et pourquoi je n'ai eu vent de ton projet qu'hier, alors que tu tenais un djinn dans les bras ? Je croyais qu'on se disait tout, poursuivit Jacob d'une voix où perçait l'amertume.

William haussa les épaules.

– Tu m'aurais arrêté. Mieux valait te mettre au courant une fois que j'avais tout prévu.

Il leva deux pavots, comparant la longueur de leur tige.

– Bon, tu viens toujours ce soir ou pas ? Tu n'auras pas d'autre chance. C'est maintenant ou jamais.

Jacob se passa une main dans les cheveux. Il ne pouvait nier qu'une étincelle de curiosité s'était allumée en lui. Ça ne pouvait pas faire de mal d'écouter. Jacob n'était pas aussi influençable que William. Il était convaincu qu'il saurait reconnaître un tissu de mensonges.

– Je viendrai, mais ça ne veut pas dire que j'approuve quoi que ce soit, dit-il en désignant la chaîne de fleurs, assez longue pour que William l'entortille autour de son cou comme une corde de pendu.

William eut un sourire sarcastique.

– Je savais que tu viendrais. Tu avais juste besoin qu'on te pousse un peu.

Malgré lui, Jacob sentit sa colère fondre comme neige au soleil. William avait toujours été très fort pour balayer les querelles d'un revers de main quand ça l'arrangeait.

– Mais attention, c'est sérieux, ajouta-t-il. Les Hareefs viennent ce soir pour recruter de nouveaux membres, et ils ne prennent que les meilleurs. Tu ne peux pas juste te pointer. Il faut que tu les impressionnes.

– Attends ! Je n'ai jamais parlé de me joindre à eux !

– Pas encore. Mais tu le feras quand tu les auras vus. Fais-moi confiance.

Les yeux de William pétillaient de cette énergie que Jacob avait toujours admirée, et secrètement enviée. L'espoir, quelque chose que Jacob n'avait jamais vraiment possédé. Il se demanda si c'était parce que, contrairement à lui, William avait connu ses parents avant qu'ils soient tués.

Alors que Jacob ne contenait qu'un espace vide à la place du souvenir de ses parents, le deuil de William était son moteur. Un chagrin qui pouvait facilement passer de la rage furieuse à un optimisme étincelant. Jacob tenta de s'imaginer l'euphorie de se laisser ainsi consumer par l'espoir.

Il soupira.

– Les impressionner comment ?

William se caressa le menton – une habitude qu'il avait prise, comme si en se frottant sans cesse le menton il pourrait se faire pousser les poils de barbe.

– Eh bien, moi je me suis entraîné à commander aux djinns grâce à l'amulette qu'ils m'ont donnée, dit-il en tripotant la ficelle autour de son cou.

Jacob se raidit.

– Mais tu pourrais leur parler de ton soufflage de verre.

Jacob fronça les sourcils. Il ne s'attendait pas à ça quand il avait accepté d'accompagner William le soir même.

– Tu crois qu'ils en ont quelque chose à faire ?

– Bien sûr ! Très peu de Hāris sont capables de souffler le verre. Ils seront certainement intéressés.

Jacob serra les lèvres. Parfois, il se demandait pourquoi il restait fidèle à William alors que celui-ci ne lui attirait que des ennuis. Mais ses joues rougirent sous l'effet de la honte. William était sa seule famille, et il valait mieux avoir quelqu'un qui le rendait dingue que personne du tout.

– OK. Je devrais y retourner, fit Jacob en regardant l'eau stagnant dans son seau. Au fait, tu as vu la fille dans la montgolfière, plus tôt ?

William releva brusquement la tête.

– Quelle fille ?

– Une Ghadæane, avec une montgolfière. Elle a atterri au milieu du village.

– Une montgolfière ? Ici ?

– Oui. Tu ne l'as pas vue ? La fille la pilotait toute seule.

William sourit et laissa tomber les fleurs qu'il avait à la main.

– Bon, changement de programme, murmura-t-il.

Pourquoi Jacob sentait-il venir les ennuis ?

– Tu ne prévois rien d'illégal, n'est-ce pas ?

– Ça dépend du point de vue. Mais tu n'as pas à t'inquiéter. Je ne te demande rien de compliqué. Juste un tout petit truc très facile.

– Qu'est-ce que je dois faire ?

– Retourne là-bas et va parler à cette fille. Je m'occupe du reste.

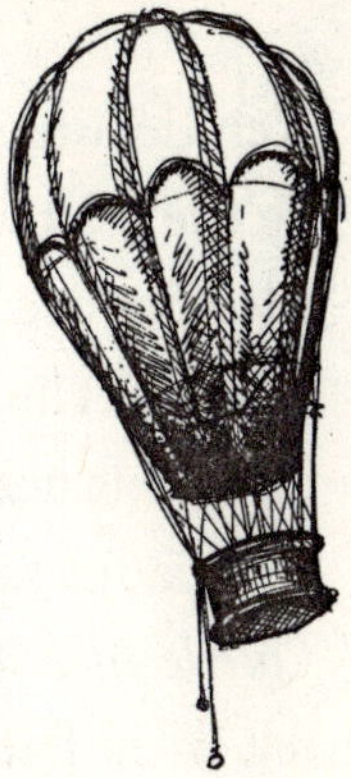

CHAPITRE SEPT

Khadija

– Allez, debout !

D'un geste rageur, Khadija fit claquer de nouveau le ballon. Il retomba en tas. Elle s'effondra dos à la nacelle et essuya la sueur de son front. C'était fichu. Elle était coincée ici. Elle étudia les rues désertes de Sahli. Elle se rappelait vaguement qu'Abba avait parlé d'un prétendant potentiel qui vivait dans ce village, mais il avait été promptement éconduit lorsqu'Abba s'était rendu compte que Sahli était encore plus pauvre que Qasrah. Elle scruta les toiles de tente colorées, y guettant le moindre signe de vie. Une fille qui voyageait seule, c'était déjà mal vu, sans parler du ballon volé. Elle déglutit douloureusement. Ses réserves d'eau étaient elles aussi épuisées.

Khadija réfléchit. Le village ne tarderait pas à s'éveiller. Se cacher quelque part semblait la meilleure option, mais ça voulait dire abandonner son ballon.

Son ballon. Elle ricana. Elle n'avait aucun droit de le prétendre, et pourtant, il lui semblait qu'il était bien à elle.

S'en défaire serait un tel gâchis, surtout après les risques qu'elle avait encourus pour l'avoir, mais si elle n'arrivait pas à le faire décoller dans la prochaine demi-heure, elle serait repérée, et les soldats, très certainement alertés. Ça se voyait comme le nez au milieu de la figure qu'elle était en fuite.

Khadija tambourina des doigts sur le bord de la nacelle. *Quelle idée stupide!* Abba avait raison. Elle avait la tête tellement farcie d'histoires qu'elle en avait oublié la réalité. Les filles n'étaient pas censées voler des montgolfières pour partir à l'aventure. Pourquoi? Parce qu'elles se retrouvaient naufragées dans des villages inconnus avec nulle part où aller et personne vers qui se tourner. Aucun intérêt.

Khadija jeta un regard noir à l'étoffe jaune et verte. *Merci, hein!*

Elle s'éloigna, furieuse, le pas d'abord mal assuré, désaccoutumé de la solidité du sol. Elle se demanda combien de temps il faudrait avant que quelqu'un ne s'approprie le ballon. Elle haussa les épaules. *Grand bien leur fasse!* Il ne lui avait causé que des ennuis, de toute façon. *Ballon de malheur!*

Un claquement de sandales sur le sol durci par le soleil la fit sursauter. Deux silhouettes émergeaient d'une rangée de tentes, essoufflées. Deux jeunes Hāris. Elle les ignora, mais l'un d'eux la siffla comme si elle était un chat domestique. Elle s'en décrocha la mâchoire. Mais pour qui se prenaient-ils?

Les garçons s'avancèrent. Le premier avait l'air du même âge qu'elle, grand et maigre, avec des cheveux noirs et un long nez osseux. L'autre était plus jeune, plus pâle, avec des cheveux blond doré et les joues brûlées par les coups de soleil.

Celui qu'elle avait aperçu plus tôt. Il portait un seau d'eau.

Khadija croisa les bras sur sa poitrine.

– Quoi ?

Le plus âgé se plia en deux, les mains sur les genoux, la respiration sifflante. Il avait l'air prêt à s'effondrer.

– Tu veux… cacher ton… ballon. Non ? articula-t-il entre deux râles. Avant… que quelqu'un le voie.

– Qu'est-ce que ça peut te faire ?

Il la transperça de ses yeux gris comme un orage d'argent. Elle tressaillit, étonnée de son effronterie. La plupart des Hāris n'osaient pas croiser le regard d'un Ghadæan. Le plus jeune savait rester à sa place, car il gardait les yeux fixés sur le sol.

Le plus vieux reprit enfin son souffle et se redressa de toute sa taille, la toisant d'une bonne tête.

– On dirait juste que tu n'as pas envie qu'on te voie ici avec un ballon. Toute seule.

Khadija haussa les épaules.

– C'est pas tes oignons.

Elle fusilla les deux jeunes du regard. Elle n'était pas assez bête pour faire confiance si facilement à des garçons. Surtout des Hāris.

Celui qui portait le seau tira l'autre par la manche.

– Allez, William. Viens, on s'en va. Avant qu'on nous voie.

William se dégagea et roula des épaules.

– C'est un ballon volé, n'est-ce pas ? dit-il avec un rictus. Ça se voit.

Les joues de Khadija s'enflammèrent.

– Ne t'en fais pas, on s'en fiche, dit William en caressant son ballon du regard et en se léchant les lèvres. Ça paraît juste dommage de l'abandonner ici. On peut le cacher pour toi si tu veux.

Le cacher ? Plutôt le garder pour eux, oui !

– Et pourquoi vous feriez ça ?

– Évidemment, ça ne serait pas gratuit.

Khadija serra les poings.

– Je n'ai rien à vous donner, alors vous feriez mieux de dégager !

– Tu n'es pas obligée de nous donner quelque chose tout de suite. Vois-le plutôt comme une dette. Tu nous rembourseras plus tard.

Ça ne lui disait rien qui vaille.

– On peut cacher ton ballon pour toi, répéta William, avant d'indiquer le plus jeune, occupé à pousser un caillou du bout du pied. Jacob connaît un endroit où tu pourras prendre un petit déjeuner, et ensuite, tu auras tout le temps de réfléchir à comment nous rembourser. Après tout, tu dois avoir faim.

Ça, oui ! Et soif, aussi. Mais l'allure de William ne lui inspirait pas confiance. Son menton saillait telle une arête rocheuse, donnant à son visage un aspect tranchant, comme sculpté dans du verre. Au moindre faux pas, il semblait prêt à la découper en deux.

William éclata de rire.

Khadija commençait à bouillir, sa fureur suintait de sa peau. Comment osait-il se moquer d'elle ?

– Allez, la nargua-t-il. Qu'est-ce que tu as à perdre ? On est des Hāris, après tout. Tu peux à tout moment appeler les soldats et ils nous pendront haut et court, sans poser de questions. C'est plutôt nous que tu devrais convaincre de t'aider. Tu t'en sors bien dans cette histoire.

Il n'avait pas tort. C'était elle, la Ghadæane.

Khadija observa le ciel où le soleil continuait de grimper pendant cette conversation. Elle commençait à manquer de temps.

– Très bien. Cachez mon ballon, ordonna-t-elle.

– Tout de suite, miss, répondit William avec un sourire malicieux.

Il s'approcha du ballon, d'abord timidement, comme s'il s'agissait d'une bête magnifique. Le plus jeune restait à la traîne, son seau toujours à la main.

– Jacob va t'emmener petit-déjeuner.

Elle regarda ce Jacob d'un œil soupçonneux. Il n'avait toujours pas levé la tête, les épaules recroquevillées comme s'il voulait disparaître sous terre. Il ne présentait vraiment aucun danger pour elle. Elle opina avec raideur.

Jacob croisa son regard brièvement avant de faire demi-tour et de s'éloigner dans la rue. Khadija dut se dépêcher pour ne pas se laisser distancer. Elle lança tout de même un dernier regard noir à William, mais ce dernier était trop occupé à tasser l'enveloppe du ballon dans la nacelle pour remarquer quoi que ce soit.

Et s'il le volait, qu'est-ce que ça pouvait faire ? Elle allait l'abandonner, de toute façon.

Khadija suivit Jacob à travers le labyrinthe des ruelles endormies où les stands du marché étaient encore fermés. Des chèvres aux oreilles tombantes fouillaient les poubelles. Le village puait le fruit pourri et le fumier.

Jacob s'arrêta devant une maison dépourvue de porte, où l'air pouvait entrer et sortir à sa guise. Il retira ses sandales poussiéreuses et pénétra à l'intérieur. Khadija hésita avant de l'imiter. Des casseroles et des poêles pendaient du plafond, de gros sacs s'alignaient contre le mur du fond, pleins de riz, de lentilles, de farine et d'oignons. Une lumière ambrée se déversait sur le carrelage depuis une porte entrouverte. Une odeur de feu stagnait dans l'air.

Jacob lui indiqua une chaise et déposa son seau. Khadija demeura debout. Le garçon hésita un instant, puis prit un gobelet de cuivre, le remplit d'eau et le poussa vers elle sur la table. Elle le vida d'un trait. Sans un mot, il reprit le gobelet, le remplit de nouveau. Elle but encore. Elle sentait sur elle le regard méfiant de Jacob, comme si elle était une flamme à nu susceptible à tout moment d'exploser en un feu ronflant.

Il sortit une assiette couverte d'un torchon et révéla une pile de *parathas* tout frais. Il en plia un sur une assiette aux bords ébréchés qu'il posa devant elle, avant de disparaître dans la pièce voisine. La vue du pain frais, fourré aux pommes de terre épicées, la fit saliver. Elle l'engloutit, trop affamée pour manger comme une dame.

Quand elle eut mangé à sa faim et bu à sa soif, le garçon revint. Il prit son assiette vide, la lava, l'essuya et la reposa sur une étagère à côté d'une grappe d'ail qui emplissait la pièce d'une odeur puissante menaçant d'imprégner les vêtements de Khadija.

Cela fait, Jacob continua de s'agiter nerveusement dans la cuisine. Khadija cherchait comment rompre le silence.

Des pas venus de l'intérieur de la maison les firent tous deux sursauter, et la porte s'ouvrit à la volée. Un Ghadæan fit son apparition, vêtu d'une longue chemise de nuit et d'un pantalon *shalwar* lâche. Lui aussi sursauta, se cognant l'orteil contre l'encadrement de la porte. Il se tint le pied en jurant et se tourna vers Jacob.

– Qui c'est ?

L'homme avait un nez crochu et d'épais sourcils noirs qui faisaient ressortir le blanc de ses yeux.

Jacob se recroquevilla en tremblant dans un coin.

– Elle était dehors, toute seule. Elle n'avait rien à manger. Je me suis dit que je devais l'aider.

L'homme s'avança, une main levée, menaçante. Jacob se tassa encore. Une vague de compassion traversa Khadija.

L'homme s'arrêta net et se tourna vers elle. Son cœur battit la chamade.

Il lui décocha un sourire malsain et la détailla de la tête aux pieds, son regard s'attardant sur les traits de son visage, le soyeux de sa peau. Elle se dandina, mal à l'aise.

– C'est bien aimable à toi, Jacob, dit l'homme en ébouriffant la tignasse du garçon, sans toutefois la quitter des yeux. Vous êtes… seule, mademoiselle ?

Elle hésita, mais c'était inutile de mentir. Il était évident qu'elle était seule, sinon elle ne serait pas assise dans cette cuisine. Elle hocha la tête.

L'homme dut percevoir son malaise, car il adoucit sa voix comme pour calmer un petit oiseau effrayé. Mais elle n'était pas un petit oiseau.

– Alors, tu es notre invitée. Je m'appelle Munir, déclara-t-il en posant une main sur sa poitrine.

Devant le silence de Khadija, il ajouta :

– Et toi ?

– Khadija, murmura-t-elle avec réticence.

Munir claqua des doigts.

– Jacob, apporte quelque chose à manger pour mademoiselle Khadija.

Jacob se précipita sur la pile de *parathas*.

– Merci, intervint Khadija. Il m'a déjà donné à manger et à boire.

Les yeux de l'homme restaient fixés sur elle, sur le tissu si fin de son *kameez*.

– Je peux t'offrir des fruits, peut-être ? Des dattes ?

Munir fouilla dans ses poches et jeta une pièce à Jacob.

– Va chercher des fruits frais. Le marché devrait être ouvert.

Jacob acquiesça et s'enfuit par la porte ouverte sans regarder en arrière.

Khadija resta seule avec Munir. Les mains serrées sur le bord de son siège, elle s'efforça de maîtriser sa respiration, de dénouer la corde d'angoisse qui lui tordait le ventre.

Munir emplit une casserole d'eau et la posa sur le poêle en fredonnant. Il y ajouta une poignée de feuilles de thé, un bâton de cannelle et quelques grains de cardamome.

– Un peu de chaï ?

Elle fit non de la tête.

– Tu viens de loin, non ? Tu dois être fatiguée, dit-il en souriant.

Là, maintenant, seule avec cet homme dans sa cuisine, dormir était la moindre de ses préoccupations. Son corps était épuisé, c'est vrai, mais son esprit était en ébullition, comptant toutes les fenêtres et toutes les portes pour repérer un itinéraire de fuite.

Munir n'attendit pas sa réponse.

– Tu peux dormir dans la chambre d'ami, si tu veux. Viens, dit-il en lui faisant signe de le suivre plus avant dans la maison. Repose-toi un moment. Jacob sera vite de retour avec tes fruits. Il court vite, ce garçon, ajouta-t-il avec un ricanement.

Son rire lui fit froid dans le dos, mais Khadija le suivit, un peu par peur de sa réaction si elle refusait. Elle n'avait pas envie de voir de quoi il était capable si son humeur tournait à l'aigre. Dans le couloir, ses pas résonnaient sur le carrelage. Une porte ouverte sur sa droite révéla un atelier de verrier où un four chauffait dans un coin ; divers objets en verre pendaient aux murs. La pièce entière étincelait. Elle en eut le souffle coupé.

– Joli, n'est-ce pas ? dit Munir tout en la reluquant une fois de plus.

De haut en bas et de bas en haut, balayant chaque centimètre de son corps.

Khadija acquiesça fébrilement. Il ouvrit une porte et la poussa à l'intérieur.

– Si tu as besoin de quoi que ce soit, n'hésite pas à m'appeler.

Khadija se dépêcha de lui fermer la porte au nez, osant à peine respirer tant que le bruit de ses pas ne s'était pas éloigné.

Elle avait le cœur au bord des lèvres. Et maintenant ? Que faire ? Elle inspecta la petite chambre. Un lit simple avec des draps de coton, une fenêtre minuscule. Dehors, la chaleur s'épaississait à l'approche de midi. Ce serait suicidaire d'essayer de repartir par une telle chaleur, surtout sans eau. Elle eut pitié de Jacob obligé de ressortir à cause d'elle.

Elle s'assit au bord du lit. Elle se disait que ça ne pouvait pas faire de mal d'attendre encore quelques heures. La simple pensée de la chaleur émise par le ballon lui fit tourner la tête.

Un carillon à vent en cuivre était suspendu à la fenêtre – il était censé l'alerter si un djinn venait à entrer. Cependant, l'air était aussi figé qu'une mare d'eau stagnante et le carillon se taisait. Khadija s'allongea sur le drap et resta aussi immobile que possible. Tout mouvement lui donnerait encore plus chaud. Elle ferma les yeux, écouta Munir s'affairer dans la maison. D'abord un raffut de casseroles, ensuite les tintements du verre. Il était dans son atelier. Elle jeta un coup d'œil vers la porte. Il lui serait facile de partir maintenant. À moins qu'il n'ait verrouillé la porte de l'extérieur. Elle se leva d'un bond et testa la poignée : la porte s'ouvrit, et elle poussa un soupir de soulagement. Elle était juste parano. La voix d'Abba résonna à ses oreilles : « Tu ne seras jamais trop prudente quand il s'agit des hommes, beti. Reste toujours sur le qui-vive, ça vaut mieux. Demande-toi toujours ce qu'ils ont derrière la tête. »

Elle ricana. Il était peut-être temps de se demander ce qu'Abba avait derrière la tête pour être si pressé de la marier avec le premier venu, un garçon qu'il semblait avoir choisi dans la rue cinq minutes plus tôt. Un accès de culpabilité fit fondre son agacement. Elle s'imagina Abba, assis près de la fenêtre toute la nuit, à fouiller le ciel pour déceler un signe de son retour. Il recommencerait probablement cette nuit, et la suivante, et celle d'après. Elle se demanda combien de temps il lui faudrait pour abandonner tout espoir de revoir sa fille, et combien de plus avant que son vieux cœur se brise. Elle se jeta de nouveau sur le lit. Elle était bien trop épuisée pour se tourmenter.

La chaleur semblait la consumer lentement, et des rêves lucides flottèrent devant ses yeux. Elle rêvait qu'elle se trouvait dans le livre d'histoires d'Hassan, cherchant la princesse Malika le long de couloirs dallés de marbre et ponctués de bassins couverts de pétales de rose. Hassan était là lui aussi, dans la cour, ajustant sa longue-vue tandis qu'il scrutait le ciel étoilé pour trouver des réponses. Une voix de carillon, une série de notes harmonieuses se mêlèrent en un chant qui lui fit lever les yeux. Hassan suivit à la longue-vue la créature qui décrivait des arabesques dans le ciel, une traînée de plumes opalescentes, un éclat d'argent et de mauve. Elle aurait cru que c'était un oiseau, si ce n'était cette voix qui perçait la nuit. Khadija poussa un petit cri. C'était une péri, une créature céleste ailée, à tête et corps de femme, sauf pour les serres qui terminaient ses jambes et les ailes dans son dos, qu'on disait faites de lumière d'étoile. Les péris n'apparaissaient que les nuits de pleine lune pour chanter, et leurs harmonies guidaient l'âme des morts libres de tout péché jusqu'au paradis. Khadija s'arracha à la contemplation du ciel pour se tourner vers Hassan, toujours occupé à tripoter sa longue-vue et n'ayant même pas remarqué sa présence.

Regarde-moi. S'il te plaît. Elle voulut aller vers lui, le prendre dans ses bras, le serrer, le supplier de lui raconter une dernière histoire pour qu'elle puisse encore une fois entendre sa voix, mais le rêve s'évapora.

Khadija se réveilla en tremblant. La pièce était sombre et il faisait plus frais. Combien de temps avait-elle dormi ? Elle se redressa sur les coudes. Elle avait le dos humide, couvert d'une sueur froide qui la fit frissonner. Des ombres s'attardaient dans les coins et le carillon tinta une mélodie lugubre. Khadija se frotta les yeux pour en chasser le sommeil.

Du verre se brisa.

Elle bondit, se cognant le coude contre le poteau du lit au passage.

Encore des bris de verre. Puis des cris. Ça venait de l'autre pièce.

Elle se leva et ouvrit la porte. Des éclats de verre jonchaient le couloir, tels des confettis. La porte de l'atelier était entrouverte, la lueur orange sanguine du four illuminait le carrelage.

Un nouveau cri qui se mua en gémissement. Elle s'avança.

Jacob tremblait, recroquevillé sur le sol, les bras levés pour se protéger le visage tandis que Munir le surplombait, un bol en verre à la main.

– Tu commences à me valoir plus d'ennuis que ce que tu vaux, sale Hāri !

Jacob rampa sur le carrelage, s'entaillant les mains sur les débris. Munir lui coupa la retraite en lui jetant le bol qui s'écrasa à quelques centimètres de la tête de l'apprenti.

Khadija grimaça et serra les poings. Personne n'avait le droit de traiter un enfant de cette façon. Elle resta figée dans l'encadrement de la porte en voyant Munir attraper dans le four un tisonnier chauffé à blanc.

– Je devrais peut-être assombrir un peu ton visage pâle, menaça Munir en brandissant le tisonnier.

Khadija sentit son corps se tendre et, sans réfléchir, elle balança son coup.

Elle n'avait jamais de toute sa vie frappé un homme, aussi, quand son poing s'écrasa sur la pommette de Munir, fut-elle tout étonnée de voir que la force de son coup suffisait à le faire chanceler. Le tisonnier tomba par terre. Munir grogna, mais se remit très vite. Une main massant la bosse qui se formait sur sa figure, il s'avança vers Khadija. Elle recula.

– C'était pas très courtois, pour une dame, mademoiselle Khadija, susurra-t-il, une lueur maligne dans le regard.

Elle se trouva acculée contre le mur. Sa respiration s'affola, ses oreilles se mirent à siffler, ses tempes à bourdonner.

– Laissez-le tranquille.

Elle voulait faire preuve de courage, mais ne réussit à émettre qu'une supplique tremblotante. Munir ricana comme une hyène.

– Alors comme ça, on s'est entiché du garçon, hein ? Vraiment, mademoiselle, je ne te prenais pas pour une sympathisante des Hāris.

Il s'approcha encore, reniflant tel un chien de chasse, comme s'il pouvait flairer sa peur.

– On va devoir te purger de cette compassion, dit-il en faisant craquer ses phalanges.

Un hurlement leur fit tourner la tête à tous les deux. Du verre éclata. Munir s'écroula au sol.

Le cœur de Khadija battait si fort que c'en était douloureux. Une flaque sombre s'élargissait autour de la tête de Munir. Des échardes de verre coloré lui hérissaient le front. Elle compta les secondes, attendant qu'il remue. Mais il ne bougeait plus.

– Je crois qu'il est mort, chuchota Jacob, tremblant de tout son corps.

Khadija ferma les yeux, s'efforçant de calmer sa respiration. *OK, calme-toi. Respire. Il n'est probablement pas mort.*

Elle rouvrit les yeux.

Le corps de Munir n'avait pas bougé.

Qu'était-elle censée faire de lui ? Elle n'osait pas le toucher. Peut-être allait-il se réveiller.

Et peut-être pas.

Elle voulut se forcer à prendre son pouls, mais ses membres refusèrent de lui obéir. Elle eut un haut-le-cœur et la bile inonda sa gorge.

Khadija sortit en titubant dans le couloir, aspirant l'air à grands traits. Elle appuya son front contre le mur. Derrière elle, elle entendait le souffle saccadé de Jacob. Quand elle eut maîtrisé son envie de vomir, elle retourna dans l'atelier, toujours baigné d'une lumière ambrée, toujours chamarré de globes de verres et de chandeliers suspendus qui scintillaient au-dessus de sa tête. C'était vraiment joli, si on oubliait le meurtre.

Un rugissement qui lui sembla à peine humain la fit pivoter et se baisser au moment où Jacob lançait un autre bol qui explosa contre le mur en une pluie d'éclats. Il se saisit ensuite d'un vase.

– Arrête ça ! Tu vas nous faire repérer !

Elle tenta de lui faire lâcher prise, mais il recula, respirant à peine.

– Les soldats ! Ils me tueront !

Il était blanc comme un linge et Khadija pouvait distinguer le dessin des veines violettes sur ses paupières. Il regardait tout autour de lui, scrutant le moindre recoin de la pièce, comme s'il s'attendait chaque seconde à voir les soldats faire irruption par les fenêtres. Il avait les yeux d'un bleu très vif. Un bleu qu'elle n'avait jamais vu.

Khadija avait du mal à l'admettre, mais il avait raison. Ils le tueraient. Quant à elle, elle arriverait peut-être à négocier la clémence. Mais ils la mettraient de force dans le premier ballon venu qui la ramènerait chez Abba. Non, elle ne pouvait s'y résoudre.

Cacher le corps serait difficile. Trop de voisins, trop de paires d'yeux susceptibles de les voir traîner un cadavre dans la rue. Et de toute façon, elle ne s'en sentait pas la force. Ce qui ne laissait qu'une option.

– Il faut partir avant que quelqu'un s'aperçoive qu'il est…

Jacob serra le vase sur sa poitrine, mais ne le lança pas. Elle l'observa s'y accrocher comme à son salut. Ou bien se protégeait-il contre elle ?

Khadija ne savait pas quoi dire d'autre. En l'espace d'une seconde, elle avait tout risqué pour lui, sans même y réfléchir, et en retour, il avait fait la même chose pour elle. Ils étaient l'un pour l'autre des inconnus, et pourtant les circonstances avaient inextricablement lié leur sort, que ça leur plaise ou non.

Elle risqua un coup d'œil dans la direction de Munir. La flaque de sang avait doublé de surface. Elle eut un nouveau haut-le-cœur. Il fallait qu'ils partent d'ici.

– Ton ami, où a-t-il caché mon ballon ?

Jacob ne répondit pas. Elle soupira.

– Écoute, on n'a pas le temps. Il faut partir.

Elle se dirigea vers la porte.

– Dis-moi où.

– Près du bazar, bredouilla Jacob. William a dit qu'il le cacherait dans une ruelle, près du bazar.

Elle hocha la tête. Sahli était un petit village – il ne serait pas trop difficile de retrouver un ballon. Jacob baissa les yeux.

– OK, dit Khadija. Allons-y.

– Pars devant. Je dois trouver William.

Elle fronça les sourcils. Elle n'aimait pas l'idée d'impliquer William. Elle scruta le visage de Jacob. Pouvait-elle leur faire confiance ? À l'un ou à l'autre ? C'étaient des Hāris, tout de même.

Elle serra les dents. Elle n'était pas plus en sécurité avec les siens, après tout. Au moins, ces deux-là étaient des garçons, pas des hommes. Elle pouvait maîtriser deux garçons, du moment qu'elle ne baissait pas la garde et maintenait une saine distance entre elle et eux. Et puis, elle ne pouvait faire décoller le ballon toute seule.

– OK, grogna-t-elle.

Jacob hésita une seconde avant de la suivre hors de l'atelier.

– On se retrouve tout à l'heure, alors ? dit Khadija d'une voix mal assurée.

– Ouais, fit-il en évitant son regard.

Puis il disparut dans la rue, et Khadija s'autorisa un dernier coup d'œil vers Munir avant de l'imiter.

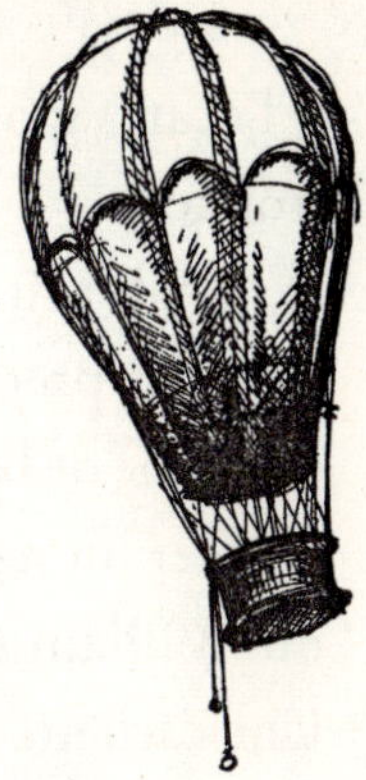

CHAPITRE HUIT

Jacob

Jacob fourra ses mains dans ses poches pour les empêcher de trembler. Des gouttes du sang de Munir tachaient ses manches. Il avait un goût acide dans la bouche. Il avait agi sans réfléchir. Il avait suffi du rictus cruel qui étirait les lèvres de Munir pendant qu'il acculait la fille.

C'était incroyable comme un seul instant pouvait tout changer. Désormais, il n'avait vraiment plus d'autre choix que de rencontrer les Hareefs avec William et de prier pour qu'ils l'emmènent avec eux. Peut-être pourraient-ils lui offrir leur protection quand les soldats découvriraient immanquablement le cadavre de Munir.

L'odeur fruitée des chichas imprégnait l'air. Les pipes à eau fleurissaient de toute part dans le village de Sahli au moment où les Ghadæans célébraient le déclin du soleil. Les hommes soufflaient des ronds de fumée pendant que les enfants assis à leurs pieds se disputaient les *barfi* roses et jaunes, des confiseries à base de lait concentré. Les femmes se rassemblaient en petits groupes un peu à l'écart, gloussant tout bas. Elles avaient peur de rire trop fort.

Jacob prit la direction du bidonville. Bientôt il ferait nuit, les premières étoiles s'allumaient à côté d'une lune en forme de banane. Il devait faire vite. Il ne put s'empêcher de jeter un regard vers la vieille grange, près du bidonville, où William avait en réalité caché le ballon de la fille. Une cachette astucieuse dans un lieu abandonné et désert, à l'exception de quelques chèvres égarées. Le bazar, en revanche, se trouvait à l'autre bout du village. Elle ne trouverait jamais son ballon. Une vague de culpabilité lui tordit les entrailles. Elle l'avait aidé, elle avait pris des risques pour un garçon qu'elle connaissait à peine. Un Hāri. Il chassa ces pensées avant qu'elles l'obligent à faire demi-tour pour aller chercher la fille. Était-elle une sympathisante des Hāris, comme l'avait dit Munir, ou juste une fille qui détestait la violence ? Ou bien encore avait-elle réagi, comme lui, de façon impulsive et aurait fait de même pour lui ou un quelconque chien sous les coups de Munir ?

Quoi qu'il en soit, il ne pouvait pas retourner la chercher. Elle s'en sortirait très bien toute seule. C'était une Ghadæane, après tout.

Quand il atteignit le bidonville, Jacob scruta les champs de pavots à la recherche de William. Le bidonville était étrangement calme pour cette heure. Après l'incident avec le djinn, les Hāris voulaient sans doute éviter d'attirer l'attention.

Jacob capta du coin de l'œil un mouvement qui le fit sursauter, mais ce n'était que le vent qui malmenait les cahutes. Il frissonna, serra les bras sur sa poitrine.

Quelque chose le tira par le col. Il poussa un cri.

– Chuuuut ! fit William en lui plaquant une main sur la bouche. Viens.

Jacob porta une main à son cœur comme pour l'empêcher d'exploser et suivit William dans le champ de pavots. Le silence n'était rompu que par les tiges qui se brisaient sous leurs pieds et le souffle de leur haleine.

Lorsqu'ils furent à bonne distance du village, William lui lança sans se retourner un sommaire « Ça va ? »

– Je crois que j'ai tué Munir.

William s'arrêta net.

– Tu quoi ?

Jacob raconta ce qui s'était passé, s'attendant à se prendre une gifle. Au lieu de quoi William éclata de rire.

– Ce n'est pas drôle ! gronda Jacob.

– Mais si, bien sûr que c'est drôle ! s'étouffa William. Souffleur de verre le jour, meurtrier le soir… Avec ça, tu es certain d'impressionner les Hareefs. Et ça vaut mieux, vu que maintenant, tu vas être obligé de te joindre à eux.

Jacob acquiesça. William avait raison, même s'il s'en réjouissait un peu trop à son goût.

– Et la fille ? poursuivit William. Elle ne trouvera pas son ballon, si ?

– Non, pas moyen.

– Parfait. Les ballons, c'est comme de la poudre d'or. En offrir un aux Hareefs améliorera sûrement nos chances.

Jacob s'interdit d'imaginer la déception qui se peindrait sur le visage de la fille au moment où elle comprendrait qu'il lui avait menti.

Au loin, les flammes orange de torches dansaient dans la brise du soir qui apportait des voix, douces et graves comme le bourdonnement des ailes d'insectes. Ils approchaient d'une clairière où les pavots avaient été moissonnés, seules leurs tiges nues dépassaient encore du sol, tels des membres amputés. William pressa le pas.

– Ils sont là. Fais ce que je dis. Ne dis rien de stupide.

Jacob se mordit la langue. Si l'un des deux devait dire des idioties, ce serait plutôt William. Toute cette histoire était idiote. Mais c'était ça ou se colleter avec le cadavre de Munir – et la Ghadæane. Il ravala sa culpabilité et emboîta le pas à William qui émergeait dans la clairière.

Des silhouettes drapées dans des capes blanches étaient assemblées en petits groupes. Une montgolfière gisait au sol, son enveloppe de soie était pointillée de blanc et de bleu pâle, si bien qu'une fois dans les airs, s'imagina Jacob, le ballon se fondrait dans le paysage de nuages. Le brûleur était tourné au minimum, émettant une faible lueur, le ballon tout juste en suspension à quelques centimètres des pétales de fleurs, invisible pour qui ne se tenait pas à proximité immédiate. Jacob sentit ses mains moites le démanger, une sensation d'excitation familière, comme quand Munir partait se coucher en laissant Jacob seul dans l'atelier, libre de fabriquer ce qui lui plaisait. L'opportunité. L'anticipation. Une étincelle de chaleur délicieuse qui se répandait dans tous ses membres et faisait fondre ses orteils engourdis.

Pendant un instant, il en oublia presque le *sihr*. Il ravala une nausée. Munir mort, il n'avait plus le choix.

William indiqua une figure au centre du groupe : une longue mèche de cheveux écarlates dépassait de son épaisse capuche, une mèche couleur de sang.

– C'est leur cheffe. C'est elle qu'on doit convaincre.

– Elle ?

Jacob ne savait pas trop pourquoi, de tous les événements présents, c'était ce détail qui le surprenait le plus. William opina.

– C'est elle qui m'a donné l'amulette. Ils sont ici pour recruter de nouveaux membres. Plus il y aura de Hāris dans leur camp, meilleures seront les chances de changer réellement les choses.

– Quelles choses ?

William eut un grand sourire.

– Tout. La société. Le monde ! Viens, dit-il en s'avançant, je vais te présenter.

Jacob avait les jambes en coton, mais il se fit violence pour suivre William. L'assemblée comptait une quinzaine de personnes, celles qui portaient les capes blanches étaient les Hareefs. Il y avait aussi d'autres Hāris que Jacob avait déjà vus dans le bidonville : un vieil homme à la joue barrée d'une affreuse cicatrice, une hache pendant à sa hanche ; une femme au visage délicat assise en tailleur devant un assortiment de poignards exposés sur une couverture ; un jeune homme, peut-être dix-neuf ans, un livre épais calé sous son bras. Jacob haussa les sourcils. La plupart des Hāris, comme lui, ne savaient pas lire. Il apparaissait que les Hareefs recherchaient autre chose que la force brute. Ils voulaient de l'intelligence, du talent, quelque chose qui sorte de l'ordinaire et qu'ils pourraient utiliser à leur avantage.

Mais quelle utilité trouveraient-ils à un apprenti souffleur de verre ? Le jeune homme au livre croisa son regard et les salua tous deux d'un signe de tête. William répondit de la même façon et engagea Jacob à s'approcher.

La mèche de cheveux rouges échappée de la capuche flottait au vent comme un ruban, et Jacob eut une soudaine envie de l'attraper au vol. William s'éclaircit la gorge.

– Excusez-moi.

Sa voix paraissait plus juvénile, et Jacob réalisa que c'était l'effet de la nervosité. Il ne pensait pas avoir jamais vu William dans un tel état. Il sentit son estomac se nouer. Si cette femme rendait William nerveux, peut-être devrait-il l'être lui aussi ?

La femme se tourna vers eux, et Jacob prit alors conscience de sa taille. Elle était plus grande que la plupart des hommes.

– William, tu es venu !

Ses dents brillaient comme des perles dans l'obscurité.

– Bien sûr, répondit William en bombant le torse. Et j'ai amené mon ami. Celui dont je vous ai parlé. Il est souffleur de verre, ajouta-t-il en poussant Jacob du coude.

– Un souffleur de verre… ronronna la femme.

Sa voix était douce comme du miel, et Jacob pensa fondre sous son regard. Il leva les yeux sur elle brièvement et fut surpris par son regard d'émeraude, d'un vert qu'il n'avait jamais vu.

– Enchanté, mademoiselle, bredouilla-t-il.

Il y eut un silence où même le vent sembla se taire, puis la femme gloussa doucement.

– Tellement poli, dit-elle en lui ébouriffant les cheveux. Tu peux m'appeler Vera, ajouta-t-elle en lui relevant le menton d'un doigt afin de mieux l'examiner. Quel est ton nom ?

– J… Jacob.

– Un très beau nom, susurra Vera.

La gorge nouée, Jacob put seulement coasser un merci. Personne ne l'avait jamais complimenté sur son nom.

– Hmm, fit Vera en lui tournant la tête de gauche et de droite avec douceur. Tu veux voir notre peuple heureux, libéré de la peur, vivant sa vie comme il l'entend.

Il manqua s'effondrer à ces mots. N'était-ce pas le souhait de tout Hāri de voir l'avènement d'un tel monde ? Mais pareille chose semblait impossible. Et les moyens qu'elle employait… le *sihr*… les djinns. Le jeu en valait-il la chandelle ? Jacob dégagea son menton de l'emprise des doigts féminins.

Vera plissa le front. Elle était plus âgée, sa peau de porcelaine était marquée par des pattes d'oie et des ridules qui donnaient à son visage une douceur que même ses cheveux rouge sang ne pouvaient ternir.

– Tu as des doutes, déclara-t-elle. Tu serais idiot si ce n'était pas le cas.

Vera claqua des doigts et un homme s'approcha avec un tabouret pliant qu'il posa dans l'herbe. Elle s'y percha et poursuivit :

– D'abord, voyons de quoi tu es capable. Ensuite, nous parlerons de tes doutes.

Voulait-elle qu'il lui fasse une démonstration de ses talents ? Comment pouvait-il souffler du verre en plein milieu d'un champ ? Jacob lança un coup d'œil à William, l'appelant à la rescousse. Ce dernier s'avança.

– Je me suis entraîné avec l'amulette, comme vous l'aviez demandé.

Vera opina, mais un mouvement sur sa gauche attira son attention.

Jacob suivit la direction de son regard. Une femme déchargeait de la nacelle du ballon des caisses en bois d'où provenait le tintement de fioles de verre. Pas n'importe quel verre, remarqua-t-il quand les torches révélèrent la teinte ambrée caractéristique du verre fusionné de cuivre et de laiton. Il déglutit.

– Une démonstration ? dit Vera à William, tout en faisant signe à la femme d'approcher.

Elle sélectionna un flacon fait de verre fusionné de laiton – du genre que Munir et Jacob fabriquaient souvent pour les exorcistes du village. Il n'en avait vu que des vides jusqu'ici, mais celui-ci contenait une sorte de volute noire qui flottait dans le verre. Jacob fronça les sourcils, regarda de plus près et vit l'éclat de jade de deux yeux verts. Il en eut le souffle coupé. Un djinn !

Tout ceci était une erreur.

Jacob tira sur la manche de William.

– Je ne veux pas faire ça, chuchota-t-il tandis que Vera plongeait son regard dans les profondeurs noirâtres du flacon.

William se dégagea.

– Tais-toi ! siffla-t-il.

– On devrait s'en aller, insista Jacob.

William lui mit un coup dans les côtes, fit un pas en avant et s'empara du flacon. Jacob, plié en deux, coassa :

– Non !

Mais William avait déjà écrasé le flacon sous sa botte. Le djinn s'anima aussitôt, poussa un grognement furieux, puis un loup fait de fumée se tint devant eux, les yeux aussi verts que ceux de Vera, les crocs dégouttant de bave.

– William ! cria Jacob.

C'était une folie. Il n'aurait pas dû venir ici. Il n'aurait jamais dû écouter William.

– Celui-ci est plus gros que les serpents sur lesquels tu t'es entraîné, William. Voyons comment tu t'en sors avec un djinn plus puissant, commenta Vera avant de se tourner vers Jacob. Ne crains rien. Comme nous, cette créature est un loyal sujet de la reine djinn Bidhukh. Elle est notre alliée, pas notre ennemie. Il faut juste le lui faire comprendre.

Les mains tremblantes, William se saisit de son amulette, l'œil de Bidhukh. Il la balança devant le djinn.

– Je sers…

Le djinn claqua des mâchoires. William retira sa main en sursautant. Vera se redressa.

– Allez. Plus de vigueur, encouragea-t-elle en tapant dans ses mains gantées de blanc. Exige son obéissance !

William serra plus fort son amulette, à s'en faire blanchir les phalanges.

– Je sers ta reine !

Sa voix retentit dans le champ, aussi claire que le carillon d'une cloche.

– Dis son nom, indiqua Vera.

– Bidhukh. Je sers la reine Bidhukh.

Le loup grogna, un grondement sourd qui fit vibrer le sol. William tint bon.

– Tu me serviras comme tu sers ta reine. Ainsi a-t-elle ordonné.

Le loup bondit. Jacob poussa un cri et tira William de côté avant que la créature ne plante ses crocs dans sa cheville. Mais le djinn s'assit sur son train arrière et se lécha les pattes, tout en regardant William d'un air soumis.

Vera sourit.

– Très bien, William.

Ce dernier rayonnait de fierté.

Les autres Hāris s'approchèrent alors pour faire la démonstration de leur propre talent. L'homme joua de la hache, tranchant les têtes de pavot avec frénésie tandis que Vera camouflait un bâillement de sa main gantée. Jacob ne pouvait détacher les yeux de cette femme. Sa façon d'imposer le respect à tous les Hāris qui l'entouraient, qui guettaient le moindre de ses ordres, le moindre claquement de doigts. Elle n'avait même pas besoin d'élever la voix. Son ton demeurait toujours suave, à peine plus qu'un murmure, si bien que les gens devaient se pencher pour l'écouter plutôt que d'oser la faire répéter.

Ce fut ensuite au tour de la femme aux couteaux. En tournant sur elle-même, elle lança ses lames qui percèrent chacune un pétale de pavot, puis elle salua comme au cirque.

William poussa Jacob du coude.

– Heureux que tu sois venu.

Mais Jacob sentait la panique le submerger à mesure que son tour approchait. Le jeune homme au livre ânonnait à présent la première phrase.

– Comment je suis censé lui prouver que je sais souffler le verre ?

– Tu n'as rien à lui montrer ? Un objet que tu as fabriqué ?

Le premier réflexe de Jacob après avoir tué Munir n'avait pas été, malheureusement, d'attraper un vase pour l'exposer.

– Non ! Vite, c'est bientôt à moi. Qu'est-ce que je fais ?

William haussa les épaules.

– Tu pourrais lui parler de la montgolfière qu'on a récupérée.

Les mots hachés du jeune homme emplirent l'air, son débit s'accélérant à mesure qu'il gagnait en confiance, ses yeux courant sur la page du livre tandis qu'il récitait une recette de pilaf de pois chiches.

– Stop !

Le dernier mot mourut sur les lèvres du jeune homme. Jacob chercha d'où venait l'interruption et réalisa que c'était Vera, la voix à mille lieues de sa douceur précédente. Elle se leva si vite qu'elle en renversa le tabouret, ses yeux verts scrutaient l'horizon.

– Le feu ! souffla-t-elle.

Jacob suivit son regard et découvrit des flammes orange dansant au loin, léchant les pavots. Les craquements du feu et l'odeur piquante de la fumée lui parvinrent en même temps que le bruit des bottes et le sifflement métallique de sabres qu'on dégaine.

– Les soldats ! cria Vera.

Elle se jeta sur la caisse de flacons et les brisa sur le sol. L'air s'emplit de djinns au moment où l'éclat des sabres émergeait des fleurs. Une troupe de dix soldats ghadæans apparut ; l'écharpe verte qui ceignait leur taille indiquait qu'ils appartenaient au Nabab d'Intalyabad. Ils étaient si proches que Jacob distingua le symbole royal gravé sur la garde de leurs *talwars*, leurs sabres courbes.

– Les terroristes sont ici !

Les soldats rugirent, chargeant la poudre dans les mousquets attachés à leur poignet. Les premiers Hāris s'écroulèrent, leurs capes blanches criblées de sang.

Alors les djinns passèrent à l'action. Des tentacules de fumée noire se tordirent sur l'herbe, tournoyèrent et tourbillonnèrent, prirent peu à peu forme. Des yeux verts brillèrent.

– Des djinns !

Les soldats lacéraient l'air, mais leurs *talwars* passaient au travers des djinns. Une créature en forme de chat bondit, tandis qu'un serpent d'ombre et de fumée s'enroulait autour des jambes d'un soldat, le tirait à genoux et se lovait ensuite autour de son cou qu'il serra jusqu'à l'étrangler. Un Hāri acheva le soldat en lui plantant un sabre dans le flanc.

– La reine Bidhukh veut voir couler le sang des Ghadæans ce soir ! tonna Vera en brandissant son amulette. Obéissez à ses désirs !

Les contours du loup se brouillèrent alors qu'il entamait sa métamorphose, puis il se dressa de toute sa taille sur ses deux jambes. Un djinn à forme humaine.

– Allez ! cria William à Jacob tout en esquivant une lame qui leur fondait dessus.

Un poignard siffla dans l'air et se planta dans la gorge d'un soldat. Il s'écroula au moment où la femme aux couteaux se jetait sur lui pour arracher la lame de son cou.

Un sabre trancha la corde qui retenait le ballon et celui-ci commença à s'élever dans la nuit, privant de leur moyen d'évasion les Hareefs… et Jacob. Le djinn à forme humaine se frotta les mains, d'où s'échappèrent des étincelles. Une vive flamme verte jaillit de ses paumes et un éclair de feu vert lécha le plus proche des soldats. C'était du feu de djinn, plus brûlant que toute autre source de chaleur connue des hommes. L'odeur de chair calcinée piqua les narines de Jacob.

Puis ils se mirent à courir à travers le champ de pavots, William tirant Jacob derrière lui avec une telle force que ce dernier crut qu'il allait lui arracher les doigts.

Trois soldats tentèrent de leur couper la route. Les sabres se heurtèrent, et l'un des terroristes s'effondra, sa tunique blanche tachée de sang. Le son des mousquets déchirait l'air.

Un tourbillon d'étoffe blanche fondit sur eux, suivi d'un éclair de cheveux rouges.

– Derrière moi ! cria Vera en les repoussant dans son dos.

Deux soldats s'avancèrent. Des lames volèrent. Jacob tomba face contre terre, la bouche pleine de pétales de pavot. William s'affaissa à côté, les mains pressés contre son flanc, une tache rouge s'élargissant sur sa tunique.

Jacob hurla.

– William !

Il appuya sur le ventre de William, qui cria et repoussa ses mains. Il y avait du sang partout. Les mains de Jacob en étaient couvertes. Non. Ça ne pouvait pas arriver. Ce n'était pas censé se passer comme ça.

Les sabres continuaient à ferrailler. Les soldats agrippèrent Vera à la gorge et lui donnèrent des coups de pied dans les tibias. Elle rugit.

William serra la main de Jacob, respirant par saccades.

– Ça va, Jacob, siffla-t-il.

Mais ça n'allait pas. Ça n'irait jamais plus si William devait… Jacob secoua la tête. Il ne pouvait même pas y penser. William allait s'en sortir. Ils étaient une équipe.

– Allez, debout !

Il essaya de relever son ami. William grogna et retomba sur le sol comme un poids mort. Jacob refusa d'abandonner.

– Je ne peux pas, souffla William.

Il retira l'amulette de son cou et la pressa dans la paume de Jacob.

– Tu dois… fuir.

– Je ne peux pas ! Je ne peux pas te laisser. Je refuse.

Il passa le bras de William sur ses épaules et tenta de le soulever. William glissa par terre comme un sac de charbon.

– Tu le dois, dit-il, le visage pâle comme un linge. Pars avec eux. C'est ton seul espoir… de te sauver.

Tremblant de tout son corps, Jacob essaya encore une fois de soulever William, mais une main posée sur son bras mit fin à ses efforts. Soufflés comme la flamme d'une bougie. Tout espoir enfui. L'angoisse le saisit. *Il ne va pas s'en sortir.*

– Écoute-moi, Jacob, dit William d'une voix où perçait un désespoir que Jacob n'avait jamais entendu. Promets-moi que tu vas rejoindre leurs rangs.

Ses ongles se plantèrent dans la peau de Jacob, faisant perler des gouttes de sang. Jacob, incapable de parler, hocha la tête.

Les traits de William se détendirent, il repoussa Jacob.

– Va, maintenant. Va chercher… notre ballon.

Jacob sentit les larmes lui monter aux yeux.

– William…

Vera s'était libérée de l'emprise des soldats et transperça l'un d'eux d'une lance. Le soldat s'écroula. Elle attaqua le deuxième, le força à reculer.

Un accès de douleur fit vaciller William. Jacob l'attrapa par les épaules pour le remettre d'aplomb.

– Pars ! bredouilla William, postillonnant au visage de Jacob.

Ses paupières s'abaissèrent.

– Non ! Ne me laisse pas ! Je t'interdis de me laisser ! gémit Jacob en le secouant.

– Pars, grogna encore William.

Puis la vie le quitta, comme un caillou glissant au fond d'une mare. Parti. Vide. Éteint.

Mort.

Jacob le secoua de nouveau, même s'il savait que c'était inutile. Il se couvrit la bouche de la main pour ne pas hurler.

Il est mort.

Vera tira Jacob sur ses pieds sans lui laisser le temps de toucher son ami une dernière fois et le traîna à travers le champ. Les fleurs de pavot lui fouettaient le visage. Ils couraient vers le village. Jacob vit le toit de la grange où était caché le ballon. Le groupe de rebelles émergea du champ de pavots dans le bidonville, à présent réduit à un tas de décombres parmi lesquels des enfants pleuraient et gémissaient. Les soldats détruisaient méthodiquement chaque habitation, arrachant les murs, y mettant le feu et contemplant les flammes avec gourmandise. Des Hāris couraient dans tous les sens.

Vera pivota sur elle-même et bloqua une lance qui visait le flanc de Jacob. Le soldat s'effondra quand Vera lui trancha la gorge. Elle se tourna et posa les yeux sur Jacob. Des yeux vert vif comme ceux des djinns. De nouveau, elle le prit par le menton, et, cette fois, il se laissa faire.

– Rejoins nos rangs.

Sa voix était dure et métallique, rien à voir avec la douceur de miel qu'elle affectait auparavant.

– Fais-le pour William. Pour eux, dit-elle en englobant d'un geste les enfants qui appelaient leurs parents en hurlant, la vieille femme au nez cassé par un soldat qui l'avait cognée en pleine face avec le pommeau de son sabre, les hommes qui s'acharnaient à sauver leurs maigres biens des flammes.

Un feu se répandit en lui, lui léchant les côtes de l'intérieur. Il aurait été incapable de parler, même s'il l'avait voulu. Tout ce qu'il pouvait faire, c'était se laisser consumer.

Vera lui lâcha le menton et rajusta sa prise sur son sabre.

– Ça n'aurait pas dû se passer comme ça, dit-elle en levant son arme, le regard fixé sur les corps qui jonchaient le sol. Tu veux des réponses. Tu veux la justice. Mais plus que tout, tu veux la vengeance. Retrouve-nous à Intalyabad dans trois jours, dans la roseraie, à la nuit tombée. Et tu auras ta vengeance.

Puis elle disparut dans le champ et se perdit dans le vacarme de la mort et des sabres.

Jacob se mit à courir. Il voulait s'enfuir le plus loin possible. Il voulait courir jusqu'à s'en faire saigner les pieds, jusqu'à ce que tout ceci devienne irréel. Il traversa le bidonville en courant, les yeux brouillés par les larmes.

Il fit irruption dans la maison de Munir.

– Ohé ! Y a quelqu'un ?

Elle n'était plus là. Elle était partie, évidemment. Pourquoi il était revenu ici ? Il avait décidé de ne pas regagner la grange : il n'était soudain plus si sûr de pouvoir faire décoller le ballon tout seul. Il examina l'amulette que lui avait donnée William. Le *sihr*. La magie interdite. Il frissonna et fourra l'amulette dans sa poche. Il tremblait et ses poumons étaient en feu.

Il entendit un bruit de verre écrasé.

– Je vais te tuer !

Jacob poussa un hurlement. Munir surgit du couloir, un éclat de verre planté dans l'œil gauche. Il chargea. Jacob battit en retraite derrière la table de la cuisine. Munir commença à la contourner.

– Et après, je te jetterai dans le four, cracha Munir. Je regarderai brûler ta sale peau de Hāri !

Il renversa la table, envoyant valser divers pots qui s'écrasèrent sur le sol, puis se jeta sur Jacob, qui cria et sauta de côté, les doigts de Munir le loupant de peu, égratignant son bras au passage. Jacob tenta de lui mettre un coup de pied, mais Munir était rapide et lui attrapa la cheville. Il le traîna à l'intérieur de la maison.

– Lâche-moi !

Jacob se tortilla, griffa Munir au visage, mais ce dernier le tenait fermement.

Un tabouret de bois s'écrasa sur l'arrière du crâne de Munir, qui s'affaissa sur le sol. Une main releva Jacob et le tira dans la rue. Ils se mirent à courir.

– Arrêtez-les ! glapit Munir, le nez en sang.

Au bout de la rue, des soldats cherchaient d'où venaient les cris. Munir pointa un doigt dans la direction des fuyards.

Les soldats se lancèrent à leur poursuite.

Les fugitifs ne ralentirent pas leur course, pas une seconde. Jacob entrevit un éclat de peau brune et manqua trébucher.

La fille ghadæane. Elle était revenue le chercher.

Sans s'arrêter de courir, elle lui demanda :

– Où est mon ballon ?

CHAPITRE NEUF

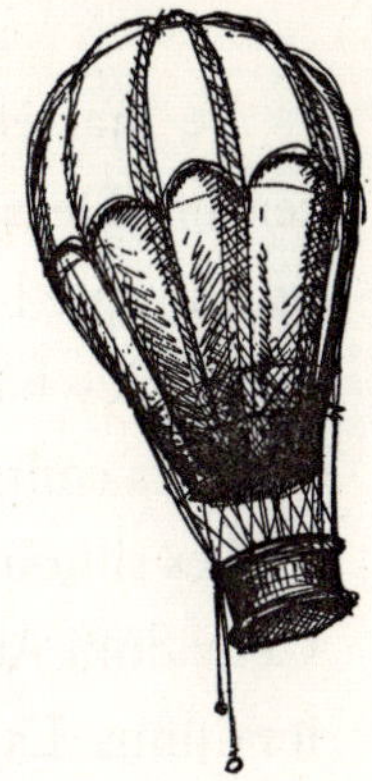

Khadija

Khadija força Jacob à accélérer, ils slalomaient entre des corps et des flaques de sang qui firent monter une bile acide dans sa bouche. Pourquoi les soldats agissaient-ils ainsi ? Tuant des Hāris sans vergogne dans la rue. Les soldats n'étaient habituellement pas si sanguinaires. Jacob gémit, et Khadija aurait voulu lui couvrir les yeux. Il leur fallait trouver son ballon et filer d'ici. Si du moins le ballon était encore là. *Faites qu'il soit encore là !*

– La grange, haleta Jacob. Il est… dans la grange.

– T'as intérêt à dire la vérité cette fois ! cracha-t-elle. Tu m'as dit qu'il était près du bazar.

Jacob l'entraîna dans la direction opposée et elle n'eut d'autre choix que de le suivre.

– Je te dis la vérité. Fais-moi confiance !

Comme si elle pourrait jamais… Khadija doucha sa colère avant qu'elle ne se mue en flamme dévoreuse. S'il mentait encore, ils mourraient tous les deux. Il était leur unique chance de salut.

Le martèlement des bottes derrière eux gagnait du terrain. Devant eux, le passage était bloqué par un groupe en tunique blanche. Khadija aperçut des flammes vertes lécher les bâtiments. Elle s'arrêta net. Jacob bifurqua et la tira contre le mur le plus proche.

Les silhouettes drapées de blanc étaient des terroristes. Ceux dont Abdel avait parlé à Abba, ceux qui invoquaient les djinns. La gorge douloureuse, Khadija toussa et cracha, sans jamais quitter des yeux la volute de fumée qui prit la forme d'une femme. Une djinn. Khadija n'en avait jamais vu, mais elle avait lu assez d'histoires pour savoir à quoi ressemblaient les djinns. La femme-djinn s'approcha d'un bâtiment et cracha une longue langue de feu verte qui avala la maison et la réduisit en cendres. Khadija dut détourner le visage à cause de la chaleur.

Alors les soldats et les terroristes se jetèrent les uns sur les autres dans un grand vacarme de métal et de cris stridents.

– Maintenant ! ordonna Jacob en se lançant dans un sprint.

Khadija jeta un dernier regard à la femme-djinn, aux flammes vertes qui dansaient sur ses paumes, puis courut derrière Jacob.

La grange semblait paisible, ignorant tout du carnage. Des chèvres maigres se reposaient dans la paille, à côté des poutres brisées qui encombraient son entrée. De lourds outils étaient pendus à des crochets le long des murs. Des caisses de bois étaient empilées partout, pleines d'une substance blanche et poisseuse que Khadija reconnut instantanément : du latex d'opium tout juste récolté.

Jacob tira la nacelle du ballon de derrière une pile de caisses, et Khadija se précipita pour l'aider, tout en surveillant la rue d'un œil. Elle attrapa une corde, en lança une autre à Jacob. Ils traînèrent le ballon dehors dans la nuit, écrasant au passage les fleurs de pavot jusqu'à atteindre le champ derrière la grange. Khadija étala l'étoffe à plat sur l'herbe comme elle l'avait vu faire. Il avait fallu cinq hommes pour gonfler le ballon. Son cœur se serra. Et s'ils n'arrivaient pas à le faire décoller ? Elle ravala sa peur. Il n'y avait pas d'autre possibilité. Il *fallait* qu'ils décollent, un point c'est tout.

Même dégonflé, le ballon était encore majestueux. Ses couleurs vives éclairaient l'obscurité, repoussant la peur. Khadija grimpa à bord de la nacelle et ouvrit la bonbonne de gaz jusqu'à ce qu'elle entende le sifflement familier. Puis elle frotta les pierres à feu. Des étincelles blanches brillèrent dans la nuit, mais le brûleur ne s'alluma pas. Elle réessaya, les mains tremblantes. Elle approcha autant qu'elle l'osa les pierres du brûleur et les frotta. Cette fois, les étincelles embrasèrent les vapeurs de gaz qui se muèrent en une vigoureuse flamme bleue.

– Attrape l'enveloppe.

Ils agitèrent les bras, faisant claquer l'étoffe, tentant d'insuffler de la vie au ballon. Le tissu frémit, mais retomba en tas.

Khadija remua les bras encore plus vite, forçant Jacob à suivre la cadence. L'étoffe absorbait l'air, mais l'exhalait aussitôt et s'affaissait entre leurs mains. Khadija abandonna l'étoffe à Jacob et saisit la manivelle de l'hélice en bois à côté du brûleur. Elle fit tourner l'hélice frénétiquement pour propulser l'air chaud dans l'enveloppe du ballon, ses épaules la brûlèrent sous l'effort.

Des cris d'hommes résonnèrent. Khadija et Jacob redoublèrent d'efforts. Le ballon se balança comme s'il était ivre, trop paresseux pour redresser la tête. La nacelle vibra tandis que le ballon tentait de soulever son poids.

– Tu sais piloter, hein ? haleta Jacob.

Khadija ne répondit pas.

– Je veux dire, t'as déjà décollé ?

Elle s'efforça d'ignorer les doutes de Jacob, mais ils la submergèrent comme une vague de tempête. Et s'ils n'arrivaient pas à décoller ? Que feraient-ils ?

Jacob fatiguait à vue d'œil. Il agita les bras dans un dernier sursaut d'énergie, et le ballon s'anima, échappant à sa prise et se gonflant enfin. Khadija tira rapidement sur l'une des cordes, glissant sur le sol dans sa lutte pour empêcher le ballon de s'échapper.

Jacob semblait prêt à s'effondrer de soulagement, mais ils n'étaient pas encore sortis d'affaire.

Par la porte ouverte de la grange, ils aperçurent des uniformes verts. Des ordres retentirent. Les soldats. Il fallait partir.

– Jacob ! Monte dans le ballon.

Jacob grimpa dans la nacelle, son poids était tout juste assez lourd pour empêcher le ballon de bondir dans la nuit.

– À toi, dit-il.

Elle calcula l'étape suivante avec soin. Le ballon flottait à un mètre du sol. Elle devrait lâcher la corde et sauter à bord avant que le ballon ne s'élève en l'abandonnant.

Khadija écarta les pieds, fléchit les genoux, prête à sauter.

– Les soldats arrivent ! hurla Jacob.

Les soldats traversèrent la grange en trombe, puis s'arrêtèrent et fouillèrent le champ du regard. Elle lâcha la corde, il y eut un souffle d'air alors que le ballon fusait vers le ciel. Khadija sauta. La nacelle s'inclina violemment sous son poids. Elle ferma les yeux, planta ses ongles dans la rambarde, cessa de respirer ; puis deux mains l'attrapèrent par les bras et la hissèrent à l'intérieur. Elle s'écroula, tremblant de tous ses membres. Jacob la regardait d'un air gauche. Elle s'accorda quelques secondes pour reprendre son souffle, puis se remit sur pied et s'occupa du ballon : vérifia la bonbonne de gaz et l'arrimage des cordes. À mesure que le ballon gagnait en altitude, l'étendue des ravages causés au village leur apparut dans toute son ampleur. Des flammes vertes dévastaient Sahli qui ne fut bientôt plus qu'une tache verte sur l'horizon noir.

Khadija se tourna vers Jacob, mains sur les hanches, prête à déchaîner sa fureur contre lui. Si elle n'avait pas eu la présence d'esprit de retourner le chercher, ils seraient certainement morts tous les deux.

Jacob ne la regardait pas, elle, mais le feu, laissant les formes orange danser sur son visage. Il avait l'air hanté, comme s'il avait été témoin d'une chose qu'il n'aurait pas dû voir. L'image des corps des Hāris jonchant le sol passa devant les yeux de Khadija. Des visages inconnus et vides pour elle, mais pour lui…

Ceux d'amis, d'êtres chers. Jacob poussa un gémissement douloureux puis se plia en deux et vomit, le souffle coupé.

Khadija eut un mouvement de recul face à cette réaction inattendue. Elle se détourna, ne sachant que faire. Il serait peut-être embarrassé si elle le regardait. Elle lui jeta un coup d'œil à la dérobée. Non. Elle ne pouvait pas tout simplement l'ignorer.

– Jacob ? dit-elle d'une voix douce. Ça va aller. Respire.

Il grogna pour toute réponse, mais les mots de Khadija semblèrent lui faire de l'effet. Elle les répéta encore et encore comme un mantra, jusqu'à ce qu'il reprenne une respiration plus calme.

Sa rage s'évapora dans la nuit.

– Je n'ai pas eu le temps de te remercier, murmura-t-elle. Tout à l'heure. Pour Munir.

Jacob haussa les épaules.

– Ce n'était rien. C'est toi qui m'as sauvé en premier, tu te souviens ?

Mais pour elle, ce n'était pas rien. Elle n'avait pas envie de poser la question, mais elle devait savoir.

– Ton ami…

– William ? Mort.

Elle hocha la tête, ne sachant pas si des mots de réconfort pourraient sonner sincères venant de sa bouche à elle.

– Heureusement qu'on a pu s'enfuir avant que les terroristes ne…

Elle ne termina pas sa phrase car une fureur incandescente déforma les traits de Jacob.

– C'est les soldats qui l'ont tué, pas les Hareefs. Ce sont eux les véritables terroristes !

Khadija ne savait pas quoi dire. Elle l'observait avec méfiance, prête à le passer par-dessus bord s'il menaçait de s'en prendre à elle. Mais la colère du garçon retomba bien vite, remplacée par un tremblement qui débuta dans ses poignets, gagna ses bras et ses épaules puis envahit tout son corps. Alors, tel un barrage cédant sous la pression, Jacob fondit en larmes.

Le lendemain matin, Khadija s'éveilla à l'aurore. Les reniflements et les sanglots étouffés de Jacob l'avaient tenue éveillée toute la nuit. Mais elle n'avait pas réessayé de le réconforter. Que pouvait-elle dire, de toute façon, pour alléger sa peine ?

Le ciel était une toile vierge, pas un nuage à l'horizon. La journée serait chaude, plus encore ici où ils étaient à la merci du soleil. Khadija se leva et regarda par-dessus bord. Ils faisaient presque du sur-place, aucun vent ne soufflant pour les pousser. Elle ne distinguait que les contours ocre de gros rochers et la ligne bleue de la rivière Ravi. Tout le reste était flou, sans le moindre signe de civilisation. Qasrah, sa ville, avait disparu depuis longtemps, et Sahli aussi. Elle frissonna en repensant à tous les Hāris morts étalés dans l'herbe. Les soldats. Les terroristes. Abba et Abdel avaient eu raison sur un point : le monde était en effet dangereux. Peut-être aurait-elle dû rester à la maison.

Khadija observa Jacob qui dormait roulé en boule. Il avait l'air bien plus jeune dans son sommeil, presque innocent, même si elle n'avait pas oublié comment il l'avait trompée. Il n'avait eu aucun scrupule à s'emparer de son ballon et à l'abandonner, elle, même après qu'ils se furent sauvé la vie mutuellement. Elle ne devait pas l'oublier.

Khadija vérifia le brûleur, comme elle avait pris l'habitude de le faire toutes les deux ou trois heures, après avoir frôlé la catastrophe au cours de sa première nuit dans le ballon. La flamme était stable et la bonbonne relâchait un flux constant de gaz.

Elle inspecta ensuite leurs maigres vivres. Quand elle n'avait pas trouvé son ballon au bazar, elle avait raflé ce qu'elle pouvait sur un stand du marché laissé sans surveillance, avait rempli sa gourde au puits et était retournée chez Munir. Elle n'était pas à l'aise avec l'idée de voler de la nourriture, mais elle se disait qu'après avoir volé un ballon, subtiliser quelques fruits ne changerait pas grand-chose. Combien de temps survivraient-ils à deux sur ces pauvres réserves, c'était une autre question, mais il était trop tôt pour se la poser.

Au milieu de la matinée, Jacob était enfin réveillé et Khadija avait grignoté la moitié de leur stock de dattes. Elle avait sur la langue l'arrière-goût sucré des fruits. Jacob se contenta de la regarder fixement, les yeux rougis, comme s'il avait oublié son existence.

Khadija ouvrit la bouche, mais les mots restèrent coincés dans sa gorge. Consoler les gens en pleurs n'avait jamais été son fort. Quand ils étaient plus jeunes, Hassan fondait en larmes au moindre prétexte – s'il avait utilisé le mauvais crayon de couleur pour colorier l'herbe sur son dessin ou si Ammi le grondait parce qu'il n'avait pas mangé tous ses légumes. Il montait alors s'enfermer dans sa chambre et sangloter dans son oreiller. Khadija s'était toujours débrouillée pour rester à l'écart quand son frère faisait une crise, mais ici, il n'y avait nulle part où fuir le chagrin de Jacob qui plombait le ballon.

Lorsqu'il devint évident que Jacob avait l'intention de rester prostré toute la journée, Khadija fit glisser la gourde d'eau vers lui, en prenant garde à ne pas franchir la ligne invisible qu'ils semblaient avoir tracée sur le sol de la montgolfière depuis la veille. Son côté à elle. Son côté à lui. Combien de temps pourraient-ils continuer comme ça ?

La gourde heurta le pied de Jacob. Il se redressa et lui lança un regard assassin, ses yeux bleus paraissaient rouges à cause du reflet du feu. Khadija détourna la tête, échaudée.

Jacob ouvrit la gourde et but goulûment, l'eau lui dégoulinant sur le menton. Khadija se mordit la lèvre pour s'empêcher de le gronder. *On doit économiser l'eau. Qui sait quand on pourra refaire le plein ?* Elle tint sa langue. Elle ne le connaissait pas assez pour le réprimander. Quand Jacob eut fini de boire, il s'essuya la bouche sur la manche de sa tunique et lui rendit la gourde en murmurant :

– Merci.

Elle opina, puis le malaise familier menaça de les engloutir de nouveau.

– Tu veux des fruits ?

Elle tira une mangue de son sac, et le visage de Jacob s'éclaira. Elle fit rouler la mangue sur le sol. Il la ramassa, y planta les pouces en faisant gicler le jus sur ses avant-bras et entreprit de la peler, révélant une chair jaune et poisseuse. Il croqua dedans avec un grognement de satisfaction. Lorsqu'il eut terminé, il ne lança pas le noyau par-dessus bord comme elle s'y était attendue. Il le nettoya et le glissa dans sa poche. Pourquoi conserver une chose pareille ?

Il devait lire dans ses pensées, car il dit :

– Je n'aime pas jeter les choses. On ne sait jamais ce qui sera utile.

Il avait la voix rauque d'avoir pleuré toute la nuit. Mal à l'aise, Khadija hocha la tête.

– Sans doute…

Jacob fit mine de se rouler de nouveau en boule, se coupant du monde.

– Alors, on fait quoi, maintenant ? demanda Khadija.

Il haussa les épaules.

– À toi de me dire. C'est ton ballon.

Devant l'absence de réponse de Khadija, il ricana.

– Ah oui, j'avais oublié, tu l'as volé, n'est-ce pas ?

– Toi aussi, tu as essayé de le voler ! riposta-t-elle, les joues en feu.

– On est aussi mauvais l'un que l'autre, alors.

Certainement pas ! Ça ne lui plaisait pas d'être comparée à lui. Un Hāri. Elle grinça des dents.

Jacob essuya son front plein de sueur et regarda par-dessus bord.

– Tu sais qu'on ne bouge pas, hein ? Tu as l'intention de nous laisser cuire tout vifs ici ?

– Désolée, je ne contrôle pas la météo. Ce n'est pas ma faute s'il n'y a pas de vent.

Jacob leva les yeux au ciel.

– C'est probablement parce qu'on est trop haut. Fais-nous descendre un peu pour voir si on arrive à capter un vent plus bas.

Le ton désinvolte qu'il employait pour lui donner des ordres l'estomaqua. Jacob lui-même parut surpris de sa propre audace, car il baissa aussitôt les yeux.

– Je veux dire, ça serait peut-être une bonne idée, marmonna-t-il. Il ferait aussi probablement plus frais.

Ses épaules se voûtèrent à nouveau, comme s'il s'était soudain rappelé où était sa place.

Khadija eut honte.

– Comment je fais descendre le ballon ?

Jacob indiqua les côtés du ballon.

– Les vantaux latéraux.

Il suivit des yeux le tracé des cordes jusqu'à trouver la bonne, juste au-dessus de la tête de Khadija.

– Si tu tires sur celle-là, les vantaux devraient s'ouvrir et laisser échapper de l'air.

Ça ne disait rien qui vaille à Khadija, mais elle se leva, prit une grande inspiration et tira sur la corde.

Rien.

Jacob rigola.

– Pas la peine d'avoir peur ! Tire un peu plus fort.

Khadija le fusilla du regard et tira franchement. Deux panneaux sur le côté droit du ballon s'ouvrirent, laissant apparaître une entaille dans le tissu. Le ballon se mit à pencher.

Elle poussa un cri.

– Fais pareil de l'autre côté. Tu dois équilibrer le ballon !

Elle tira la deuxième corde qui pendait à côté d'elle, et les vantaux de gauche s'ouvrirent. Le ballon se rétablit. Ils commencèrent à perdre de l'altitude.

Jacob se lécha un doigt et le tendit dans l'air. Khadija le fixait intensément, serrant les cordes si fort qu'elle en avait mal aux doigts.

Une brise fraîche lui caressa le visage. Jacob fit un signe de tête.

– Ça devrait être bon.

Elle relâcha les deux cordes, les vantaux se refermèrent, leur descente s'interrompit et le ballon commença à dériver vers la droite, poussé par le vent.

Khadija croisa les bras et considéra Jacob d'un œil inquisiteur.

– Comment tu savais ça ?

– On entend beaucoup de choses quand les gens font toujours semblant qu'on n'est pas là. Être hāri présente quelques avantages, si on peut dire.

De nouveau, cette honte familière. Que pouvait-elle répondre à cela ?

– On devrait sans doute essayer de voir dans quelle direction on vole, sinon, on pourrait tourner en rond sans s'en rendre compte.

Jacob traversa l'espace, s'arrêtant à quelques centimètres de la ligne invisible. Il pointa du doigt la caisse en bois pleine d'instruments de navigation et d'autres curiosités qu'elle avait à peine regardées.

– Qu'est-ce qu'il y a là-dedans ?

Khadija souleva le couvercle et sortit un objet étrange qui semblait pouvoir tourner comme une toupie.

– Un bric-à-brac. Je ne sais pas à quoi servent tous ces trucs.

– Je peux regarder ?

– Fais-toi plaisir.

Il hésita avant de franchir la ligne invisible, puis s'agenouilla auprès de la caisse et en tira diverses choses, tout en marmonnant dans sa barbe. Il prit la vieille longue-vue que Khadija avait tenté d'utiliser sans succès. Avec un sourire triomphant, il la porta à son œil.

Khadija ricana.

– Laisse tomber ce truc. Je crois qu'il est cassé. Tout est flou.

Jacob fit tourner la lentille du tube.

– Non, elle marche très bien. Tu vois ? dit-il en lui tendant l'objet.

Khadija s'en servit pour regarder le sol. Il avait raison. Elle pouvait distinguer clairement chaque arbre, chaque buisson. Elle poussa une exclamation de surprise.

– Comment tu as fait ?

– Il suffit de tourner la lentille pour faire le point.

Il continua à farfouiller dans la boîte.

– Je ne sais pas trop à quoi servent ces autres trucs. Probablement à l'observation des étoiles, mais ce qu'il nous faut vraiment, c'est une boussole. Et on n'en a pas. On n'a même pas de carte ! On navigue à l'aveugle.

Il se rassit par terre en tailleur, puis commença à vider ses poches.

– Qu'est-ce que tu fais ?

Jacob ne répondit pas avant d'avoir aligné soigneusement tout le contenu de ses poches.

– Bon, voici notre matériel.

Il désignait une pile qui paraissait à Khadija n'être qu'un bric-à-brac inutile : des coquilles de pistaches vides, un bout de fil, un éclat de verre bleu vif. Elle remarqua que sa voix était moins rauque. Même son allure avait changé. Ses épaules n'étaient plus avachies et ses yeux moins gonflés. Se concentrer sur une tâche semblait éloigner son chagrin. Khadija connaissait ce sentiment. Au cours des mois qui avaient suivi la mort d'Ammi et Hassan, elle s'était étourdie dans l'action, n'osant pas reposer son esprit trop longtemps de peur des pensées qui viendraient la tourmenter dans le silence. Abba avait fait pareil, laissant les comptes et la paperasse le submerger ; quant à Talia, elle s'était concentrée sur le mariage, probablement persuadée que ce serait sa seule échappatoire à la tristesse qui imprégnait jusqu'au plancher et tous les meubles de la maison.

Jacob étudia son matériel et le tria en deux tas. Khadija s'aperçut bien vite que le plus gros des tas était celui des objets inutiles. Même le noyau de mangue fit une apparition, avant de rejoindre le tas inutile. Il resta alors un petit nombre de choses potentiellement utilisables.

Il passa de nouveau les piles en revue, marmonnant entre ses dents, comme un artisan au travail. Khadija repensa aux petites sculptures que fabriquait Hassan avec des coquilles de noix de coco et des roseaux. Il construisait des villages entiers, peuplés de minuscules personnages taillés dans des noyaux de datte, jusqu'au jour où Abba s'était moqué de lui.

– Arrête de perdre ton temps avec tes travaux manuels, *beta*. Tu es un garçon. Tu devrais étudier les lettres et les mathématiques. Laisse le reste aux filles.

Alors Hassan cessa de sculpter ses figurines. Abba avait toujours été très fort pour dénigrer leurs centres d'intérêt. Il avait une définition très précise de ce qu'étaient les activités convenables pour les garçons et pour les filles. Pour lui, ces deux domaines ne se croisaient jamais.

Jacob prit une épingle à cheveux en argent, la tourna longtemps entre ses doigts, l'étudia puis la déplia pour en faire une longue aiguille plate.

– Je peux me servir de ça. Mais j'ai besoin de quelque chose qui flotte.

Il fouilla dans ses poches, qu'il savait pourtant vides, avant de fixer son regard sur la gourde. Khadija la lui passa, et il retira le bouchon mais ne but pas. Il planta l'aiguille dans le bouchon et le frotta sur l'ourlet de sa tunique pour accumuler de l'électricité statique. Khadija l'observait avec curiosité. Son enfance à elle s'était passée à apprendre la cuisine, le ménage et la lessive, tout en subissant les gloussements de Talia qui se montrait bien plus habile dans ces tâches. Khadija se souvenait de la fureur avec laquelle la spatule d'Ammi s'abattait sur elle chaque fois qu'elle laissait brûler le *dal*.

Pendant ce temps, Abba apprenait à lire à Hassan, persuadé qu'il était destiné à un brillant avenir de vizir. Hassan lui avait appris à elle, en cachette. Mais elle ne voulait pas apprendre en cachette. À quoi lui servirait de savoir lire si elle était obligée de dissimuler son savoir ? Il lui semblait que l'unique raison pour laquelle les gens apprenaient des choses, c'était pour pouvoir montrer à tout le monde comme ils étaient intelligents, à l'instar de Hassan qui avait toujours préféré les livres avec des mots longs et complexes, preuve éclatante de ses progrès en lecture. La gorge de Khadija se serra et elle toucha la page calcinée dans les plis de son *kameez*.

De la même façon qu'elle avait souhaité être un garçon pour pouvoir apprendre, elle se demanda combien de fois Jacob avait dû souhaiter être un Ghadæan.

Une fois que l'aiguille fut assez chargée au goût de Jacob, celui-ci attrapa la poêle en métal à côté du réchaud et la remplit d'eau.

– Qu'est-ce que tu fais ? On ne peut pas gâcher l'eau !

– J'en ai juste besoin d'un petit peu.

Quand il en eut assez, Jacob déposa le bouchon sur l'eau et le regarda avec intensité.

Le bouchon fit quelques tours sur lui-même avant de se stabiliser. Jacob passa son doigt le long de l'aiguille.

– C'est la ligne nord-sud.

Khadija lutta pour retenir un sourire. Comment avait-il fait ça ?

– Mais de quel côté est le nord ?

Jacob prit ensuite le noyau de mangue et un clou tordu. Il planta le clou dans le noyau avec le culot de la longue-vue et posa sa création au milieu du plancher. Il fit une encoche sur le plancher à l'endroit où se terminait l'ombre du clou, puis se rassit sur ses talons.

Était-ce leur âge similaire ou bien le mouvement de tête que Jacob fit pour dégager sa frange qui lui tombait dans les yeux, Khadija ne savait pas, mais il lui rappelait Hassan. Hassan avait-il une frange ? Elle chercha dans sa mémoire. De quelle longueur étaient ses cheveux ? Lui tombaient-ils sur l'œil droit ou sur le gauche ? Comment étaient ses cheveux ? Raides comme ceux de Talia, ou bien retombant en boucles qui s'emmêlaient, comme les siens ? C'est l'une des choses les plus dures quand on perd un être cher. Pas seulement la perte de la personne, mais aussi, avec le temps, la perte de son souvenir. C'était une tristesse chaque jour renouvelée : chaque jour, l'image de son frère devenait plus floue, ses souvenirs de lui plus effacés. Il aurait eu à peu près l'âge de Jacob aujourd'hui, l'âge auquel les garçons commencent à perdre la rondeur enfantine du visage, l'âge où leurs jambes et leurs bras s'étirent comme des pieds de haricots. S'il n'avait pas… Elle avala le nœud dans sa gorge.

Khadija regarda l'œuvre de Jacob en repoussant les larmes qui lui montaient aux yeux.

– C'est tout ?

– Ça va prendre un moment.

Une demi-heure plus tard environ, Jacob marqua de nouveau le sommet de l'ombre du clou, puis relia les deux marques. Du bout du doigt, il indiqua la direction de cette ligne.

– Le soleil se déplace d'est en ouest, donc le nord est par là.

Il grava une flèche dans le sol et jeta le clou. Satisfait.

– Et maintenant ? demanda Khadija.

– Ça ne veut rien dire tant qu'on ne sait ni où on est ni où on va. On a besoin d'une carte.

Khadija regarda par-dessus bord. Elle ne vit que le ciel à perte de vue. Aucun signe de civilisation. Combien de temps pouvaient-ils dériver ainsi sans but ?

À la fin de l'après-midi, ils étaient tous les deux vautrés sur le sol, s'échangeant la gourde régulièrement pour boire à petites gorgées.

Jacob poussa un grognement et roula sur le côté.

– Il fait tellement chaud !

Il se leva et se mit à faire les cent pas.

– T'agiter te donnera seulement encore plus chaud. Tu devrais rester tranquille.

Il se rassit.

– Facile à dire pour toi. Ta peau ne brûle pas comme la mienne.

Ça ne me rend pas imperméable à la chaleur pour autant ! Khadija regarda la nuque de Jacob, qui rougissait à vue d'œil. Elle grimaça. Ça avait l'air douloureux.

Elle avait la chance de porter un *shalwar kameez* lâche et fin qui protégeait sa peau du soleil. Elle ferma les yeux, s'abandonnant à la fournaise.

Enfin vint le soir ; le soleil était bas sur l'horizon, le ciel teinté de rose et l'air assez frais pour que son cerveau fonctionne de nouveau. Elle se leva et s'occupa du feu. S'occuper d'un ballon était un peu comme soigner un nouveau-né. Elle ne dormait que par bribes, vérifiant la flamme toutes les heures.

Jacob se tourna vers elle et, les lèvres craquelées par la soif, lui demanda :

– Alors, pourquoi tu l'as volé, Khadija ? Tu pensais que ça serait rigolo de piloter un ballon ?

Sa voix dégoulinait de sarcasme.

– Peut-être que je l'ai volé pour les mêmes raisons que toi, répondit Khadija sèchement, les joues enflammées par la colère. Pour m'enfuir.

– Pour fuir quoi ?

Les portes de fer qui entouraient l'esprit de Khadija se refermèrent brutalement, leurs verrous grincèrent et la clé fut jetée. C'était une réaction si fréquente qu'elle s'enclenchait d'elle-même, dictée par un interrupteur dans sa tête, qu'un doigt invisible actionnait à la moindre question un tant soit peu personnelle. Elle haussa les épaules.

– Rien ne m'oblige à te le dire.

– Comme tu voudras.

Après cela, ils parlèrent très peu. Khadija contempla le soleil qui basculait derrière l'horizon. Le ciel était une couverture bleu marine éclairée par un croissant de lune argenté. Khadija observa Jacob qui tripotait sa boussole bricolée sans s'occuper d'elle le moins du monde. Il y avait peu de chances qu'il l'embête ce soir, mais tout de même. Les paroles d'Abba résonnaient à ses oreilles. *C'est un garçon. On ne peut pas lui faire confiance.* Il valait mieux ne pas tenter le diable.

Elle se leva et fouilla parmi les sacs de jute et les caisses en bois. Elle vida dans le sac de haricots secs le reste du riz cru et garda le sac vide, dont elle défit les coutures du bout de l'ongle. Elle obtint ainsi une grande pièce de jute qu'elle jeta sur la corde horizontale qui passait au-dessus de sa tête, puis l'ajusta de façon à former un rideau qui la protégerait des yeux indiscrets.

Khadija admira son œuvre avec satisfaction. Voilà, ça devait faire l'affaire. Elle regarda Jacob à la dérobée. Il n'était pas le seul à pouvoir fabriquer des trucs. Elle sourit et, se glissant derrière le rideau, s'installa pour la nuit.

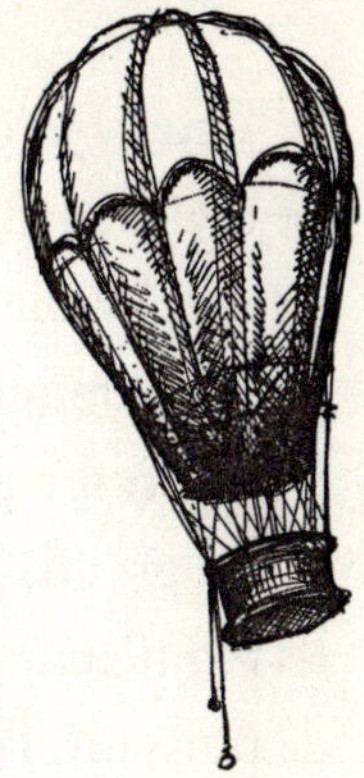

CHAPITRE DIX

Jacob

Les rêves de Jacob furent hantés par l'image de William. Quand il se réveilla, il se sentait à vif comme un écorché. Il pouvait entendre la respiration régulière de Khadija, cachée derrière son rideau.

Il examina l'amulette de William, l'œil de Bidhukh, caressa du bout du doigt l'émeraude en son centre. Il frissonna. La jeter par-dessus bord serait le plus sûr, mais il n'arrivait pas à s'y résoudre. C'était du *sihr*, une pratique qu'il avait toujours su mauvaise. Maléfique, même. Mais William la lui avait donnée, lui avait fait promettre de rejoindre les Hareefs. Il avait dit que c'était sa seule chance. Le corps de Jacob se mit à bouillir, un feu qui naissait dans son estomac et se répandait jusqu'au bout de ses doigts, jusqu'à embraser ses cheveux. Quand il ferma les yeux, tout ce qu'il vit, ce fut du rouge. William méritait tellement mieux que la vie qui lui était échue. Les nuits passées, couché dans la poussière, à remâcher sa faim. Oublié. Abandonné. Quelle vie c'était ?

Une vie que William était déterminé à changer. Et maintenant, c'était à Jacob de la changer – si ce n'était celle de William, du moins la sienne et celle d'innombrables Hāris. Il rangea l'amulette dans sa poche. Peut-être fallait-il en passer par là. Un changement immense, radical, et les grands changements n'adviennent pas facilement. Ils requièrent de la force et de l'engagement, quelque chose de puissant. Peut-être William avait-il raison. Peut-être que le *sihr* était bien la seule voie de salut.

Jacob regarda ses doigts tremblants. Il avait quand même peur. Toute cette idée de *sihr* lui faisait peur, mais il ne pouvait pas se contenter de flotter dans le ciel avec une Ghadæane pour l'éternité, ignorant le monde d'en bas et ses problèmes. À un moment donné, il serait bien obligé d'atterrir, et alors, où irait-il ? Qui deviendrait-il ?

Les Hareefs lui paraissaient être sa seule option.

Vera avait dit de les rejoindre à Intalyabad, fief du Nabab du Nord, dans trois jours. Elle avait dit qu'il obtiendrait sa vengeance. Qu'ils avaient besoin de quelqu'un comme lui. Jacob essaya de se calmer, mais ses doigts continuaient de trembler. Les grandes villes n'étaient pas sûres pour les Hāris. La plupart d'entre eux préféraient s'en tenir à la périphérie des petits villages et à des installations sommaires qu'ils pouvaient quitter facilement si les choses tournaient mal. Les grandes villes, ça voulait dire plus de soldats.

Toutefois, qu'avait-il à perdre ? Seulement sa vie, et pour ce qu'elle valait…

Khadija s'éveilla une heure plus tard. Il vit les contours de son ombre dessinés sur le drap de jute quand elle se leva. Elle tira le rideau.

– Salut, murmura-t-elle.

Il grogna une réponse. C'était inutile de se montrer aimable avec une Ghadæane. Leurs chemins se sépareraient bientôt de toute façon. Mais d'abord, il devait réussir à savoir où ils étaient et comment conduire le ballon à Intalyabad.

Ils petit-déjeunèrent des derniers fruits qui avaient bruni au soleil mais restaient encore bons. Quant à l'eau, Khadija la gardait jalousement et, chaque fois qu'il réclamait une gorgée, elle le surveillait comme un faucon sa proie, le grondant s'il buvait trop. Il tint pourtant sa langue. Tous ces efforts pour échapper à Munir, et tout ça pour se retrouver à prendre des ordres d'une autre Ghadæane !

Plus pour longtemps.

Il fit une nouvelle fois l'inventaire de la caisse d'instruments de navigation. Il devait bien y avoir quelque chose là-dedans ! Quelque chose qui lui avait échappé. Il laissa de côté un globe miniature couvert de chiffres minuscules et de symboles astrologiques, ainsi que l'astrolabe en bronze et la sphère armillaire. Tous des instruments servant à observer la course du soleil, de la lune et des étoiles – la méthode de navigation préférée des Ghadæans. Quelque chose était à moitié caché au fond de la caisse, qu'il n'avait pas vu avant. Il en sortit un tube de cuir couleur bordeaux et le secoua. Ça fit du bruit à l'intérieur. Jacob tira sur l'extrémité, mais elle refusa de céder. Il essaya avec les dents.

– Besoin d'aide ? s'enquit Khadija, un sourcil haussé.

Jacob lui passa le tube, un sourire moqueur sur les lèvres. Si lui n'arrivait pas à l'ouvrir, elle en serait sûrement incapable.

Khadija cala le tube dans le creux de son coude et arracha le couvercle d'un seul geste fluide. Un rouleau de parchemin tomba sur le pont.

Jacob rougit jusqu'aux oreilles. Il ramassa le parchemin et le déroula, refusant de croiser le regard de Khadija. Il avait été battu par une fille ! Si William avait vu ça, il se serait fait un plaisir de le lui rappeler à chaque occasion. Ses épaules s'affaissèrent. *William.*

C'était une carte très sommaire, griffonnée au charbon, dont les marges étaient pleines de traces de doigts et de bavures.

– Une carte ! s'écria Khadija qui regardait par-dessus son épaule. Enfin, la chance tourne !

Ils l'étudièrent en silence, mais ni l'un ni l'autre ne semblait capable de déchiffrer l'écriture cursive et les lignes pointillées tracées sur la page.

Jacob souffla.

– Pas sûre qu'elle nous serve à grand-chose… râla-t-il en repoussant la carte vers Khadija.

– Tu sais lire ? demanda-t-elle.

La seule expérience de l'écriture qu'avait Jacob était celle qui ornait les étiquettes collées sur les bocaux contenant les poudres dont Munir se servait pour teinter le verre. Chaque fois que Munir avait le dos tourné, il étudiait la forme des lettres mais n'avait jamais réussi à déchiffrer un seul mot. Il secoua la tête, vaincu. Il était censé arriver à Intalyabad dans moins de deux jours, mais malgré la boussole et la carte, il était toujours incapable de déterminer leur position. Il n'arriverait jamais à temps. Sa frange lui tomba sur les yeux quand il baissa la tête de désarroi. Vera avait clairement surestimé ses capacités.

Khadija caressa la carte du bout des doigts.

– Mon frère m'a appris quelques lettres.

Elle n'était pas beaucoup plus grande que Jacob, mais c'était sa façon de se tenir droite qui la faisait paraître plus âgée, beaucoup plus âgée que lui, même s'il doutait que l'écart fût si important.

– On n'a plus beaucoup d'eau, réfléchit-elle à voix haute. On ferait peut-être mieux d'atterrir.

Jacob secoua la tête, indiquant la vaste étendue d'herbe qu'ils survolaient.

– Ce n'est probablement pas une bonne idée. Il n'y a rien en bas.

Jusqu'ici, ils n'avaient vu aucun autre ballon dans le ciel. Pourtant, ces derniers étaient courants, on les utilisait pour la construction de hauts bâtiments ou, amarrés au sol, en tant que postes de garde offrant une vue aérienne de la ville. On s'en servait au combat et, lors des cérémonies et des festivals, on déversait depuis leur hauteur des fleurs et de la poudre colorée sur les noceurs en dessous. Mais ils n'en avaient pas vu un seul. Pas même un ballon postal.

Jacob fixa l'horizon tout en réfléchissant. Comment la convaincre ? Il aurait besoin de son aide pour atteindre Intalyabad. Mal à l'aise, il demanda :

– Où tu veux aller ?

Elle haussa les épaules et se leva, défroissant son *kameez*.

– Je ne sais pas. J'avais pensé rentrer à la maison.

– Tu veux dire la maison dont tu t'es enfuie ? ricana Jacob.

Mais devant l'expression de Khadija, il ravala son rire et le déguisa en quinte de toux. Elle n'eut pas l'air convaincue.

Il était facile d'oublier sa place, ici. Parfois, il se surprenait à lui parler normalement, comme s'ils étaient égaux. Comme s'il était une personne normale. Puis il se rappelait qui il était vraiment et regrettait ses paroles.

Khadija se contenta de soupirer.

– Tu as raison. Je ne peux pas y retourner.

– Pourquoi ? demanda Jacob malgré lui.

Pourquoi, surtout, tant de curiosité ? Depuis quand il s'intéressait à la vie d'une Ghadæane ? Qu'est-ce qu'il en avait à faire de ses problèmes ? Elle ne s'intéressait certainement pas aux siens.

– Eh bien, pour commencer, j'ai volé ceci, dit-elle en indiquant le ballon. Et j'ai désobéi à mon Abba. Si je rentrais un jour, ils m'accuseraient sans doute d'être possédée par un djinn et m'enfermeraient.

Jacob pâlit. Il pensait que seuls les Hāris étaient accusés de frayer avec les djinns. Elle lut dans ses pensées et se moqua :

– Tu croyais que vous étiez les seuls à être privés de liberté, c'est ça ?

Jacob baissa les yeux et les fixa sur le noyau de mangue d'où dépassait le clou qu'il avait repositionné dans la lumière. Il marqua le bord de l'ombre. Dans une demi-heure, elle aurait suffisamment progressé pour qu'il puisse faire la deuxième marque.

– Alors ne rentre pas. Va-t'en ailleurs. Commence une nouvelle vie, dit-il en la regardant cette fois dans les yeux.

Elle détourna le regard, mal à l'aise avec ce contact visuel.

– Comment ? Je suis toute seule. Je n'ai pas d'argent et un ballon volé.

– Tu n'es pas obligée de dire aux gens que tu l'as volé.

– Les filles ne sont pas censées piloter des ballons toutes seules. Ils sauront tout de suite qu'il est volé.

– Tu n'as qu'à dire que tu n'étais pas seule. Dis que tu naviguais avec ton mari et qu'il est tombé par-dessus bord.

Elle éclata de rire.

– Hmm, je pourrais raconter ça, oui. Mais ça ne règle pas le problème de l'argent.

Jacob fit la moue. La phrase suivante lui vint tout naturellement, aussi aisément que s'il l'avait répétée.

– Alors va dans un lieu où tu peux gagner de l'argent. Une grande ville. Quelque part où tu pourras te fondre dans la masse. Tu pourrais devenir qui tu veux dans un endroit comme ça.

Les yeux de Khadija brillaient tandis qu'elle buvait ses paroles. Jacob avait toujours cru que les Ghadæans avaient les yeux noirs comme de l'encre, mais à la lumière du soleil, il remarqua que ceux de Khadija n'étaient pas noirs ni même marron. Ils étaient couleur d'ambre.

– Tu en connais, un endroit comme ça ? murmura-t-elle, comme si elle craignait de rompre l'effet magique de ses mots.

Jacob sourit de toutes ses dents.

– Clairement !

Une fois qu'ils eurent compris à peu près où ils se trouvaient et que Khadija eut déchiffré le nom d'Intalyabad sur la carte, ils mirent le cap sur la ville. Les deux jours suivants s'écoulèrent entre conversation hachée et silences inconfortables, mais ils furent éclairés par quelques moments de complicité sincère. Jacob ne s'attendait pas à avoir grand-chose en commun avec une Ghadæane, et, en effet, il n'y avait pas beaucoup de sujets dont ils pouvaient discuter ensemble, à part un. Les ballons. Alors que Jacob avait toujours été intéressé par la partie ingénierie du vol en montgolfière, Khadija éprouvait pour les ballons une fascination plus rêveuse ; elle passait des heures à dessiner le paysage de nuages ou la peau jaune et verte du ballon au verso de la carte, ajoutant à ses croquis des indications sur l'anatomie du ballon.

Jacob pointa un doigt vers l'horizon.

– Regarde ! On ne doit plus être loin.

Des montgolfières parsemaient le ciel, arborant fièrement leurs couleurs. Il y en avait des taillées dans la soie et le velours frappé, d'autres piquetées de perles et de plumes et d'autres encore froissées au sol, tachées de sang et aux coutures déchirées. Certaines atterrissaient tandis que d'autres fusaient vers le ciel avant de disparaître à l'horizon.

Des pâturages saupoudrés de coton duveteux et des rizières s'étiraient à perte de vue. Il y avait des oliviers et des vignes qui grimpaient sur les treilles des jardins, et de petits oiseaux qu'il n'avait jamais vus auparavant s'ébattaient dans les buissons.

Le palais de cuivre du Nabab d'Intalyabad se dressait au cœur de la cité. Ses dômes et ses minarets ornés de joyaux s'élevaient jusqu'au ciel, écrasant tout le reste de leur masse. Le palais scintillait de mille feux dans la lumière du soleil. Jacob poussa une exclamation de joie. Ils avaient réussi.

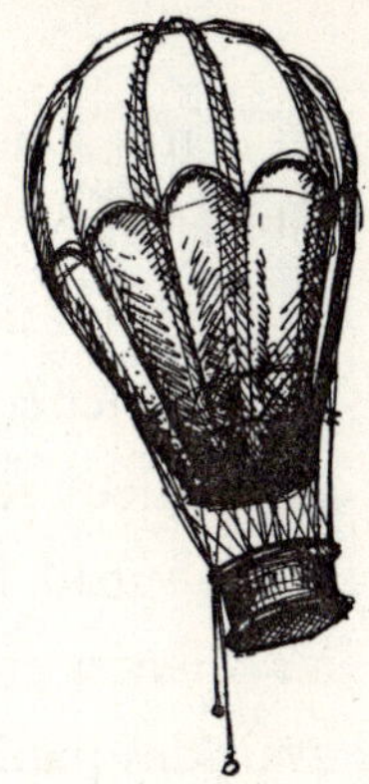

CHAPITRE ONZE

Khadija

Un groupe de ballons colorés volaient devant eux, le plus proche était brodé de feuilles d'or et de perles qui brillaient à la lueur du brûleur de telle façon que Khadija se demanda un instant si c'était un ballon ou un chandelier volant. Elle n'avait jamais vu de montgolfière aussi belle. Une autre, un peu plus loin, était décorée de plumes de paon qui frémissaient sous la brise comme des ailes de papillon ; elle descendait doucement, côte à côte avec un ballon doté, à la place d'une nacelle, d'une longue chaloupe dont les rames semblaient lui faire des signes. Khadija regardait à droite et à gauche, absorbait tout ce qu'elle voyait et gravait chaque ballon dans sa mémoire pour pouvoir les peindre plus tard. Cet instant précis, elle aurait voulu qu'il dure toujours.

Des Hāris tiraient sur des cordes pour guider les ballons vers le sol, sous le regard sévère des soldats. La vue des uniformes verts et des sabres courbes lui donna la nausée.

Ils avaient discuté en détail de cette étape et inventé une histoire assez rocambolesque pour convaincre les soldats qu'il n'y avait rien d'extraordinaire à ce qu'une jeune Ghadæane voyage seule avec un Hāri.

Un bruit de pas dans la nacelle lui fit lever la tête : Jacob était penché par-dessus bord, se tordant de tous côtés pour mieux se repaître des beautés et des odeurs nouvelles d'Intalyabad. Khadija elle-même avait douté de leur capacité à s'orienter et naviguer, et pourtant, ils étaient là. Elle en avait des papillons dans le ventre. *Tu vois. Je suis capable de faire des choses.*

– Regarde, il y a des champs de coton et des vergers. Je peux même voir le bazar d'ici. Il est immense !

Le rebord de la nacelle grinça sous le poids du garçon. Elle le tira rudement en arrière.

– Tu vas tomber ! le gronda-t-elle, ne le lâchant pas des yeux tant qu'il n'avait pas reposé les deux pieds fermement sur le plancher.

– Je t'avais bien dit que je pouvais trouver la ville.

La bouche de Jacob se tordit pour produire un semblant de sourire. Son visage en fut transformé, à la grande surprise de Khadija. Elle décida de ne pas lui dire que, pendant la nuit, elle avait fait perdre de l'altitude au ballon pour capter le vent qui soufflait vers le nord, après s'être aperçue qu'ils flottaient sans bouger depuis des heures.

– Tu pourrais facilement commencer une nouvelle vie, ici, dit Jacob avec des étoiles dans les yeux.

Elle serra ses mains l'une contre l'autre pour les empêcher de trembler.

– Peut-être, oui.

Elle ne pouvait dissimuler sa nervosité. Elle avait vécu toute sa vie confinée dans sa chambre. Qu'est-ce que ce serait de vivre seule dans une si grande ville ? Comment s'en sortirait-elle ? C'était en même temps excitant et terrifiant. Elle respira un bon coup.

Je vais y arriver.

– Je suppose qu'on devrait se dire au revoir, fit Jacob en se tordant les doigts.

Elle n'avait pas vraiment réfléchi à ça, trop occupée à s'interroger sur ce qu'elle ferait dès qu'elle entrerait dans Intalyabad. Khadija opina, peu habituée aux longs adieux.

– J'imagine, oui.

Jacob attrapa une corde et inclina légèrement la tête.

– Bonne chance.

– À toi aussi, répondit-elle.

Il tira sur la corde et le ballon descendit.

– Je crois qu'on doit atterrir là-bas, dit Khadija en indiquant le terrain d'atterrissage où des montgolfières dégonflées s'étalaient sur le sol comme autant de carcasses vides.

Le ballon se balança quand ils frôlèrent la cime de quelques acacias d'assez près pour pouvoir en arracher les feuilles. Le bruissement des criquets et des chants d'oiseaux emplirent les oreilles de Khadija. Ils approchaient de la zone d'atterrissage qui avait été défrichée. La nacelle effleura le sol, rebondit puis retomba. Khadija agrippa une corde pour garder l'équilibre, et ils finirent par s'arrêter devant un groupe de femmes vêtues de *lhenga* violettes.

Aussitôt, des soldats les encerclèrent. Jacob se rapprocha d'elle. Khadija se dressa, bien droite. Tout signe de nervosité ne ferait qu'augmenter la suspicion des soldats. Il allait falloir qu'elle joue son rôle à la perfection. Elle ouvrit la bouche, prête à débiter l'histoire qu'ils avaient répétée ensemble pendant la nuit.

– Montrez-moi votre permis de vol, mademoiselle, ordonna un soldat qui arborait une grosse cicatrice boursouflée sur le sourcil et lui lança un regard aigre.

Elle bafouilla. C'était quoi, un permis de vol ? Jacob lui rendit le même regard vide. Ils n'avaient pas prévu ça dans leur histoire.

Reste calme.

– Hum… Mon mari est tombé par-dessus bord pendant la nuit, dit-elle avec un sanglot. C'est lui qui avait tous nos papiers, expliqua-t-elle avec un tremblement de la lèvre inférieur très convaincant.

Le soldat émit un bruit de compassion.

– Tombé par-dessus bord ? Toutes mes condoléances.

Son collègue dissimula un gloussement derrière son poing.

– Votre mari doit être un imbécile. C'est un miracle que vous soyez arrivée jusqu'ici en un seul morceau, ricana-t-il. Je ne savais pas que les femmes étaient capables de piloter.

Les soldats tout autour se joignirent à ses moqueries. Khadija sentit le rouge lui monter au front, mais réussit à garder son sang-froid. *Ne leur fais pas le plaisir de réagir.*

L'un des soldats pointa un doigt vers Jacob, qui se recroquevilla comme si une arme chargée le visait.

– À moins qu'il ne soit pas tombé. Peut-être qu'on l'a poussé.

Khadija bredouilla. Ça ne sentait pas bon.

Les soldats échangèrent des rictus.

– C'est vrai que ça paraît plus plausible, fit le soldat en se penchant vers elle, lui soufflant une haleine de tabac à la figure. Peut-être que c'est vous qui l'avez poussé, mademoiselle. Peut-être que vous vouliez vous enfuir avec ce Hāri.

Ça ne sentait pas bon du tout. Khadija inspira, se concentrant sur la cicatrice du soldat. Elle sentit sa nuque se couvrir de sueur.

– Je ne ferais jamais rien de tel !

– Ah, vraiment ? continua le soldat qui prenait manifestement plaisir à la tourmenter. On verra ce qu'il en est.

Khadija aurait dû s'en douter : c'était une idée débile. Comme si une fille et un Hāri pouvaient tout simplement entrer dans la ville en débitant une fable aussi improbable !

– Voyager sans les permis nécessaires est passible d'une amende de cinq cents pièces d'or. Et j'imagine que votre argent est passé par-dessus bord avec votre mari…

Khadija serra les dents.

Le soldat poursuivit :

– Après la dernière attaque terroriste sur Sahli, le Nabab a pris des mesures de précaution pour s'assurer qu'aucun Hāri non autorisé n'entre dans Intalyabad. Le garçon va devoir nous suivre, dit-il en fixant Jacob.

Il ne pouvait pas être sérieux, si ?

Pourtant, il en avait l'air.

Jacob se mit à trembler. D'instinct, Khadija se plaça devant lui.

– Et où emmènerez-vous le Hāri ?

Parler ainsi de Jacob la mit mal à l'aise, sans trop qu'elle sache pourquoi. Si elle n'avait pas passé deux jours en sa compagnie, ça ne l'aurait pas gênée de lui refuser le privilège d'un nom et de le réduire à la seule chose qui comptait – la couleur de sa peau –, mais après avoir voyagé ensemble, il lui semblait injuste de lui dénier toute humanité à la seconde où ils touchaient le sol.

– Il sera interrogé pour déterminer s'il travaille avec les Hareefs.

Khadija déglutit. Elle savait ce que signifiait « interrogé ». Elle avait vu assez de Hāris cloués au pilori sous le soleil impitoyable, leur dos sillonné de traces de coups de fouet. Parfois, on les laissait là pendant des jours, jusqu'à ce qu'ils avouent leur crime ou pourrissent au soleil. Elle jeta un coup d'œil à Jacob. Feraient-ils subir ce sort à un enfant ? Elle se rappela les enfants hāris de Sahli étendus dans la poussière, sans vie. Bien sûr qu'ils le feraient ! Non. Elle ne pouvait pas les laisser faire. Même si elle risquait sa liberté, c'était elle la Ghadæane. Il était temps qu'elle fasse usage de ses privilèges.

– Je peux vous assurer qu'il n'a rien à voir avec eux. Il est muet, incapable de prononcer le moindre mot, ajouta-t-elle en improvisant. L'interroger ne servira à rien.

Le soldat parut déconcerté. Il fronça les sourcils, faisant rouler sa cicatrice.

Elle le tenait. Son expression ne trahissait rien des battements affolés de son cœur, qui cognait si fort dans sa poitrine qu'elle était sûre que les soldats pouvaient l'entendre. Elle pria pour que la paresse notoire des soldats joue en sa faveur. Elle regarda à la dérobée le grand porche cintré en cuivre avec son liseré de roses miniatures incrustées d'or ou d'émail. Un flot continu de personnes passaient sous l'arche. Tout ce qu'ils avaient à faire, c'était se perdre dans cette foule.

Le soldat plissa les yeux.

– Il y a d'autres moyens de savoir s'il travaille avec les Hareefs. Vous feriez mieux de vous trouver un nouvel Hāri… et un nouveau mari, gloussa-t-il. Ce serait beaucoup plus simple pour vous.

De nouveau, Khadija jeta un coup d'œil à l'entrée de la ville. Intalyabad était à portée de sa main, et avec elle, une nouvelle vie. La liberté. Quelque chose qu'elle n'avait jamais imaginé que dans ses rêves. Ici, elle pourrait devenir la nouvelle Khadija, se réinventer. Devenir la fille qu'elle était censée être. Elle fronça les sourcils. Elle n'était pas sûre de savoir qui elle était censée être. Khadija regarda Jacob. Elle savait une chose pourtant : elle était plus intègre que la majorité, même si ça faisait d'elle quelqu'un de naïf. Elle n'était pas une traîtresse.

– Je ne veux pas d'un autre Hāri.

L'expression du soldat se fit glaciale.

– Si vous ne voulez pas vous séparer de lui, vous allez devoir venir avec moi tous les deux.

Il lui décocha un sourire venimeux. Satisfait. Il avait gagné.

– Éteignez le brûleur.

Khadija dut serrer les dents pour dissimuler le tremblement de sa mâchoire. L'arche de cuivre scintillait, la soumettait à la tentation du flux et du reflux de la foule. C'était sa dernière chance de s'esquiver.

Elle souffla. Non. *Je ne peux pas l'abandonner.* Elle ne serait même pas ici sans l'aide de Jacob. *Si c'est le prix à payer pour la loyauté, soit.*

Elle obéit aux ordres du soldat et éteignit le brûleur.

– Ça va aller, chuchota-t-elle à Jacob.

Le ballon s'affaissa et ils se démenèrent pour le maîtriser avant qu'il ne les engloutisse. Les soldats ne firent même pas mine de les aider.

Khadija et Jacob roulèrent l'enveloppe en boule, la rangèrent dans un tonneau et sautèrent hors de la nacelle. Jacob se pencha vers elle :

– Est-ce qu'on les suit ?

– On n'a pas le choix.

– Mais ils…

– Dépêchez-vous ! aboya le soldat, et ils se turent tous les deux.

Khadija avança sur l'herbe. Les soldats se moquèrent de Jacob qui tituba en retrouvant l'immobilité du sol. Khadija regarda son ballon : c'était sans doute la dernière fois qu'elle le contemplait, ce ballon qui l'avait libérée en même temps qu'il bouleversait sa vie. Il lui paraissait presque logique de le perdre dans ces circonstances malheureuses, quand il était entré dans sa vie par un pur coup de chance.

Ils se frayèrent un chemin parmi la foule des ballons, dépassèrent des groupes de riches marchands et des Hāris qui déchargeaient de lourdes barriques et des caisses variées. Les Hāris fixaient Jacob avec de grands yeux, fugitivement, avant de baisser aussitôt le regard. Khadija grimaça en voyant les bleus et les marques de brûlures qui couvraient leurs dos nus. Jacob subirait-il le même sort ? Et que lui feraient-ils à elle ?

Derrière leur soldat et un deuxième, à la longue barbe et à la moustache recourbée, ils grimpèrent une longue volée de marches taillées dans la pierre. Ils marchaient à l'ombre d'immenses feuilles de bananiers. Des oiseaux voletaient dans les arbres. L'air embaumait l'odeur sucrée des fruits, un ruisseau chantait, mais Khadija n'avait pas le temps d'apprécier la beauté de leur environnement : elle essayait désespérément d'inventer une histoire assez crédible pour les tirer d'affaire, mais son cerveau tournait à vide.

Ils n'auraient jamais dû venir ici. Pourquoi avait-elle écouté Jacob ? Ils auraient pu aller n'importe où, et il avait choisi cette ville pleine de soldats. Elle aurait dû se méfier. Elle s'était laissé bercer par les fantasmes de Jacob au point d'en oublier les dangers inhérents aux grandes villes. Khadija remarquait à peine les pavillons colorés avec leurs motifs carrelés géométriques, pas plus que les flots de Ghadæans déambulant dans les rues comme des troupeaux de moutons en colère. Jacob, lui, regardait tout autour de lui, submergé par les couleurs vives et les odeurs puissantes d'Intalyabad. Les soldats tournèrent à droite dans une rue ombragée où flottait dans la brise le drapeau redouté, vert orné d'un soleil de cuivre. Le drapeau du Nabab du Nord.

Ils se fondirent dans une foule de vieux qui portaient des chèvres, de dames drapées dans de jolis *dupattas*, suivies par des hordes d'enfants. La rue était un patchwork de vêtements et de soieries de toutes les couleurs, de rickshaws brinquebalant au milieu des gens et de palanquins dorés qui écartaient les masses.

Khadija observait la nuque des soldats. Ils pourraient essayer de s'enfuir en courant, de disparaître dans la foule. Non. C'était trop risqué.

La rue déboucha sur une grande place.

– Justice pour Sahli !

Des gens tapaient des pieds, frappaient sur des casseroles et des poêles.

– Justice pour toutes les victimes de Sahli !

– Comment le Nabab peut-il justifier le massacre d'innocents ?

– Châtiez les vrais coupables !

Khadija se dressa sur la pointe des pieds. Des soldats encerclaient un groupe de Hāris, les repoussaient à la pointe de leurs lances pour les emmener loin de la foule, mais les Hāris ne se laissaient pas impressionner.

– Nous ne sommes pas des Hareefs ! Nous refusons de payer pour leurs crimes !

Ils devaient être plus d'une centaine, à crier et agiter des banderoles, à condamner les crimes des Hareefs. Elle n'avait jamais vu les Hāris agir ainsi : attirer l'attention sur eux dans l'espoir de laver le sang qu'ils avaient sur les mains, comme si la société allait enfin les accepter après ça. Elle avait pitié d'eux. Terroristes ou pas, ils restaient des Hāris, et c'était déjà, en soi, un crime trop grand.

Le soldat se gaussa.

– Qu'est-ce qu'ils espèrent, hein ? Ils croient qu'on va leur pardonner ? Les laisser vivre ? Des femmes et des enfants ghadæans sont morts à cause d'eux. Sahli a été réduit en cendres ! Je dis : brûlez-les tous !

Khadija tressaillit en revoyant les images sanglantes de Sahli. Beaucoup de gens étaient morts cette nuit-là, des Hāris et des Ghadæans. Que le Nabab prenne des mesures pour réprimer les Hāris encore plus qu'avant n'avait rien d'étonnant. La surprise, c'était ceci : des manifestants. Braves ou stupides, elle n'aurait su dire, mais quoi qu'il en soit, ça valait le coup d'œil. Du moins jusqu'au moment où les soldats perdraient patience. Khadija n'avait pas envie d'être témoin du châtiment qui s'abattrait alors sur eux. Elle les observa. Des vieux. Des jeunes. Des Hāris de toutes sortes. Elle remarqua quelques visages bruns au milieu des manifestants et sursauta. Il y avait des Ghadæans parmi eux.

Non. Il devait y avoir erreur. Ils s'étaient retrouvés mêlés aux Hāris dans la confusion et la bousculade. Ils ne pouvaient les soutenir, si ? N'était-ce pas interdit ? Pourtant, ils criaient et brandissaient des pancartes comme les autres. La seule pensée qui lui vint fut… pourquoi ? Pourquoi se donner tant de mal pour une cause perdue ? À moins qu'ils ne considèrent plus la lutte pour les droits des Hāris comme une cause perdue…

Les soldats aussi remarquèrent leur présence et se mirent à jurer.

– Regardez ! Certains des nôtres parmi eux. Traîtres ! Ils s'appellent les Wazeems. Des sympathisants de la cause hārie. Combattant pour l'égalité ou quelque chose dans ce genre…

Il éclata de rire.

– L'égalité ? s'esclaffa le deuxième soldat. Et pourquoi ? Une vache et un rat ne seront jamais égaux, peu importe ce qu'on fasse. Tu peux donner à une vache la même quantité de nourriture qu'à un rat, et la regarder mourir de faim ; ou tu peux donner à un rat la même quantité qu'à la vache et le regarder se gaver à mort. Dans les deux cas, il y en a un qui meurt.

L'analogie cruelle du soldat révolta Khadija, mais elle se mordit la langue. L'égalité raciale était une question bien plus complexe, mais crier dans les rues ne suffirait pas, et de loin, à faire entendre la voix des Wazeems. Ils étaient tout aussi impuissants contre les trois Nababs que les Hāris eux-mêmes, sans même parler du reste de la société. Comment pouvaient-ils espérer changer les mentalités de milliers de gens juste en criant des slogans ?

Les deux soldats ricanèrent.

– Évidemment, pour leur manif, il fallait qu'ils choisissent le jour du mariage royal, dit le premier en resserrant sa prise sur son sabre. Au premier qui sort du rang, je n'aurai aucun scrupule à trancher quelques têtes.

Khadija pâlit. Des soldats encerclèrent les manifestants, les enfermant dans une nasse, mais ne lancèrent pas de charge. Les protestataires étaient trop nombreux pour qu'on puisse les attaquer. Des Ghadæans leur crachaient dessus et les insultaient, bien à l'abri derrière le cordon de soldats, mais les cris des manifestants noyaient les insultes.

– Nous sommes les Wazeems ! Nous réclamons la justice pour tous !

Jacob leva la tête, une étincelle dans les yeux. Ils échangèrent un regard. Khadija le retint par la manche, ralentissant son pas peu à peu, laissant la distance entre eux et les soldats se creuser.

Des trompettes sonnèrent et les têtes se tournèrent tandis qu'un flot d'or éclatant inondait les rues. Les soldats repoussèrent encore les manifestants, qui n'en crièrent que plus fort.

Les corps étaient comprimés. Khadija attrapa la main de Jacob pour ne pas risquer de le perdre. Sa paume était moite quand elle serra la sienne.

– Le Nabab d'Intalyabad est de retour avec sa nouvelle épouse, railla l'un des soldats.

– C'est la troisième ou la quatrième ?

– J'ai perdu le compte, il y a eu tellement de mariages royaux…

– Il a bien de la chance, cet homme-là.

Une escorte de chevaux à la robe couleur de perle fit irruption. Des généraux aux turbans retenus par des épingles d'or se dressaient fièrement sur leurs montures, suivis de six hommes qui portaient sur leurs épaules un *palki*. Il était décoré de fleurs rouges et orange, et drapé dans plusieurs couches de la plus fine et transparente soie d'araignée. Un tel *palki* ne pouvait abriter qu'une épouse royale.

La foule s'approcha. Des enfants sautillaient pour essayer d'apercevoir la mariée. Derrière venaient des hommes vêtus de *sherwanis* chamarrés, portant en bandoulière de lourds *dhôls*, ces tambours à double peaux sur lesquels ils frappaient de leurs baguettes *dagga* et *tilli*. Une musique festive envahit les rues, rompit la solennité de la manifestation quand la foule se mit à chanter et danser.

Khadija avait honte pour eux. En pleine révolte sociale, la royauté avait encore le culot de faire étalage de sa richesse, et les Ghadæans en étaient ravis.

La rue applaudit comme un seul homme lorsqu'un individu qui dégoulinait d'or fit son apparition, monté sur un éléphant. Il portait une couronne ornée de joyaux qui réfléchissait la lumière du soleil, éblouissant la foule. Une guirlande de soucis orange vif pendait à son cou, faisant ressortir une barbe poivre et sel. Toute son apparence suintait l'excès : l'éclat des grosses bagues qui ornaient chacun de ses doigts boudinés quand il saluait la foule, ses joues rebondies encore teintées du jaune pâle du masque au curcuma appliqué sans aucun doute la veille au soir. C'était un homme qui avait clairement trop de tout.

C'était le Nabab. Du haut de sa monture harnachée d'or, gonflé de sa propre importance, le Nabab était sourd et aveugle aux protestations. Les Wazeems se firent plus bruyants. Leur colère redoubla. Les gens commencèrent à pousser et à se bousculer. Jacob fut entraîné plus loin, mais Khadija ne lâcha pas sa main. Elle ne le perdrait pas.

Un éclair blanc attira son œil. Deux capes blanches avec la capuche rabattue se frayaient un chemin dans la foule. Khadija et Jacob échangèrent un regard : ça ne pouvait signifier qu'une chose.

La foule ne se doutait de rien, prise par la musique. Les capes blanches parvinrent à l'avant de la procession. Khadija vit qu'elles portaient à deux une longue boîte.

Il allait se passer quelque chose. Quelque chose de terrible. Khadija recula, entraînant Jacob avec elle. Les soldats ne les virent pas s'éloigner, accaparés par la vision du Nabab qui saluait la foule, faisant rouler ses muscles et tournoyer un *talwar* doré qui aurait semblé plus à sa place sur un manteau de cheminée que sur un champ de bataille.

Les terroristes s'avancèrent.

Les soldats qui formaient la garde rapprochée du Nabab commencèrent à soupçonner quelque chose ; ils mirent la main au pommeau de leur cimeterre.

La boîte se balança.

Les soldats, en alerte, tirèrent leur sabre. Les terroristes laissèrent tomber la boîte, qui bascula sur le côté. Le couvercle sauta.

Ce n'était pas une boîte, comprit alors Khadija. C'était un cercueil.

La foule se figea.

Khadija entendit d'abord les cris. Les musiciens cessèrent de jouer et le Nabab laissa retomber sa main. Khadija aperçut un cadavre étendu sur le sol – des asticots et des mouches grouillaient sur son visage. Une volute de fumée noire tournoya et prit la forme d'un homme.

Ils ont invoqué un djinn !

La foule explosa. Les rires se muèrent en hurlements. Les gens se piétinaient dans leur hâte à s'échapper de ce piège.

– Un djinn ! C'est un djinn !

Un gros type percuta Khadija qui tomba au sol, lâchant la main de Jacob. Elle fut engloutie dans la confusion et les cris.

– Les Hareefs attaquent ! glapit une femme.

Khadija fut piétinée par des dizaines de pieds, elle s'accrocha aux jambes des gens pour se relever. La foule la porta vers l'avant. Le bruit caractéristique du verre brisé retentit, et d'autres djinns prirent forme. Serpents. Oiseaux. Chats. Loups. Une femme-djinn vêtue d'une longue jupe qui tournoyait comme de la fumée était accroupie près du cadavre, à côté de l'homme-djinn ; du sang noir dégouttait de son menton. Khadija eut un haut-le-cœur et recula.

Des sabres fendirent l'air, les chevaux se mirent à hennir, affolés. Elle vit le Nabab tomber de son éléphant, puis se trouva prise en sandwich entre la foule et un bâtiment.

Un piaulement strident qui lui blessa les tympans ouvrit la foule en deux : un chat fait d'ombres lacérait toutes les chevilles à portée de ses griffes. Il posa ses yeux d'émeraude sur elle, feula et se replia sur ses pattes arrière comme un ressort, prêt à lui sauter dessus.

Le djinn bondit. Khadija poussa un cri et se protégea le visage en même temps qu'un éclat métallique fauchait la créature en plein vol. Entre ses doigts, Khadija vit le djinn se tortiller sur le sol, un lasso de cuivre autour du cou. Puis le djinn se désintégra, ne laissant qu'une flaque de fumée.

Une main la tira par le bras, si fort qu'elle crut que son épaule allait se disloquer. Elle était trop choquée pour résister. L'inconnu la plaqua contre le mur, hors de danger. Khadija tenta de voir qui était son sauveur, mais son regard fut arrêté par le lasso de cuivre qui pendait à sa taille.

– Viens.

La voix était grave et chaude, deux yeux noirs lui étaient assortis. Khadija n'eut d'autre choix que de suivre l'inconnu qui l'entraîna à travers le chaos.

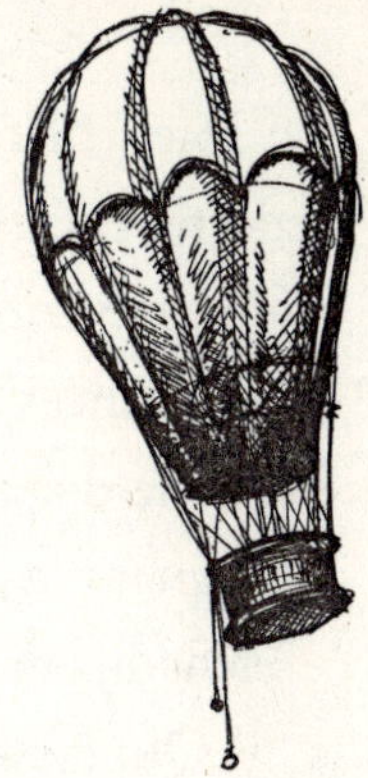

CHAPITRE DOUZE

Jacob

Jacob s'écrasa contre un stand où étaient empilées des caisses de lentilles colorées. Sous son poids, la structure fragile s'effondra sur la foule et il y eut bientôt un amas de membres tordus. Khadija était plaquée contre un mur un peu plus loin, à côté d'une haute silhouette, derrière un tumulte de corps en sueur et de visages terrifiés.

Jacob chercha des yeux l'éclat blanc d'une tunique ou les volutes noires d'un djinn. Les Hareefs étaient là, comme Vera l'avait promis. Elle avait juste oublié de mentionner pourquoi. À présent, c'était évident : le Nabab était leur cible.

Soudain, une main le saisit par le bras. Jacob essaya de se dégager, se retourna et tomba nez à nez avec Khadija.

– Viens ! cria Khadija.

Jacob se laissa entraîner à travers la foule tel un roseau pris dans le courant ; la Ghadæane les mena par une ruelle étroite le long de laquelle des fenêtres en vitraux dessinaient des motifs multicolores sur le sol, puis ils franchirent un rideau de perles et entrèrent dans une maison de ville.

Le soleil filtrait à travers les voilages qui couvraient les fenêtres et l'atmosphère était épaissie par la fumée et l'odeur sucrée des fruits mêlée au tabac. Des pipes à eau traînaient, abandonnées à la hâte, leurs charbons rougeoyaient encore. Jacob se dégagea enfin de l'emprise de Khadija et tituba, se cognant la cuisse contre la table.

Khadija s'adressa à la Ghadæane.

– Qui êtes-vous ?

Elle n'avait pas l'air beaucoup plus vieille que Khadija ; lorsqu'elle parla, sa voix résonna grave et douce comme les cordes d'un sitar. Elle portait une armure de cuir qui la couvrait de la tête aux pieds, un foulard en mousseline de soie cachait ses cheveux. L'étoffe fragile paraissait incongrue, assortie au cuir raide qui la corsetait, mais c'était surtout le fouet accroché à sa ceinture qui retint l'attention de Jacob. Il en avait déjà vu de semblables, tressés dans du fil de cuivre capable de trancher un djinn en deux, mais seulement à la ceinture des exorcistes. Et autant qu'il sache, seuls les hommes avaient le droit d'exercer cette profession.

– Croyez-moi, mieux vaut ne pas traîner dehors en ce moment.

Elle écarta un rideau du bout de l'index et un rayon de soleil s'infiltra par la fenêtre, suivi de cris stridents. Jacob observa la petite pièce, avec son vieux canapé dont la garniture débordait par une large déchirure, et sa table basse où des tasses avaient laissé des marques brunes dans le bois d'acajou.

– J'ai demandé qui vous êtes, répéta Khadija, énervée.

La femme se tourna vers elle, et Khadija descendit de ses grands chevaux. Il émanait d'elle une puissance qui rappelait à Jacob celle du verre renforcé.

– Je suis Anam. Et toi ?

– Khadija, et lui, c'est Jacob. Pourquoi on est là ?

– Pardonne-moi si j'ai eu tort, mais j'avais l'impression que vous aviez besoin d'aide. Vous êtes libres de partir, bien entendu, dit la femme en indiquant la porte.

Au même moment, un rideau de perles s'écarta à l'autre bout de la pièce et une femme hārie fit son apparition.

– Anam. Je me disais que ça devait être toi, dit la nouvelle venue dont les cheveux étaient coupés très court. Des recrues fraîches ?

Anam haussa les épaules.

– Je les ai trouvés dans la rue.

– C'est là qu'on recrute les meilleurs, dit l'autre en se laissant tomber sur le canapé qui vomit un peu de garniture. Comment s'est passée la manifestation ?

Jacob restait bouche bée devant cet échange entre Anam la Ghadæane et la femme hārie. Elles se parlaient d'égale à égale, comme si elles étaient amies, même. Il n'avait jamais vu ça.

– Ça se passait très bien jusqu'à ce que les Hareefs débarquent. Maintenant, c'est le chaos, regretta Anam en jetant un nouveau coup d'œil inquiet à la rue. Le Nabab court un grand danger.

L'autre secoua la tête.

– Je savais que les rangs des Hareefs grossissaient, mais je ne m'attendais tout de même pas à ce qu'ils attentent à la vie du Nabab. Pas de façon aussi spectaculaire.

– En ont-ils vraiment après sa vie ? Ou essayaient-ils seulement de nous faire peur ? De nous montrer l'étendue de leur puissance ? À mon avis, ils voulaient faire une démonstration de force et, de ce point de vue, c'est réussi.

Jacob se sentait gagné par l'agacement à les entendre converser sans même lui accorder un regard. Khadija semblait partager son sentiment, bras croisés et moue dubitative. Qui étaient ces gens ? Et pourquoi en savaient-ils autant au sujet des Hareefs ?

Jacob se racla la gorge et tous les regards se tournèrent vers lui.

La femme hārie l'observa réellement pour la première fois.

– Excusez-moi, vous devez être un peu perdus. Je m'appelle Myra, et vous avez déjà fait la connaissance d'Anam. Elle représente un tiers du conseil des Wazeems.

– Le meilleur tiers, précisa Anam, ce qui fit glousser Myra.

Les Wazeems. Jacob repensa aux manifestants qu'il avait aperçus, ceux qui réclamaient l'égalité et la justice. Il les avait pris pour des fous. Il ne savait d'ailleurs toujours pas quoi en penser.

– Vous n'êtes pas avec les Hareefs ?

– Mon Dieu, non ! s'écria Myra. Les Wazeems veulent l'égalité. La justice. Un monde meilleur pour les deux peuples. Les Hareefs souhaitent seulement la violence et la destruction. Comme vous avez pu le voir là-bas, dit-elle en indiquant la fenêtre. Qu'obtiendront-ils avec cette violence ? À part une répression plus brutale contre notre peuple ? La violence n'engendre que la violence.

Jacob tripotait sa manche, indécis. La violence n'était sûrement pas le seul but des Hareefs ; si c'était la guerre qu'ils voulaient et rien d'autre, pourquoi Vera aurait-elle recruté des gens dont les talents n'avaient rien à voir avec le combat ? Des gens comme lui ? Même s'il supposait qu'un souffleur de verre pouvait être utile pour fabriquer de quoi contenir tous ces djinns…

– Et comment comptez-vous rendre le monde plus juste ?

– Excellente question, sourit Myra.

Elle se leva et lui fit signe d'approcher. Khadija se dandinait toujours près de la porte, comme si elle allait s'esquiver d'une seconde à l'autre.

– Et si on vous montrait de quoi on parle ?

Jacob mordit dans un autre samossa. Assise en face de lui, Khadija essuyait des miettes de gâteau sur ses lèvres. La longue table paraissait trop grande pour eux deux, et le festin étalé devant eux aurait pu nourrir tous les Hāris de Sahli, mais pour l'instant, ils étaient seuls. Il avait déjà rempli son assiette deux fois et trempait maintenant son doigt dans les restes de *raita*. Leurs regards se croisèrent, et Khadija détourna les yeux. Jacob percevait le malaise entre eux, comme si ni l'un ni l'autre n'avait envisagé de prolonger leur compagnonnage au-delà de leur arrivée à Intalyabad. Bien sûr, il n'était pas obligé de rester. Il pouvait quitter cette maison.

Mais pour aller où ? Le ciel s'assombrissait. Les cris au-dehors s'étaient tus et le seul bruit était celui des soldats qui patrouillaient les rues à la recherche des rebelles qui avaient gâché le mariage du Nabab.

– Qu'est-ce que tu penses des Wazeems ? demanda Khadija.

Ce qu'il pensait d'un groupe de Ghadæans et de Hāris qui luttaient ensemble ? Il aurait trouvé l'idée ridicule s'il n'en avait pas été témoin lui-même. Les Wazeems ne lui paraissaient pas réels, une mascarade qui pouvait se fissurer à tout moment, et alors ses membres se retourneraient les uns contre les autres. Anam et Myra les avaient guidés à travers leur réseau de maisons mitoyennes où des Wazeems se reposaient au lit, étudiaient des cartes ou s'entraînaient au maniement du *mugdar*, cette massue taillée dans le bois le plus dur. Les deux races étaient également représentées et semblaient coopérer sans problème sous la supervision d'Anam. Deux autres Ghadæans, avait-elle expliqué, formaient avec elle le trio du Conseil, l'instance dirigeante des Wazeems. Trois chefs venus des trois provinces de Ghadæa : Anam, du Nord, les deux autres, des hommes, des jungles de l'Est et du désert de l'Ouest.

Ça paraissait irréel et grotesque, pourtant il ne pouvait ignorer l'excitation qui frémissait sous sa peau quand il y pensait.

– Je ne m'étais jamais doutée qu'il existait des Ghadæans qui s'opposaient au traitement qu'on inflige à ton peuple, remarqua Khadija, les yeux dans le vague, comme si elle pouvait voir un monde où les semblables de Jacob ne seraient pas aussi violemment persécutés. Je trouve que c'est une idée plaisante.

Une idée plaisante. Il ricana. Petit-déjeuner au lit, c'était plaisant. Un bain frais à la fin d'une journée torride, c'était plaisant. Mais réduire les luttes de son peuple à quelque chose d'aussi trivial, quelque chose qu'on pouvait aisément régler avec une *idée plaisante*… il aurait pu la gifler.

– Bien sûr que tu trouves ça *plaisant*, dit-il d'un ton acerbe. La façon dont est traité mon peuple n'a aucune conséquence pour toi, mais pour moi, tout ceci (il engloba d'un geste la pièce vide) est une provocation. Une façon de dire : « On sait que les Hāris sont maltraités et on veut les aider, mais seulement un petit peu, pas au point de déranger nos habitudes. Pas assez pour changer réellement quoi que ce soit. »

Son ton hérissa Khadija.

– C'est vraiment ce que tu penses ?

Elle semblait blessée plus qu'autre chose, et la colère de Jacob laissa place aux remords.

L'arrivée d'Anam mit fin à leur conversation. Elle s'assit sur le banc à côté de Khadija et croqua dans un samossa.

– Nous avons des lits si vous voulez vous reposer.

Elle trempa le samossa dans la sauce à la menthe. Jacob étudiait malgré lui chacun de ses gestes. Elle avait retiré son armure et était à présent vêtue très simplement, sans bracelets ni bijoux ; pourtant, elle gardait un air altier. Était-ce dû à sa façon de parler ou à sa posture impeccable, le dos droit, les épaules dégagées, il n'aurait su le dire. Son regard se posa de nouveau sur le fouet de cuivre pendu à sa taille. Était-elle une guerrière ? Une tueuse ? Commettait-elle des assassinats au nom des Wazeems ? Elle avait établi très clairement que les Wazeems étaient pacifiques, ayant fait le choix, pour défendre leur cause, de manifester de façon non violente et de négocier avec les chefs des Ghadæans. Jacob avait tenté de savoir quels progrès ils avaient obtenus jusqu'ici, mais elle avait habilement esquivé sa question.

Ce qui voulait dire, pour faire court, qu'ils n'avaient rien obtenu. Évidemment. Pourquoi les Nababs écouteraient-ils un groupe de protestataires ? Même avec quelques Ghadæans dans leurs rangs, leurs voix n'avaient aucun poids, alors comment pouvaient-ils espérer changer la société en profondeur ? Il lui semblait qu'ils se berçaient d'illusions, et même s'il voulait croire en leur cause, il en était incapable. William leur aurait ri au nez s'il avait été là.

Jacob serra les poings sous la table.

– Oui, je veux bien me reposer un peu, dit Khadija en se levant sans croiser son regard.

Anam l'emmena dans une pièce voisine et revint quelques minutes plus tard.

– Les hommes peuvent se reposer dans la pièce à l'opposé, dit-elle en indiquant une porte fermée.

Jacob acquiesça, légèrement troublé qu'on le considère comme un homme.

– Tu n'es pas d'Intalyabad, dit-elle ensuite, et ce n'était pas une question.

Était-ce tellement visible ?

– Si tu étais d'ici, tu serais déjà parti. Que tu sois encore là signifie que tu n'as nulle part où aller.

– Vous voulez que je m'en aille ?

– Pas du tout, dit Anam en prenant un autre samossa. Que penses-tu de nous, maintenant que tu en sais plus sur notre combat ?

– Je pense que vous sous-estimez grossièrement la haine que nous vouent les Ghadæans.

Anam eut un rictus.

– Je comprends pourquoi tu peux penser ça. Tu nous trouves naïfs ?

– Moi, je ne comprends pas bien ce que ça peut vous faire qu'on soit traités en égaux. Qu'est-ce que ça vous apporte ? Vous êtes payés pour agir ainsi ?

Jacob lui-même s'étonnait de l'effronterie dont il faisait preuve. Quelques jours plus tôt, il n'aurait jamais osé s'adresser à un Ghadæan avec tant de passion. Peut-être était-ce le temps passé avec Khadija, ou bien d'avoir vu William tué sous ses yeux, toujours est-il que sa langue ne se figeait plus dans sa bouche en présence d'un Ghadæan.

– Non, je ne suis pas payée. Au contraire, j'ai consenti beaucoup de sacrifices pour être où je suis.

– Alors pourquoi ?

– C'est une question de justice.

Jacob restait sceptique. Rien n'était jamais gratuit. Et certainement pas la bonté des puissants. Pourquoi serait-elle prête à bouleverser une vie autrement ordinaire, à se la rendre difficile au nom d'un peuple qui n'était même pas le sien ?

Anam semblait lire dans ses pensées à mesure que leur écho se peignait sur son visage.

– Et j'aime mon pays. J'aime ma cité. Je vois ce que cette tension raciale fait à ma patrie. La violence qui augmente sans cesse des deux côtés. Et ça ne me plaît pas.

Il se demanda comment c'était d'éprouver une telle fierté à l'égard d'un lieu. Il avait vécu toute sa vie à Sahli et, pourtant, il n'avait jamais considéré le village comme son foyer. Il l'avait vu être réduit en cendre, mais pour lui, ce n'étaient que quelques bâtiments branlants qui brûlaient.

Intalyabad était une cité magnifique, splendide, mais elle aussi n'était pour lui qu'un ensemble de bâtiments, merveilleusement construits, certes.

– Les manifestations ont-elles un impact quelconque ?

Anam réfléchit avant de répondre :

– Jusqu'à un certain point. Plus de soldats déployés pour encadrer les manifestations, ça veut dire moins dans les rues pour terroriser d'innocents Hāris comme toi.

– Quoi d'autre ?

– Qu'est-ce que tu dis de ça : nous avons un rassemblement prévu demain au temple où le Nabab effectue sa prière du matin. Tu devrais venir. Tu verras par toi-même les effets que peuvent produire nos manifestations.

Jacob haussa les épaules.

– Je ne sais pas.

– Tu n'as rien à craindre. Tu seras parfaitement en sécurité, et même si tu ne crois pas complètement à notre cause, viens, ne serait-ce que pour découvrir un peu plus cette ville merveilleuse. Le temple est très beau, et la roseraie sublime.

Jacob se redressa. La roseraie. Pouvait-il s'agir de la même qu'avait mentionnée Vera comme leur lieu de rendez-vous ? Il y avait de cela trois jours, donc c'était ce soir qu'il devait les y retrouver. Jacob serra dans sa poche l'amulette de William.

– Il est loin, ce temple ? demanda-t-il en s'efforçant de prendre un ton détaché.

– Pas loin du tout, répondit Anam.

Elle se leva, écarta le rideau et pointa du doigt un ensemble dont on ne devinait dans l'obscurité qu'un dôme entouré de minarets.

– C'est là. On partira tôt demain matin.

– Je devrais aller me reposer. Pour être réveillé assez tôt.

Anam approuva.

– Sage décision.

Jacob ouvrit la porte qui donnait sur la chambre où dormaient les hommes. Un murmure de ronflements l'accueillit. Il y avait cinq lits, dont deux seulement étaient inoccupés. Jacob se retourna une dernière fois vers Anam qui l'encouragea d'un signe de tête. Il referma la porte derrière lui et remarqua, au frémissement du rideau, qu'une fenêtre était ouverte. En écartant le rideau, il découvrit un treillage couvert de fleurs grimpantes fixé au mur de pierre.

Un quart d'heure et une bordée de jurons étouffés plus tard, Jacob descendit du treillage dans la rue silencieuse. Il s'engagea dans une suite de ruelles obscures en gardant dans sa ligne de mire le dôme du temple. Des cris de soldats au loin l'aiguillonnèrent. Il rasa les murs jusqu'à se trouver devant le temple entouré de ses jardins qui abritaient des orchidées et des parterres de roses. Jacob sauta le muret et scruta les ombres des jardins.

Il respirait par saccades. Les Wazeems n'étaient pas capables de lui offrir les changements auxquels son peuple aspirait, mais Vera le pourrait peut-être. Malgré ses réserves quant à l'usage qu'elle faisait des djinns, il lui semblait qu'elle était bien plus à même de provoquer un changement réel que ne l'étaient une poignée de parias ghadæans et quelques manifestations mal organisées.

Il pénétra plus avant dans le jardin, marchant en silence sur l'herbe grasse, sursautant à chaque ombre mouvante, chaque grincement de branche dans la brise du soir ; enfin, il aperçut une tunique blanche et quelque chose d'autre, quelque chose qui lui coupa le souffle.

Il trébucha en reculant.

Deux têtes se tournèrent vers lui, leurs chuchotements emportés par le vent.

– Eh bien, qu'avons-nous là ? Une oreille indiscrète.

C'était Vera, reconnaissable à la mèche de cheveux rouge sang qui dépassait de sa capuche.

– Je n'aime pas les oreilles indiscrètes, râla l'autre silhouette.

Sa voix était râpeuse comme des charbons ardents et le craquement des flammes.

Jacob déglutit, tout son corps lui criait de fuir. Mais il tint bon.

– Non, je ne suis pas un espion, dit-il en s'avançant dans un rayon de lune. C'est moi, Jacob. Vous m'avez demandé de venir ici.

Alors Vera le reconnut.

– Jacob, tu es venu ! Je le savais.

L'autre grogna.

– Tu crois vraiment que cet enfant peut nous être utile ?

Jacob étudia le visage de l'homme qui avait parlé, mais ce n'était pas tout à fait un visage. Plutôt une face sculptée dans la fumée, attachée à un cou épais et surmontée de deux cornes de bélier. Il était plus grand que Vera d'une bonne trentaine de centimètres, revêtu d'une armure incandescente – d'un blanc éblouissant comme le tranchant d'un tisonnier laissé dans un four et chauffé à blanc. Son armure paraissait assez ardente pour causer une brûlure au moindre contact. Ses yeux n'étaient pas vert vif comme ceux des djinns, mais d'un orange profond qui rappelait celui des flammes. Ce n'était pas un homme. C'était une créature bien plus terrible que n'importe quel djinn.

Jacob retint tant bien que mal un cri d'effroi.

– C'est un enfant bourré de talent, Sakhr, dit Vera en souriant, ses dents de perle brillant dans le noir. Si ce que j'entends est vrai, il est capable de fabriquer un récipient de verre susceptible de retenir même un sheitan tel que toi.

Un sheitan était un esprit démoniaque, une créature infernale bien plus puissante qu'un djinn. Jacob considéra les cornes de Sakhr, assez épaisses pour lui crever les yeux d'un seul coup. Il frissonna. Les djinns, c'était une chose, mais les démons ! Dans quoi s'était-il embarqué ?

Sakhr protesta.

– Foutaises ! Je suis bien trop puissant pour être piégé dans du simple verre, et il n'en aurait de toute façon pas l'occasion.

Sa main reposait sur le pommeau d'un sabre aussi long que la jambe de Jacob, une lame qui brasillait d'un rouge de feu jusqu'à son extrémité d'un blanc éclatant.

– Je trancherai la tête de tout humain qui s'essaiera à me piéger.

– Du calme, Sakhr, glousa Vera. Écoutons ce qu'il a à nous dire, temporisa-t-elle avant de se tourner vers Jacob : Le fait que tu sois venu signifie que nous voulons la même chose. Du changement. Réparer tous les torts qui ont été commis. Ton ami William, ajouta-t-elle avec une grimace hideuse.

À la mention de son ami, Jacob ressentit la brûlure de la perte.

– Il y en a tant d'autres comme lui, poursuivit Vera d'une voix tranchante. Ils sont si nombreux à avoir souffert par *leur* faute. Ces drames, ces tragédies, c'est terminé. À partir de maintenant.

Les mots de Vera allumèrent en Jacob une flamme inextinguible, une brûlure qui faisait trembler ses membres, qui se ruait dans son sang et gonflait ses muscles. Une chaleur qui le pénétrait jusqu'aux os. Jacob reconnut l'espoir, un sentiment qu'il ne s'était pas autorisé à éprouver depuis des années. Vera lui offrait l'espoir.

– Comment ? Comment y mettre fin ?

Vera sourit.

– Tu le verras bien vite, mais d'abord, je veux te raconter une histoire. Tu n'es pas trop vieux pour les histoires, si ?

Il haussa les épaules, ayant soudain perdu l'usage de sa langue. *Dis quelque chose, imbécile !*

– Bien, dit Vera. Le début de cette histoire n'est pas joyeux, le milieu guère plaisant, mais la fin reste à écrire. Peut-être, avec ton aide, parviendrons-nous à la rendre heureuse. J'ai débuté dans la vie comme la plupart des Hāris. Pauvre. Craintive. Je n'ai jamais connu mon père, mais je me souviens bien de ma mère. C'était une femme altruiste, d'une grande bonté, aimante. Même quand nous n'avions rien, elle trouvait le moyen de le partager avec moi. Je l'ai regardée mourir.

Son ton était si acide que les roses se recroquevillaient. Jacob n'osait plus respirer.

– Pour les sacrifices qu'elle a faits pour moi, jusqu'à sa mort, je lui serai éternellement reconnaissante. Elle m'a appris à couvrir ma peau, à garder les yeux baissés afin de pouvoir vivre parmi les Ghadæans. J'ai vécu ainsi pendant des années, cachée, cherchant ma nourriture dans les poubelles. Je me suis juré que jamais je ne mettrais au monde un enfant, pas dans ce monde. Aucun enfant ne mérite une telle existence, dit-elle, les yeux humides. Mais parfois, les choses ne tournent pas comme on l'avait prévu. Lorsque j'ai eu mon fils, tout a changé. La vie ne se résumait plus à la survie. Elle était bien plus riche. Devenir mère m'a appris ce que c'était que d'exister quand son propre cœur bat en dehors de son corps, dit-elle en se frappant la poitrine. Pendant dix-sept ans, j'ai réussi à le garder, mon cœur, à l'abri. Et puis un jour, il s'est arrêté de battre.

Sa main retomba le long de son corps. Jacob était suspendu à ses lèvres.

– Ils l'ont tabassé. Ils l'ont battu presque à mort, et puis ils l'ont brûlé. J'ai regardé mon fils brûler vif.

Jacob eut une vision du fils de Vera englouti par les flammes. Quelle cruauté impitoyable ! Même un animal ne mérite pas d'être traité ainsi. Mais il n'était pas assez bête pour croire que ce genre de choses n'arrivait pas.

– Ce jour-là, j'ai changé. J'ai appris qu'il ne servait à rien d'avoir quoi que ce soit de bon dans ce monde, puisqu'on pouvait vous l'arracher d'une minute à l'autre. C'est à ce moment que j'ai commencé à pratiquer le *sihr*. J'avais peur, au début. On nous gave d'histoires de magie interdite et de djinns. Et le nombre de Hāris que l'on a accusés de nécromancie ou de sorcellerie avant de les mettre au bûcher ne me laissait aucun doute quant au fait que je serais arrêtée. Mais ce ne fut pas le cas. Au lieu de cela, j'ai trouvé la reine djinn Bidhukh, et s'il y a une chose qu'elle ne supporte pas, c'est le sort des incompris. Après tout, elle est la fille d'Iblis – et peut-être bien la plus incomprise des reines djinns.

Jacob frémit. Iblis était l'ange chassé du paradis pour avoir refusé de s'incliner devant l'homme, sous prétexte que les humains n'étaient faits que d'argile, et par conséquent inférieurs à son propre être divin. Il fut brûlé pour s'être rebellé et devint le créateur de l'enfer. Iblis commandait aux morts-vivants et à toutes les créatures démoniaques, comme le sheitan qui se tenait devant Jacob. La plupart des djinns aussi le suivaient : même si les djinns ne sont par essence ni bon ni mauvais, leur loyauté s'achète facilement avec le sang versé, denrée qu'Iblis possédait en abondance. La reine Bidhukh, que les Hareefs vénéraient tant, était sa fille. Jacob ne savait trop quoi penser de cette information.

– Avec son aide, reprit Vera, nous redresserons enfin tous ces torts.

Sakhr intervint.

– Et en échange, vous obéirez aux désirs de la reine.

De ses paroles sourdait une pointe de menace qui poussa Vera à acquiescer vigoureusement.

– Bien sûr ! Je serai à jamais un loyal sujet de Sa Majesté.

– Tu es sage… pour une humaine, railla Sakhr.

Jacob les regarda tour à tour. Pouvait-il faire confiance à un démon ? Vera semblait l'avoir décidé. Son fils, tout comme William, avait perdu la vie bien trop tôt, et sans raison. Il était mort parce qu'il était hāri, et, comme lui, Jacob perdrait la vie s'il n'était pas prudent. Il fallait que les choses changent, et Vera lui offrait cette opportunité. Il se vit abandonner son ancienne vie, tel un serpent se débarrassant de sa mue. Il pouvait devenir autre chose. Quelqu'un qui méritait un meilleur avenir.

Mais pouvait-il vraiment combattre aux côtés d'un démon ?

Cela n'avait peut-être aucune importance. Peut-être y avait-il plus de démons sur terre versant du sang hāri que de sheitans en enfer.

– Je comprends, dit-il.

Vera applaudit de ses mains gantées de blanc.

– Tu es un garçon intelligent. C'est pourquoi tu peux faire quelque chose pour moi. Et quand tu auras accompli cette tâche, tu feras partie des Hareefs.

– Moi ? bredouilla Jacob.

Il était soudain incapable de réfléchir, l'esprit vide, et la seule pensée cohérente qu'il réussit à former fut que William exigeait cela de lui. Il lui avait promis.

Vera ouvrit grand les bras, telle une fleur s'épanouissant au soleil.

– Oui, mais d'abord, je dois savoir si je peux te faire confiance. Je ne voudrais pas que tes talents soient gâchés. Tu sais, certains Hāris se sont alliés avec les Ghadæans ! Ils ont trahi leurs semblables pour combattre aux côtés de nos ennemis. Ils se nomment les Wazeems.

Jacob sentit sa bouche s'assécher.

– Ils ne se doutent même pas que les Ghadæans se servent d'eux pour faire leur sale boulot. Ils les tueront à la première occasion. Mais je sais que tu n'es pas assez stupide pour les imiter, n'est-ce pas ?

Il n'était certainement pas stupide. Quiconque l'avait croisé était au courant que Jacob se targuait de ses nombreuses connaissances dans toutes sortes de domaines. Même Munir avait dû reconnaître qu'il était intelligent, malgré son envie de le jeter dans le four. Jacob secoua la tête. Il avait senti quelque chose de louche chez les Wazeems, depuis le départ, et il n'était clairement pas le seul à le penser.

Son ralliement arracha un sourire à Vera.

– Je peux te faire confiance, Jacob ?

– Oui.

– Alors bienvenue dans la famille, dit Vera en l'enlaçant.

CHAPITRE TREIZE

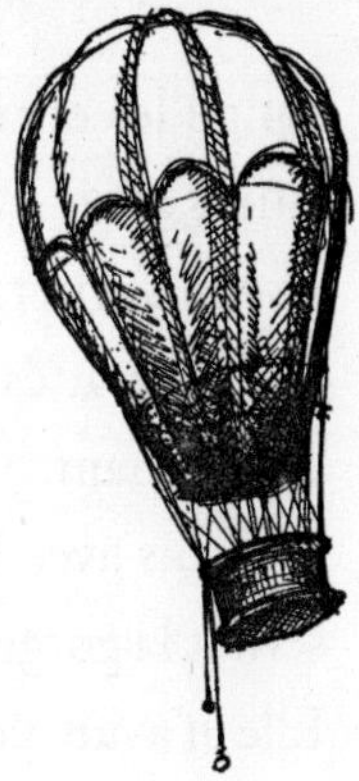

Khadija

Khadija loupa le dernier échelon du treillage. Elle se retrouva un instant suspendue par les bras, avant de tomber au sol. Elle se remit prestement sur pied et s'en fut dans la direction qu'elle avait vu Jacob emprunter. Elle se sentait un peu idiote de courir après un garçon dans la nuit. S'il voulait les quitter, il en avait le droit. Rien ne l'en empêchait. Rien ne l'obligeait à rester avec elle ; pourtant, elle ne pouvait ignorer la blessure d'amour-propre que lui causait sa fuite. N'était-elle pas digne d'un aurevoir ? Après tout ce qu'elle avait fait pour lui, leur amitié était-elle donc si fragile qu'elle ne valait même pas un bref adieu ?

Ce qu'il avait dit plus tôt lui trottait dans la tête. *La façon dont est traité mon peuple n'a aucune conséquence pour toi.* Ces mots lui mettaient la peau à vif, comme si ses vêtements étaient faits de papier de verre. Plus elle y pensait, plus elle se sentait mal à l'aise et coupable. Elle avait haï les Hāris presque autant qu'Abba les détestait, mais la haine, qui ronge les entrailles et engourdit l'esprit, avait ses limites. Aussi avait-elle tout simplement évité de penser à eux, et elle s'en était très bien portée. La façon dont les Hāris étaient traités n'avait eu aucun impact sur sa vie… jusqu'à maintenant.

Mais avec Jacob, c'était différent. Nulle répulsion ne lui serrait la gorge, nulle froide indifférence ne figeait son visage. Elle n'avait pas de mot pour décrire ce qu'elle ressentait, mais elle ne pouvait plus sciemment l'ignorer.

Khadija marchait d'un pas pressé sur le sentier de pierre. Dans l'obscurité, toutes les rues se ressemblaient, animées seulement par les ombres que projetaient sur les murs les lampes à huile. Entendant un bruit de métal un peu plus loin, elle se jeta derrière un muret de jardin et s'accroupit au moment où un trio de soldats faisait son apparition, leurs uniformes empestant l'alcool. Elle retint son souffle. C'était ridicule ! Elle ferait mieux de rentrer. Rien de bon ne pouvait advenir d'une fille errant seule, de nuit, dans une ville inconnue.

Khadija jeta un coup d'œil dans la ruelle où la silhouette malingre de Jacob avait disparu quelques secondes plus tôt. Elle céda à la curiosité et se releva.

– Un peu tard pour une promenade, mademoiselle.

Elle fit un bond.

Le soldat le plus proche ricana, tandis que les deux autres titubaient derrière.

– Vous êtes perdue ? demanda le soldat avec un sourire malsain et la voix rendue pâteuse par l'alcool. Où vous habitez ?

Khadija recula, l'estomac noué par la peur.

Le soldat fit un pas de plus.

– Non. Vous avez l'air de fuir quelque chose. Je peux peut-être vous aider ?

– Tout va bien, murmura Khadija, avant de répéter plus fort : Tout va bien.

– Vous êtes sûre ?

– Elle a dit qu'elle allait bien, prononça une voix dans l'ombre.

Toutes les têtes se tournèrent et le soldat mit la main à son *talwar*.

– Qui va là ?

On entendit des pas sur l'allée gravillonnée. Khadija devinait les contours d'une silhouette, mais rien d'autre.

– J'ai dit, fit le soldat en tirant son sabre, aussitôt imité par ses compagnons, qui va là ?

La silhouette s'avança dans la lumière. La lueur orange d'une lanterne éclaira sa peau laiteuse et cela suffit à faire bondir les soldats. L'inconnu pivota sur lui-même, tirant de sa tunique une lame, un simple poignard deux fois moins long que les *talwars* des soldats.

Mais ces derniers étaient ivres et patauds, et le Hāri eut vite fait d'en mettre deux à terre. Le troisième rugit :

– Sale ordure !

Les lames se heurtèrent avec un bruit de gong. Le Hāri chancela, puis esquiva avec une pirouette le sabre du soldat qui fendit l'air. Khadija observait le jeu de jambes du soldat, son équilibre précaire, guettant le moment où, dans sa fureur, il se trouverait à contre-pied. Alors elle le poussa. Il tomba comme une masse, sa tête se fracassa contre les pavés.

Pendant un instant, le Hāri et elle restèrent figés, leur souffle saccadé emplissant l'air nocturne. Les secondes défilèrent. Le soldat ne bougeait plus.

– Si tu es en fuite, je ne tarderais pas, à ta place.

Khadija n'avait pas besoin qu'on le lui dise deux fois : elle détala en courant.

Arrivée au bout de la rue, elle grimpa au treillage, entra par la fenêtre ouverte et se laissa glisser au sol, tremblant de tout son corps. Elle ferma les yeux pour chasser l'image du Hāri. Elle demeura ainsi un temps indéfini. Ce fut seulement lorsqu'elle sentit l'épuisement peser sur elle de tout son poids qu'elle se traîna jusqu'au lit le plus proche. Elle se jeta sur le matelas et accueillit l'oubli du sommeil avec soulagement.

Khadija fut réveillée par les grincements du plancher. Elle ouvrit les yeux. C'était le matin, des rayons ambrés filtraient par la fenêtre, divisant la pièce en deux. Tous les autres lits étaient faits. Elle roula sur le côté.

– Pardon, je t'ai réveillée ?

Anam était perchée en équilibre parfait sur une jambe, paumes pressées l'une contre l'autre au-dessus de sa tête.

– Je ne peux pas commencer ma journée sans yoga.

Khadija se frotta les yeux pour en chasser le sommeil, submergée par les souvenirs de la veille. Elle se redressa brusquement.

– Jacob est encore là ?

– Dans l'autre chambre, répondit Anam en expirant et en adoptant la pose du guerrier.

Alors il ne s'est pas enfui, finalement, pensa Khadija. Cette information lui laissait cependant plus de questions que de réponses quant au but réel de l'escapade nocturne de Jacob.

– On part bientôt pour la manifestation. Tu peux venir avec nous, si tu veux. Jacob nous accompagne.

Khadija frissonna, saisie par un froid subit. Elle n'avait aucune envie d'avoir de nouveau affaire à des soldats. Pas après la nuit dernière. Elle ne cessait de repenser au Hāri. Pourquoi l'avait-il aidée ? Plus les jours passaient à Intalyabad et plus elle se sentait perdue. Chez elle, à Qasrah, les Hāris et les Ghadæans se mélangeaient rarement. Leurs foyers étaient dans des zones séparées, ils faisaient leurs courses sur des marchés différents et empruntaient les rues à différentes heures de la journée. Mais ici, les Wazeems vivaient les uns parmi les autres, même si elle doutait que le reste de la ville en fasse autant. Elle ne savait toujours pas trop quoi en penser. Ça paraissait moral, altruiste, juste… du moins en théorie. Mais était-ce réaliste ? Et surtout, cela changeait-il les choses en profondeur ?

– Je crois que je vais rester ici.

Le thorax d'Anam se dégonfla en une longue expiration constante.

– Tu es sûre ? On risque d'être partis un bon moment. Tu seras toute seule.

– Ça ne me dérange pas.

Ça lui donnerait l'occasion de réfléchir à la suite. Elle était coincée à Intalyabad désormais. Peut-être pourrait-elle chercher du travail, trouver un autre endroit pour vivre, qui ne soit pas un repaire de hors-la-loi.

Elle pourrait même tenter d'apprendre ce qu'il était advenu de son ballon.

– Comme tu voudras.

Anam roula son tapis, enroula sa longue tresse en chignon et fixa son foulard sur sa tête.

– Viens manger avec nous, lança-t-elle avant de quitter la pièce.

Khadija se leva. Elle avait dormi sans enlever son foulard et son cuir chevelu fourmillait. Elle retira le foulard, le noua de nouveau puis lissa les plis de son *kameez* avant de rejoindre Anam.

Autour de la grande table à laquelle elle avait mangé la veille au soir étaient à présent assis un groupe de Hāris et de Ghadæans, hommes et femmes, vieux et jeunes. Elle aperçut Jacob, perché au bord du banc, qui grignotait des pistaches. Elle dut faire un gros effort de volonté pour s'empêcher d'aller lui balancer quelques coups de pied dans ses tibias qui s'agitaient sous la table. Leurs yeux se croisèrent. Khadija s'assit à côté de lui. Anam s'installa sur un tabouret et attrapa un pichet plein de lassi épais et mousseux.

– Bien dormi ? demanda-t-elle à Jacob.

Il répondit d'un hochement de tête.

Khadija retint un ricanement, puis son estomac se rappela à elle quand elle repéra du *halwa puri* maison. Elle se servit une première fois, puis une deuxième et une troisième. Il y avait trop longtemps qu'elle n'avait pas savouré un tel petit déjeuner. Abba et elle ne se levaient pas à la même heure, ils allaient se servir directement à la cuisine et mangeaient seuls, chacun de son côté. C'était Ammi qui préparait auparavant le petit déjeuner : elle se levait à l'aube et cuisinait toutes sortes de plats qui peu à peu attiraient chaque membre de la famille au bas de l'escalier, un par un, à mesure que l'odeur de la semoule baignant dans le sirop de sucre au beurre et le crépitement des *puri* en train de frire emplissaient la maison.

– Nous partons bientôt, dit Anam à Jacob. Choisis des vêtements qui te permettent de courir facilement. Rien de précieux. Rien qui pourrait servir à t'identifier au cas où tu le perdrais.

Jacob haussa les épaules.

– Je ne possède rien de précieux, de toute façon.

Mais Khadija remarqua que sa main se portait involontairement à la poche de son pantalon.

Myra apparut à l'autre bout de la pièce et fit signe à Anam de la rejoindre.

– Veuillez m'excuser, dit-elle en pressant une serviette contre ses lèvres et en se levant.

Khadija sentait peser sur elle le regard de Jacob. Dès qu'Anam fut hors de portée, elle se tourna vers lui.

– Où tu étais la nuit dernière ?

Jacob bafouilla.

– Ne mens pas ! Je t'ai vu sortir par la fenêtre.

– Je suis juste allé me promener.

Il but une gorgée de lassi qui laissa une trace d'écume sur sa lèvre supérieure.

Elle ne le croyait pas. Pas une seconde.

– De nuit ? Dans une ville que tu ne connais pas ? Et après l'attentat d'hier contre le Nabab ? Tu es complètement stupide !

Jacob reposa son verre avec fracas. Autour de la table, la conversation s'interrompit.

– Je n'ai pas à m'expliquer auprès de toi, siffla-t-il. Tu n'es pas ma famille. Nous ne sommes même pas amis.

Khadija eut l'impression qu'il lui plantait une lame entre les omoplates. Non. Il n'était pas sa famille, malgré les similitudes qu'elle voyait entre Hassan et Jacob et qui lui faisaient réendosser inconsciemment son rôle de grande sœur – un rôle dormant en elle depuis si longtemps que son réveil était physiquement douloureux. Jacob avait raison. Quant à être amis, ce n'était clairement pas le cas non plus.

Khadija soupira.

– Très bien, peu importe.

Elle attendit que l'attention se détourne d'eux, que les conversations reprennent leur cours avant de demander :

– Pourquoi tu vas à la manifestation ?

– Je veux voir comment c'est.

– Ça va être dangereux.

Il roula des yeux.

– Tout est dangereux pour les gens comme moi.

Elle ne sut pas quoi répondre.

– Je ne m'attends pas à ce que tu viennes, dit-il avec un tranchant qu'elle ne lui connaissait pas. Les Wazeems manifestent pour les droits des Hāris. Une cause qui ne t'a jamais vraiment intéressée, si ?

Ses paroles lui firent l'effet d'une gifle. Khadija se hérissa. Pourquoi était-il soudain si amer ?

– Bien sûr que si, protesta-t-elle.

Mais au moment où elle prononçait les mots, elle savait que c'était un mensonge. Jacob avait raison, encore. Elle ne s'était jamais préoccupée des problèmes du peuple hāri. Elle aurait peut-être dû.

– Tu sais quoi ? Je viens aussi.

– Laisse tomber, fit Jacob en repoussant son assiette. Tu ne vas rien prouver en venant.

Elle serra les dents. Avait-il oublié les journées passées ensemble dans les airs ? Et tous les risques qu'elle avait pris avec les soldats quand ils avaient atterri à Intalyabad ? Elle aurait très bien pu le laisser se débrouiller avec eux, mais elle ne l'avait pas fait. Et il n'était même pas reconnaissant !

– Je viens, répéta-t-elle sur un ton buté.

– Je préférerais que tu ne viennes pas, dit Jacob qui commençait à s'énerver.

– Et moi, je préférerais que tu ne me dises pas ce que je dois faire, rétorqua-t-elle sèchement.

Anam fut bientôt de retour et ils se préparèrent à partir. Enfiler des vêtements propres et s'asperger le visage d'eau froide eut un effet miraculeux sur l'humeur de Khadija. La pièce des femmes bourdonnait d'activité, Hāries et Ghadæanes tourbillonnant de-ci, de-là, dans une course à qui serait prête la première. Khadija les étudiait, cherchant un trait commun qu'elles partageraient toutes, en vain. Elles étaient toutes aussi différentes que possible, et pourtant, elles avaient trouvé de quoi s'unir. Une cause commune.

La porte grinça quand Anam entra, et Khadija sentit l'humeur de la pièce se modifier. La plupart des femmes poursuivirent leurs préparatifs comme si de rien n'était, excepté deux Ghadæanes qui finissaient de se vêtir. Elles se baissèrent subitement, s'habillèrent à la hâte, à croupetons derrière leurs lits, cachées à la vue. Khadija remarqua une autre femme qui agissait de même, nouant rapidement son foulard sur sa tête sans attendre que le petit miroir carré posé sur la coiffeuse soit libre. Les trois femmes sortirent juste au moment où Anam s'asseyait sur un lit pour retirer ses chaussures. Elle avait la mâchoire contractée et tirait un peu trop fort sur ses lacets.

– Prête ? demanda-t-elle à Khadija d'une voix pincée, différente de la basse plaisante à laquelle Khadija s'était accoutumée.

Khadija opina. Elle hésita à l'interroger sur le comportement des trois femmes, mais ne savait pas exactement comment aborder le sujet. Elle ne voulait pas se montrer indiscrète ; au lieu de quoi, elle commenta :

– Ça doit rendre certaines personnes nerveuses de se préparer pour une manifestation…

Anam eut un rictus.

– Nerveuses ? Non. Toi, tu es nerveuse. Elles étaient justes dégoûtées.

Khadija s'étonna : elle ne s'était pas attendue à ce qu'Anam admette ouvertement avoir remarqué les regards noirs des trois femmes ; pourtant, d'après le peu de temps qu'elle avait passé en sa compagnie, elle avait acquis l'impression qu'Anam avait son franc-parler. Elle était honnête, peut-être trop, dans sa façon de dévoiler ses sentiments exacts. Khadija aimait ça.

– Vous ne vous entendez pas avec les autres femmes ?

– La plupart s'en fichent. Mais il y en a toujours que ça dérange, soupira Anam. Je suppose que ma présence les met encore mal à l'aise.

Khadija fronça les sourcils.

Anam lut la confusion qui se peignait sur son visage et éclata de rire, un rire bref et sans joie.

– Il y a quelque chose de doux-amer à rencontrer de nouvelles personnes telles que toi, dit-elle avec un sourire triste. C'est réconfortant de savoir qu'au premier abord tu vois en moi une femme normale. Ça l'est moins de savoir que je vais devoir m'expliquer.

Elle semblait épuisée, comme si elle avait répété cette phrase si souvent et à tant de visages nouveaux que les mots étaient devenus épais et lourds, obstruant sa gorge.

Khadija l'arrêta.

– Vous n'avez rien à m'expliquer, dit-elle en lui serrant le bras affectueusement. Vous avez été bonne pour moi, vous m'avez accueillie ; voilà ma première impression de vous. Vous ne me mettez certainement pas mal à l'aise.

Les yeux d'Anam pétillèrent.

– Merci, Khadija.

La pièce s'était vidée depuis un moment.

– On devrait y aller, dit Anam en se dirigeant vers la porte.

Les Wazeems sortirent par petits groupes de deux ou trois, empruntant des directions différentes pour ne pas éveiller les soupçons. Khadija regarda Jacob et deux autres Hāris disparaître au coin d'une rue. Les membres ghadæans et les Hāris circulaient séparément dans la ville, avant de se réunir devant le temple où se tiendrait la manifestation. Il n'y avait rien de plus suspect qu'un Ghadæan et un Hāri marchant ensemble dans la rue.

Anam fit signe à Khadija de la suivre, et elles sortirent dans le soleil du matin. Le temple se trouvait droit devant, scintillant dans la lumière comme s'il était couvert de rosée. Anam marchait vite, enfilant les ruelles comme si elle connaissait la ville les yeux fermés ; en même temps, elle indiquait divers bâtiments dont elle admirait l'architecture, désignait les meilleures boutiques où acheter des vêtements et celles où trouver les plus belles aubaines. Sa voix vibrait de fierté. Son amour pour sa ville était évident.

– Vous avez toujours vécu à Intalyabad ?

– Seulement depuis un an, depuis que j'ai rejoint les Wazeems. Je suis originaire de Dævala.

La capitale de la province de l'Est, au bord de la mer.

– Dævala doit être une ville magnifique.

– Oh, elle l'est, mais même les cités les plus merveilleuses peuvent devenir laides quand elles sont pleines de gens mauvais.

– C'est pour ça que vous l'avez quittée ?

– En partie. Et pour échapper à ma famille. Ils ont été, disons, contrariés quand ils ont compris que je n'entrerais pas dans le moule qu'ils s'efforçaient de m'imposer.

Khadija savait exactement ce que c'était. D'être tirée et poussée, comprimée dans une forme que son corps refusait, jusqu'à finir par se briser en mille morceaux.

– Moi aussi, j'ai quitté ma famille. Mais bon… avec tout ce qui s'est passé depuis, je ne suis pas sûre d'avoir pris la bonne décision.

Ça faisait du bien de parler à quelqu'un. C'était facile de s'ouvrir à Anam. Il n'y avait aucun jugement dans ses yeux, seulement une honnêteté sans fard. Elle opina.

– Je me suis posé la même question, au début. Est-ce que ça n'aurait pas été plus simple de rester et de jouer leur jeu ?

Mais j'en étais incapable. Physiquement incapable. C'était comme être forcée de retenir ma respiration sous l'eau. Même si je pouvais tenir longtemps, j'étais obligée de remonter à la surface trouver de l'air.

Anam venait de mettre des mots précis sur la sensation qu'avait éprouvée Khadija lorsqu'elle était enfermée dans sa chambre toute la journée, à regarder de loin les montgolfières. La sensation de se noyer.

Les Wazeems se regroupaient au pied de l'escalier de bronze qui menait au temple. Dans le village de Khadija, il y avait des temples avec des zones de prière séparées pour les hommes et pour les femmes, mais aucun qui soit aussi fastueux que celui-ci. Il était somptueux, mais la laissait perplexe. Avait-on vraiment besoin d'être entouré d'un tel luxe pour prier ?

Khadija scruta la foule à la recherche de Jacob. Des soldats étaient positionnés devant l'entrée principale. Son cœur se serra.

– Le Nabab est à l'intérieur. Quand il sortira, nous commencerons la manifestation, déclara Anam.

– Je suis étonnée qu'il ait osé quitter le palais aujourd'hui. Après les événements d'hier, remarqua Khadija.

– Rien n'empêchera le Nabab de prier. Même pas un attentat contre sa vie, répondit Anam. Si tu restes au milieu du groupe, tu seras en sécurité.

Khadija se dressa sur la pointe des pieds, essayant encore d'apercevoir Jacob. Ils étaient une cinquantaine, tous pressés les uns contre les autres. Des murmures excités circulaient dans le groupe comme une brise chaude. L'ambiance était électrique, contagieuse. Ses craintes fondirent au soleil.

Bientôt, les portes du temple s'ouvrirent et un éclat d'or apparut. Alors les Wazeems passèrent à l'action.

– La haine engendre la violence !

– Les Hāris sont des gens comme nous !

– La culpabilité est déterminée par les actes, pas par la couleur de peau !

Les voix s'élevaient et se faisaient concurrence. Celle d'Anam tonnait à côté d'elle. Les Wazeems criaient sans retenue ce qu'ils voulaient, ce qui leur passait par la tête. Khadija avait envie de crier avec eux, sans savoir quoi. Qu'avait-elle à dire sur les mauvais traitements infligés aux Hāris ? Avait-elle seulement le droit de hurler alors qu'elle ne s'y était jamais vraiment intéressée ? Qu'elle ne les avait jamais remis en question ? Elle repensa à Sahli et aux atrocités dont elle avait été témoin. Ce fut un sentiment de répulsion face à la violence, plutôt que la rage face à l'injustice, qui monta en elle, mais elle laissa le sentiment l'envahir et la porter. Elle pensa à Jacob, à comment, malgré leurs différences, ils avaient réussi à trouver en haut dans la montgolfière quelque chose qu'ils partageaient. Leur désir de liberté avait triomphé de tout ce qui les séparait. Elle s'accrocha à cette idée, la laissa emplir ses poumons, les gonfler jusqu'à ce qu'elle explose comme un ballon. Elle se mit à hurler.

Tout se déversa d'un coup, une bouillie de mots bousculés sans queue ni tête, et elle éprouva exactement ce qu'avait décrit Anam : elle respirait enfin après des années passées sous l'eau.

Les soldats firent reculer le groupe pour ouvrir le passage au Nabab. Khadija sentit les corps se presser contre elle de tous côtés. C'est à ce moment-là qu'elle aperçut une tignasse blonde familière qui s'écartait discrètement de la foule en direction de la roseraie. Elle sautilla pour mieux voir.

C'était Jacob.

Elle l'appela, mais sa voix fut noyée par le bruit. Elle joua des coudes pour se dégager, mais chaque fois qu'elle bougeait, la foule se resserrait.

Quelque chose de noir au-dessus des têtes attira son regard. Elle leva les yeux et vit un vol de corbeaux jaillir vers le ciel. Mais ce n'étaient pas des corbeaux ordinaires – et les cris qui se muaient rapidement en hurlements n'étaient pas des hurlements ordinaires.

Ça recommençait.

La foule se dispersa à toute vitesse. Khadija avança en trébuchant, tandis que des corbeaux aux yeux d'émeraude surgissaient dans la roseraie.

Les soldats fendaient l'air de leurs lances, mais elles traversaient les djinns sans dommage. Khadija se couvrit la tête au moment où un oiseau passait au-dessus d'elle, un tourbillon de fumée et d'ailes calcinées.

– Khadija ! cria Anam en lui prenant le bras. C'est les Hareefs ! Il faut fuir !

Khadija lança un dernier regard vers la roseraie, priant pour que Jacob sorte des buissons. Du coin de l'œil, elle perçut un éclair blanc qui s'en prenait au Nabab. Les corbeaux entouraient les deux silhouettes, tenant les soldats à distance en claquant du bec.

– Ils ont capturé le Nabab !

Anam déroula son fouet de cuivre et en frappa le corbeau le plus proche. Il se désintégra en une bouffée de plumes.

– Suis-moi.

Elle ouvrit un passage dans la foule, et Khadija lui emboîtait le pas quand une main la tira dans la direction opposée. Elle essaya de se dégager, puis reconnut Jacob. Alors elle se mit à courir avec lui.

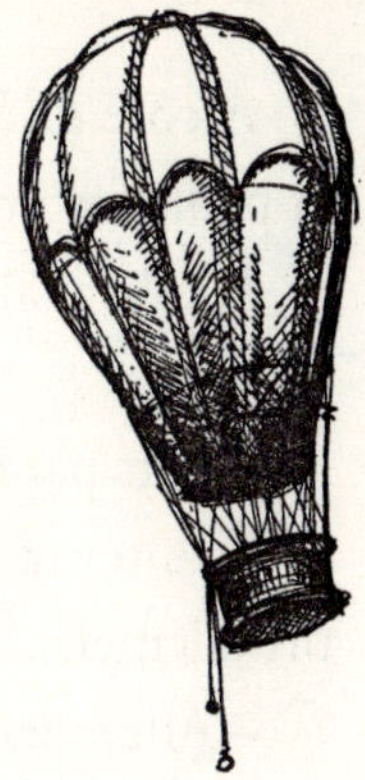

CHAPITRE QUATORZE

Jacob

Jacob entraîna Khadija à travers la roseraie. Il fallait qu'il la sorte de là. Qu'il la dépose quelque part, en sécurité. Les djinns coassaient dans le ciel, et il eut la nausée en voyant ce qu'il avait fait. Mais ça avait été facile. Vera avait caché pour lui, sous un buisson de roses, les fioles qu'il avait écrasées sous ses bottes. Le sol était jonché de verre brisé et de pétales piétinés. Son poing se referma sur l'amulette de William. Il avait suffi que les djinns l'aperçoivent pour qu'ils obéissent à ses ordres et s'en prennent aux manifestants.

Khadija haletait derrière lui, mais le suivait sans protester. La grille à l'autre bout des jardins était en vue. Il pouvait la laisser là, lui dire de s'enfuir et y retourner.

Enfin, c'était compter sans la tunique blanche avec une mèche rouge dépassant de la capuche qui se dressa devant la sortie.

Jacob pila.

Khadija le tira en arrière.

– C'est eux !

À côté de Vera apparut le Nabab, tout en peau cuivrée et paillettes dorées.

Jacob avait le cœur au bord des lèvres. Il repoussa Khadija.

– Sors par l'autre côté !

Elle tenta de l'emmener avec elle, mais il se dégagea brutalement.

– Allez viens, Jacob !

Il regarda de nouveau du côté de Vera. Il vit la lame brillante de son épée pressée contre la gorge du Nabab. Puis une chaleur de feu lui lécha la nuque, suivie d'une odeur âcre de carbonisé.

Khadija poussa un cri. Jacob pivota sur lui-même : Sakhr avait surgi derrière eux, son épée blanche de feu pendue à sa ceinture.

– Pas mal, petit humain, ricana-t-il. Qui est-ce ? demanda-t-il en posant ses yeux rouges sur Khadija.

Elle recula, regardant tour à tour le garçon et Sakhr.

– Jacob… ?

Il ouvrit la bouche, mais aucun mot n'en sortit. Quels mots pourraient expliquer ce qui se passait ?

Sakhr s'agenouilla devant une bouche d'égout et en arracha les barreaux. Le métal fondit à son contact.

– Par ici, râla-t-il.

Jacob pâlit. À son côté, Khadija respirait de façon de plus en plus saccadée.

– Laisse-la partir. Elle n'a rien à voir avec tout ça.

– Par ici ! rugit Sakhr, et Jacob s'engouffra dans le tunnel des égouts, sans oser regarder Khadija qui descendit derrière lui.

Ils pataugeaient dans une eau sale, engloutis par les ténèbres ; la seule lueur provenait des flammes entourant le sheitan qui les guidait. Derrière eux, les tunnels résonnaient des gémissements du Nabab que Vera traînait avec elle.

Même après l'attaque de la veille et le nombre accru de gardes, Vera était parvenue à enlever le Nabab. Rien ne pouvait protéger le Nabab contre les djinns, et Jacob comprit qu'en cela résidait le pouvoir des Hareefs.

Le tunnel s'enfonçait toujours plus profond, bientôt la puanteur de l'eau croupie fut remplacée par une odeur de terre humide. La lueur orange d'une lanterne révéla devant eux un embranchement. Sakhr prit le tunnel de gauche. Des voix résonnaient dans l'air fétide ; bientôt le tunnel les recracha dans une grotte qui rappela à Jacob les orbites vides d'un crâne blanchi. Des fournaises rougeoyaient dans les recoins plus éloignés, et les ombres qu'elles créaient semblaient voleter et bondir sur les parois, comme si la grotte elle-même s'animait. De nombreux Hāris s'entraînaient au sabre ou bien empilaient dans des caisses des fioles de verre où se tordaient les volutes noires des djinns. Des femmes hāries aiguisaient des pointes de flèches pendant que les hommes entassaient des cadavres – un tas pour les animaux, un tas pour les humains. Certains étaient morts depuis un moment, d'autres dégoulinaient encore d'un sang tout frais. À côté se trouvaient des caisses pleines de fleurs fanées que l'on nouait avec dextérité en longues chaînes.

Partout où il regardait, il voyait la mort.

Khadija marmonnait des prières à côté de lui, et Jacob envisagea de lui tendre la main, une piètre tentative pour la rassurer, mais elle le transperça d'un regard assassin. Elle n'était pas censée être là. Qu'avait-il fait ?

Sakhr fit volte-face et frappa dans ses mains. Des étincelles blanches jaillirent de ses paumes, imposant le silence à toute la grotte. Tous les yeux, humains et émeraude, se tournèrent vers Vera. Elle jeta le Nabab au sol.

Jacob cessa de respirer, les yeux rivés sur le spectacle du Nabab rampant sur la pierre, maculant de boue l'ourlet doré de son *sherwani*. L'assistance éclata de rire. Jacob jeta un coup d'œil vers Khadija. Combien de temps encore le Nabab ferait-il diversion avant que les Hareefs ne se rendent compte qu'une autre Ghadæane se trouvait parmi eux ?

– Que ceci serve de message pour tous les membres des familles royales de Ghadæa, proclama Vera en posant un pied sur le bout du *sherwani*, mettant un terme à la tentative d'évasion du Nabab. Nulle quantité d'or, nulle armée de soldats ne pourront jamais vous protéger !

Un raclement métallique retentit lorsqu'elle tira sa lame de son fourreau.

– On pourrait peut-être trouver un accord ? geignit le Nabab. J'ai de l'or. J'en ai beaucoup.

– Peu nous importe tout l'or de Ghadæa ! rugit Vera. Rien de ce que tu pourrais nous offrir n'est aussi précieux que ta mort.

Le menton du Nabab trembla. Jacob se pressa contre le mur comme s'il voulait le traverser pour s'échapper loin d'ici.

– Vous les terroristes, vous êtes tous les mêmes. Vous croyez qu'en me tuant, vous sauverez votre peuple de l'oppression.

Alors que la seule chose que vous avez accomplie, c'est de garantir la mort de tous les Hāris, jusqu'au dernier. Nous ne nous arrêterons que quand votre race sera éradiquée de la surface de la Terre, comme la sale tare dégoûtante que vous êtes. Vous nous donnez l'excuse parfaite pour vous massacrer, conclut le Nabab avec un rictus.

Le rugissement de Sakhr fit bondir le cœur de Jacob dans sa poitrine.

– Suffit ! Assez parlé ! Ne faites pas attendre la reine, dit-il en posant ses yeux de flamme sur Vera.

Celle-ci leva son sabre et d'un coup net fit jaillir le sang qui éclaboussa la pierre. Le corps du Nabab s'affaissa sur le sol.

Jacob eut un haut-le-cœur. Khadija poussa un cri. La foule assoiffée de sang hurla son approbation. Sakhr les fit taire d'un grognement qui fit vibrer la pierre sous ses bottes. Le sheitan brandit un miroir au manche d'argent finement sculpté, bien trop délicat pour ses grosses pattes. La surface du miroir se troubla comme si une couche de brouillard y était piégée. Un visage prenait forme lentement dans cette brume.

– Ma reine, dit Sakhr en inclinant la tête. C'est fait.

Il leva le bras et jeta le miroir qui se brisa en mille morceaux juste à côté des doigts sans vie du Nabab.

Jacob recula d'un bond ; de la fumée s'échappa des fragments de verre. Une ombre dansa, tournoya, se tordit pour donner forme à une silhouette de femme. Elle était d'un blanc éclatant comme Sakhr, avec une couronne de flammes vertes et une robe aussi trouble que les profondeurs les plus noires de l'Océan. L'ourlet frôlait le sol de pierre, fluctuant autour de ses chevilles telle la marée baignant la plage, bordé d'une écume blanche qui donnait à l'air un goût d'iode ; le corsage était brodé de perles, de coquillages, d'étoiles de mer et de dents de requin.

La salle poussa une exclamation de surprise, et tout le monde tomba à genoux. Jacob les imita, et même Khadija s'agenouilla, le visage caché dans ses mains.

Vera s'éclaircit la gorge.

– Ma reine, fit-elle d'une voix vibrante. Je t'offre la chair d'un roi, le sang d'un roi, le corps d'un Nabab pour que tu t'en repaisses.

– Un Nabab, dit la reine djinn d'une voix éraillée qui fit se dresser les poils sur les bras de Jacob. Tu as fait du beau travail, Vera.

La reine Bidhukh posa ses yeux vert d'algue sur le corps à ses pieds. Les flammes de sa couronne se tordirent d'appétit. Alors que Sakhr dégageait une chaleur de feu, nulle chaleur n'irradiait de la reine djinn. C'était une flamme froide et morte, aussi froide que le fond de l'Océan. Bidhukh était la reine djinn de la magie, de la sorcellerie et de tout ce qui touchait au *sihr* ; son royaume s'étendait dans les profondeurs les plus secrètes de l'Océan – si l'on en croyait les histoires qu'avait entendues Jacob.

Vera rougit sous le compliment de la reine.

– Merci, ma reine.

– Et, comme promis, en récompense de tes services, voici ma part du marché.

La reine Bidhukh claqua des doigts et une flamme verte apparut. Elle la lança vers le sol où elle se transforma en une volute de fumée dotée de deux yeux émeraude.

Vera gémit.

La silhouette qui se dressait devant eux avait la peau charbonneuse d'un djinn, mais son corps était bien plus consistant que les contours fumeux des créatures que connaissait Jacob. Ce djinn était un homme pleinement formé, jusqu'aux muscles de ses joues qui se contractèrent lorsqu'il grimaça, jusqu'à l'étincelle dans ses yeux verts quand ils se posèrent sur Vera.

Vera ouvrit grand les bras, prête à enlacer le djinn, mais deux ailes lustrées se déployèrent dans le dos de celui-ci. Elle laissa retomber ses bras et bredouilla :

– Caleb ?

La reine Bidhukh montra ses dents pointues.

– Il m'a bien servie, ton fils, aussi ai-je pris la liberté de lui accorder un don, dit-elle en désignant les ailes noires et soyeuses qui, à la lumière, révélaient un réseau de veines minuscules reliées au squelette.

Elles rappelèrent à Jacob la lumière du soleil qui perçait à travers le tissu fin et transparent étiré sur les cadres des cerfs-volants bondissant vers le ciel.

La reine Bidhukh ricana.

– Pourquoi vouloir un simple mortel pour fils, quand on peut avoir un éfrit ?

Jacob se raidit. Un éfrit était une sorte de djinn ailé et très puissant, beaucoup plus que les djinns ordinaires.

Et cet éfrit en particulier était le fils de Vera. Celui dont elle avait dit qu'il était mort brûlé.

Sa voix trembla.

– C'est vraiment toi, Caleb ?

– Oui, Ammi.

La voix de l'éfrit sonna comme les craquements d'un feu mêlé de cendres.

Vera laissa échapper un sanglot, appuya les mains sur sa poitrine comme si elle voulait l'empêcher de se fendre en deux.

– Tu m'es revenu. Enfin tu es de retour chez toi, à ta place.

L'éfrit s'approcha et caressa le visage de Vera d'un doigt. Elle siffla, des larmes jaillirent de ses yeux, mais elle ne tressaillit pas, même alors que sa peau grésillait. Une ligne de brûlure marqua sa joue.

– Je suis rentré, Ammi.

Jacob ne pouvait détacher le regard de leur duo. Mère et fils. Humaine et éfrit.

La reine Bidhukh eut un rictus.

– La mort l'a transformé, sans nul doute. Elle l'a rendu plus fort.

Elle s'accroupit près du corps du Nabab.

– À présent, c'est l'heure de mon festin.

Et elle plongea les dents dans la gorge du Nabab.

Le bruit de la chair humaine qu'on déchiquetait donna la nausée à Jacob. Il détourna le regard. Lorsque la reine djinn eut terminé, elle se lécha les babines.

– Le sang d'un mortel royal, se délecta-t-elle, la bouche pleine d'un sang noir. Exactement ce qu'il me fallait. Tu me verras bien plus souvent désormais, dit-elle à Vera. Et heureusement, sans ce fichu miroir.

Du verre crissa sous ses pieds, elle salua Sakhr d'un geste du poignet et adressa un sourire mauvais à l'éfrit.

– À la prochaine fois, Caleb !

Puis il y eut un éclair blanc aveuglant et la reine djinn disparut.

Les conversations reprirent peu à peu tandis que, dans la grotte, chacun se remettait à sa tâche ; mais l'atmosphère s'était feutrée et personne n'osait approcher Vera et son fils éfrit, ni le sheitan qui terminait les restes du Nabab. Jacob regardait en coin le fils de Vera. Un éfrit. Quelle que soit cette créature, la reine djinn l'avait ramenée à la vie ; mais pas sous la forme du garçon qu'avait connu Vera. L'aimerait-elle encore, pourtant, exactement comme elle l'avait aimé avant ? Vera tentait d'enlacer son fils, d'embrasser son visage de charbon. Il esquiva ses efforts.

– Non, Ammi. Je te brûlerais.

– Je m'en fiche, murmura-t-elle.

À ce moment, Khadija tira Jacob par le coude.

– Tu es l'un d'entre eux ! Depuis le début ! Tu es un terroriste.

Jacob secoua énergiquement la tête.

– Non… je… je peux tout expliquer.

Mais que pouvait-il dire ? Comment expliquer la tache de sang poisseuse à l'endroit où se trouvait le corps du Nabab et où il ne restait plus qu'un os de doigt et une demi-mâchoire fêlée ? La veille, les choses paraissaient si simples quand Vera avait déployé devant lui un nouveau monde tissé de ses mots – un monde où n'existaient ni peur, ni haine, ni violence. Elle avait dit que la liberté se gagnait durement et que toute chose avait un prix. La mort du Nabab était-elle vraiment une tragédie ? Après tout, il restait deux autres Nababs.

Khadija les traitait de terroristes, mais elle avait tort. Ils étaient des *combattants de la liberté*. Il ne s'agissait pas de tuer sans raison. Il s'agissait de rétablir la justice. Mais bien sûr, Khadija ne pouvait pas comprendre ça. Elle ne comprendrait jamais. C'était une Ghadæane. C'est tout ce qu'elle avait jamais connu, et c'est tout ce qu'elle serait jamais.

Khadija recula, jetant des coups d'œil anxieux aux Hāris qui s'affairaient dans la grotte. La plupart ne l'avaient pas remarquée ; ceux qui l'avaient repérée lui adressaient des rictus maléfiques, se demandant sans doute quelle mort violente l'attendait.

– Je te faisais confiance.

Puis elle fit demi-tour et se retrouva face à Vera !

Les joues de Vera étaient encore humides des larmes qui faisaient briller ses yeux verts.

– Qui est ton amie, Jacob ?

Khadija recula encore, mais garda la tête haute.

– Ce n'est pas mon ami, cracha-t-elle.

Jacob tenta de croiser son regard, mais il ne put le soutenir.

Vera haussa les sourcils. Rouges, eux aussi.

– Ah vraiment ?

– Non, attendez ! fit Jacob en s'avançant. Elle n'a rien à voir avec ceci. Elle n'est personne. Elle…

– Elle en a vu beaucoup trop, ronronna Vera. Emmenez-la !

– Non ! cria Jacob.

Un Hāri saisit Khadija par le bras. Elle se débattit.

– Jacob !

Il ne savait pas quoi faire. Il se tourna vers Vera qui n'essayait même pas de cacher un sourire narquois, tout en inspectant ses gants blancs à la recherche de taches de sang.

Le regard de Khadija était plus brûlant que la chaleur irradiant de l'éfrit.

– Terroriste ! cracha-t-elle de nouveau en direction de Jacob.

Il ouvrit la bouche, mais aucun son n'en sortit.

– Je crois plutôt que les terroristes sont ceux de ta race, fit Vera. Toutes les vies innocentes perdues à Sahli l'ont été par la faute des tiens, pas des nôtres. Et nous préférons le terme de *combattants de la liberté*.

Elle toisa Khadija de la tête aux pieds.

– Ghadæane, siffla-t-elle avec tant de mépris qu'elle fit du mot une insulte.

Vera claqua des doigts, et le Hāri aux cheveux noirs qui lui pendaient devant la figure comme des rideaux disparut dans le tunnel, traînant derrière lui Khadija, à la grande joie des spectateurs. La grotte résonna de leurs sifflets.

Elle lui avait fait confiance, et il l'avait laissée tomber. Jacob fut envahi par la honte.

– Vous ne lui ferez pas de mal, hein ?

Il regardait la place vide où se tenait Khadija quelques instants auparavant. Ils venaient de deux mondes complètement différents, marchant sur des chemins qui n'étaient pas censés se croiser. C'était un coup du destin qui les avait réunis, mais ce temps était passé. Qui sait ce que Vera prévoyait de faire à Khadija ? Et c'était entièrement sa faute à lui. Il aurait dû lui fausser compagnie plus tôt. Au moins, elle aurait été saine et sauve.

Vera lui tapota l'épaule.

– Je ne blesse pas sans raison. Pas comme les Ghadæans.

Jacob ne savait pas s'il devait être soulagé. Khadija n'avait rien fait qui justifie qu'on lui fasse du mal, donc a priori elle devait être en sécurité, pour l'instant. Il jaugea Vera. Pouvait-on lui faire confiance ? Il venait de la voir abattre le Nabab et donner son cadavre à manger à une reine djinn. Leur conversation de la veille lui revint en mémoire, chassant le doute de son esprit. Il avait fait le bon choix, évidemment. Les Nababs incarnaient toute la cupidité et la haine qui pourrissaient Ghadæa. S'en débarrasser, c'était faire un pas de plus vers la liberté.

William avait dit que les Hareefs étaient dignes de confiance. Que c'était la seule façon pour Jacob de se sauver. Et Jacob avait promis de respecter sa volonté.

– Caleb, je voudrais te présenter quelqu'un, dit Vera.

Jacob vit l'éfrit s'approcher d'eux. De près, il sentait sa chaleur comme s'il se tenait devant une flamme nue. Il recula.

– Voici Jacob, une nouvelle recrue. Grâce à son aide, ce matin, nous avons réussi à enlever le Nabab, précisa Vera en adressant un grand sourire à Jacob.

– Tu as choisi sagement en te joignant à nous, approuva l'éfrit.

– C'est un garçon très sage, en effet, si j'en crois ce qu'on raconte, renchérit Vera en poussant Jacob du coude. Un souffleur de verre. Il me fait penser à toi, Caleb. Tu étais un artisan très doué à son âge, toi aussi.

Lorsqu'elle parlait, ses yeux pétillaient comme si elle revivait une époque où son monde avait été différent. Plus simple. Un monde où elle n'avait pas besoin d'assassiner un Nabab ni de s'allier avec une reine djinn. Peut-être que c'était aussi simple que ça. Se battre pour une vie où les Hāris ne se retrouveraient plus dans des situations qui leur demandaient l'impossible. Un monde où ils pourraient se contenter d'être et de vivre.

L'éfrit – *Caleb* – fronça les sourcils.

– Je ne suis plus ce garçon-là, de loin, Ammi, dit-il en regardant les griffes fines comme des aiguilles qui dépassaient au bout de ses doigts.

Le sourire de Vera s'effaça.

– La reine Bidhukh… elle t'a transformé.

– Elle m'a béni, corrigea Caleb. Je serais encore prisonnier de l'enfer avec son père, Iblis, si elle n'avait pas marchandé mon âme.

Iblis, l'ange déchu et créateur de l'enfer, où échouaient les âmes perdues, était aussi le père des premiers djinns, comme la reine Bidhukh. La répugnance première que Jacob avait éprouvée à l'encontre de Caleb s'estompa. S'il devait choisir entre passer l'éternité en enfer ou bien dans le royaume djinn d'Al-Ghaib, à servir la reine Bidhukh, il savait déjà quel serait son choix, même s'il fallait pour cela accepter une paire d'ailes.

Les traits de Vera se tordirent en une grimace empoisonnée.

– Je te jure que j'anéantirai les basanés pour les punir de ce qu'ils t'ont fait !

Jacob n'avait jamais entendu personne traiter les Ghadæans de basanés. Il roula l'insulte sur sa langue, mais elle lui laissa un goût mauvais dans la bouche. Un goût de haine.

Vera se détourna de Caleb et se pencha vers Jacob pour le fixer dans les yeux.

– Et de ce qu'ils ont fait à William. Les basanés ne comprendront jamais notre souffrance, Jacob, quels que soient tes efforts pour la leur expliquer.

Sa voix était si douce, si rassurante. C'était le genre de voix capable de calmer les nourrissons en pleurs ou de bercer les enfants. Une voix aisément amicale.

– Mais *moi*, je te comprends. *Nous* te comprenons, dit-elle en plantant ses ongles dans son épaule.

Elle se tourna ensuite pour s'adresser à toute l'assistance.

– Leurs chefs m'ont enlevé mon fils ! Il avait à peine dix-sept ans, et ils ont décidé qu'il avait assez vécu.

Elle criait, à présent, tremblant de tout son corps, contenant sa souffrance à grand-peine.

– Il m'a fallu des années, mais enfin, j'ai réussi à redresser le tort qui avait été causé. Je l'ai ramené parmi nous.

Elle serra la main de Caleb et son gant blanc commença à noircir. Elle tint aussi longtemps qu'elle le put avant de retirer sa main brûlée.

Vera avait ressuscité un mort. Jacob ne savait pas trop quoi en penser. Il n'avait jamais connu sa mère, mais il avait entendu dire que l'amour d'une mère est éternel, infini, traversant le temps et l'espace sans commencement ni fin. Il avait toujours cru qu'il était impossible d'aimer quelqu'un autant, mais à présent, en voyant Vera couver du regard son fils éfrit, il comprit qu'il devait y avoir une part de vérité dans tout ceci. Son cœur lui faisait mal. Combien sa vie aurait été différente s'il avait grandi entouré d'un tel amour ! Mais de telles pensées étaient inutiles maintenant. Il dit seulement :

– Il a dû beaucoup vous manquer.

Vera porta une main à sa poitrine.

– Comme une flèche qui aurait percé mes poumons. Maintenant… je peux respirer à nouveau.

Personne ne devrait être obligé de vivre en portant un tel chagrin, pensa Jacob. Le fils de Vera n'était pas beaucoup plus vieux que lui quand on lui avait arraché la vie. Exactement comme les Ghadæans avaient arraché la vie à William.

– Vous pouvez changer le cours des choses ? murmura-t-il, craignant de rompre l'envoûtement de Vera.

Elle opina, les yeux brillants.

– Je viens de tuer un Nabab. J'ai ressuscité un mort. Je peux tout faire, affirma-t-elle en serrant ses poings gantés. Rappelle-toi : on ne peut pas changer un système injuste. D'abord il faut le briser, et ensuite en forger un nouveau. C'est précisément mon intention. Je vais les briser comme ils nous ont brisés pendant des années.

Jacob médita ses paroles. Comme l'avait dit William, Ghadæa avait besoin de ça. De quelque chose d'énorme. Quelque chose qui changerait la réalité à jamais.

– Des décennies de tourment vont enfin s'achever pour les Hāris, déclara Vera à son public.

Les terroristes – non, pas terroristes, combattants de la liberté – murmurèrent leur approbation.

– Pendant toutes ces années, les basanés nous ont battus, brûlés, se sont réjouis de nos souffrances. Assez ! Nous sommes des Hāris. Nous ne brûlons pas facilement ! cria-t-elle en se frappant le torse.

La foule l'imita, élevant la voix.

– Nous sommes des Hāris. Nous ne brûlons pas facilement !

Et Jacob se joignit à eux, parcouru par un frisson électrique comme leurs voix se fondaient à l'unisson. Enfin, il avait trouvé les siens. Il était chez lui.

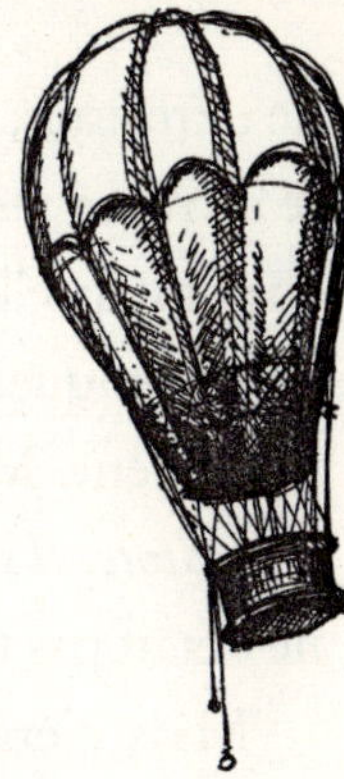

CHAPITRE QUINZE

Khadija

Khadija appuya son front contre les barreaux de fer et ravala la rage qui montait en elle. Il était facile de perdre la tête, dans ce trou. Le manque d'eau n'arrangeait rien.

Il m'a trahie. Il m'a abandonnée à mon sort funeste.

Sale Hāri !

Khadija mit un coup de pied dans les barreaux, et laissa mijoter sa colère. Elle avait besoin de réfléchir. Le Hāri qui l'avait enfermée lui avait agité la clé sous le nez avant de partir.

– Tu ne sortiras pas vivante de cette cage.

Khadija n'en doutait pas. Elle finirait comme le Nabab si elle ne faisait rien. Elle serra les mains sur les barres de fer à s'en faire blanchir les phalanges. Abba avait raison. Il avait toujours raison. Elle n'aurait jamais dû s'enfuir. Elle n'aurait jamais dû faire confiance à Jacob. Elle n'aurait jamais dû voler ce ballon.

Ça n'avait plus d'importance à présent. Abba ne saurait jamais que sa fille était morte dans une cage, entourée de terroristes, son corps abandonné à la pourriture. Sa gorge se serra, sa respiration se fit plus rapide, saccadée, hachée, au point qu'elle crut étouffer. Elle se frotta le cou, tira sur le col de sa tunique. *Calme-toi. Respire.* Elle aspira l'air par le nez, lentement. Maudit soit ce Jacob ! *Il t'a manipulée comme une idiote. Il s'est servi de toi. Et tu lui as fait confiance.* Abba ne s'était pas trompé. Elle était naïve. Ignorante. Stupide.

Mais c'était à elle-même qu'elle en voulait le plus. Elle avait permis à ce garçon de s'insinuer dans son cœur, déguisé en un autre garçon très différent. Un garçon auquel elle s'était persuadée qu'il ressemblait, avec sa capacité à fabriquer une boussole à partir d'un noyau de mangue et sa connaissance des montgolfières, alors qu'en réalité, ils n'avaient rien en commun. Son frère ne l'aurait jamais trahie.

Khadija ferma les yeux. Un souvenir qu'elle avait passé des années à enfouir menaçait de refaire surface ; mais cette fois, elle ne fit rien pour lutter contre. Elle le laissa se déverser jusqu'à ce qu'il forme une flaque, une mare qui lui arrivait à la taille et continuait de monter. Une mare de colère, de chagrin, de haine et de honte, qui lui arriva jusqu'à la gorge, et Khadija crut qu'elle s'y noierait si elle ne le remettait pas dans sa boîte.

L'attente, ça avait été le pire. Attendre des nouvelles – quelles qu'elles soient, bonnes ou mauvaises. N'importe quelle information qui empêcherait son esprit de se perdre en conjectures sur ce qui avait pu leur arriver. Ces trois jours d'attente avaient été les pires, et puis les corps avaient été retrouvés, et ça avait été un soulagement de savoir que l'attente était enfin terminée.

Alors le chagrin avait pris le relais ; la certitude qu'Ammi ne cuisinerait jamais rien dans la nouvelle casserole qu'elle avait achetée au marché ce jour-là. Elle devait être encore au fond du fossé où on les avait trouvés. Hassan ne rentrerait jamais à la maison pour lui lire l'histoire qu'il lui avait promise ce matin-là. Le temps s'était arrêté pour eux, soufflé comme une bougie. Un livre inachevé. Une phrase en suspens…

On leur avait dit que c'était l'œuvre des Hāris. Une vengeance, un meurtre gratuit, un prétexte qui avait justifié de battre à mort une femme et un enfant, d'abandonner leurs corps brisés dans un fossé. Le visage d'Ammi était tout gonflé. Son foulard avait été arraché. Hassan avait un bras cassé.

Après le chagrin était venue la colère. De vives flammes de colère qui avaient brûlé pendant des années avant de perdre de leur puissance une fois qu'elles avaient calciné ses entrailles. La seule chose qui restait à présent, c'était la haine. Tout aussi virulente que celle d'Abba. Cracher sur les Hāris dans la rue avait été une forme de guérison pour tous les deux, même si elle était teintée de honte et si Khadija savait bien qu'elle ne pouvait les rendre tous responsables. Elle pouvait essayer, mais la torture n'en serait que plus grande. Aujourd'hui, la haine était toujours là, mais elle était réduite à une petite partie de son être, une partie qu'elle avait honte d'admettre, y compris à elle-même ; mais elle était bien là, tapie dans les plus noirs recoins de son esprit. Elle diffusait toujours son venin.

Il était facile de haïr Jacob. Ça l'était beaucoup moins de reconnaître que tout au fond elle le comprenait, qu'elle éprouvait une certaine sympathie pour lui. Tout au fond, elle aurait probablement agi comme lui à sa place.

Khadija posa la joue contre le fer froid.

– Je n'y arriverai pas, chuchota-t-elle.

– Mais si, tu peux.

Khadija hurla, tourna la tête de tous côtés, cherchant dans le tunnel mal éclairé d'où venait cette voix. Personne. Elle devenait folle.

Une silhouette émergea de l'obscurité, portant une lampe à huile. C'était un garçon hāri. Un terroriste.

Khadija recula.

– Ne m'approche pas !

Le garçon s'avança, ignorant son avertissement, et posa la lampe par terre. La flamme dansa quelques secondes, dessinant de longues ombres sur son visage. C'était un visage familier. Il la détailla à son tour de haut en bas.

Le garçon de la veille. Celui qui l'avait sauvée des soldats.

– Toi ? s'étonna-t-il, haussant les sourcils avant de ricaner. Quand je t'ai dit de fuir, je ne m'attendais vraiment pas à te retrouver ici.

Khadija se mordit la langue jusqu'au sang. Il se moquait d'elle. Lui. Un Hāri. Sa fierté en prit un coup.

– Je me suis dit que tu avais peut-être soif, dit-il en ouvrant une gourde d'eau.

Khadija ne bougea pas.

– Non merci.

La commissure droite du garçon se retroussa à peine. *Il se moque encore de moi ?* Khadija gronda :

– Laisse-moi tranquille, Hāri.

Elle cracha un mollard à ses pieds.

Elle s'attendait à ce qu'il réplique, mais son expression n'avait pas changé. Il semblait sculpté dans la pierre, mais quelque chose de chaleureux dans ses yeux adoucissait la ligne dure de sa mâchoire, faisait paraître ses orbites moins creusées. Il avait des yeux couleur d'ambre.

– Ghadæane, dit-il d'un ton monocorde.

Khadija fronça les sourcils. Le garçon sourit.

– Bien, maintenant que nous avons établi ce que nous sommes, l'un et l'autre, veux-tu boire ?

Il secoua la gourde. Le seul bruit de l'eau clapotant dans la gourde fit mal à la gorge de Khadija.

Elle le regarda fixement. Il avait balayé son insulte d'un revers de main. Elle s'était attendue à bien pire. De la colère. De la violence. Mais non, rien. La réaction du garçon désamorça sa propre colère.

– Pourquoi tu me donnes à boire ? Je vais mourir, de toute façon.

Le visage du garçon s'assombrit, il referma la gourde.

– On dirait que tu as pris ta décision, dans ce cas.

Khadija eut un rire amer.

– Tu crois que j'ai *envie* de mourir ici !

– Tu as déjà abandonné.

Il récupéra sa lampe à huile, la leva et l'approcha du visage de Khadija. Il observa ses traits. Il avait l'air à peu près du même âge, peut-être à peine plus vieux. Peut-être dix-sept ans.

– Au revoir, Ghadæane.

Il fit mine de repartir, mais Khadija le retint :

– J'ai un nom, tu sais.

– Certainement, fit le garçon.

Il ne dit rien d'autre. Le silence s'étira, de plus en plus gênant. Khadija bafouilla. Le garçon sourit et se passa les mains sur les côtés du crâne, qu'il avait rasés de près, presque à blanc. Ça devait être comme caresser les poils durs d'une brosse, pensa Khadija.

– Moi aussi, j'ai un nom. Ou bien tu préfères m'appeler « Hāri » ?

Il la narguait. Jouait avec elle comme un chasseur avec sa proie.

– Ça t'amuse ? De te moquer des gens alors qu'ils vont mourir ?

– Absolument pas.

Khadija fut surprise par le sérieux de son ton. Elle ouvrit la bouche pour répondre, mais fut interrompue par une plainte aiguë qui fit trembler les murs. Comme le crissement des serres d'un oiseau sur du métal. La plainte s'interrompit, la laissant sonnée. Puis reprit.

– Qu'est-ce que c'est que ça ?

Ils écoutèrent tous les deux. C'était le cri d'une créature, un cri céleste, inhumain. Aucun être humain ne pouvait gémir ainsi, tordre sa voix pour qu'elle exprime une telle souffrance torturée. Des larmes lui montèrent aux yeux.

– Qu'est-ce qu'ils lui font ?

– Je crois que je préfère ne pas savoir.

Un nouveau cri lui fit physiquement mal.

– Pauvre créature !

– Tu penses que c'est quoi ? demanda le garçon, adouci.

Khadija tenta de se concentrer sur le son, mais c'était trop douloureux à écouter.

– Je ne sais pas, mais ce n'est pas humain et ce n'est pas un djinn. Ça doit être une créature bienveillante. Angélique, même.

– Qu'est-ce que tu y connais, aux anges ? demanda le garçon.

Il chuchotait si bas que Khadija dut presser sa joue contre les barreaux pour l'entendre.

– Ça ne peut pas être un ange, dit-elle en secouant la tête. Un ange est trop puissant pour se laisser capturer, même par le plus fort des djinns ; et les anges ne se mêlent pas de nos affaires humaines comme les djinns. À ma connaissance, personne n'a jamais vu un ange.

Elle se concentra de nouveau sur cette plainte stridente qui sonnait comme une volée de cloches entrecoupée de gémissements de douleur flûtés. La créature avait une voix magnifique, déformée par la souffrance en ce son hideux.

Elle sut ce que c'était : une créature angélique qui guidait les âmes des morts vers le paradis grâce à sa voix. Elle repensa à son rêve, dans lequel Hassan scrutait le ciel à la longue-vue tandis qu'une péri aux ailes d'argent scintillait et chantait dans la nuit.

– C'est une péri.

Le garçon croisa les bras, l'air impressionné.

– Je n'en étais pas sûr, mais je crois que tu as raison.

– Mais… pourquoi ? demanda Khadija d'une voix rauque.

Elle ne comprenait pas ce qui lui répugnait tant dans les cris de la péri. La voix de ces créatures était très convoitée. À travers l'histoire, de nombreux aérostiers avaient essayé d'en capturer une – en vain –, attendant les nuits de pleine lune, car les péris ne chantaient qu'à la lumière de la lune. Alors les aérostiers s'élevaient jusqu'à des hauteurs vertigineuses, tentant d'attraper les créatures célestes dans leurs filets. Cependant, parmi les anges, les péris étaient chéries bien plus que de simples oiseaux chanteurs. Elles étaient considérées comme des compagnes.

Et les Hareefs étaient en train de torturer l'une d'entre elles. Les Hareefs étaient des terroristes. Ils invoquaient des djinns, avaient assassiné le Nabab, et pourtant ceci était pire que tout le reste. C'était de la cruauté gratuite envers un être innocent.

Le garçon haussa les épaules.

– Vera ne perdrait pas son temps de cette façon. Seule une personne qui prend plaisir à infliger de la souffrance ferait une telle chose.

Khadija pensa à l'éfrit ailé que la reine djinn avait fait naître d'une flamme vert émeraude. Elle frissonna. Une créature qui n'avait eu pour elle d'existence que dans les livres, mais rien de tout cela n'était un conte de fées. C'était un cauchemar éveillé.

– Dans ce cas, tu es un monstre pour t'être joint à eux, siffla Khadija.

– Je n'approuve pas ce genre de choses.

– Tu approuves l'invocation d'une reine djinn pour tuer le Nabab !

– Non, je n'approuve pas ça non plus.

Elle ricana.

– Alors, tu n'es pas au bon endroit.

Il s'approcha de la cage. Khadija recula. Le garçon fit glisser la gourde à travers les barreaux.

– Tu as raison. Nous sommes tous les deux au mauvais endroit, mais je sais que tu ne vas pas mourir ici, chuchota-t-il avant de s'en aller.

Khadija se mit à taper sur les barreaux comme un animal sauvage.

– Attends !

Mais il ne se retourna pas et disparut au bout du tunnel, l'abandonnant à l'obscurité.

Khadija ramassa la gourde, ôta le bouchon et but à grandes gorgées. Quelque chose de métallique vint se coller à ses lèvres. Elle regarda dans la gourde, y plongea les doigts et en tira un bout de métal.

Une cuillère. Il lui avait donné une cuillère.

CHAPITRE SEIZE

Jacob

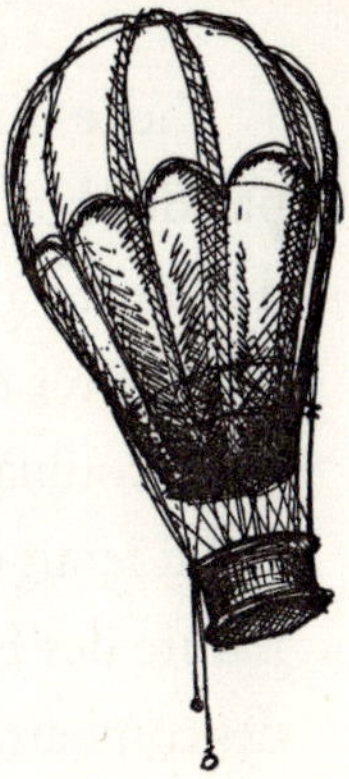

Le feu ronflait au centre de la grotte, les Hāris s'étaient rassemblés autour et faisaient passer des assiettes fumantes de viande qu'on avait rôtie à la broche. Jacob était assis seul, mal à l'aise. Il n'avait encore jamais mangé quelque chose de mort. Chaque fois qu'il portait une bouchée à ses lèvres, il entendait de nouveau le craquement des articulations, le bruit de la chair arrachée par la reine djinn quand elle s'était repue du corps du Nabab. Il reposa son assiette.

Il ne cessait de penser à Khadija, et la culpabilité lui retournait les entrailles. Ils n'avaient jamais considéré leur arrangement comme permanent. Ils ne s'étaient rien promis, et pourtant, quelque chose de tacite s'était noué entre eux. Peut-être pas de l'amitié, mais quelque chose de réel. Il se souvint des journées passées dans les airs. Là-haut, ils s'étaient tous les deux défaits de certaines parts d'eux-mêmes à mesure qu'ils gagnaient de l'altitude, jusqu'à n'être plus ni hāri ni ghadæane. Juste Jacob et Khadija. Mais bien sûr, il leur avait fallu atterrir, au bout du compte.

L'idée que Khadija était enfermée sous terre, encerclée par des Hareefs, ne lui plaisait pas. Il avait eu l'intention de l'aider à échapper au chaos de la manifestation, pas de l'attirer dans un piège. Il ne savait pas trop pourquoi ça le troublait autant. *Elle n'est pas des nôtres.* Peut-être que ça lui ferait du bien de voir de ses propres yeux la véritable nature des Hareefs. Qu'ils n'étaient pas des terroristes mais des combattants de la liberté. En quête de justice. Défenseurs des innocents. Sur cette pensée, il chassa la culpabilité de son esprit.

Une main légère sur son épaule le fit sursauter.

– Tiens, dit une femme en lui passant une gourde d'eau.

Il but à grands traits.

– Je m'appelle Sara, dit la femme en s'accroupissant de sorte que le feu éclaire son visage.

Jacob ne put retenir une exclamation. Il détourna le regard, honteux de sa réaction. Ça te fait trop mal ? *Imagine un peu sa douleur à elle.* Il se força à la regarder dans les yeux, mais il dérivait sans cesse vers sa joue, son nez, la commissure de ses lèvres, le long de son cou. Il suivait les cicatrices épaisses, le pli de sa bouche figée vers le bas, la façon dont son œil gauche ne se fermait pas correctement. Elle le fixa en retour d'un regard torturé jusqu'à ce qu'il n'y tienne plus. Brûlée. Défigurée. Mutilée. Une souffrance dépassant l'entendement.

– Ils m'ont fait ça.

Jacob tenta un nouveau coup d'œil, espérant cette fois conserver une expression neutre, mais en voyant les taches roses là où la peau avait été brûlée, la partie du sourcil gauche qui ne repousserait jamais plus, la peau si tirée qu'elle semblait sur le point de rompre, il sentit la rage le saisir à la gorge, bouillir, déborder.

Qui était capable d'infliger cela à un autre être humain ? Quel monstre ?

Sara sembla lire dans ses pensées.

– C'est arrivé quand je n'étais pas plus vieille que toi, dit-elle en fixant le feu, revivant la sauvagerie de sa morsure. Tu sais, j'étais jolie, avant. *Trop* jolie, aux dires des femmes basanées. Je troublais leurs maris, selon elles.

Elle s'arracha à la contemplation des flammes, mais leurs ombres dansaient encore sur sa peau. Impatientes. Rêvant du jour où elles pourraient enfin la consumer tout entière.

– Alors elles m'ont fait ça. Elles m'ont brûlée comme ils brûlent leurs cadavres.

Il sentit sur sa propre peau la morsure de ses brûlures et serra les poings. Quand il pensait à toutes les vies détruites ou écourtées à cause des Ghadæans et de leur haine, Jacob ne pouvait appréhender l'étendue des horreurs dont ils étaient responsables. Et ça ne finirait jamais. Ces choses-là se produisaient tous les jours.

– N'oublie pas de quoi ils sont capables. Même les filles ne sont pas innocentes, dit Sara en rabattant sa capuche sur son visage, dissimulant son martyre. Et souviens-toi : quoi qu'ils nous fassent, nous sommes des Hāris, et nous ne brûlons pas facilement.

Jacob médita ces mots, les mêmes qu'ils avaient scandés tous ensemble sous la conduite de Vera. Toute sa vie, il avait été conditionné à croire que les Hāris étaient des êtres faibles, inférieurs, mal adaptés à Ghadæa – depuis leur échec dans la conquête du pays, leur intention initiale, jusqu'à leur peau claire qui cloquait sous la morsure du soleil. Aujourd'hui, cependant, il avait rencontré non pas un mais deux Hāris qui avaient subi la fureur des Ghadæans et y avaient survécu. Sara avait été brûlée, et pourtant elle était encore debout. Quant à Caleb, lui aussi avait été brûlé, brûlé à mort, et pourtant il était revenu sous la forme d'un éfrit. Les mots de Vera ne signifiaient pas seulement que les Ghadæans continueraient à les opprimer, les blesser, les mutiler, les tuer, ils étaient aussi la promesse que les Hāris refuseraient de brûler, quelle que soit la cruauté qui tenterait de les embraser.

Vera fut bientôt de retour, son fils à ses côtés, et la foule fit silence. Elle leur parla de changement, tissant par la force de son verbe un monde nouveau sous leurs yeux. Un monde sans oppression. Sans peur. Sans mort. Sans souffrance.

Mais dans l'étoffe de ses mots, il y avait la peur des Ghadæans, les morts des Ghadæans, la souffrance des Ghadæans. Un monde parallèle distordu qui le faisait frémir d'excitation. Était-ce mal de se réjouir de la souffrance des autres ? Les Ghadæans pratiquaient ce sport depuis des années. C'était au tour de son peuple, maintenant. Une façon de prendre sa revanche, une brève explosion de violence, et ensuite le passé serait pardonné, l'ardoise effacée, le monde pourrait reprendre sa marche. Ça ne semblait pas si mal, vu comme ça.

Lorsque le discours de Vera toucha à sa fin, la foule l'acclama et l'applaudit. Jacob aussi fort que les autres. Puis la chevelure rouge se fraya un passage et vint droit vers lui. Il se leva, au garde-à-vous devant Vera que Caleb suivait comme son ombre.

– Tu t'amuses bien ?

Jacob hocha la tête avec enthousiasme.

– Bien. Il est temps de mettre à profit tes talents.

– Tant qu'il ne compte pas m'enfermer dans l'une de ses créations, grommela Caleb, ses bras couleur anthracite croisés sur la poitrine.

Vera eut un petit rire.

– Je vois que tu n'as pas perdu ton sens de l'humour.

Mais Jacob ne décelait pas le moindre humour sur la face de l'éfrit.

– Ce garçon aime se lier d'amitié avec les basanés, dit Caleb en faisant rouler ses muscles. Ses talents de souffleur de verre sont utiles, certes, mais peut-on lui faire confiance, Ammi ?

– Tu parles de la fille ? demanda Vera. Je suis curieuse de savoir où tu l'as trouvée… dit-elle en fixant ses yeux verts sur Jacob.

– Elle est de Qasrah. Elle avait une montgolfière.

Il chercha quoi dire d'autre, bafouilla finalement :

– Elle n'est rien pour moi.

Vera sourit, satisfaite de sa réponse.

– Tu vois, c'est un membre loyal des Hareefs.

Elle claqua des doigts, et Sara reparut.

– Emmène-le à l'atelier.

Tandis que Sara le prenait par l'épaule pour le guider, Jacob sentit le regard furieux de Caleb peser sur lui. Qu'une créature de feu puisse lancer un regard si glacial lui paraissait impossible, mais il en eut des sueurs froides : il lui faudrait être prudent désormais. Ne plus penser à Khadija, se tança-t-il. Il devait faire ses preuves, et la fille l'empêcherait juste de se concentrer.

Jacob ne respira que quand ils furent hors de vue ; il suivit Sara en trébuchant dans le noir, le long d'un réseau de tunnels qui aboutissaient à une caverne au plafond bas. L'odeur familière du verre fondu vint chatouiller ses narines.

Le four était deux fois plus grand que celui de Munir, trois Hāris attisaient les flammes et modelaient le verre fondu pour en faire des fioles qui étaient ensuite rangées dans des caisses entassées un peu partout ; à côté, des barres de cuivre luisaient à la lumière des feux. Des chandeliers, des assiettes et des boîtes à bijoux en laiton étaient fondus rapidement et versés dans des moules posés à refroidir sur le sol, car la place manquait sur les plans de travail. L'atelier était chaotique et encombré, et pourtant les trois hommes travaillaient avec méthode, dans un ballet millimétré, enjambant les moules chauds tout en soufflant des bulles de verre et en retournant les braises dans le four. Jacob y vit une opération bien organisée, à laquelle il était impatient de participer.

Un frisson d'enthousiasme le parcourut. Ici, il pouvait se rendre utile ; il était à sa place. Sara fit signe aux hommes de s'approcher.

– Marcus, voici Jacob. Vera a dit qu'il pouvait vous aider.

Marcus le toisa de la tête aux pieds.

– Tu sais souffler le verre ?

Sa voix était enrouée à cause des heures passées à respirer la cendre, et ses bras nus étaient parsemés de marques de brûlures.

– Je suis apprenti depuis presque un an, répondit Jacob, sans cacher sa fierté.

– Eh bien, voyons de quoi tu es capable.

Marcus abattait son marteau sur une plaque de cuivre dans un bruit d'enfer, réduisant ce qui avait été une barre de métal solide à une feuille assez fine pour être déchirée à la main. Jacob étudiait chacun de ses gestes. Marcus entreprit d'emprisonner chaque feuille de cuivre entre deux couches de verre semi-refroidi, fusionnant chaque couche dans le four avec une précision méticuleuse qui aurait fait honte au travail médiocre de Munir. Jacob avait déjà regardé Munir fusionner du verre avec du cuivre ou du laiton, mais jamais le résultat ne lui avait coupé le souffle, à l'inverse de l'étalage de verre fusionné aligné sur le comptoir dans une symphonie de teintes allant de la terre d'ombre brûlée jusqu'à l'ocre ou au brun roussâtre.

– Pourquoi se donner tant de peine, alors que les djinns peuvent être capturés dans le fer et le plomb ? demanda Jacob en caressant du bout des doigts la surface lisse et fraîche des fioles achevées.

Elles étaient si belles. Ayant assisté à chaque étape de leur création, il trouvait dommage que leur seul usage soit d'être brisées.

Marcus posa son marteau.

– Tous les djinns ne sont pas égaux, tu sais. Un djinn seulement capable d'adopter la forme d'un oiseau ou d'un rat peut être contenu par le fer ou le plomb, sans problème. Mais pour un djinn plus puissant – l'un de ceux qui peuvent prendre forme humaine, par exemple –, le fer et le plomb ne suffisent pas. C'est pour ça qu'on utilise le cuivre et le laiton. On fusionne les métaux avec le verre pour qu'ils se brisent aisément.

– On pourrait piéger un éfrit dans une telle fiole ?

Le rire tonitruant de Marcus fit sursauter Jacob.

– J'espère que tu n'as pas d'idées stupides en tête. Ce serait vain, de toute façon. Les éfrits sont une des espèces supérieures chez les djinns, comme les *marids* ; ils sont bien trop puissants. Et quant aux djinns de sang royal… je ne crois pas qu'il existe un matériau capable de piéger une reine djinn.

– Donc ça ne pose pas de problème aux djinns supérieurs que nous enfermions les djinns inférieurs dans du verre ?

– On dirait bien, mais je ne suis pas surpris. Les djinns sont vaniteux, et la vanité n'aime rien de plus que le pouvoir. Tant que nous ne manifestons pas l'intention de les capturer, les plus forts se fichent de nous voir enfermer leurs homologues inférieurs.

Jacob hocha la tête. Ça paraissait logique. Instinctivement, il toucha l'amulette de William, chaude contre sa peau d'avoir été exposée à la chaleur du four.

– Et qu'en est-il de cette amulette ? Elle commande aux djinns.

Marcus tira de sous son col une amulette semblable, ornée de l'iris vert de Bidhukh.

– Elle commande aux djinns inférieurs, c'est tout. Quant au matériau qui la compose, dit-il en caressant l'œil, même moi je ne sais pas.

Jacob repensa à la façon dont il avait commandé à un vol de corbeaux de s'abattre sur la manifestation des Wazeems, simplement en brandissant son amulette devant les djinns. Il passa son pouce sur le joyau : jusqu'ici, il avait présumé qu'il s'agissait d'une émeraude, mais en inclinant sa paume pour faire jouer la lumière sur le bijou, il comprit qu'il s'était trompé. La pierre verte semblait tournoyer et danser dans la lueur du feu, comme la brume du matin sur l'herbe verte.

– Ce n'est pas une émeraude.

– Non, confirma Marcus.

– Ni de la jade. Ni du péridot, ni de la malachite, ni de l'aventurine, ni de la serpentine… ni aucune pierre verte que je connaisse.

Marcus haussa un sourcil.

– Tu t'y connais sacrément en pierres précieuses, dis donc.

Jacob rougit sous le compliment. S'il avait surtout travaillé le verre jusqu'ici, certaines des pièces les plus luxueuses de Munir étaient ornées de gemmes.

– Dans ce cas, d'où viennent ces pierres ?

– Tout ce que je sais, dit Marcus avec un haussement d'épaules, c'est que Sakhr a donné les amulettes à Vera, en guise de cadeau de la part de la reine djinn. Si je devais parier, je dirais que cette pierre n'est pas de notre monde.

– Elle vient d'Al-Ghaib ! s'écria Jacob en suivant du doigt les contours grossiers de la pierre, comme si elle avait été taillée à la va-vite dans une pierre plus grosse. Tu as essayé de la travailler ? Peut-être qu'en la fondant avec…

Marcus interrompit ses conjectures d'un signe de tête.

– Non, Vera m'a demandé de souffler du verre, donc c'est ce que je fais. Et tu devrais en faire de même. Un conseil : fais ce qu'elle te dit, et tu iras loin.

Jacob opina et remisa son amulette sous le col de sa tunique.

Marcus souleva de nouveau son marteau.

– Au boulot !

Les heures défilèrent, au cours desquelles Jacob gagna peu à peu la confiance de Marcus. À la fin de la journée, il soufflait le verre, l'étirait en fils comme du sucre fondu et le faisait tournoyer pour lui donner sa forme. Il aimait ce genre de travail répétitif, un travail qui faisait taire son esprit, entièrement concentré sur les mouvements de ses doigts. C'était apaisant, et ne pas avoir Munir sans cesse penché sur son épaule et prêt à lui taper dessus à la moindre erreur lui donnait une nouvelle confiance dans son art.

Ce fut seulement lorsque Sara revint et lui fit signe de la rejoindre que Jacob déposa ses outils et ressentit les crampes à ses poignets. Il s'approcha de Sara en faisant tourner ses poignets pour en chasser la raideur.

Sara affichait ce qui ressemblait à un sourire ; sa peau fine semblait sur le point de se déchirer.

– Tu as impressionné Marcus, dit-elle. Et il n'est pas facile à impressionner. Beau travail !

Jacob se dandina d'un pied sur l'autre, gêné par ces louanges, essuyant la sueur qui lui coulait dans le cou.

– Vera a un nouveau travail pour toi.

– Vraiment ?

Il était incapable de masquer son excitation. Avec tant de Hāris sous ses ordres, Vera aurait tout à fait pu l'oublier à mesure qu'il se fondait dans les rangs de son armée.

– On sort, dit Sara en pointant le plafond. Viens te préparer.

Un quart d'heure plus tard, Jacob suivait un groupe de Hāris à travers les tunnels et jusque dans la ville. S'arracher au confort de l'atelier lui avait demandé un gros effort.

Là, en bas, entouré de feu et de verre, il s'était senti en sécurité, comme à la maison. Dehors, il ne savait pas à quoi s'attendre et l'incertitude lui rongeait les entrailles à mesure qu'il approchait de la surface. Il s'emmitoufla plus serré dans la tunique qu'on lui avait donnée. Elle était un peu longue pour lui et l'ourlet blanc était déjà taché de boue à force de traîner dans l'eau sale. Jacob rabattit sa capuche au moment où ils émergeaient par la bouche d'égout dans une ruelle, une entrée différente de celle de la roseraie qu'il avait empruntée précédemment.

– Vera veut qu'on descende à l'atelier tout objet fait de cuivre ou de laiton, expliqua Sara.

Jacob ne pouvait imaginer l'atelier encore plus encombré de caisses pleines de cuivre et de laiton à faire fondre et à mouler. Il avait perdu le compte des fioles de verre qu'il avait fabriquées ce jour-là, mais il était certain que Vera avait accumulé des centaines de fioles vides attendant d'être remplies. Il frémit en pensant au nombre de djinns que cela représentait. Il avait été facile d'ignorer ce fait tant que son esprit était entièrement accaparé par le maniement du verre en fusion, mais une fois dehors, ce constat le frappa avec la force d'une bourrasque. Vera préparait manifestement une nouvelle attaque de djinns. Bien plus ambitieuse et plus mortelle que celle sur Sahli.

Les Hāris se dispersèrent dans toutes les directions. Sara le prit par le coude et le guida jusqu'à la place du marché où les échoppes étaient fermées pour la nuit.

– T'es avec moi, le nouveau, dit-elle en lui jetant un sac en toile. Je compte sur toi pour être efficace, grogna-t-elle en même temps qu'elle enfonçait la porte de la première échoppe, fracassant à coups de pied les planches de bois. En général, je jette dans le sac tout ce qui brille et qui ressemble à du métal.

Elle fouilla les étagères chargées de rouleaux d'étoffes et de soies aux couleurs vives, puis passa à la boutique suivante.

Jacob restait à ses côtés, le sac ouvert à la main.

– Comment s'est passée ta première journée ? demanda Sara en s'emparant de deux colliers exposés dans une vitrine, l'un en cuivre, l'autre en or.

Sur un mot de Jacob, elle fourra celui en cuivre dans le sac et jeta celui en or.

– Ça fait beaucoup à assimiler au début, mais tu trouveras rapidement tes marques, dit-elle en empochant une statuette de léopard en laiton. Mais je serais toi, je ne m'habituerais pas trop au confort des tunnels. On n'y restera plus pour très longtemps.

– Ah bon ?

– Vera a tiré le meilleur parti du réseau de tunnels qui s'étend sous la cité entière. C'est comme ça qu'on a pu étudier la routine du Nabab et choisir le meilleur moment pour frapper. Mais maintenant qu'on est débarrassés de lui, il vaut mieux qu'on quitte Intalyabad pendant qu'on le peut encore. Vera a des plans ambitieux pour son armée de djinns.

– Armée ? bafouilla Jacob.

Ainsi, il avait vu juste, mais il était difficile d'envisager sans trembler un tel nombre de djinns frappant une ville.

Sara le tira brusquement dans l'ombre en entendant le cliquetis d'une troupe de soldats. Sa main était dure et calleuse, comme de la cire fondue et refroidie.

Des voix se firent entendre, plus proches qu'il ne l'aurait cru. Sara lui chuchota à l'oreille :

– Je vais les entraîner à ma suite. Toi, rejoins les tunnels.

L'idée que Sara prenne des risques pour lui ne lui plaisait pas, mais les bruits métalliques de plus en plus proches firent taire ses protestations.

– Tu sais comment rentrer ?

Il hocha la tête et serra plus fermement le sac de toile. *Allez. Je dois faire mes preuves.* Il ravala sa peur.

Sara lui tapota l'épaule puis disparut au coin de la ruelle, renversant volontairement au passage un service à thé en céramique.

Les soldats rugirent, et Jacob se mit à courir, le sac plein ballottant à son côté. Ce fut une course folle à travers les ténèbres de la place du marché, il n'entendait plus que le sang qui battait à ses tempes. Il aperçut la forme blanche de Sara qui s'enfuyait de son côté, sa tunique flottant derrière elle, puis il déboucha dans une rue déserte. Il s'arrêta et se colla contre un mur.

Il ferma les yeux et écouta. Guetta le bruit des bottes qui s'éloignaient dans la direction opposée. Guetta les cris de Sara quand elle serait inévitablement découverte, au lieu de quoi les piétinements métalliques s'estompèrent, laissant le silence reprendre ses droits.

Jacob ouvrit les yeux. Il se trouvait dans une rue inconnue, bordée de pêchers et de bancs richement sculptés dans la pierre. Il regarda à gauche et à droite, sans savoir de quel côté partir. Il finit par choisir une direction au hasard et marcha aussi vite qu'il le put tout en s'efforçant d'assourdir le tintement produit par le cuivre et le laiton dans son sac. Il descendit un labyrinthe de ruelles, revint sur ses pas, repartit, de plus en plus oppressé à mesure que son errance dans la ville se prolongeait. À chaque coin de rue, il s'attendait à trouver des soldats en embuscade. Chaque ombre le faisait frémir. Le simple soupir du vent lui raidissait les muscles.

Tout à coup, il reconnut une rangée de maisons mitoyennes. Le quartier général des Wazeems.

La bile lui monta à la gorge à l'idée de Khadija enfermée sous terre. *Mais c'est une Ghadæane.* Elle l'était, sans aucun doute, mais c'était plus facile de souhaiter leur chute tant qu'ils demeuraient sans visage. Sans nom. Khadija avait un visage et un nom. *Arrête de penser à elle. Elle n'est rien pour toi.*

Mais elle n'avait rien fait qui mérite qu'on l'enferme. Rien d'autre que de lui faire confiance alors qu'elle n'aurait pas dû. Jacob observa la rue déserte. Il jeta un coup d'œil aux maisons des Wazeems. Plus tôt Khadija serait écartée, plus tôt il pourrait s'investir complètement dans le combat des Hareefs, sans avoir l'esprit pollué par ses inquiétudes à son sujet. S'il en croyait Sara, les Hareefs quitteraient bientôt les tunnels. Emmèneraient-ils Khadija avec eux ou la laisseraient-ils sur place ? Ou peut-être pire ?

Ce fut cette dernière pensée qui le poussa à grimper les marches. Il détacha la cape blanche de son cou et la déposa dans un buisson, avec son sac. Si les Hareefs venaient à l'apprendre… Jacob eut une vision de l'éfrit, Caleb, ses paumes embrasées d'un feu djinn vert plein de courroux. Il tressaillit.

Ils ne sauraient rien. Il s'en assurerait. Jacob frappa un petit coup à la porte.

À l'intérieur, les verrous coulissèrent, puis Anam apparut.

– Jacob ! Tu vas bien ?

Il opina, regrettant de n'avoir pas préparé ce qu'il allait dire.

– Ils ont pris Khadija. Les Hareefs.

Anam jura.

– Je le savais ! Quand vous avez disparu tous les deux pendant la manifestation ce matin, nous avons pensé au pire. Viens, entre, dit-elle en le tirant par la manche.

Jacob se dégagea.

– Je ne peux pas.

– Pourquoi ? demanda-t-elle avec un regard suspicieux.

Il aurait vraiment dû réfléchir avant d'agir.

– Elle est enfermée sous terre, dans un réseau de tunnels, dit-il en reculant. L'entrée se trouve dans la roseraie.

– Jacob…

– Juste… Assurez-vous qu'elle s'en sorte !

Puis il s'enfuit dans la nuit, ignorant les appels d'Anam.

Alors même que son cœur battait à tout rompre, il se sentait plus léger. Voilà. Lui et Khadija étaient quittes. Il avait fait pour elle tout ce qui était en son pouvoir, maintenant, il pouvait la chasser de ses pensées et se concentrer ce qui comptait vraiment. Les Hareefs. Et venger William.

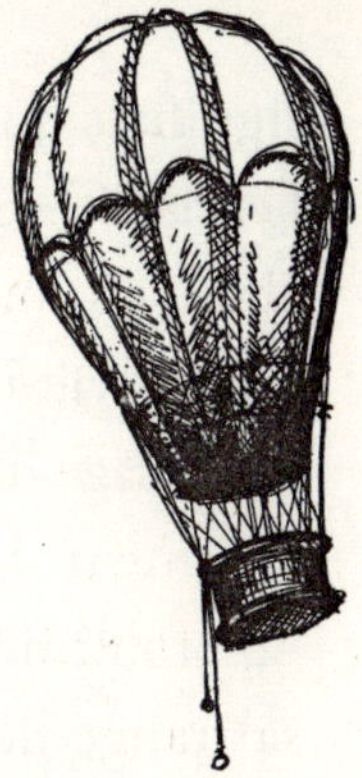

CHAPITRE DIX-SEPT

Khadija

Khadija s'essuya le front. Elle avait des crampes aux doigts. Le trou n'était profond que d'une trentaine de centimètres. Il lui en fallait beaucoup plus pour arriver à se glisser sous les barreaux. Ce garçon inutile lui avait donné une cuillère ! Il n'aurait pas pu lui filer une pelle, plutôt ?

Il aurait aussi pu ne rien lui donner. Il aurait pu la laisser pourrir ici comme l'avait fait Jacob, et pourtant, il avait décidé de l'aider. Elle. Une Ghadæane, ce qu'il avait pris plaisir à lui rappeler. Elle ne comptait pas l'attendre pour lui demander pourquoi. Elle avait un trou à creuser.

Ses pensées revenaient sans cesse à Jacob ; elle s'attendait presque à le voir revenir par le tunnel, sanglotant que tout ça n'était qu'un malentendu.

Mais il ne revint pas.

S'il voulait s'acoquiner avec des terroristes, grand bien lui fasse ! Elle n'en avait plus rien à cirer !

Pourtant, ce n'était pas tout à fait vrai, et elle ne comprenait pas pourquoi. Ne plus pouvoir compter sur lui signifiait qu'elle était complètement seule, et cette idée l'effrayait, certes, mais n'était-ce pas autre chose ? Quelque chose qui lui trottait à l'arrière de la tête. Quelque chose qui révélait une impression familière dans la façon qu'avait son visage de s'éclairer quand il apprenait une nouveauté, comment il fronçait les sourcils quand il réfléchissait à un problème, ou encore le geste qu'il avait quand il chassait sa frange de devant ses yeux, en pleine concentration. Peut-être était-ce sa capacité à paraître si intelligent quand il s'agissait de montgolfières, d'étoiles, de verre et de navigation, et en même temps si perdu par moments. Oui, il y avait des similitudes, mais Khadija choisit de ne pas s'y attarder. Il ne servait à rien de comparer Jacob à un mort.

Ils ne sont pas pareils. Il est mort. Il ne reviendra jamais. Jacob ne peut combler le trou béant dans ton cœur.

La flamme d'une bougie au bout du tunnel fit danser des ombres sur les murs. Khadija planqua la cuillère derrière son dos et se tint devant le trou. Une silhouette apparut. C'était le même garçon. À moins qu'il n'apporte une pelle, ça ne l'intéressait pas.

Il avait les mains vides.

– Qu'est-ce que tu veux ?

Il ne répondit pas, se contentant de jauger le trou. Il écarquilla les yeux.

– C'est tout ce que t'as creusé ? Ça fait une heure !

Khadija se hérissa.

– Tu m'as donné une *cuillère* ! siffla-t-elle en brandissant l'objet tordu à la lumière.

– T'aurais préféré un couteau, je parie, fit le garçon avec un sourire malicieux.

Pour le plonger dans ta gorge, oui !

Il s'accroupit devant les barreaux et tira de sous sa tunique blanche un bout de métal que Khadija prit d'abord pour un couteau avant de voir que c'était une autre cuillère. Il la plongea dans la terre.

Khadija se moqua.

– Tu n'as rien trouvé de mieux pour creuser ? Ou bien ne t'autorisent-ils que les cuillères ?

Il gloussa.

– À vrai dire, je travaille aux cuisines. Je n'ai accès qu'à des cuillères.

– Mais tu n'avais pas un sabre, la dernière fois ? remarqua Khadija en repensant à la nuit où il avait défié les trois soldats ivres.

– Hum… Je l'ai perdu.

– Ah, tu fais un piètre terroriste, si c'est vrai ! s'esclaffa Khadija.

Il la regarda, soudain sérieux. Elle se mordit la langue, craignant d'en avoir trop dit.

– Je ne suis pas un terroriste.

– Bien sûr. Tu es un… comment vous dites ? Un « combattant de la liberté ».

Il secoua la tête.

– Pas non plus l'un d'eux.

Il se mit à pelleter la terre, la rejetant par-dessus son épaule, puis planta la cuillère dans le sol compact avec assez de force pour la tordre complètement. Il grogna.

– Tu as raison. Ça va prendre des heures.

Khadija le scruta.

Il leva la tête, ses pommettes saillantes étaient soulignées par la lueur de la lampe à huile.

– Je ne suis pas ici pour ce que tu crois.

– Alors pourquoi ? Pourquoi tu m'aides ?

– Je…

Un cri aigu de la péri les fit tressaillir tous les deux.

– Cette créature et toi, vous avez un point commun, chuchota-t-il enfin lorsque la plainte se fut réduite à un gémissement sourd. Les cages ne vous vont pas.

Le gémissement se mua en sanglots stridents. Khadija n'y tint plus : elle ne savait pas que les oiseaux pouvaient pleurer comme ça, et ça lui donnait envie de pleurer à son tour.

– On doit l'aider.

– Je crois qu'on doit avant tout te sortir de là. Ce serait une perte de temps d'essayer de la sauver.

Khadija croisa les bras sur sa poitrine.

– Je m'en fiche. Je vais la sauver. Tu peux m'aider si ça te chante.

– Tu n'es pas vraiment en mesure de donner des ordres, enfermée dans ta cage.

Elle serait folle de faire confiance à un autre garçon hāri, mais elle se trouvait en effet dans une cage et n'avait pas vraiment d'autre option. Elle ne commettrait pourtant pas la même erreur qu'avec Jacob. Ça, elle en était certaine. Sa poitrine était oppressée comme si ses poumons étaient pleins d'eau. Le chagrin était douloureux, mais la trahison aussi, et Jacob avait réussi, dans le peu de temps où elle l'avait connu, à lui infliger les deux. Et ça, elle ne pensait pas pouvoir le lui pardonner.

– Mais je pourrais avoir besoin de ton aide, ajouta le garçon. Le monde n'est pas tendre pour les gens de ma race.

Elle fit la moue.

– Le monde n'est pas tendre avec moi non plus.

Un éclair de reconnaissance fit briller les yeux du garçon d'un éclat cuivré.

– Les soldats sont attirés par tout ce qui leur donne un sentiment de puissance. Ils aiment nourrir leur ego.

Il n'avait pas tort. Les soldats de Qasrah passaient leur temps à se dorer au soleil et à dépenser les impôts des citoyens en jeux d'argent et en alcool.

– Pourquoi tu m'as aidée, cette nuit-là ?

– Ça paraissait une bonne idée, sur le moment. À présent, sachant que tu as fini ici de toute façon, je me demande si tu n'as pas des tendances suicidaires. Ou alors, tu ne sais vraiment pas prendre soin de toi.

– Je sais très bien prendre soin de moi, gronda-t-elle.

– Alors prouve-le. Creuse, dit-il en reprenant sa cuillère.

Ils creusèrent en silence. Elle d'un côté de la cage, lui, de l'autre. Il ne cessait de jeter des regards vers le tunnel avant de plonger sa cuillère dans la terre, qu'il envoyait voler contre le mur opposé. Khadija quant à elle s'échinait à l'entasser en une pile bien nette.

– Pas besoin de faire ça proprement, commenta le garçon, amusé.

– Il s'agit plutôt de laisser le moins d'indices possible. Regarde ! Tu as mis de la terre partout. N'importe qui le remarquera facilement.

– Ton absence de cette cage sera probablement le plus gros indice de toute façon. Avec un peu de chance, à ce moment-là, on sera haut dans le ciel.

– Ils ont des ballons ?

Il acquiesça.

– Mon plan, c'est d'en prendre un… mais je ne sais pas piloter un ballon tout seul. Tu t'y connais en navigation ?

– Un peu, fit Khadija en cachant avec peine son sourire satisfait. Mais avant, on sauve la péri.

Il garda le silence si longtemps qu'elle crut qu'il ne répondrait pas. Finalement, il acquiesça.

– D'accord.

Ils continuèrent à creuser. Le garçon se mit à fredonner. Elle détestait qu'on fredonne.

– Je m'appelle Darian, au fait.

Khadija hocha la tête, mais ne prit pas la peine de lui donner son nom en échange. À quoi lui servirait-il d'apprendre à le connaître ?

Le silence qui suivit fut inconfortable, pour dire le moins. Darian se remit à fredonner.

– Alors, pourquoi tu es enfermée ? Les Hareefs ne prennent pas de prisonniers, en général. Enfin… pas vivants.

– Ça ne te regarde pas, mais si tu veux tout savoir, j'ai été trahie, soupira-t-elle. Trahie par quelqu'un qui était comme moi, c'est ce que je pensais. Mais en fait, on n'a rien de commun, siffla-t-elle en plantant sa cuillère dans le sol avec violence.

Le métal se tordit à angle droit.

– Au hasard, cette personne était un Hāri ?

Elle opina, incapable de parler sous l'effet de l'émotion. Darian leva les yeux au ciel.

– Dans ce cas, et ne le prends pas mal, mais qu'est-ce qui t'a fait penser que vous aviez quoi que ce soit de commun pour commencer ?

Sa question l'étonna. On aurait dit une réflexion d'Abba. Son visage s'empourpra.

– OK, j'ai compris ! Tu penses qu'on est deux espèces complètement différentes. Et oui, nous sommes différents. Mais certaines choses doivent bien être semblables.

Darian inclina la tête, amusé par sa naïveté.

– Comme quoi ? Cite une chose que toi et ce Hāri qui t'a trahie avez en commun.

– On voulait tous les deux échapper à nos vies. On a tous les deux perdu des êtres chers. On s'est sauvé la vie l'un de l'autre quand rien ne nous y obligeait, finit-elle en chuchotant. Ça te suffit ?

Il laissa tomber sa cuillère et recula d'un pas.

– Parfaitement. Je crois que tu arriveras à passer.

Khadija étudia le trou. Ce n'était pas vraiment un trou, juste une tranchée peu profonde sous les barreaux. Ça serait serré.

– Vite, il nous reste peu de temps. La plupart des Hareefs doivent dormir, et les autres sont sortis pour chercher du cuivre et du laiton, mais ils peuvent revenir à tout moment. Vas-y la tête la première.

Khadija s'aplatit sur le sol, la tête penchée de côté. Elle attrapa les barreaux et tenta de glisser la tête en dessous.

– Je n'y arrive pas.

– Mais si, tu vas y arriver.

Darian lui saisit les bras et les pressa contre le sol.

Elle se sentit glisser sous les barreaux, le fer effleurant le côté de sa joue. Puis sa tête fut de l'autre côté. La barre de fer lui appuyait sur le cou, menaçant de l'étouffer. Darian tira plus fort sur ses bras tandis que

Khadija poussait avec ses jambes. Arrivée au niveau de la poitrine, elle se retrouva coincée. Elle sentit l'air quitter ses poumons.

Darian s'accroupit et creusa frénétiquement, dégageant de grosses mottes de terre.

– Vas-y, essaye maintenant.

Elle grimaça en passant le ventre, puis se retrouva libre de l'autre côté. Elle se releva et épousseta son *kameez*.

– Viens, dit Darian qui descendait déjà le tunnel, rasant les murs, la tête basse.

Khadija lui emboîta le pas.

– Tu dois faire tout ce que je te dis, d'accord ?

Khadija haussa un sourcil. *Dans tes rêves !*

Des bruits de pas résonnèrent contre les parois. Khadija tira Darian en arrière, à l'instant où une silhouette apparaissait dans un passage perpendiculaire au leur. Un terroriste – un homme, à en juger par sa taille.

– Et maintenant, on fait quoi ? chuchota Khadija.

Darian jeta un œil dans le passage avant de se plaquer contre le mur, tout près de Khadija. Trop près, à son goût, assez pour qu'elle sente l'odeur de sueur et de terre qui imprégnait la peau du garçon.

Les pas se rapprochèrent.

– Prépare-toi, murmura Darian.

Au moment où le terroriste tournait à l'angle, Darian étendit une jambe en travers de sa route. Le terroriste poussa un cri et tomba de tout son long ; sa capuche glissa et découvrit son visage. Un homme maigrichon aux joues creuses, affublé d'une queue-de-cheval. Grand mais frêle. Ils se sentaient de taille à l'affronter.

Darian se jeta sur lui et lui assena un premier coup de poing. Le terroriste chancela, poussa un grognement et balança un coup de pied au jugé. Darian l'évita par une roulade. Khadija saisit l'homme par sa queue-de-cheval et lui cogna la tête contre le mur. Ses yeux se révulsèrent et il s'effondra sur le sol.

Darian émit un sifflement admiratif, les mains sur les hanches.

– Bien joué !

Il secoua le terroriste pour s'assurer qu'il avait son compte avant de le déshabiller. Khadija rougit et détourna le regard, un peu gênée. Darian retira à l'homme sa tunique et la tendit à Khadija.

– Tiens, enfile ça.

– Mais elle est immense !

– Tu préfères porter la mienne ? ricana-t-il.

Quel culot, ce type !

Khadija grommela et enfila la tunique. Elle traînait par terre et les manches étaient bien trop longues, mais lorsque Khadija rabattit la capuche sur sa tête elle se sentit rassurée, maintenant qu'elle était habillée comme l'un d'eux.

L'écho de voix diverses emplissait le tunnel qu'ils empruntèrent, refaisant à l'envers le trajet que Khadija avait effectué à l'aller. Elle repensa à la vaste grotte pleine de terroristes, de djinns et de cadavres. Ils ne réussiraient jamais à la traverser sans être remarqués. Même dissimulée sous sa tunique blanche, elle était sûre que quelqu'un apercevrait un petit bout de sa peau bronzée. Son cœur s'emballa.

– Couvre bien ton visage.

Ils débouchèrent dans la grotte, presque vide à présent, ses parois étaient teintées de pourpre par la lueur des dernières braises. Quelques terroristes s'entraînaient au combat dans un coin. Khadija ne put s'empêcher de jeter un coup d'œil à la tache de sang qui marquait l'emplacement du corps du Nabab.

Ils atteignirent l'autre extrémité de la grotte sans être dérangés et se perdirent ensuite dans un dédale de tunnels et de culs-de-sac qui les obligea à revenir sur leurs pas, s'attirant des regards suspicieux de la part d'un groupe de terroristes qu'ils croisaient pour la quatrième fois.

– Tu n'as aucune idée d'où on va, ou bien tu n'as jamais quitté les cuisines ? siffla Khadija.

– Ça ne fait pas longtemps que je suis ici, répondit Darian sèchement.

Après un croisement, ils arrivèrent dans une grotte plus petite au toit de toile qui laissait filtrer quelques rayons de lune. Khadija compta dix montgolfières, toutes de couleurs différentes, leurs enveloppes étalées proprement sur le sol, prêtes à être gonflées. Trois terroristes à l'autre bout de la grotte empilaient des tonneaux contre les murs. Khadija baissa la tête et tira sur sa capuche, mais les terroristes ne leur prêtèrent aucune attention.

Darian se dirigea vers un ballon qui semblait tissé d'or, ses cordes elles aussi étaient tressées de fil d'or et le cercle de charge fait d'un or si pur que Khadija craignit qu'il ne fonde sous la chaleur. De minuscules perles étaient brodées sur les panneaux de tissu et serties dans les balustrades polies qui entouraient la nacelle. C'était un ballon bien trop royal pour cette grotte humide où il était captif, et Khadija piaffait à l'idée de le libérer ; comme la péri, c'était un oiseau encagé qui aspirait à voir le ciel. Mais il était trop voyant, trop remarquable, se dit-elle… et pourtant, c'était le plus petit et certainement le plus facile à manœuvrer pour deux personnes.

Darian se pencha à son oreille, le tissu fin de la capuche formant la seule barrière entre ses lèvres et la peau de Khadija, qui recula.

– Tu sais comment allumer les brûleurs ?

Elle opina.

Il monta dans le ballon doré. La nacelle était pleine de caisses de riz, d'ustensiles de cuisine et d'instruments de navigation. Un bruit sourd leur fit lever la tête, mais ce n'étaient que les terroristes qui claquaient la porte en sortant. Ils étaient désormais seuls.

– Prépare le ballon, je vais voir comment on ouvre le toit. Ensuite, on ira chercher la péri.

Khadija se mit à l'ouvrage. Darian sauta hors de la nacelle et commença à explorer chaque centimètre carré des murs. S'ils n'arrivaient pas ouvrir le toit, leur évasion serait avortée. Khadija se concentra sur l'allumage des brûleurs, mais les cris de la péri la perturbaient. Ils étaient beaucoup plus forts, la créature devait être toute proche et, à entendre ses gémissements essoufflés, très affaiblie, peut-être moribonde. Pour qu'elle ait une chance de s'en sortir, il fallait qu'ils l'exposent à la lumière de la lune, astre céleste, comme la créature elle-même, un être de paradis autant que les djinns sont des êtres de feu.

Elle ouvrit le robinet de gaz, trouva les silex et les frotta l'un contre l'autre pour produire une étincelle. Le brûleur s'embrasa en vomissant une flamme orange vif. Elle attrapa un côté de l'étoffe dorée et se mit à l'agiter. Ça lui rappela comment Jacob et elle avaient ranimé le ballon à Sahli. Un goût amer lui vint à la bouche. Aujourd'hui elle l'abandonnait ici, à la merci des fables tordues que lui servait Vera pour le consumer. Mais que pouvait-elle faire d'autre ? Il avait choisi son camp. À elle de choisir le sien.

Elle se fatigua rapidement, mais continua de battre des bras avec ardeur, commandant au ballon de respirer. Soudain, l'éclat de la lune baigna la grotte d'une lumière argentée : le toit s'ouvrit comme un store, révélant le ciel nocturne. Khadija plissa les yeux sans relâcher ses efforts, et bientôt Darian, avec un petit sourire de fierté, vint l'aider à secouer la toile.

– On y est… presque, souffla Khadija tandis que le ballon s'animait, avalant l'air et gonflant son enveloppe. Fais tourner l'hélice ! ordonna-t-elle en indiquant l'hélice à pales de bois au-dessus de la nacelle.

Darian saisit la manivelle et la tourna frénétiquement.

Heureusement, le ballon était petit et facile à gonfler. Bientôt, il s'éleva du sol. Darian lança une corde et sauta hors de la nacelle pour arrimer la corde à un poteau à proximité du ballon. La montgolfière lutta pour s'échapper, en vain. Darian adressa un grand sourire à Khadija :

– Beau travail !

CHAPITRE DIX-HUIT

Jacob

Quelques heures avant l'aurore, Jacob se glissa dans la bouche d'égout qui menait aux tunnels des Hareefs, après une errance dans les rues de la ville bien plus longue qu'il ne voulait l'admettre. C'était un soulagement d'être de retour, mais il était agité d'un tremblement qu'il dissimulait mal. Et s'ils apprenaient ce qu'il avait fait ? Et si quelqu'un l'avait vu parler avec Anam ?

Foutaises. Personne n'avait rien vu. Pourtant, il continuait à trembler. Il marcha dans des tunnels déserts jusqu'à ce qu'il retrouve l'odeur familière du verre chauffé. Il pénétra dans l'atelier.

– Ah, le voici !

Jacob se figea, scruta l'atelier à la recherche de celui qui avait parlé. Marcus et les autres Hāris étaient allés se coucher des heures plus tôt. Un froissement de tissu attira son attention, et il vit Sara descendre d'une pile de caisses où elle s'était perchée.

– Tu as décidé de faire un petit détour ?

Sa voix mordante lui tordit les entrailles.

Non. Elle ne pouvait pas l'avoir vu. Il en était sûr.

– Qu'est ce qui peut être plus important que les Hareefs ?

Tous les muscles de son dos se raidirent, il attendit l'accusation de trahison. Mais elle ne vint pas, seulement un regard suspicieux. Il se détendit un peu.

– Je me suis perdu, marmonna-t-il.

Sara croisa les bras.

– T'as perdu ta tunique, aussi ?

Il jura intérieurement. Dans sa hâte de fuir Anam, il l'avait laissée dans le buisson.

– Je ne voulais pas me faire prendre avec par des soldats.

– Laisse-moi deviner : tu as aussi perdu le cuivre et le laiton qu'on a récolté ?

– Le sac faisait trop de bruit quand je me suis mis à courir.

Sara n'eut pas l'air convaincue.

– Tout ce que j'entends, ce sont des excuses minables. Tu crois que Vera se satisfait d'excuses ?

Était-il censé répondre ? Il préféra garder le silence.

– On dirait que Vera t'a surestimé. Tu es peut-être bon pour souffler le verre, le nouveau, mais ça ne suffira pas à l'impressionner. Quand on partira d'ici dans quelques jours, on n'emportera pas l'atelier. Peut-être qu'on ne t'emmènera pas non plus…

Non. Il fallait qu'ils l'emmènent avec eux. Il n'avait nulle part d'autre où aller.

– Attends ! S'il te plaît. Donne-moi une deuxième chance…

Le rire moqueur de Sara le coupa en pleine phrase. Elle s'était montrée si aimable auparavant que son brusque changement d'attitude le laissait désarmé. Peut-être que les gens n'étaient gentils que quand ils y étaient obligés.

– Ça ne dépend pas de moi, j'en ai peur.

Elle quitta l'atelier, drapée dans sa cape blanche, et lui fit signe de la suivre.

– Vera a une nouvelle tâche à te confier, et tu l'as fait attendre assez longtemps. Avec un peu de chance, tu n'échoueras pas cette fois.

Jacob opina d'un air contrit et suivit Sara dans le réseau de tunnels ; seuls le bruit étouffé de leurs pas et le froissement de la tunique de Sara rompaient le silence. Il se frotta les yeux et se força à se concentrer. Il ne savait plus trop depuis quand il n'avait pas dormi, il luttait contre un brouillard de fatigue qui rendait ses membres lourds et ses yeux secs et durs comme deux billes de plomb. Le moment était venu. Il devait faire ses preuves. Quoi que lui demanderait Vera, il l'accomplirait sans poser de question.

Alors qu'ils descendaient un énième tunnel, un gémissement lugubre lui fit dresser les poils sur les bras. Puis le silence, suivi d'un cri bref et aigu qui lui coupa le souffle.

– Qu'est-ce que c'est ?

Sara tourna à gauche et cogna du poing contre la première porte fermée. Un murmure se fit entendre à l'intérieur.

– Vois par toi-même.

La porte s'ouvrit sur un nouveau cri perçant ; cette fois, Jacob dut se couvrir les oreilles.

– Est-ce vraiment nécessaire ? demandait Vera d'une voix préoccupée.

Ce qu'il vit lui donna la nausée. La tunique de Vera était constellée de brûlures, ce qui ne l'empêchait pas de tendre les mains vers son fils, le visage marqué par l'inquiétude. Caleb l'esquiva, fit surgir une flamme verte d'un claquement de doigts et passa la main à travers les barreaux d'une cage, effleurant les ailes d'une créature qui était à la fois femme et oiseau, sublime. L'odeur des plumes calcinées piqua les narines de Jacob. La femme-oiseau émit un hurlement et replia ses ailes, le bout de ses plumes d'argent noirci et fumant.

Jacob avait entendu des histoires sur les péris et leur beauté, mais en voir une de près, c'était autre chose. Qui pouvait prendre plaisir à la torturer ? Quel monstre pouvait faire ça ?

L'éfrit ricana.

– C'est ce qu'elle mérite, Ammi.

Il cogna les barreaux. La créature gémit.

– Tu as perdu ta jolie voix, péri ? siffla-t-il. La jolie voix qui n'a pas chanté pour moi quand je suis mort. Qui m'a condamné à errer, perdu. Jusqu'à ce qu'Iblis me trouve et m'emporte en enfer !

Ses avant-bras s'embrasèrent en même temps. Jacob tressaillit.

La péri couvrit son visage aux traits délicats de ce qu'il lui restait d'ailes.

– Tous ne peuvent pas entendre notre chant…

– Qu'est-ce que j'ai fait pour mériter l'enfer ? Quelle faute ai-je commise ? rugit Caleb.

Vera s'interposa entre Caleb et la cage.

– Tu n'as rien fait de mal, dit-elle d'une voix qui se brisait à chaque syllabe sous le poids des années de chagrin. La péri ne sait pas ce qu'elle raconte, ajouta-t-elle en mettant un coup de pied dans la cage. Je sais que tu étais un gentil garçon. Tu n'as pas besoin de faire ça…

Caleb contourna Vera et glissa de nouveau sa main embrasée dans la cage. La péri hurla.

– Je n'en ai pas *besoin*, mais ça m'apporte une certaine… satisfaction.

Vera bredouilla. C'était étrange de voir cette femme, le portrait même de l'assurance, se mettre à bafouiller.

– C'est Sakhr qui t'a mis ça en tête ? Ce sale démon…

– Sakhr a capturé la péri. À ma demande. Et… il semble qu'on ait un spectateur !

Caleb fit volte-face, déployant ses ailes noires derrière lui.

Jacob se recroquevilla.

– Qu'est-ce que vous faites là ? aboya Vera.

Sara se redressa, nouant ses mains dans son dos pour en contenir le tremblement.

– Vous avez dit que vous aviez une nouvelle à confier à Jacob, débita-t-elle en battant déjà en retraite.

Vera posa les yeux sur Jacob, et Sara en profita pour filer sans demander son reste. Jacob regardait tour à tour Vera et la péri qui sanglotait sur un tas de ses propres plumes carbonisées.

– Vous voulez que je fasse quelque chose ? coassa-t-il, la bouche sèche.

– En effet. J'espère toutefois que tu seras plus rapide que dans ta dernière mission.

Un bruit de pas précipités dans le tunnel détourna son attention. Sara reparut dans l'entrée, pliée en deux, essoufflée.

– L'entrée par la roseraie est envahie !

– Quoi ?

Vera gagnait déjà la sortie, elle jeta un regard soucieux par-dessus son épaule.

– Tu trouveras un autre moment pour t'adonner à... ce que tu fais là, ordonna-t-elle à Caleb.

L'éfrit adressa un rictus sanguinaire à la péri avant de suivre sa mère. Jacob s'écarta vivement de son chemin.

Vera s'éloigna à grands pas, Caleb et Sara sur ses talons. Jacob lança un dernier coup d'œil à la péri qui lui rendit un regard torturé. Puis il s'engagea dans le tunnel à la suite de Vera.

– Combien de soldats ?

– Ce ne sont pas des soldats.

– Qui, alors ? demanda Vera, incrédule.

– Je crois que ce sont les Wazeems, répondit Sara.

Sa voix fut noyée dans un bruit de métal : les Hareefs se rassemblaient dans le tunnel, leurs sabres tirés. Vera força le passage et fut avalée par la foule. Plus loin, Jacob aperçut des gens qui se battaient, puis le tunnel fut tellement encombré qu'il devint difficile de respirer. Il se laissa dépasser par les Hāris qui gagnaient le front. Caleb paraissait tout de feu, une vive flamme verte dans l'obscurité ; les corps s'écartaient sur son passage, il rejoignit Vera à l'avant, dont les cheveux rouges lui faisaient un halo sanglant tandis qu'elle se jetait dans la bataille.

Jacob battit en retraite. Il n'avait pas su à quoi s'attendre en parlant à Anam, mais certainement pas à ça, et pas si tôt. Si Vera découvrait sa trahison, elle ne lui pardonnerait jamais. Et si l'un des Wazeems le repérait et l'appelait par son nom, il était fichu.

Il s'enfuit donc dans la direction opposée.

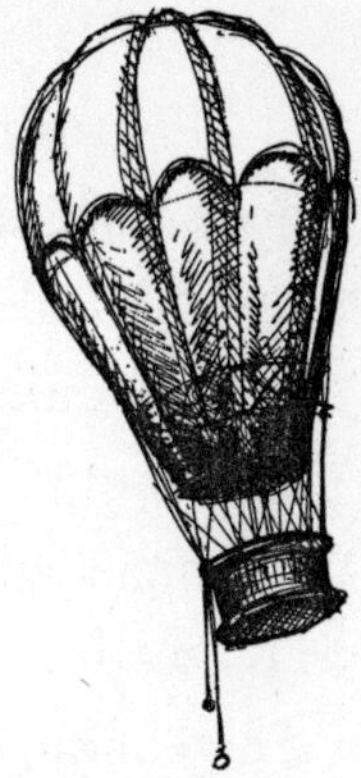

CHAPITRE DIX-NEUF

Khadija

Khadija courait dans les tunnels, guidée par des gémissements sourds pareils au bourdonnement mélancolique d'un insecte égaré.

– On dirait que ça vient de là, murmura Darian.

Il tourna à gauche et s'arrêta devant la première porte. Les gémissements s'étaient mués en pleurs. Khadija ouvrit la porte à la volée.

– Oh, mon Dieu ! Mais qu'est-ce qu'ils t'ont fait ?

La péri sanglotait, ses serres couleur de perle fouillaient en vain le tas de plumes carbonisées qui l'entourait. Ces plumes jadis d'argent étaient d'un noir de mort.

– Ce sont des monstres, souffla Khadija en s'approchant de la cage.

La péri leva sur elle des yeux mauves et se tassa dans un coin, repliant ses ailes trouées sur son visage.

– Ça va aller, la rassura Khadija en glissant un bras à travers les barreaux. On est ici pour t'aider.

De grosses larmes roulèrent sur les joues de la péri, suspendues un instant à ses cils blancs.

– Mes ailes…

Elle souleva l'enchevêtrement d'os tordus et de plumes brisées qui avait été ses ailes, avant de le laisser retomber. Khadija aperçut sur son cou un carré de peau grise, là où l'on avait arraché une partie de la couronne de plumes d'argent qui orne la tête des péris.

– Il faut faire vite, déclara Darian.

– Trouve une clé, dit Khadija sans quitter la créature des yeux.

Elle entendit derrière elle Darian fouiller parmi les instruments de torture posés sur une table. Puis le grincement de la porte.

– On a de la compagnie.

Une silhouette familière s'encadra dans l'embrasure.

– Jacob !

Non. Il n'aurait pas pu. Il ne ferait jamais une chose pareille. Il n'était pas un monstre.

– Khadija…

– C'est toi qui as fait ça !

– Non ! Jamais ! Je voulais juste voir si elle allait bien.

– À ton avis ? Elle a l'air d'aller bien ?

Comme pour répondre, la péri poussa une plainte semblable aux dernières notes d'un instrument moribond.

– Regarde ce qu'ils lui ont fait ! Et tu as choisi leur camp !

– Je… Ils ne font pas ce genre de choses, d'habitude. C'est Caleb, l'éfrit, pas les Hareefs.

– Je n'arrive pas à croire que tu les aies choisis eux plutôt que les Wazeems.

– Les Wazeems sont de ton peuple, pas du mien.

– Ils veulent l'égalité pour les deux races.

– Pff… Ça n'existe pas ! s'insurgea Jacob. On ne peut pas changer un vieux système sans d'abord le briser.

– Mais tu t'écoutes parler ? s'étouffa Khadija. Ils t'ont lavé le cerveau, Jacob.

– C'est à toi qu'on a lavé le cerveau si tu penses qu'il y a une différence entre ce qu'on a fait subir à cette créature et ce que ton peuple fait subir au mien. Mais tu ne peux pas comprendre. Pourquoi voudrais-tu briser un système qui te convient si bien ?

Khadija en perdit la parole, elle resta sidérée. Le bruit métallique de la clé que Darian glissait dans la serrure la ramena à la réalité.

– On n'a pas le temps de discuter, dit-il en ouvrant la porte de la cage. Il vient avec nous, oui ou non ?

Comme si elle allait le laisser de nouveau s'approcher d'elle !

– Non. On n'a pas besoin de lui.

Elle rejoignit Darian dans la cage, et tous deux, soutenant la péri sous les ailes, titubèrent vers la porte.

– N'essaie même pas de nous arrêter, gronda Khadija en dépassant Jacob, lui lançant un regard assassin au passage.

Elle ne se retourna pas en entendant ses derniers mots, mais ils lui firent l'effet d'une épée s'enfonçant entre ses côtes.

– Va-t'en et ne reviens pas !

Puis Darian et elle tournèrent à l'angle du tunnel et Jacob cessa d'exister. Cahin-caha, ils se hâtèrent de rebrousser chemin. Derrière eux, un ferraillement lointain semblait les suivre.

– Qu'est-ce que c'est ?

– Je crois que les Hareefs ont d'autres chats à fouetter, plus graves qu'une péri échappée, souffla Darian au moment où ils débouchaient dans la grotte au plafond ouvert.

Là, amarré par une corde unique, leur ballon patientait.

Un rayon de lune coupa la pièce en deux.

– Amène-la dans la lumière lunaire.

Ils guidèrent la péri jusqu'à la bande argentée. À la seconde où les rayons de lune caressèrent sa peau, la péri se ranima, ses plumes étincelèrent comme des grains de sable en plein soleil, les marques de brûlure disparurent. Elle remua les ailes, les os brisés se remirent en place, et elle posa sur eux deux yeux brillants comme des étoiles.

– Merci.

Sa voix évoquait une pluie fine piquetant la surface d'un vif ruisseau.

Khadija en resta bouche bée. La péri était sublime, la plus sublime créature qu'elle ait jamais vue. Bien plus belle que dans les livres.

– Comment puis-je vous témoigner ma gratitude ? demanda-t-elle en fixant son regard lilas sur Khadija.

– C'est inutile.

La péri agita ses ailes, pressée de retourner parmi les étoiles.

– Si vous avez un jour besoin d'aide, appelez-moi. Mon nom est Tahmina.

Puis elle s'envola dans un froissement de plumes, ne laissant derrière elle qu'un sillage argenté.

Khadija resta pétrifiée ; ce fut la voix de Darian qui la ramena au présent.

– On devrait y aller, nous aussi. Ce garçon… c'est celui dont tu parlais ? Celui qui t'a trahie ?

Les poings serrés, Khadija confirma d'un hochement de tête.

– Hmm… Au moins, il a eu la bonne idée de nous laisser partir sans nous combattre.

C'était vrai. Mais ça n'excusait pas ce qu'il avait fait. Le camp qu'il s'était choisi.

– Allons-y, marmonna Khadija.

Darian commençait à défaire le nœud de la corde d'amarrage quand un tintement métallique les fit tous deux sursauter. Quoi qu'il se passât dans les tunnels, ça se rapprochait. Des cris retentirent.

Khadija grimpa dans la nacelle et se rua vers le brûleur au moment où des silhouettes vêtues de tuniques blanches faisaient irruption dans la pièce, engagées dans un combat sans merci qui faisait résonner les sabres. Mais qui étaient les adversaires des Hareefs ? Une figure familière, brandissant un sabre et un fouet de cuivre, attira son attention. Elle était en plein duel avec la femme aux cheveux rouges.

– Anam !

C'étaient les Wazeems !

Anam pivota, esquivant l'attaque de Vera qui visait son cou.

– Khadija !

Ses yeux sombres s'attardèrent sur Darian, près du ballon, toujours vêtu de sa tunique blanche de terroriste, mais au lieu de refléter la moindre hésitation, ils furent traversés par un éclair de reconnaissance. Puis elle cria :

– Partez !

– On doit les aider, protesta Khadija.

Darian avait déjà tiré son sabre de son fourreau et s'en prenait au terroriste le plus proche.

– Alors comme ça, tu es sortie de ta cage ? railla Vera en s'avançant, son sabre prolongeant son bras tel un membre de métal. Je suis impressionnée. On dirait que tu n'es pas aussi débile que tu en as l'air.

Elle s'avança encore et s'adressa à Darian.

– Et qui es-tu, toi ? Un traître ? Tu es du côté des basanés maintenant, c'est ça ?

Elle l'attaqua, il esquiva le coup, se baissa et recula d'un bond pour éviter la lame pointée sur son torse.

Khadija chercha une arme dans la nacelle. Elle ramassa une caisse de riz qu'elle lança de toutes ses forces sur Vera. Elle l'atteignit à la tempe, répandant des grains de riz dans tous les sens. Vera tomba, rugit, lâcha son sabre qui glissa sur le sol ; Darian plongea pour s'en emparer, mais Vera lui attrapa la cheville et le tira en arrière ; il se dégagea d'un coup de coude dans les côtes et tous deux roulèrent sur le sol, luttant au corps à corps pour atteindre l'arme. Vera était entraînée et ça se voyait : ses mouvements étaient rapides, ses attaques précises. Mais dans les yeux de Darian brillait une haine qui donnait de la puissance à ses coups. Khadija ne savait pas qu'un garçon de cuisine pouvait se battre avec tant d'acharnement, porté par une telle rage.

Vera lui lança un coup de poing à la mâchoire, on entendit les dents de Darian s'entrechoquer, puis il s'effondra, les yeux révulsés. Vera voulut ramasser son sabre, mais glissa sur les grains de riz. Anam se jeta sur elle, leva son sabre et visa le cou de Vera, qui para l'attaque et enroula ses mains autour de la gorge d'Anam. Les yeux fous, elle y planta les ongles et se mit à serrer.

Khadija sauta du ballon et récupéra le sabre de Vera. Elle jeta un œil à Darian, toujours K.-O., puis à Anam, dont les joues gonflées tournaient au violacé.

Inutile de réfléchir. Khadija plongea la lame dans la cuisse de Vera !

Vera hurla et, l'espace d'une seconde, tout le monde se figea. Ensuite, tous les terroristes convergèrent vers Khadija, sabres au clair, slalomant entre les ballons pour se jeter sur elle. Khadija mit un coup de pied dans la cuisse de Vera, qui poussa un cri de douleur et s'écroula dans une mare de sang.

Khadija courut relever Anam.

– Viens !

Elles se précipitèrent vers le ballon, ramassant au passage Darian qu'elles traînèrent par les bras, toujours inanimé, avant de le hisser dans la nacelle. Les terroristes gagnaient du terrain de tous côtés – les combattants Wazeems s'efforçaient de les contenir, quand ils ne gisaient pas sur le sol, inconscients ou morts.

Khadija était sur le point de monter dans la nacelle quand des mains la saisirent par-derrière. Elle hurla, se débattit, ruant comme une bête sauvage. Anam parvint à mettre à terre l'assaillant et poussa Khadija dans le dos :

– Va-t'en !

Khadija se jeta dans la nacelle et appela :

– Anam !

Celle-ci avait pris le dessus sur son adversaire mais récolté une blessure au biceps d'où le sang giclait au moindre mouvement. Khadija lui tendit les mains au moment où Vera resurgissait, chargeant sabre au clair, ses cheveux rouges flottant comme la crinière sanglante d'une lionne. Avec un cri strident de chauve-souris, une silhouette aux ailes noires apparut à son côté.

C'était l'éfrit, les paumes embrasées du feu vert des djinns, ses yeux d'émeraude, étincelants de haine, fixés sur Khadija.

– Tu oses frapper mon Ammi !

Il décolla du sol, Khadija se baissa, Anam s'interposa, faisant claquer son fouet de cuivre qui atteignit l'éfrit à la joue. Il poussa un sifflement, mais continua d'avancer.

– Il faudra plus que du cuivre pour m'arrêter !

La réaction d'Anam fut sidérante de rapidité : elle laissa tomber son fouet en même temps qu'elle plongeait la main dans la sacoche qu'elle portait en bandoulière pour en retirer une chose si frêle, si fragile que le moindre contact semblait pouvoir la désintégrer : une chaîne de fleurs nouées par la tige, tel un collier que porterait un enfant. D'aucune utilité en pleine bataille, et pourtant Anam la déposa sur le sol devant le ballon.

L'éfrit fondait sur eux, assez proche maintenant pour lacérer l'étoffe dorée de ses serres. Anam leva son sabre. Caleb atteignit la chaîne de fleurs et fut aussitôt projeté en arrière – on aurait dit que les fleurs formaient une barrière de barbelés infranchissable. Comme si, à l'instar du cuivre et du laiton, les fleurs étaient susceptibles de le blesser.

La pointe du sabre d'Anam transperça l'aile de l'éfrit, qui hurla et repoussa la lame d'un coup d'aile, désarçonnant Anam. Celle-ci retrouva vite son équilibre, se tourna vers

Khadija qui vit sur son visage l'éclair d'une décision, une résolution froide et calculée.

– Anam ! cria encore Khadija.

Son sabre trancha la corde. Le ballon, avec à son bord Khadija et Darian, toujours inconscient, bondit vers les airs. La caverne rapetissa et bientôt Khadija s'élevait au-dessus d'Intalyabad dont les bâtiments furent réduits à la taille de son ongle en quelques secondes. La nacelle grinça.

– Non !

Les mains de Khadija tremblaient. Le sifflement de l'air à mesure que le ballon gagnait de l'altitude la tira de sa paralysie. Ils montaient trop haut. L'air se raréfiait. Khadija trébucha sur le corps de Darian en se précipitant vers le brûleur. Elle tourna le robinet de gaz et réduisit le débit à un filet. Le ballon se stabilisa.

Anam. Elle l'avait abandonnée à une mort certaine. Elle devait y retourner. Elle devait la sauver. Mais elle savait que c'était sans espoir. Que pouvait-elle faire ?

Anam s'était sacrifiée pour eux.

Elle fit l'inventaire du contenu du ballon. Il y avait des sacs et des caisses de provisions, essentiellement de la nourriture et, heureusement, deux grandes outres d'eau. Dans un coffre se trouvaient des astrolabes dorés et d'autres instruments de navigation. Puis elle se préoccupa de Darian. Il respirait. On aurait cru qu'il dormait si ce n'était la tache sombre qui poissait ses cheveux. Khadija prit une des gourdes, déchira un morceau d'un sac de riz et s'accroupit pour nettoyer la plaie. Il ne frémit même pas. Il était complètement inconscient. Qui sait quand il se réveillerait ? Ou même s'il se réveillerait un jour.

Khadija se surprit à étudier ses traits, la courbe de ses cils, la ligne de sa mâchoire, son cou exposé, plus de chair à nue qu'elle n'avait l'habitude d'en voir. Elle recula précipitamment, le rouge lui montant aux joues.

Elle contempla les ténèbres, les mains serrées sur la balustrade d'ivoire. Combien de temps elle demeura ainsi, elle n'aurait su le dire. Lorsque ses paupières tombèrent de sommeil, elle finit par s'étendre sur le sol et s'abandonner à l'épuisement.

Le lendemain matin, des coups répétés la réveillèrent. Elle ouvrit les yeux. Darian, accroupi près du coffre aux instruments, balançait des outils de métal par-dessus son épaule. Sa coupure à la tête avait formé une croûte, et le tour de son œil gauche se teintait d'un beau mauve qui annonçait un coquard. Mais il était en vie, ce qui signifiait qu'elle n'aurait pas à piloter le ballon toute seule.

Il regarda de son côté.

– Salut.

Elle s'assit et vérifia que son foulard était bien en place. Le ballon grinça sous les pas de Darian qui traversa la nacelle pour attraper une corde tressée de fil d'or. Khadija se tordit le cou et poussa une exclamation. Elle avait entrevu le ballon doré dans la grotte, mais cela n'avait rien à voir avec le fait d'être entourée de son étoffe scintillante, d'écouter le bruissement de la soie à chaque respiration du ballon, le cliquetis des perles brodées qui dansaient dans la lumière du matin. Elle cligna des yeux, éblouie, puis se pencha par-dessus la rambarde. Intalyabad avait disparu depuis longtemps, l'horizon était parsemé de champs de blé jaunes et de prairies vert vif. La montgolfière était portée par un courant de vent constant qui lui chatouillait le nez et, en voyant Darian penché sur la carte étalée par terre, elle comprit que la direction qu'ils suivaient n'avait pas été choisie au hasard.

– On va où ?

Elle tenta de camoufler le tremblement de sa voix. Elle ne pouvait pas vraiment lui faire confiance et maintenant qu'ils étaient seuls, il pouvait très bien décider qu'il n'avait plus besoin d'elle. Khadija recula jusqu'à heurter de la hanche le bord de la nacelle, prise d'une soudaine claustrophobie. Qui était le chef, ici ? Car c'est lui qui déciderait de leur destination.

– Je me suis dit qu'il valait mieux mettre le plus de distance possible entre Vera et nous.

Il esquivait la question.

– An… commença-t-il avant de se racler la gorge. Ton amie. La femme.

Anam.

– Elle y est restée, murmura Khadija, à peine audible.

– Dommage, fit Darian en se grattant la tête. Tu l'as connue comment ? demanda-t-il en faisant mine de s'intéresser au coffre de navigation.

Khadija se retint de déballer tout ce qu'elle savait des Wazeems. Elle ne devait pas lui faire confiance. Il avait été un terroriste. Il l'était peut-être encore. De toute façon, moins il en saurait sur elle, plus elle se sentirait en sécurité en sa présence.

– Je ne la connaissais pas bien. Elle m'a aidée quand je suis arrivée à Intalyabad. Elle s'est montrée gentille avec moi.

Darian hocha la tête. Khadija soupira. Elle devait parler maintenant avant de se dégonfler.

– Comment je peux te faire confiance ?

Il haussa un sourcil.

– Je veux dire, tu faisais partie des Hareefs, dit-elle sur un ton de défi qui résonna plutôt comme un croassement.

Darian éclata de rire.

– Je… Écoute, tu n'as rien à craindre de moi.

Elle croisa les bras, l'air peu convaincue.

– Si tu veux, je peux te déposer dans la ville la plus proche.

– Et pourquoi tu garderais le ballon ?

– Parce que c'était mon idée de le voler.

– Pardon, mais quand tu t'es réveillé ce matin, tu t'es demandé comment tu étais arrivé jusqu'ici ? Sans moi, tu serais encore coincé avec Vera. À moins qu'elle ne t'ait déjà tué.

Les yeux du garçon pétillèrent. Khadija lui rendit un regard froid. Puis Darian céda et s'adoucit.

– Tu sais piloter ?

– Un peu, répondit Khadija en retenant un sourire.

La journée passa vite, mais la gêne entre eux grandit d'heure en heure, au point que Khadija se dit qu'elle finirait par peser sur le ballon. Elle avait beau essayer de s'en empêcher, elle ne cessait de repenser à Jacob. Sa colère habituelle s'enflamma, mais retomba aussi vite. Elle pouvait enrager tant qu'elle voulait, elle ne changerait pas ce qu'il avait dans le crâne, et il était temps qu'elle l'accepte.

Khadija observait Darian se déplacer lourdement. Ce ballon était plus petit que le précédent, et tout semblant d'intimité était impossible ; les allées et venues de Darian dans la nacelle le lui rappelaient cruellement. Il y avait quelque chose de troublant dans sa présence, comme s'il occupait plus d'espace qu'il n'aurait dû. Il s'affala avec l'air de quelqu'un qui se sent à l'aise. Trop à l'aise. Donnant l'impression qu'il ne la considérait pas comme une menace sérieuse, qu'il maîtrisait parfaitement la situation et en était conscient. Khadija l'observait avec méfiance : elle ne commettrait pas la même erreur qu'avec Jacob.

Darian regarda de son côté, et Khadija cacha précipitamment la page du livre d'Hassan qu'elle fixait comme si elle pouvait, en se concentrant assez fort, entrer dans l'illustration. Elle fit mine de réorganiser leurs maigres provisions, mais Darian avait l'œil affûté.

– Qu'est-ce que tu caches ?

– Rien. Un bout de papier.

– Et qu'est-ce qu'il y a sur ce bout de papier ?

Inutile de mentir.

– C'est la page d'un livre.

– Tu sais lire ?

– Un peu. C'est plutôt que je la connais par cœur.

– Qui t'a appris à lire ?

– Qu'est-ce que ça peut te faire ? rétorqua Khadija, sautant sur l'occasion de mettre un terme à la conversation.

La froideur de son ton surprit Darian. Elle-même en fut étonnée.

– OK, OK, si tu le prends comme ça… céda le garçon en levant les mains.

Le silence s'installa entre eux. Darian se mit à siffloter pour tenter de dissiper la gêne, mais ça ne fit qu'agacer Khadija.

– Alors… tu sais ce que tu feras quand on atterrira ?

– Je trouverai bien une idée, fit-elle en haussant les épaules. Toute seule.

Darian comprit que la conversation n'irait pas plus loin et se leva. Parfait. Moins ils parlaient, moins il en saurait sur elle. Moins il aurait de chance de la poignarder dans le dos comme l'avait fait Jacob. Darian déplia la carte et se frotta le menton où une ombre de barbe avait fait son apparition. Ça lui donnait un petit côté rugueux, sauvage, qui fit monter le rose aux joues de Khadija. Si Abba la voyait maintenant, partageant un ballon avec un Hāri… encore ! Il perdrait aussitôt sa dernière touffe de cheveux. Alors qu'il n'avait eu aucune objection à ce qu'elle partage le lit de ce cordonnier, tant que c'était sous le sceau du mariage, comme si ça rendait la chose plus acceptable.

– Le vent nous pousse vers le sud, dit Darian en pointant un doigt sur la carte. Je me disais qu'on pouvait aller jusqu'à Al-Shaam. C'est la ville la plus proche. Et j'ai à faire là-bas.

– Toi, tu sais lire ? s'écria Khadija, incrédule.

– Eh oui, sourit Darian.

Tout comme les femmes de Ghadæa, les Hāris n'avaient pas le droit d'apprendre à lire. Cet honneur était réservé exclusivement aux hommes ghadæans. Celui ou celle qui lui avait enseigné la lecture avait bien du courage.

– Comment ?

– Qu'est-ce que ça peut te faire ? rétorqua-t-il avec un clin d'œil qu'elle choisit d'ignorer.

En fin d'après-midi, ils haletaient tous les deux sous la chaleur intense. Khadija avait l'impression que son cerveau s'était liquéfié, qu'à chacun de ses mouvements il cognait contre sa boîte crânienne. Elle appuya sur ses tempes.

Darian s'évertua toute la journée à lui faire la conversation, ne recevant en retour que le silence ou des réponses monosyllabiques.

– Pas très bavarde, hein ? finit-il par grommeler.

Elle ne répondit rien.

– Je parie que tu es pressée d'être débarrassée de moi et de te retrouver enfin seule.

– N'y vois rien de personnel, dit Khadija. Je préfère juste être seule.

– Je comprends. Tu as fait confiance à ce garçon et tu en as payé le prix. Tu serais idiote de répéter la même erreur. Et tu ne me parais pas idiote. Mais tu n'as pas à t'en faire. Si j'avais voulu te causer du tort, j'en aurais déjà eu mille fois l'occasion.

Ce n'était pas faux. Darian aurait pu la balancer par-dessus bord pendant qu'elle dormait. Mais peut-être s'était-il abstenu parce qu'il fallait être deux pour piloter le ballon. La méfiance qui se peignait sur ses traits fit réagir Darian.

– Si ça peut te rassurer, je ne suis pas un terroriste. Je ne l'ai jamais été.

Khadija rit jaune.

– Pourquoi je trouve cela si difficile à croire ?

– C'est la vérité.

Elle lui tourna le dos et contempla les nuages lointains. Darian se leva et s'approcha.

– Ton amie. Celle qu'on a laissée quand on s'est échappés. Elle s'appelait Anam.

– Comment tu sais ?

– Elle est une Wazeem, répondit Darian. Je suis un Wazeem, ajouta-t-il après une pause.

Khadija secoua la tête. Ça n'avait pas de sens.

– J'étais infiltré. On m'avait envoyé récolter des informations sur les Hareefs, mais après la mort du Nabab et la décision de Vera de quitter Intalyabad, je me suis dit qu'il était temps de m'extirper avant d'être découvert.

Il eut un sourire rusé qui fit naître une palpitation dans la poitrine de Khadija, comme si elle abritait un minuscule oiseau. Ou alors c'était la proximité soudaine entre elle et ce garçon qui lui coupait le souffle.

– J'ai pensé qu'il valait mieux t'emmener avec moi. Je ne pouvais pas te laisser moisir dans cette cage.

Khadija le scruta. Elle l'imagina en espion. Elle devait reconnaître que ça lui allait mieux que terroriste.

– Pourquoi tu n'as rien dit ?

– Tu m'aurais cru ? Tu me crois maintenant ?

– Je ne sais pas encore quoi croire en ce qui te concerne, répondit-elle.

– Eh bien, tu as tout le temps qu'il faut pour te faire ton idée. On ne sera pas à Al-Shaam avant plusieurs jours.

À ces mots, Khadija se sentit vibrer d'excitation. Quelle immense liberté ! Ça lui donnait le vertige, rien que d'y penser. Une chance de se réinventer, enfin. D'exister par elle-même, de prendre ses propres décisions, d'avoir la liberté de faire ce qu'elle voulait, d'aller où elle voulait, d'être tout ce qu'il lui plairait. C'était la même ivresse qui l'avait prise avant son arrivée à Intalyabad, avant que tout ne tourne au cauchemar. Peut-être que cette fois, ce serait différent.

Mais elle restait une fille. Cette vérité suffit à la faire redescendre de son nuage. Elle n'avait le droit ni de travailler, ni de lire, ni d'écrire, ni même de posséder des biens. Elle n'était bonne à rien sans un homme à ses côtés. Il serait peut-être plus sage d'admettre sa défaite, de rentrer auprès d'Abba la queue entre les jambes et de prier pour que le cordonnier accepte encore de l'épouser. Khadija regarda le ciel. En était-elle capable ? Se condamner à une vie passée entre quatre murs ? Avant, peut-être, oui, mais maintenant qu'elle avait goûté à la liberté, elle en voudrait toujours plus.

Elle n'était certaine que d'une chose : c'en était fini de frayer avec des terroristes ou des militants. Désormais, sa vie serait simple, si une vie simple pouvait exister. Rien qu'elle et le ciel, comme elle en avait toujours rêvé.

– J'ai hâte, répondit-elle.

– Tu en es sûre ? fit Darian avec un sourire narquois. C'est un endroit effrayant, tu sais. On ne voit pas beaucoup de filles ghadæanes seules dans les rues, là non plus. Elles sont des cibles trop faciles.

Quelle condescendance ! Elle grinça :

– Je me débrouillerai.

– J'en suis sûr. Mais je suis curieux. Pourquoi as-tu quitté ta maison ? Ta famille ? Comment as-tu rencontré Anam ?

Elle ne répondit pas, mais son silence ne le découragea pas.

– Et explique-moi où tu as trouvé ce garçon. Comment il s'appelle déjà ?

– Jacob, souffla-t-elle, et même son nom lui parut vénéneux. Tu poses beaucoup de questions. Je t'intéresse tant que ça ?

Darian se pencha vers elle, son haleine lui chatouilla le nez.

– Oui, tu m'intéresses beaucoup.

Il s'attarda un peu plus que nécessaire avant de reculer.

Khadija retenait son souffle. Son cœur battait à tout rompre, et elle pria pour que Darian ne l'entende pas. Elle n'allait tout de même pas lui révéler tous ses secrets. Ça, non. Elle ne lui donnerait que des miettes, juste de quoi le faire taire.

– On s'est rencontrés à Sahli.

Il écarquilla les yeux. Des yeux dans lesquels on pouvait se perdre si on n'y prenait pas garde.

– Le Sahli qui a été entièrement brûlé ? Ce Sahli-là ?

Elle opina, repensant aux enfants hāris morts et aux bâtiments avalés par un feu vert infernal.

– On était là quand c'est arrivé.

Darian s'adoucit.

– Ta famille ?

Sa compassion semblait réelle. Ou alors, c'était un acteur très doué.

Peut-être était-ce la sincérité de sa voix, ou la profondeur de son regard, ou encore la chaleur qui brouillait les idées de Khadija, toujours est-il qu'elle se sentit s'ouvrir. Après tout, qui sait combien de temps encore ils allaient flotter dans le ciel ? Il n'y avait pas de mal à faire la conversation.

– Ne t'inquiète pas, je ne suis pas de Sahli à l'origine.

– Eh bien, Dieu merci !

– Jacob l'était, lui.

– Ah, je comprends mieux. Il a perdu quelqu'un, n'est-ce pas ?

La honte envahit Khadija. Elle n'avait pas le droit de raconter ça à Darian. Ce n'était pas son secret, pas à elle de le révéler. Pourtant elle hocha la tête.

– Oui.

Elle revit William. La façon dont Jacob s'était accroché à chacune des paroles de son aîné. Elle s'imagina la perte, la douleur, le chagrin.

Pour Jacob, tout cela était encore à vif. Khadija avait été complètement défaite pendant des semaines après la mort d'Hassan et d'Ammi. Pendant des mois. Ça n'excusait pas le comportement de Jacob, pas entièrement, mais ça expliquait pas mal de choses. Une partie de la colère qu'elle éprouvait à son encontre disparut. Le deuil sème la pagaille dans le cerveau, elle le savait d'expérience. Dans ces circonstances, Jacob était bien incapable de prendre des décisions rationnelles. Il avait suffi qu'une personne profite de sa vulnérabilité pour lui vendre un rêve de vaines promesses, et il avait tout gobé sans se poser de questions.

Darian l'étudiait et elle sentait son regard la jauger.

– Quelle tristesse ! Je suppose qu'étant hāri, on commence à avoir l'habitude. Tu as de la chance d'avoir encore une famille.

Elle acquiesça, rendue muette par la culpabilité qu'avaient fait naître les derniers mots du garçon.

– Alors pourquoi tu l'as quittée ? demanda-t-il sur un ton accusatoire.

Je n'ai pas à m'expliquer.

– J'avais mes raisons.

Lâche-moi, maintenant.

– On a tous nos raisons, ricana-t-il.

Il se moquait d'elle. Encore. Il ne la connaissait pas assez pour se permettre de se moquer.

– Tu crois que j'aurais dû rester ?

Le sourire de Darian s'élargit. Il voyait bien qu'elle s'énervait. Et ça l'amusait.

– Eh, je ne sais rien de tes raisons, mais je crois que je peux deviner. Quelque chose à voir avec un mariage arrangé ?

Mais comment avait-il… ?

– Tu ne portes pas d'alliance, ce qui est inhabituel pour une fille de ton âge.

Elle jeta un œil à sa main nue.

– Vous, les Ghadæanes, vous êtes tellement prévisibles, conclut-il en croisant les bras, un sourire satisfait aux lèvres.

– Tu es fier de toi ? grinça-t-elle, furieuse. Tu sais, je crois que j'ai décidé quoi penser de toi, à présent.

– Éclaire-moi.

– Tu es malpoli et arrogant. Et je m'étonne que ce ballon flotte encore avec ta grosse tête qui pèse si lourd !

Puis elle le planta là, bouche ouverte.

CHAPITRE VINGT

Jacob

Un autre cadavre fut jeté sans cérémonie sur le tas. Jacob se couvrit le nez. Vera se trouvait au centre de tout, repoussant d'un geste impatient les Hāris qui lui apportaient de quoi boire et manger, qui lui offraient un tabouret pour reposer sa jambe blessée.

– Ça va, aboyait-elle, appuyée sur sa canne, se massant la cuisse.

Le raid des Wazeems était une contrariété plus qu'autre chose. Les Hareefs avaient subi très peu de pertes par rapport à leurs assaillants, et les corps de ces derniers étaient maintenant exploités. En dépit des récents événements, Jacob se sentait plus léger. Au moins, Khadija s'était échappée.

Les Hāris firent place pour Caleb, qui entra dans la grotte avec un grand bruissement d'ailes, la gauche trouée par un coup de sabre. Il poussait devant lui un combattant ennemi, imprimant sur son armure de cuir la marque brûlante de sa main.

C'était Anam.

– Voilà la dernière. Je m'en occupe.

Jacob tressaillit. Anam lui lança un regard de pure haine, et il baissa les yeux. Il n'avait pas réalisé qu'elle viendrait aussi. Qu'elle sentirait les griffes de Caleb se serrer autour de son cou. À cause de lui. Une vague de culpabilité menaça de l'engloutir.

Vera s'approcha en boitant.

– Non, j'ai autre chose en tête pour elle.

– Un peu de torture, sans doute, ricana Caleb.

Le genou de Vera céda, elle grimaça, chancela et se rétablit, pesant de tout son poids sur sa canne. Elle étudia Anam de la tête aux pieds.

– Tu es une exorciste, j'ai vu ton petit tour avec les fleurs. Très malin. Tu es une grande guerrière, aussi.

Anam ne répondit pas, et Vera ironisa :

– Pas fan des compliments, à ce que je vois. Une combattante aussi douée que toi, ce serait idiot de gaspiller tes talents.

La voix d'Anam s'éleva alors dans la grotte, profonde et pure, sans la moindre trace de tremblement. Si elle avait peur, ça ne se voyait pas.

– Jamais je ne travaillerai pour toi !

– Oh, tu n'as pas besoin de le préciser, je le savais déjà, railla Vera. Mais je suis sûre que tu plairais à la reine djinn Mardzma. Les cœurs de guerriers, c'est son péché mignon.

– Est-ce bien sage, Ammi ? La reine Bidhukh est notre seule reine. Impliquer une autre reine djinn mettrait en doute notre loyauté, siffla Caleb. Et ce serait insulter la reine des guerrières que de lui présenter ce… cette chose… cette fausse femme, cracha-t-il.

L'œil gauche d'Anam tressaillit, mais elle ne réagit pas autrement à l'étrange remarque de Caleb. *Une fausse femme ?* Jacob l'étudia de plus près. Elle lui paraissait bien réelle, à lui.

– Tu ne connais rien à la reine djinn si tu crois qu'elle ne sera pas impressionnée par cette femme. C'est une grande guerrière, dit-elle en indiquant Anam comme s'il s'agissait d'un morceau de viande de choix.

– Cette femme ! se gaussa Caleb. Ce n'est pas une femme. C'est une imposture. Un clown déguisé. La reine Bidhukh sera contrariée quand elle l'apprendra ! Tu t'imagines que c'est tout simple d'offrir un cœur de guerrière à la reine Mardzma. Tu ne comprends pas les lois d'Al-Ghaib ni les êtres qui peuplent ce royaume, pas comme moi.

Il sortit, furieux, laissant dans son sillage un nuage de cendres incandescentes.

– Caleb ! cria Vera, qui parut soudain plus ridée, plus fragile.

Puis elle se reprit et se tourna vers Anam.

– La reine Mardzma sera très impressionnée, j'en suis sûre. Et en échange de ton cœur, elle nous accordera le commandement de son armée de guerrières djinns.

Elle fit signe à un Hāri de s'approcher.

– Enferme-la, prends-en soin. Elle doit être présentable pour la reine.

Anam fut emmenée. Elle ne résista pas, mais marcha la tête haute, avec la dignité d'une reine, pas d'une captive terrifiée. Jacob ne put s'empêcher de l'admirer ; puis il se souvint que c'était à cause de lui que cette femme aurait bientôt le cœur arraché par une reine djinn.

Il chassa vite la culpabilité qui lui brûlait les entrailles. C'était comme ça. *C'est eux ou nous.* Il devait s'y faire : il y aurait d'autres Anam et d'autres Khadija. Il ne pouvait pas se soucier de leur sort à toutes, pas alors qu'elles se fichaient éperdument de lui et des siens.

– Ah, Sara. Des nouvelles ? demanda Vera d'un ton pressé, les yeux encore fixés sur le tunnel où avait disparu Caleb.

– Depuis la mort du Nabab, la panique est générale. Les basanés sont terrifiés à l'idée d'une nouvelle attaque.

– Parfait !

– Les tensions sont exacerbées. Plusieurs villes refusent de laisser circuler les Hāris dans la rue. Les basanés tuent des Hāris partout où ils les croisent, ajouta Sara avec un sourire odieux.

Vera opina et se tourna vers Jacob.

– C'est malheureux, bien sûr. Plus que tout autre, je déteste voir mon peuple souffrir, mais parfois, il faut que les choses empirent avant de s'arranger. Continue, Sara.

– Notre peuple n'a plus de refuge. Il n'est plus en sécurité nulle part.

– C'est exactement ce qu'il nous faut ! s'écria Vera après un temps de réflexion.

Jacob fronça les sourcils. Il ne voyait pas en quoi la mort des siens pouvait arranger les choses. Vera n'avait fait que rendre leur situation encore plus invivable. Comme l'avait dit le Nabab. Son meurtre avait déclenché une vague d'indignation chez les Ghadæans, et c'étaient des Hāris innocents qui en payaient le prix.

– On a besoin que les nôtres soient en colère. On a besoin qu'ils enragent au point de faire n'importe quoi pour que ça change. On a besoin qu'ils souffrent, pour refuser enfin de souffrir plus longtemps. Et là, on canalise leur colère, on leur donne l'occasion d'exercer leur fureur tant qu'elle est encore fraîche. Si on attend trop longtemps, la peur reprendra le dessus.

Le changement nécessitait des sacrifices, évidemment, mais Jacob ne s'attendait pas à devoir sacrifier ses semblables. Mais bon, qu'en savait-il ? Il n'était pas un leader. Si c'était le seul moyen, alors c'était le seul moyen. À long terme, il y aurait certainement moins de victimes hāries grâce aux actions menées par Vera. Certainement.

– Je dois discuter de quelques détails avec Caleb, annonça Vera. Va donc faire un tour à l'atelier, Jacob. Ils ont peut-être besoin de toi.

Comprenant qu'il était congédié, Jacob s'en fut dans le tunnel, pas fâché d'échapper à cette grotte pleine de cadavres aux visages connus. Il marchait d'un pas rapide mais inégal, trébuchant tous les quelques mètres. Perdu dans ses pensées, il ne prêtait aucune attention aux cages qu'il dépassait, mais soudain un chuchotement venu de l'une d'elles le fit sursauter.

– Jacob.

Il s'arrêta et scruta la pénombre. Anam était assise en tailleur sur le sol, le dos parfaitement droit.

– Ainsi, tu es l'un d'entre eux.

Jacob bredouilla. *Je n'ai pas à m'expliquer.* Ce qu'il décidait de faire ne la regardait pas.

– Tu choisis les Hareefs plutôt que les Wazeems.

– Je choisis le meilleur pour mon peuple. Je choisis le progrès réel, pas les promesses en l'air.

– C'est ce que tu penses des Wazeems ? Que nous faisons de vaines promesses ?

Anam avait l'air plus déçue qu'en colère. Jacob rétorqua :

– Cette manifestation… Le Nabab n'écoutait même pas. Il s'en fichait complètement. Qu'est-ce que vous pensiez accomplir, exactement ?

– Tu penses que le tuer était la meilleure option ?

– Je… Je ne savais pas ce qui allait se passer, mais au moins, maintenant, ils auront compris le message.

– Quel message ?

– Ils doivent prendre les Hāris au sérieux.

– Tu as vu ce qui arrive à ton peuple, en ce moment, là-haut ? demanda Anam en pointant du doigt le plafond. Dis-moi, en quoi c'est mieux ? Les Wazeems étaient en train de progresser. Nous avions ouvert des négociations avec le pouvoir. Et vous avez anéanti des années de travail acharné par un seul acte insensé.

Jacob serra les dents. Elle avait tort. Quelles avancées auraient obtenues les Wazeems, alors que la seule audience qu'ils étaient capables d'obtenir avec le Nabab consistait à le surprendre à la sortie des prières pour lui crier quelques slogans ? Ce n'était pas le progrès, ça.

– C'est fait, de toute façon.

– Tu as raison. C'est fait. Et maintenant, c'est fini, au moins pour moi. Enfin, si la reine djinn ne voit pas d'inconvénient à dévorer une fausse femme.

– Qu'a voulu dire Caleb ? demanda Jacob, gêné.

– Ça veut dire… commença Anam en décroisant les jambes et en délaçant ses chaussures… que je ne suis pas née femme. Mardzma est la reine des femmes guerrières. Mon cœur n'a probablement aucune valeur à ses yeux.

Sur ce, elle se détourna et se renfonça dans l'obscurité de sa cellule.

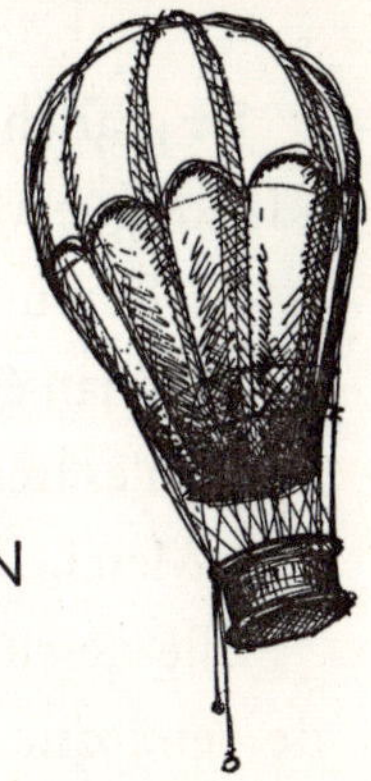

CHAPITRE VINGT ET UN

Khadija

Il y avait quelque chose de rassurant à voler de nouveau dans le ciel, comme si c'était le seul endroit où elle se sentait vraiment en sécurité. Le doux balancement du ballon la calmait, tout comme le silence et l'humidité de l'air qu'elle goûtait sur sa langue telle une pluie fraîche. Khadija passait la majeure partie de son temps à dessiner au verso de la carte quand Darian n'était pas en train de la consulter. Elle devait admettre qu'il était un aérostier bien plus expérimenté qu'elle : il connaissait l'usage de chaque instrument de navigation, savait lire les chiffres qu'affichaient les cadrans à côté du brûleur, s'y référait fréquemment avant d'ajuster les cordes ou leur altitude. Mais piloter un ballon restait un boulot pour deux personnes ; Darian lui demandait souvent de nourrir le feu ou d'activer l'hélice pendant qu'il étudiait la course des nuages pour trouver le bon courant d'air.

En dehors de ces instructions, ils n'avaient échangé que quelques mots au cours de la journée. Il subsistait entre eux une gêne poisseuse qui lui collait à la peau.

Le plancher grinça : Darian avait fini d'étudier le sol à la longue-vue et venait de la rejoindre. Elle ne leva pas la tête. Sa plume de roseau grattant le papier emplit le silence. Puis Darian émit un sifflement admiratif.

– Tu es très douée.

– Merci.

Elle dessinait les dômes de nuages, noircissait la base de ceux qui charriaient la pluie, traçait à petits coups vifs les plus fins, les plus légers qui, presque dépourvus d'humidité, risquaient à tout moment de s'évaporer.

Une ombre vint obscurcir la page quand Darian se pencha plus près.

– C'est très joli, mais je vais devoir t'emprunter la carte.

– Une seconde, demanda Khadija qui épaissit une ligne ici, ajouta une ombre là, quelques pointillés pour imiter la texture granuleuse des nuages. Voilà, fini, dit-elle en lui rendant la carte. Ne l'abîme pas.

Darian la prit délicatement par le coin. Quelques secondes passèrent en silence pendant qu'il étudiait la carte, puis il soupira :

– Je voulais m'excuser pour tout à l'heure. Je me suis montré grossier. Je n'aurais pas dû présumer de ta situation, dit-il en indiquant son annulaire dépourvu d'alliance.

– Ce n'est pas grave. Tu avais raison, au fait.

– Oh, c'est… surprenant.

– Comment ça ?

– Je pensais juste qu'une fille comme toi serait déjà mariée.

Sa façon de prononcer « toi » fit naître des papillons dans la gorge de Khadija.

– Ah tu pensais ça ? Peut-être que je ne suis pas mariée parce que je n'ai pas envie de me marier.

Darian s'esclaffa.

– Mais ce n'est pas votre seul but dans la vie, à vous les Ghadæanes ? Le mariage et les enfants ?

Khadija grogna. Juste au moment où elle se disait qu'elle pouvait s'entendre avec lui, il lui sortait un truc pareil.

– Tu seras peut-être surpris d'apprendre que nous ne sommes pas toutes les mêmes. Le mariage et les enfants, ça ne m'intéresse absolument pas.

– OK, pardon. Je…

Khadija l'interrompit. On ne pouvait plus l'arrêter, maintenant qu'elle était énervée.

– Je suis partie parce que je refusais de vivre une vie qu'on avait tracée à ma place. Je voulais être libre de choisir ma propre voie. Ça ressemble pas mal à ta décision de rejoindre les rangs des Wazeems, non ? Tu voulais toi aussi la liberté d'être autre chose que ce qu'on attend de toi, de jouer un autre rôle que celui qu'on t'a assigné à la naissance.

– Que t'a dit Anam au sujet des Wazeems ?

– Pas grand-chose. Que vous vous battez pour l'égalité de nos deux races, mais uniquement par des moyens non violents.

Khadija repensa au fiasco de la manifestation à Intalyabad, elle entendait en boucle les paroles de Jacob : *Pourquoi voudrais-tu briser un système qui te convient si bien ?* Ce système ne lui convenait pas autant que Jacob le pensait, mais au moins, il n'était pas conçu pour la tuer. Le mettre à bas, en revanche, entraînerait de nombreuses morts, c'était ça, le problème. Qui devrait mourir pour que le système s'effondre ? Jacob semblait convaincu qu'il faudrait tuer tous les Ghadæans.

– Et tu approuves ? demanda Darian.

– Bien sûr... Mais j'ai vu la manifestation des Wazeems. Je ne crois pas qu'elle ait eu un quelconque impact.

Elle s'attendait à ce que Darian argumente, mais ce ne fut pas le cas.

– Tu as raison. Elle n'a servi à rien. Et maintenant, le Nabab est mort.

– Alors, pourquoi on va à Al-Shaam ?

– Vera prépare sa prochaine attaque contre le Nabab d'Al-Shaam. Nous devons prévenir les Wazeems qui sont là-bas. Les aider à protéger la ville.

Khadija imagina un monde où les trois Nababs seraient morts, un monde sur lequel régneraient les Hareefs. Elle frémit. Les Ghadæans deviendraient les Hāris, et vice versa. Les rôles seraient inversés, et pourtant le monde resterait le même.

– Ne t'inquiète pas. Une fois qu'on sera arrivés, tu seras libre de faire ce qu'il te plaît. Je ne voudrais pas mettre en danger une personne qui ne croit qu'à moitié en notre cause.

Son ton sec blessa Khadija, et ce n'était pas seulement une question de fierté.

– Ça me paraît le mieux, dit-elle en lui reprenant la carte.

Elle se remit à dessiner.

Darian eut le bon goût de la laisser se calmer toute seule ; il s'occupa du ballon tandis que le ciel s'assombrissait lentement, ignorant tout de l'effet qu'avaient eu ses mots sur Khadija. Bien sûr qu'elle voulait la liberté pour les Hāris, maintenant qu'elle avait ouvert les yeux sur leurs souffrances. Elle n'était pas un monstre, mais elle savait comment le monde fonctionnait. C'était une cause perdue, et les actions des Hareefs avaient terni un peu plus la réputation des Hāris, tuant tout semblant d'espoir. C'était injuste qu'un peuple entier soit jugé à l'aune des actes d'une poignée d'extrémistes, mais la vie était injuste.

À cette idée, elle ressentit une pesanteur qu'elle identifia comme de la honte. Darian avait peut-être raison. Elle ne croyait qu'à moitié parce que, malgré tout ce qui s'était passé, ça ne la concernait qu'à moitié.

Khadija soupira et posa son roseau, regarda du côté de Darian. Elle avait réussi à l'ignorer pendant un bon moment, mais quand il prit dans le coffre un disque doré dont la circonférence était ornée de minuscules symboles gravés, et qui recelait des engrenages et des mécanismes miniatures, il piqua sa curiosité. Elle s'était toujours demandé à quoi servait cet instrument. Elle observa discrètement Darian qui faisait tourner les cadrans tout en jetant de fréquents coups d'œil vers les étoiles naissantes. Il finit par lui dire :

– Si tu veux savoir à quoi ça sert, il suffit de demander.

Khadija baissa aussitôt les yeux et rougit jusqu'aux cheveux.

– Allez, viens. Je vais te montrer.

La curiosité prenant le dessus sur la fierté, Khadija s'approcha.

– Ceci est un astrolabe. Ça sert à suivre la position des étoiles pour déterminer la latitude. On peut l'utiliser quand on se réfère à la carte, pour en suivre les lignes correctes.

Il lui toucha le poignet et lui prit la carte des mains.

– C'est magnifique, au fait, dit-il en désignant son croquis de la lune partiellement cachée par les nuages.

– Merci, dit-elle, troublée par le contact de ses doigts sur sa peau.

Il suivit les lignes en pointillé sur la carte.

– La latitude pour déterminer ta position par rapport au nord et au sud. La longitude, pour l'est et l'ouest.

– Comment tu sais tout ça ?

Les yeux de Darian pétillèrent. Il se pencha vers elle, plus que nécessaire.

– Je te le dirai si tu me dis qui t'a appris à lire.

Et soudain, Khadija revint à la réalité et recula.

– Laisse tomber. Je suis fatiguée.

Elle s'assit sur le banc de chêne qui courait à l'intérieur de la nacelle et appuya sa tête sur l'accoudoir doré, malgré l'inconfort causé par les perles et les gemmes dont il était incrusté. Elle se tourna sur le côté, même si elle savait déjà qu'elle n'arriverait pas à dormir. Pas avec Darian qui la regardait.

Le lendemain matin, Khadija s'éveilla la première après quelques heures d'un sommeil léger. Darian était étalé sur le sol à côté des sacs de riz et d'un fauteuil en acajou aux accoudoirs sculptés en bec de faucon. Il ronflait fort. Tout en bas, le sol passait déjà du vert luxuriant à l'or pâle d'une mer de dunes de sable qui s'étirait à perte de vue.

Khadija observa le visage endormi de Darian, ses sourcils sombres, sa mâchoire aiguë, ses pommettes où brillait une fine couche de sueur. Une rougeur apparaissait sur son cou, là où le soleil commençait à marquer sa peau claire. Elle ne pouvait nier qu'il était beau, mais ça ne voulait rien dire.

Elle le contempla encore quelques instants, puis l'artiste en elle réclama de s'exprimer et elle eut des fourmis dans les doigts. Elle attrapa la carte, désormais presque couverte de nuages tracés à l'encre, trempa sa plume dans l'encrier et se mit à dessiner.

Darian se réveilla au moment où elle mouchetait son menton d'une ombre de barbe. Il grogna comme un tigre paresseux bâillant au soleil et s'étira si bien que sa tunique laissa apparaître un peu de sa peau claire. Khadija rougit.

– Salut, princesse.

Comment il l'avait… ? Non mais, quel culot ! Cette fois, elle allait le passer par-dessus bord !

Darian affichait un sourire narquois, tout à fait inconscient du risque qu'il prenait. Il regarda la carte qu'elle avait posée sur ses genoux. Elle la retourna prestement, sans se soucier des bavures.

– Qu'est-ce que tu dessinais ?

– Rien.

– Hmm… OK, dit-il en se rasseyant sur ses talons.

Khadija se détendit. Alors il bondit. Elle essaya de retirer la carte, mais il fut plus rapide, saisissant fermement le coin opposé.

– Fais voir.

– Non, dit-elle en tirant de son côté.

Le papier craqua.

– Lâche où tu vas la déchirer. À moins que tu ne préfères rester coincée ici avec moi pour le restant de tes jours.

Mon Dieu, aucune humiliation ne valait un tel châtiment ! Elle lui jeta la carte à la figure.

– Très bien. Rigole et je te jure que je te passe par-dessus bord.

Darian s'efforça de ne pas sourire et regarda l'envers de la carte.

– C'est… c'est moi.

– Ne t'emballe pas, marmonna Khadija, il n'y a pas grand-chose à dessiner ici, à part les nuages.

– Je suis flatté que tu me trouves plus intéressant à dessiner que les nuages. Mais tu penses vraiment que mon nez ressemble à ça ?

– Ça a bavé.

– Ah. En tout cas, voilà une matinée qui démarre bien. Petit déjeuner ?

Khadija s'attendait à ce qu'il lui lance une orange en guise de petit déjeuner, pas à ce qu'il remonte ses manches, verse un peu de farine par terre et se mette à pétrir de la pâte fraîche, l'étirant entre ses doigts jusqu'à ce qu'elle soit presque transparente.

Il dut percevoir son étonnement, car il dit :

– Je travaillais aux cuisines, tu te souviens ?

Il badigeonna chaque *paratha* d'une couche généreuse de *ghee* et les saupoudra de graines de carambole avant de les faire griller sur le brûleur du ballon. Lorsque les bords commencèrent à dorer, il en retourna un sur une assiette et le fit glisser vers elle.

Khadija goûta un morceau. La pâte était moelleuse, exactement comme elle l'aimait.

– Donc tu sais être sympa.

– À l'occasion. Mais c'est très fatigant et je ne le fais pas souvent, dit-il en jetant le *paratha* suivant sur le feu.

– On arrive demain, c'est ça ? demanda Khadija sans relever sa boutade.

– Plus que deux jours à tenir avec moi, confirma-t-il. Tu crois que tu y arriveras ?

– Je vais essayer, grommela-t-elle entre deux bouchées.

La journée se traînait, même si la conversation coulait plus facilement que la veille. Le soleil brillait d'un éclat féroce, si bien que Khadija était obligée de garder les yeux fermés pour ne pas être aveuglée. Même avec les paupières baissées, le soleil rougissait son monde. Seuls la respiration haletante de Darian et le grincement des cordes lui rappelaient qu'elle se trouvait à bord d'une montgolfière et non dans les flammes de l'enfer. Car l'enfer ne pouvait pas être plus torride que l'air qu'elle respirait à présent. Ils naviguaient vers le sud-ouest, survolant le désert du Rajah, et l'atmosphère devenait chaque heure plus chaude et plus étouffante.

Darian but à la gourde puis la lui mit dans la main. Elle ouvrit les yeux.

– Je crois que je préférerais encore affronter les Hareefs que subir cette chaleur, dit-il.

Ses joues étaient cramoisies. Khadija avait mal pour lui. Quelle était l'histoire de Darian ? Il lui apparaissait comme un prisme qui ne lui révélerait qu'une facette.

– C'était comment d'être infiltré chez les Hareefs ?

– Disons que j'ai appris jusqu'où certaines personnes sont prêtes à aller au nom de la vengeance. Et que le deuil est une force puissante. Vera a déjà perdu tout ce qui lui était cher. Ça la rend dangereuse.

Khadija revit l'éfrit de feu que Vera avait appelé son fils.

– Mais elle l'a ramené… plus ou moins.

– Cette créature ne ressemble en rien au fils qu'elle aurait eu. Ç'aurait été plus clément de le laisser reposer en paix que de remettre sa résurrection entre les mains de la reine Bidhukh.

– Pourquoi la reine aide-t-elle les Hareefs ? Qu'a-t-elle à y gagner ?

– J'essaie encore de le comprendre. Pourquoi, en effet, confierait-elle volontairement son armée de djinns à Vera ? Ça n'a pas de sens ! Elle doit avoir une raison cachée. Les djinns ne font rien gratuitement.

Il avait raison.

– Elle a dit qu'elle avait besoin du sang du Nabab et que Vera la verrait plus souvent, désormais, sans avoir à se servir du miroir.

– Les djinns ne peuvent pénétrer librement dans notre réalité, à moins que la barrière entre notre monde et Al-Ghaib soit assez fine, ce qui ne se produit qu'au moment de la mort, réfléchissait tout haut Darian en faisant les cent pas. Quand un être faible meurt, par exemple un animal, seul un djinn faible peut traverser. Plus le djinn est puissant, plus il faut une mort importante pour lui ouvrir les portes de notre monde. La mort du Nabab a dû générer assez de puissance pour que la reine puisse traverser. Il était un Nabab. Elle est une reine. Ils étaient des égaux, et l'équilibre était respecté. Le miroir était sans doute un moyen de communiquer avant son passage. Mais pourquoi avait-elle besoin de son sang ?

– Les Nababs règnent sur cette terre depuis d'innombrables générations. Leur sang est intimement lié à ce lieu, à notre monde.

Darian hocha la tête.

– Peut-être que boire son sang a suffi à lier la reine à notre réalité, de même que le sang du Nabab le lie à cette terre.

Ça paraissait logique. Très logique. Un frisson la parcourut.

– Si le sang pouvait la lier à notre monde, elle n'aurait plus besoin d'attendre une mort pour traverser.

– Elle pourrait traverser n'importe quand, confirma Darian.

– Peut-être que la reine Bidhukh se fiche d'aider les Hareefs, murmura Khadija. Peut-être qu'elle se sert juste d'eux pour atteindre son véritable objectif : s'emparer de Ghadæa.

– Si c'est le cas, nous courons tous un danger bien plus grand que je ne le croyais, conclut Darian.

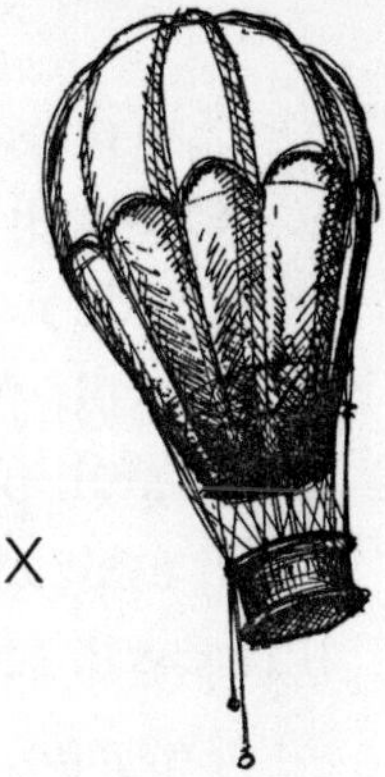

CHAPITRE VINGT-DEUX

Jacob

Jacob fut réveillé par le grincement de la couchette du haut quand Marcus sortit du lit. Il se frotta les yeux. Marcus se levait toujours à l'aube et obligeait Jacob à faire de même.

– On a une longue journée devant nous, autant commencer tôt.

Jacob grommela. Si souffler le verre lui procurait un répit bienvenu au milieu du chaos qui s'était emparé des tunnels avec les préparatifs de départ, l'atelier était lui aussi en effervescence. Jacob, Marcus et les autres s'échinaient à exploiter tout ce qui restait de cuivre et de laiton. Leurs doigts étaient pleins de cloques et la peau de leurs joues à vif après les heures passées penchés sur les fours. Les exorcistes travaillaient nuit et jour, avait appris Jacob, emplissant de djinns les flacons qu'ils produisaient à un rythme inhumain.

Jacob se passa de l'eau sur le visage à la bassine commune du dortoir, enfila sa tunique de la veille et suivit Marcus jusqu'à l'atelier.

– On devrait en terminer aujourd'hui, déclara Marcus.

Jacob sourit faiblement. Son corps endolori se réjouit à l'idée de ne plus souffler le verre pendant des heures, de pouvoir peut-être respirer l'air frais, revoir le ciel qu'il n'avait plus aperçu depuis la sortie de nuit avec Sara – qui avait exprimé clairement sa méfiance envers lui. Il ressassait ses paroles depuis lors. *Quand on partira dans quelques jours, on n'emportera pas l'atelier. Et peut-être pas toi non plus.*

L'idée d'être abandonné à Intalyabad, une cité livrée au chaos depuis la mort du Nabab, où les soldats abattaient désormais les Hāris en pleine rue, était son seul moteur. Il devait prouver qu'il était bon à autre chose que souffler du verre. Qu'il pouvait être autre chose. Il serait tout ce que les Hareefs lui demanderaient. Ce que William aurait voulu qu'il soit.

L'odeur familière du verre fondu l'engloba et il se mit au travail ; il jeta une caisse de couverts en cuivre dans le four et les regarda fondre avant de verser le liquide ambré dans des moules.

– Il nous manque des caisses pour les fioles, dit Marcus en toussant dans sa manche.

Il désigna la dernière palette qu'ils utilisaient pour stocker les flacons fraîchement soufflés. Jacob opina et s'en fut dans le tunnel, la tête basse, comptant ses pas avant l'inévitable brûlure du regard que lui jetait Anam depuis le fond de sa cage à chacun de ses passages. Il se sentait mal, bien sûr, mais ça ne dépendait plus de lui. Il ne l'avait pas forcée à attaquer les Hareefs. Il lui avait donné un indice, et elle avait choisi d'agir. Elle connaissait les risques. Mais il avait beau tenter d'apaiser sa conscience à coups de raisonnements, le remords continuait de le ronger.

C'est eux ou nous, rappelle-toi. Il n'y a pas de Ghadæans innocents.

– Tu viens récolter mon cœur, c'est ça ?

Jacob tressaillit. *Ne t'arrête pas. Ignore-la.*

– J'ai entendu que les terroristes s'apprêtaient à partir. Et que les places sont chères. Te trouveront-ils assez utile pour t'emmener avec eux ?

– Ça ne te regarde pas, dit Jacob en s'approchant de la cage.

– Non, en effet. Mais si tu devais être oublié ici, tu te retrouverais dans une position très vulnérable. Tu ne crois pas ?

Elle essayait juste de le déstabiliser. Et elle y parvenait.

– Au moins, je n'aurais pas à m'inquiéter des Wazeems, ricana-t-il. Enfin, s'il en reste…

Il carra les épaules, bomba le torse, s'efforça de dissimuler la culpabilité qui le grignotait de l'intérieur. Leurs corps servaient maintenant d'appât à djinns. Seraient-ils morts sans lui ? Et qu'en était-il de leur âme ? Qu'advenait-il de l'âme d'un corps dévoré par un djinn ? Les Ghadæans croyaient qu'elle ne pourrait accéder au paradis, condamnée à errer jusqu'à ce qu'Iblis la traîne en enfer. Jacob ne savait pas quoi en penser, à part qu'il ne voudrait pas voir son cadavre servir de nourriture à un djinn.

Anam ne fut pas dupe de son air bravache.

– Nous n'avons pas été éradiqués. Nous avons subi de lourdes pertes, mais nous nous en remettrons. Nous avons perdu des Hāris aussi, tu sais. Les tiens sont morts aussi.

Il voyait bien ce qu'elle essayait de faire, mais il refusa de céder à son discours.

– Ce n'étaient pas des Hāris loyaux s'ils avaient choisi votre camp.

– Le monde n'est pas tout noir et blanc, Jacob. Bien et mal. Hāris et Ghadæans. Nous et eux. On ne peut pas se contenter d'éradiquer une race pour préserver la vie d'une autre. Ce n'est pas une solution.

– Alors c'est quoi, la solution ? Nous avons regardé les vôtres exterminer notre peuple pendant des années sans rien faire, et où ça nous a menés ?

– Je suis désolée pour les persécutions que mon peuple inflige au tien. Vraiment. Je sais que la façon dont nous vous traitons est injuste.

– Alors tu comprends pourquoi je veux changer les choses, répliqua Jacob.

– Oui, mais le *sihr* ne réglera rien.

– Et qu'est-ce que tu suggères ? Si on ne fait rien, alors rien ne changera. Peu importe où j'irai, je ne serai jamais en sécurité. Je serai toujours différent. Toujours traqué à cause de la couleur de ma peau, mais j'imagine que tu ne sais pas ce que ça fait.

Anam médita ses paroles. Le silence s'étira et Jacob crut qu'elle n'allait pas répondre.

– Au contraire, je le sais exactement. Peut-être pas à cause de ma couleur de peau, mais je sais ce que c'est d'être en danger de mort à cause de ce qu'on est, de l'essence même de son être, de quelque chose qu'on ne peut pas changer malgré tous ses efforts.

Anam lui lança un regard perçant et ce fut comme si elle voyait à travers lui, pénétrait les profondeurs de son esprit comme personne auparavant.

– Je ne sais peut-être pas ce que c'est de vivre avec la colère et la haine, la soif de vengeance qui te ronge, mais crois-moi, je sais ce que c'est de vivre dans la peur.

Le genre de peur qui te dévore de l'intérieur. Qui t'empêche de respirer, de réfléchir. Celle qui persistait dans sa vision périphérique, qui tapissait l'arrière de sa gorge. Cette peur qui ne disparaissait jamais. Telle la marée, elle montait et descendait, certains jours réduite à un chuchotement effrayé, d'autres à un cri perçant, mais toujours là. Voilà la peur dont parlait Anam. Si elle connaissait cette peur, peut-être le comprenait-elle mieux qu'il ne le croyait.

– Certains n'aiment pas te voir habillée… comme ça ?

Anam eut un rire bref plein d'amertume.

– Je ne suis pas un costume. Je ne peux pas plus le retirer que tu ne pourrais t'arracher la peau.

Jacob eut une vision de lui-même se griffant la peau jusqu'à ce qu'il ne reste que du rouge. Combien de fois en avait-il eu envie ?

– C'est plus facile pour moi depuis que j'ai rejoint les Wazeems. Ils sont bien plus tolérants, mais ma vie d'avant, c'était une autre histoire. Ma famille était puissante, possédait beaucoup d'or et avait de hautes espérances pour son fils. Ils me formaient à être l'exorciste personnel du Nabab de Daevala. Disons qu'ils ont été plus que déçus quand ils ont découvert qui j'étais vraiment.

– Pourquoi tu me racontes ça ?

Anam approcha son visage, ses joues effleurèrent les barreaux. Elle parla ensuite lentement, doucement, comme si elle voulait qu'il absorbe chaque syllabe.

– Si je devais tuer tous ceux qui sont contre moi, il ne resterait plus grand monde.

– Ce n'est pas la même chose.

– Non, en effet. Il faudrait que je tue bien plus de gens.

Entendant des bruits de pas, Jacob recula d'un bond comme s'il venait de se brûler.

– Va, fit Anam en se renfonçant dans l'ombre. Il ne faut pas qu'on te voie me parler.

Il acquiesça et s'éloigna, juste avant que Sara n'apparaisse au tournant. Jacob se figea, essuya ses mains moites sur son pantalon. Il n'aurait pu paraître plus coupable s'il avait essayé.

Sara regarda tour à tour la cage et lui, plissa les yeux.

– Je ne vous interromps pas, j'espère ?

– J'allais juste chercher des caisses pour les flacons, bredouilla le garçon avant de s'enfoncer dans le tunnel sans un regard en arrière.

– Vraiment ? fit Sara en haussant un sourcil. Je vais par là aussi.

Elle marchait aussi vite que lui, mais d'un pas mesuré et régulier, alors que lui trébuchait de façon erratique.

– Je t'ai à l'œil, déclara-t-elle d'un ton neutre.

– À l'œil ? bredouilla Jacob.

– Oh oui ! Depuis cette nuit où tu es rentré sans ta cape et sans le butin qu'on avait volé, je te surveille et je me demande ce qui t'a pris tant de temps. Où tu es allé ? Pourquoi tu t'intéresses autant à notre prisonnière ?

Jacob joignit les mains dans son dos pour dissimuler leur tremblement.

Sara le remarqua et eut un sourire mauvais.

– Au fait, je voulais te demander : qu'est-ce qui est arrivé à la péri de Caleb ?

– P… péri ?

– Tu sais, la femme-oiseau dont Caleb était en train d'arracher les plumes une à une ?

La désinvolture de son ton fit grimacer Jacob.

– Les Wazeems attaquent, et pouf ! la péri disparaît. Avec ton amie basanée… et l'un de nos précieux ballons.

Ils tournèrent à un angle et s'arrêtèrent devant la pièce où étaient entreposés les caisses à flacons, les ustensiles de cuisine et divers autres objets. La porte était entrouverte et un mince rayon de lumière baignait le sol de pierre.

Elle attendit sa réponse, mais comme il ne disait rien, elle approcha son visage tout près du sien.

– Je vais trouver ce que tu trafiques, crois-moi.

Puis elle disparut dans le tunnel, le cliquetis de ses talons s'estompa peu à peu. Silence. Jacob respira et alla ouvrir le placard, tout en se promettant de garder ses distances avec Sara tant qu'il resterait parmi les Hareefs.

Il entendit soudain une voix qui craquait comme du petit bois.

– Malgré tous mes efforts pour l'en dissuader, elle est toujours déterminée à impliquer la reine Mardzma.

Jacob se figea, la main sur la poignée.

Une autre voix. Plus grave.

– L'armée de la reine Bidhukh ne lui suffit donc pas ? Elle veut plus de puissance !

Un grondement fit frémir les gonds de la porte. Jacob ouvrit de grands yeux et recula. C'étaient Caleb et le sheitan, Sakhr, qui discutaient dans un placard, rien de moins !

– Les mortels ont toujours eu tendance à l'avidité.

– Ma mère n'est pas avide, Sakhr, seulement mal informée. Elle veut absolument gagner cette guerre pour son peuple, mais elle ne comprend pas Al-Ghaib, et certainement pas non plus les arcanes de la politique djinn que nous connaissons bien.

– Eh bien, tu devrais peut-être l'informer, et vite, trancha le sheitan. Ta mère n'a aucune idée du cadeau que lui a déjà fait notre reine. C'est une ingrate.

– Crois-moi, j'ai essayé, mais elle ne comprend pas le vrai pouvoir des amulettes que lui a données la reine Bidhukh… et ce n'est pas moi qui le lui révélerai.

Par réflexe, Jacob toucha son amulette, caressant du pouce la mystérieuse pierre verte.

– Non, tu ne peux pas. Tu te rends compte du cataclysme que cela représenterait pour notre royaume si cette maudite pierre est recomposée ? Si tu ne la dissuades pas dans ses intentions, je serais obligé d'en parler à notre reine.

– Bien sûr que je me rends compte ! s'écria Caleb. Tu me traites comme si je n'appartenais pas à Al-Ghaib. Je suis bien conscient de ce qui se produira si le Sceau est restauré, mais ma mère ne possède que des fragments, et elle s'en contente. Je t'assure qu'elle n'a pas le pouvoir de restaurer le Sceau du prophète Sulaiman.

– En effet, seuls les djinns les plus puissants ont ce pouvoir, admit Sakhr. Comme la reine Mardzma, par exemple. Tu saisis maintenant ? Elles ne doivent pas se prêter allégeance.

Un bruit provenant du placard fit bondir Jacob en arrière. L'éfrit en émergea, les pointes de ses ailes squelettiques traînant par terre. Il lui lança un regard suspicieux.

– Qu'est-ce que tu veux, petit mortel ?

Jacob sentait la chaleur irradiant de Caleb. Il recula prestement, se cognant le coude contre la poignée du cellier.

– Je viens juste chercher une caisse, bafouilla-t-il.

Il entra dans le cellier et en referma la porte, les yeux rivés à la lueur rouge qui filtrait sous la porte. Caleb finit par s'en aller au bout de longues secondes. Jacob respira enfin, enveloppé dans une obscurité bienvenue.

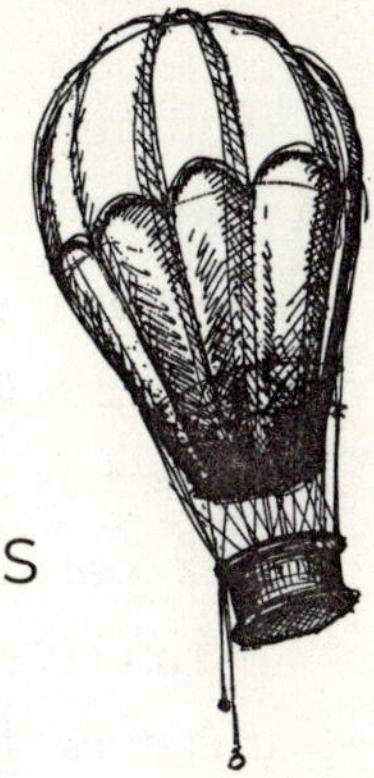

CHAPITRE VINGT-TROIS

Khadija

Le ciel était bleu indigo lorsque la cité d'Al-Shaam apparut, ses minarets d'or dressés à l'horizon. La journée avait été longue et difficile, la chaleur et le manque d'oxygène dû à l'altitude provoquaient un sifflement dans ses oreilles impossible à calmer. Khadija soupira de soulagement.

– On a réussi !

Darian vint la rejoindre à la balustrade.

– Ça ne va pas être facile d'entrer dans la ville.

– Pour toi, peut-être, rétorqua-t-elle.

Il gloussa, plissant les yeux et montrant les dents. Puis il reprit aussitôt son sérieux.

– Les Wazeems auraient bien besoin de toi.

Au fond, il avait raison. Une guerre se préparait et, qu'elle le veuille ou non, elle affecterait tout le monde, quelle que soit sa race. Si Vera tuait un autre Nabab et que la reine Bidhukh débarquait d'Al-Ghaib à la tête d'une armée de djinns, il ne resterait rien à sauver de Ghadæa.

Pourtant, quelque chose la retenait encore. Était-ce la peur ou bien le refus d'accepter sa responsabilité ? Mais si elle n'était pas responsable, alors qui l'était ? Elle pensa à Anam. Elle s'était montrée d'une loyauté sans faille envers les Wazeems, et ça lui avait coûté la vie. Khadija était-elle prête à consentir le même sacrifice ?

– Tu penses vraiment que les Wazeems ont une chance d'arrêter les Hareefs ?

Que cherchait-elle, au juste ? Un propos rassurant ? Une illusoire impression de sécurité ? Quoi qu'il en soit, Darian lui refusa l'un comme l'autre.

– Je ne peux rien te promettre, Khadija. Tout ce que je peux dire, c'est qu'on doit au moins essayer. Il n'y a rien de pire que de ne pas savoir ce qu'on aurait pu accomplir.

Cela, elle le comprenait parfaitement. Elle se rappela les journées passées à regarder les montgolfières depuis la fenêtre de sa chambre, rêvant du jour où elle volerait enfin à bord de l'une d'elles ; si elle n'avait pas sauté dans le ballon ce jour-là au marché, elle aurait passé le restant de sa vie à se poser la question.

– D'accord. Je vais t'aider.

Le sourire qui illumina les traits de Darian fit palpiter des papillons dans ses poumons.

La nuit serait bientôt là, pourtant la cité était pleine de vie. Des lampes à huile brillaient à toutes les fenêtres, les gens se pressaient dans les rues. Darian dirigea le ballon vers le site d'atterrissage où les enveloppes de soie s'affalaient sur le sable.

– Ils ne te laisseront pas entrer, prévint Khadija, inquiète à la vue des soldats en nombre.

À l'arrivée à Intalyabad, ils avaient déjà causé des problèmes à Jacob ; après la mort du Nabab, ça ne pouvait qu'avoir empiré.

– Je trouverai un truc, fit Darian en balayant l'avertissement.

Sa nonchalance irrita Khadija.

– Non. Je te dis que tu ne franchiras même pas les portes. Ils t'enfermeront. Quant à moi…

La dernière fois, ils avaient confisqué le ballon car elle n'avait pas les papiers nécessaires. Ça ne marcherait pas.

– Ça va aller, calme-toi.

Darian s'accroupit devant la trappe qui menait aux minuscules toilettes. Elle s'ouvrit en grinçant.

– Je comptais me cacher là-dedans et m'éclipser quand la voie serait libre. Si tu veux m'y tenir compagnie, tu es la bienvenue, ajouta-t-il avec un sourire malicieux.

Dès qu'elle commençait à l'apprécier, il trouvait toujours le moyen de la refroidir aussi vite. Elle leva les yeux au ciel.

– C'est ça, ton plan ? Ils vont saisir le ballon, tu sais. Ça ne va pas marcher, conclut-elle en se massant les tempes.

– Si tu as une meilleure idée, n'hésite pas, surtout…

La note de défi qui teinta sa voix échauffa les nerfs de Khadija.

– Tu as dit que tu savais écrire ?

– Peut-être, éluda-t-il, le cou agité d'un tic musculaire.

Le sol se rapprochait. Ce n'était pas le moment de jouer.

– Arrête de perdre du temps ! Tu peux ? Oui ou non.

– Ouui, dit-il en allongeant le mot.

Sans doute juste pour l'énerver un peu plus. Elle commençait à croire que Darian prenait un malin plaisir à la faire sortir de ses gonds.

– Bon, reprit-elle en déchirant un morceau de la carte qui n'était pas couvert de croquis.

Darian l'observait, les yeux ronds. Elle trempa le roseau dans l'encrier.

– Rédige-moi un plan de vol. Il doit préciser d'où je suis partie.

Elle se gratta le menton. Quoi d'autre ? Elle n'avait jamais vu un tel document et ne savait pas quels détails devaient y figurer.

– Et aussi que j'ai l'autorisation de voyager seule.

Elle fourra de force le roseau dans la main de Darian, éclaboussant sa tunique avec l'encre.

– Dépêche-toi !

Il sortit de sa stupeur et se mit au travail. Khadija le regarda tracer lentement sur la page des lettres rondes.

– Tu viens d'Intalyabad. Tu veux entrer dans Al-Shaam parce que…

– On n'est plus en sécurité à Intalyabad depuis la mort du Nabab.

Il écrivit.

– Logique. Et pourquoi tu voyages seule ?

– Mon mari… est mort.

– Il va falloir trouver mieux que ça. Tu n'es même pas habillée comme une veuve. Même si je t'en crois capable, ajouta-t-il d'une voix si basse qu'elle dut se pencher pour entendre.

Elle haussa les épaules.

– Ton mari est un noble important d'Intalyabad. Il a décidé de rester pour faire face aux répercussions de la mort du Nabab. Il t'éloigne de la cité pour ta propre sécurité, car tu es enceinte.

– On a vraiment besoin de ce dernier détail ?

– Ça te fait paraître plus vulnérable.

Il signa au bas de la page avec force fioritures.

Khadija jeta un coup d'œil au nom, mais l'écriture cursive le rendait impossible à déchiffrer.

– C'est un nom inventé ou une personne réelle ?

– Oh, il est bien réel, et il est riche. C'est l'un des nobles avec qui les Wazeems étaient en discussion à propos des droits des Hāris. Je doute toutefois qu'il accepterait de soutenir notre cause à présent. Fais-moi confiance : les soldats ne te feront aucun ennui quand ils auront lu ça, dit-il en soufflant sur l'encre avant de lui passer la feuille. Et puis le ballon est assez luxueux pour endormir leur vigilance.

Khadija acquiesça. Le bout de papier la rassurait.

– Et toi ?

Darian ouvrit la trappe des toilettes.

– Je serai en bas si tu as besoin de moi.

La note manuscrite de Darian suffit à ouvrir les portes de la ville à Khadija. Le ballon n'avait pas plus tôt effleuré le sable qu'elle s'était retrouvée entourée de soldats aux regards libidineux et aux rictus voraces. Cependant, dès qu'ils virent la signature au bas de la page, ils la laissèrent passer tout droit sans lui poser la moindre question. Pendant ce temps, des Hāris dégonflaient le ballon et le traînaient dans un hangar où étaient gardées toutes les montgolfières.

Elle se dit qu'il serait assez facile pour Darian de se glisser hors de sa cachette et se mêler aux autres Hāris.

De fait, ce fut si facile (presque trop) que, lorsque Khadija franchit parmi la foule la grande arche d'ambre qui marquait l'entrée de la ville, Darian l'attendait déjà de l'autre côté, appuyé contre un mur, un sourire amusé aux lèvres.

Elle marcha vers lui, mais s'arrêta brusquement à quelques mètres. Darian aussi reprit ses esprits et baissa la tête, refusant de croiser son regard, comme si elle était le soleil, trop éblouissant pour être contemplé en face. À cet instant, ils se souvinrent subitement d'où ils se trouvaient et de ce qu'ils étaient. Ils n'étaient plus seuls dans le ballon, il était hāri et elle, ghadæane.

Khadija soupira et jeta un coup d'œil vers les ruelles tortueuses qui grimpaient sur la colline où se dressait un somptueux palais d'or, surmonté de coupoles de marbre et de minarets sertis de rubis qui ressemblaient à des gouttes de sang.

– Tu peux encore changer d'avis, lui dit Darian sans lever la tête.

Ce serait facile de se laisser avaler par la ville, et une part d'elle-même le souhaitait. Mais au fil des derniers jours, elle avait acquis une certitude, malgré l'arrogance du jeune homme, malgré sa tendance à parler sans réfléchir et le plaisir manifeste qu'il prenait à l'énerver. La certitude qu'elle avait impérativement besoin de compagnie, même la plus irritante. C'était toujours mieux que d'être seule dans une ville inconnue.

Peux-tu lui faire confiance ? Il pourrait te trahir comme Jacob l'a fait.

Peut-être, oui. Peut-être aussi que les Wazeems étaient juste une poignée d'optimistes invétérés mal organisés qui n'avaient ni réel pouvoir ni la capacité d'influer sur les événements. Elle carra les épaules. Le jeu en valait la chandelle.

– Montre-moi le chemin, dit-elle à Darian.

Elle n'avait pas besoin de le regarder pour deviner son sourire narquois. Il s'engouffra dans un dédale de rues étroites, suivi de Khadija qui maintenait une distance de sécurité. Il pénétra dans une tente devant laquelle étaient empilées des caisses de fruits pourris couverts de mouches. Elle hésita avant d'entrer à sa suite. Lorsque ses yeux s'ajustèrent à la lumière tamisée, elle découvrit une tente spacieuse mais dépourvue de meubles, à l'exception de quelques coussins brodés de perles et d'une paire de tablas posés à côté d'un oud verni. Une Ghadæane était agenouillée sur les coussins, ses pieds teintés au henné repliés sous ses fesses. À leur entrée, elle leva la tête dans un geste brusque qui fit balancer les anneaux dorés qui pendaient à ses oreilles. Ils étaient grands comme des soucoupes et paraissaient aussi lourds.

– Darian ! Qu'est-ce que tu fais ici ? s'écria la femme.

Khadija sentit un goût acide envahir sa bouche, un goût semblable à celui de la jalousie. Tout à fait absurde.

Un rideau de perles s'agita et un Ghadæan fit son apparition. Il avait l'âge de Darian mais une stature plus chétive qui lui donnait une apparence inoffensive, démentie par ses yeux. Ils étaient sombres et perçants, fixés droit sur Khadija.

– Darian, qui est-ce ?

Darian se tourna vers Khadija – leurs regards se croisèrent, créant chez elle un sentiment bizarre après la marche à travers la ville durant laquelle ils s'étaient ignorés.

– C'est Khadija. Elle est venue pour nous aider.

Tous l'observèrent pendant de longues secondes. Finalement, ce fut la femme qui rompit le silence.

– Son aide sera bienvenue.

Darian prit un air grave.

– Vu les circonstances, nous avons besoin de toute l'aide disponible. J'ai eu vent des projets de Vera : elle veut assassiner le Nabab d'Al-Shaam. Elle sera ici bientôt. On doit avertir la ville.

– On s'y attendait, dit la femme, mais heureusement, il nous reste un peu de temps. Vera n'arrivera pas ici tout de suite. On l'a vue faire route vers le nord, vers un village.

– Quel village ? demanda Darian.

– Qasrah.

Khadija cessa de respirer et eut soudain très froid. *Abba.*

Le temps se figea. Elle voyait les bouches des autres s'ouvrir et se fermer, mais leurs paroles étaient noyées par le bourdonnement de ses oreilles. *Je l'ai abandonné. Je l'ai laissé là-bas et il va mourir. Tout est de ma faute.* Elle ferma les yeux, submergée par une vision : Abba, ses lunettes de travers, piégé sous un amas de décombres. Elle eut un vertige et chercha le bras le plus proche pour s'y accrocher.

Ce fut Darian qui la retint debout. Elle se concentra sur sa respiration.

– Qu'est-ce qu'il y a ?

Je dois faire quelque chose. Je dois le sauver.

– Mon Abba, chuchota-t-elle. J'ai blessé Vera, et maintenant elle essaye de me rendre la monnaie de ma pièce.

– Je… je suis désolée, Khadija, bredouilla Darian.

Mais elle ne voulait pas qu'il soit désolé. Désolé, ça ne changeait rien. Ça ne sauverait pas Abba.

– Il faut que j'aille là-bas, commença Darian, mais il fut interrompu par la main de l'homme qui se posait fermement sur son épaule.

– Darian, on doit quand même avertir la ville. On doit préparer notre défense.

– Je sais, Zaid, mais…

– Le Conseil voudra tout savoir de ton séjour chez les Hareefs.

– Je sais, c'est juste que…

– Alors tu sais ce qu'il faut faire, trancha Zaid, l'air sévère. Une cité densément peuplée a priorité sur un petit village. Je suis désolé pour votre Abba, dit-il à Khadija, mais il est probablement déjà trop tard pour lui.

Non. Elle refusait de croire ça.

– On doit arrêter Vera avant qu'il soit trop tard. Avant que ce qui s'est produit à Sahli… et bientôt à Qasrah, ne se répète ici. Tu comprends, n'est-ce pas, Khadija ?

Oh, elle ne comprenait que trop bien ! Il avait ses priorités, et elle les siennes ; maintenant qu'elles divergeaient, il était temps que chacun reprenne sa route.

Devant son silence, Darian lui effleura le coude. Un geste doux, tendre, mais teinté de peur. Khadija s'écarta.

– Dans ce cas, reste. Moi, je pars.

La femme aux créoles dorées intervint.

– Ce serait dangereux, et Vera a trop d'avance. Le temps que tu arrives là-bas…

– Reste ici avec nous, Khadija, insista Darian. Les Wazeems ont besoin de toi. Et moi aussi, ajouta-t-il à voix basse pour qu'elle seule l'entende.

Elle lut dans ses yeux une détresse qu'elle n'y avait pas encore vue. Les papillons dans son ventre s'agitèrent. Pourtant, il ne s'agissait pas de son besoin à lui mais des siens, à elle. Et tous les papillons moururent d'un seul coup.

– Mon Abba a besoin de moi, plus que vous.

Elle fit mine de sortir de la tente, mais Darian lui bloqua le passage. Elle lui lança un regard furibond.

– Comment tu vas y aller ? Tu ne peux pas piloter un ballon toute seule.

– Et pourquoi pas ?

– Euh… il fait nuit, bafouilla-t-il. Attends au moins le matin.

Plus elle perdait de temps, plus les chances d'Abba s'amenuisaient. Non. Elle devait partir tout de suite, avec ou sans Darian.

– Je pars. Tu ne pourras pas me retenir.

Et elle sortit dans l'obscurité. Elle entendit un bruit de tissu et la voix de Darian dans son oreille.

– Les soldats ne te rendront peut-être pas ton ballon.

Elle continua à marcher sans se soucier des doutes exprimés par Darian. Il se raccrochait aux branches, elle le voyait : sa voix tremblait de nervosité et il était prêt à raconter n'importe quoi pour la convaincre de rester. Elle commença à se demander pour quelle raison, mais chassa cette question avant qu'elle n'envahisse son esprit. Elle devait garder les idées claires. Se concentrer sur Abba.

– C'est loin, Qasrah, poursuivit Darian.

Elle allongea le pas. Il la suivit.

– Et il n'y a presque plus de réserves dans le ballon.

Elle fit volte-face.

– Autre chose, encore, ou tu as fini ? Pourquoi tu te soucies de ce que je fais ?

– Parce que je tiens à toi, dit-il d'une voix très douce en lui tendant la main.

Elle ne savait pas que les garçons pouvaient parler avec une telle douceur, mais elle laissa pendre la main tendue.

Darian soupira.

– Je ne peux pas t'empêcher de partir, et je ne peux pas venir avec toi.

Elle hocha la tête, n'osant pas croiser son regard sous peine de libérer le torrent d'émotions contradictoires qui la malmenaient. Elle démêlerait tout ça plus tard. Pas maintenant.

– Je ne te demande rien.

– Allez, viens, dit-il en reprenant la marche. Le moins que je puisse faire, c'est de t'aider à décoller.

Elle lui offrit un sourire.

La plupart des rues étaient vides, et ils devaient souvent se planquer derrière un étal ou se glisser entre deux bâtiments pour échapper aux patrouilles de soldats puant le tabac et l'alcool. Le hangar qui abritait les montgolfières était désormais fermé. Deux soldats montaient la garde. Darian attira Khadija derrière un muret.

– Je vais distraire leur attention pendant que tu t'occupes du ballon.

– Non. Je les distrais, et toi, tu t'occupes du ballon, dit-elle en se levant.

Il la força à se baisser.

– T'es malade ?!

Possible. Mais le temps filait. Chaque seconde perdue réduisait les chances d'Abba.

– Qui causera une plus grande distraction ? Toi ou moi ?

Il répondit par un sourire narquois. Elle leva les yeux au ciel.

– Laisse tomber.

– Sois prudente.

Khadija inspira profondément. Si elle attendait encore, elle perdrait tout son courage. Ses sandales claquèrent sur le sol de grès. Elle poussa un hurlement.

Les soldats se mirent au garde-à-vous, cherchant leurs lances à tâtons dans le noir.

– Tout va bien, mademoiselle ?

– Mon mari, haleta Khadija en portant une main à sa poitrine. Des Hāris essayent de le dépouiller. S'il vous plaît ! À l'aide !

Elle avait capté leur attention. Il n'y avait rien de plus tentant pour un soldat – encore plus qu'une fille seule dans le noir – qu'une occasion de verser du sang hāri.

– Où sont-ils ?

Khadija pointa un doigt dans la nuit.

– Au marché. Je vous en prie ! Faites vite !

Les soldats s'en furent au pas de course sans un regard en arrière. Quand le bruit de leurs bottes martelant le sol se fut estompé au loin, Darian surgit à ses côtés.

– Waouh ! Très impressionnant.

– Merci, dit-elle en se battant avec le cadenas. Comment on entre, maintenant ?

Darian étudia le cadenas.

– Il me faut quelque chose de pointu…

– Comme ça ? proposa Khadija en retirant une épingle à cheveux de son voile.

– Parfait !

Quelques longues minutes s'écoulèrent durant lesquelles Khadija se retint de lui crier de se dépêcher, puis le cadenas tomba sur le sol. Darian afficha un sourire satisfait. Ils passèrent en revue les rangées de ballons ; Khadija repéra la première les panneaux dorés du leur.

– Ici !

– Pourquoi tu ne prends pas plutôt celui-ci ?

Les mains sur les hanches, Darian admirait un ballon qu'on ne pouvait décrire que comme un véritable coucher de soleil. La soie était teintée d'un dégradé de vermillon et d'orange profond qui se terminait par un trait jaune tournesol au niveau du cercle de charge. Le long de chaque panneau on avait brodé des plumes, si bien qu'en vol le ballon ressemblait à un oiseau.

– Il est assez petit pour que tu le pilotes toute seule, et il reste plus de bonbonnes de gaz dans la nacelle. Ça devrait être assez pour t'emmener jusque là-bas. Et pour le retour. Si tu reviens.

Est-ce qu'elle reviendrait ? Elle n'y avait pas encore réfléchi.

– Je…

– S'il te plaît, reviens, Khadija, supplia-t-il, les yeux brillants. Ramène ton Abba avec toi… enfin, si… tu sais.

Elle soupira. Il ne servait à rien de faire de vaines promesses.

– Tu as vraiment très envie que j'aide les Wazeems, remarqua-t-elle en empoignant la nacelle du ballon soleil couchant.

Darian se saisit de l'autre côté.

– Eh bien… oui. Tu es maligne et pleine de ressources. Tu serais un atout.

Khadija remercia l'obscurité de dissimuler la rougeur qui lui montait au front. Ils traînèrent le ballon dehors et étalèrent l'enveloppe sur le sable.

– Tu y tiens, à tes Wazeems.

Darian sauta dans la nacelle et entreprit d'allumer le brûleur.

– Sans eux, je ne serais plus de ce monde. Ils ont été là pour moi quand j'en avais besoin.

Khadija actionna l'hélice pour pousser l'air chaud dans le ballon.

– J'ai encore un peu de mal à croire aux Wazeems. J'aimerais y croire, mais vous parlez de changer les fondations même de notre société. Je ne pense pas que ce soit faisable. Pas de notre vivant, en tout cas.

Étrangement, elle trouvait plus facile d'exprimer ses doutes dans l'obscurité.

Darian prit son temps pour répondre.

– Peut-être que la société doit s'écrouler. Peut-être qu'il y a trop d'injustice dans le monde pour qu'on puisse le corriger.

Ils commencèrent à agiter le tissu de l'enveloppe.

– Briser la société, ça entraînerait le chaos. Des morts innombrables.

– C'est déjà le chaos, Khadija. Et il y a déjà eu trop de morts, répondit-il d'une voix où perçait la douleur.

– Qui as-tu perdu ?

– J'avais une petite sœur qui était moitié ghadæane, avoua Darian dans un souffle.

Khadija ne s'attendait pas à ça. Le ballon était presque gonflé, dressant sa tête vers les étoiles. Darian l'amarra à un poteau.

– Une nuit, ma mère a été violée par des soldats, et elle est tombée enceinte de ma sœur. On l'adorait. Elle n'avait aucune conscience de ce que son existence signifiait. Elle était rejetée à la fois par les Hāris et les Ghadæans, comme si elle était coincée au milieu d'une guerre dont elle ne savait rien. Nous l'avons cachée aussi longtemps que possible. Mais les soldats ont fini par la trouver.

Khadija frémit. Chacun avait un Hassan, une vie volée trop tôt, et c'était ça, le cœur de cette guerre. Ce n'était pas les Hāris contre les Ghadæans. C'était le deuil contre la vengeance.

– J'étais censé la surveiller, poursuivit Darian d'une voix distante, comme sous-marine.

Il semblait noyé dans sa douleur, incapable de remonter à la surface.

– Mais elle n'arrêtait pas de chouiner. Elle avait faim. Je l'ai lâchée des yeux à peine cinq minutes. Et elle a disparu.

Khadija resta sans voix.

– Ma mère ne s'en est jamais remise. Elle a sombré dans la noirceur, il ne restait d'elle qu'une coquille vide. Une nuit, elle est partie et je ne l'ai jamais revue. Je me suis toujours demandé comment elle avait pu faire ça alors que j'avais besoin d'elle. Je les ai perdues toutes les deux, et je m'en suis voulu pendant des années. C'est pour ça que j'ai rejoint les Wazeems. Au début, c'était juste une question de survie. Ils m'ont donné des vêtements, ils m'ont nourri, logé, donné un but.

Il la regarda droit dans les yeux. Elle se tortilla, mal à l'aise, troublée par l'honnêteté crue du garçon.

– Ils ont redonné un sens à ma vie, et je leur en serai toujours reconnaissant.

Khadija était sidérée. Il y avait tant de douleur, de culpabilité, de honte qui flottaient dans l'air, l'atmosphère était si lourde qu'elle pensa qu'ils n'arriveraient jamais à faire décoller le ballon.

– Donc, fit Darian en se redressant, si une société est capable de justifier le meurtre d'un enfant, alors crois-moi, c'est qu'elle a déjà sombré dans le chaos.

Ce sentiment, Khadija le connaissait bien. Pendant toutes ces années, elle avait vécu avec son deuil, elle l'avait laissé l'avaler, la mastiquer, la dévorer de l'intérieur puis la recracher, un être difforme aux membres tordus qu'elle passerait le reste de ses jours à tenter en vain de remettre d'aplomb.

– J'ai perdu ma mère et mon frère.

Elle ne savait pas pourquoi elle lui racontait ça, pourquoi c'était important, tout à coup, alors qu'elle ne le reverrait probablement plus jamais.

– Ils ont été assassinés par des Hāris.

Darian s'approcha tout près, si près que leurs corps se frôlèrent lorsqu'elle respira profondément. Il effleura ses poignets.

– Je suis désolé. Ça a dû être… je n'ai pas de mots. Je haïrai les soldats pour toujours. Je haïrai chaque soldat que je croiserai un jour, dit-il, la voix déformée par la haine et l'amertume. J'ai une question : est-ce que tu nous hais ? Est-ce que tu *me* détestes ?

Khadija ferma ses yeux pleins de larmes, avala difficilement le nœud qui lui serrait la gorge et répondit :

– Non, je ne te déteste pas.

Puis elle sentit les lèvres de Darian se poser sur les siennes. Elle rouvrit les yeux. Le baiser était doux et chaud et plein de tous les mots qu'ils n'avaient pas dits. Elle se laissa aller. Il embrassa sa lèvre du haut, puis celle du bas, lentement, comme s'il volait dans sa bouche toute la douleur qu'elle portait en elle pour la rejeter dans la nuit. Khadija caressa sa nuque, ses joues, son front, sa peau si douce. Dans le noir, ce n'était que de la peau. Pas un uniforme ni une armure. Pas quelque chose qu'on arbore ou derrière quoi se cacher. Pas un drapeau de la liberté claquant au vent ni un billet pour une meilleure vie. Pas une condamnation à l'oppression ni une promesse de privilège. C'était de la peau humaine. Ce n'était que ça, car ils n'étaient que ça : des humains.

Les larmes roulèrent sur ses joues et se mêlèrent à leur baiser. Darian cessa de l'embrasser et appuya son front contre le sien, déposant un baiser sur chacune de ses paupières.

– Tu devrais y aller.

– J'essaierai… de revenir.

C'était tout ce qu'elle pouvait lui promettre. Elle grimpa dans la nacelle. Darian défit le nœud de la corde avec des mains tremblantes. Il lui lança un dernier regard.

– S'il te plaît, reviens.

Puis il largua les amarres.

Khadija s'éleva dans les airs, vit le visage de Darian rapetisser et s'estomper, et bientôt se retrouva seule, avalée par la nuit, avec pour seule compagnie la lueur orange du brûleur et le scintillement d'argent des étoiles.

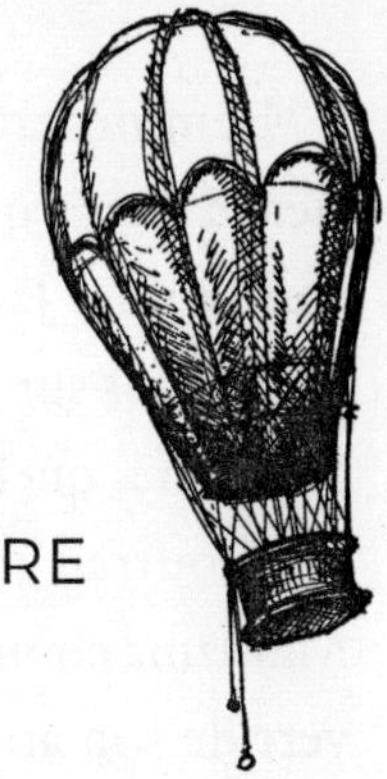

CHAPITRE VINGT-QUATRE

Jacob

– Dernier flacon, annonça Marcus, arrachant des hourras épuisés à l'équipe des souffleurs de verre. T'as entendu, Jacob ? C'est le dernier foutu flacon !

Jacob sourit faiblement. Marcus rangea la fiole délicate dans le dernier espace disponible de la caisse, puis il jeta sur le sol sans ménagement ses ciseaux et sa canne de verrier.

– Ras-le-bol de souffler du verre. Plus jamais, grommela Marcus.

Ils avaient utilisé tout leur stock de cuivre et de laiton et, si son corps endolori était soulagé de ne plus avoir à souffler du verre plus de douze heures par jour, Jacob ne parvenait pas à maîtriser l'inquiétude grandissante qui lui collait à la peau comme des asticots sur une carcasse. Et maintenant quoi ? Marcus n'avait cessé de se vanter que Vera lui avait demandé de l'accompagner lorsqu'ils partiraient avec les ballons. Mais il savait manier le sabre. Quant aux autres, Jacob ne savait rien de leur avenir, à part que les places étaient limitées et que Vera se montrait extrêmement sélective.

L'emmènerait-elle alors qu'il n'avait rien à offrir ? Enfin, rien d'autre que le fort soupçon que son fils conspirait contre elle. Jacob n'était pas retourné au cellier de peur de tomber sur l'éfrit. Ce dernier dissimulait quelque chose à sa mère, quelque chose à propos des amulettes, un secret qui pourrait mener à sa perte si elle s'alliait avec la reine Mardzma comme elle en avait l'intention. Jacob caressa l'iris vert de son amulette, l'œil de Bidhukh. Cette pierre était importante, tellement importante que la reine Bidhukh avait envoyé son sheitan, Sakhr, rappeler à Caleb la nécessité impérieuse de garder le silence.

Et qu'est-ce que c'était, ce Sceau de Sulaiman ? Il y avait tant de questions qui tournaient en rond dans sa tête qu'il la sentait prête à exploser. Il avait besoin de réponses, mais où les trouver ? Perdu dans ses pensées, il suivit machinalement Marcus et les autres Hāris qui quittaient l'atelier.

– Je pense qu'on a mérité de boire un coup, déclara Marcus. Tu viens, Jacob ?

– Je crois que je ferais mieux d'aller me coucher, esquiva Jacob, déclenchant une vague de ricanements chez les souffleurs de verre.

– T'es un bon garçon, et trop jeune pour sortir, de toute façon, rigola Marcus en lui ébouriffant les cheveux avant de s'éloigner dans le tunnel avec les autres.

Jacob attendit que leurs voix s'estompent avant de sortir l'amulette de William. Il étudia attentivement la pierre verte qui semblait ondoyer comme de la brume. Il cala la pierre entre ses molaires et tenta de la dessertir de l'amulette d'argent à la force des ongles. Caleb avait dit à Sakhr que

Vera ne possédait que des fragments, inutiles s'ils n'étaient pas réunis.

Il savait qu'il ferait mieux de s'abstenir. En matière de *sihr*, Jacob préférait généralement rester à l'écart. Mais cette fois, il ne s'agissait pas vraiment de *sihr*. Il s'agissait de la seule chose pour laquelle il était doué. Jacob fit demi-tour et revint dans l'atelier sans prendre le temps de réfléchir.

La porte s'ouvrit en grinçant, la lueur des braises faisait danser les ombres sur les murs. Jacob plaça l'amulette sur le plan de travail, prit les ciseaux de Marcus et, d'un coup sec, il éjecta la pierre de son écrin d'argent. Il en examina toutes les faces à la lumière et remarqua une arête irrégulière, comme si la pierre avait été brisée à la hâte. Il s'approcha du four, récupéra un moule et y déposa la pierre qu'il glissa dans le feu.

Il ne restait plus qu'à attendre. Il espérait n'avoir pas commis une erreur de débutant. La plupart des gemmes n'étaient exposées à la chaleur que pour altérer leur couleur ; seules les pierres précieuses utilisées en joaillerie pouvaient être fondues, et seulement à des températures extrêmes. Si cette pierre pouvait fondre, cela prendrait un certain temps. Jacob sortit de l'atelier et referma doucement la porte derrière lui.

Il était temps de trouver des réponses à ses questions et, même s'il répugnait à l'admettre, il ne connaissait qu'une personne à qui s'adresser. Il arriva devant la cage d'Anam et chercha sa silhouette dans l'obscurité.

– Tu ne devrais pas être ici.

Elle était là, assise contre la paroi, le dos parfaitement droit.

– Si quelqu'un te voit…

– Vous exerciez comme exorciste autrefois, non ?

Anam se pencha en avant ; la lumière de la lampe à huile éclaira son visage.

– Dans une autre vie, oui, mais je ne suis plus cette personne. Aujourd'hui, je préfère simplement renvoyer les djinns à Al-Ghaib plutôt que d'essayer de les capturer. Pourquoi cette question ? Vera manque d'exorcistes ?

Il réfléchit à sa prochaine phrase. Comment la formuler sans trop en dévoiler ? Sans donner l'impression qu'il doutait ? Il ne doutait pas du bien-fondé de la mission des Hareefs, pas du tout. Il fallait libérer les Hāris, évidemment, mais quant au *sihr* et aux reines djinns, il n'avait jamais vraiment été convaincu. Et si le propre fils de Vera la manipulait, il avait envie de savoir. Si les Hareefs n'étaient que de la chair à canon pour la reine Bidhukh et ses projets secrets, alors il ne tenait pas à donner sa vie pour une djinn.

– Je voulais vous poser une question.

– Une question que tu ne peux pas poser aux autres exorcistes ? demanda Anam avec intérêt.

– Dites-moi juste ce qu'est le Sceau de Sulaiman.

– Pourquoi tu me demandes ça ?

– J'en ai entendu parler par hasard tout à l'heure.

Anam n'avait pas l'air convaincue.

– Ça m'étonnerait que le nom de Sulaiman soit mentionné à la légère alors que tous les djinns le craignent. Sulaiman est le prophète à qui fut offert le Sceau lui donnant autorité sur les humains, les bêtes et toutes les créatures d'Al-Ghaib.

– Et où est ce Sceau ?

– Disparu. Perdu. L'histoire raconte qu'un sheitan vola le Sceau au prophète Sulaiman et, se faisant passer pour lui, prit le contrôle du royaume des djinns. L'imposture dura quarante jours avant que le prophète ne capture le démon et ne le jette à la mer. L'histoire ne dit pas ce qu'il advint du Sceau, mais il est généralement admis qu'il fut brisé ou perdu en mer, lui aussi.

Le cœur de Jacob battait la chamade. *Perdu en mer.* Le territoire de la reine Bidhukh. Peut-être avait-elle retrouvé le Sceau, brisé mais encore puissant, et distribué ses fragments aux Hareefs afin qu'ils commandent à son armée de djinns. Il secoua la tête. Il ne s'agissait sûrement que de mythes et légendes.

– Mais c'est juste une histoire, n'est-ce pas ?

Anam rit.

– Tout n'est qu'une histoire. Toi et moi, nous ne sommes qu'une histoire.

– Qu'est-il arrivé au démon ? Est-il resté captif ?

– Possible, mais ça m'étonnerait. Sakhr était un sheitan rusé. Je suis sûre qu'il a trouvé le moyen de se délivrer.

Jacob se raidit.

– Le sheitan, c'était Sakhr… souffla-t-il.

Aussitôt, Anam afficha un air grave.

– Tu as rencontré ce démon.

– Il est ici. Il travaille pour la reine Bidhukh.

Jacob ne savait pas pourquoi il lui révélait ça. Quelle importance, puisqu'elle était prisonnière d'une cage et destinée à se faire arracher le cœur par la reine Mardzma ?

– Vera est un pion, prononça Anam. Les Hareefs ne sont que des pions dans un jeu mené par les djinns, voilà ce que je pense.

– Nous ne sommes pas…

– Voyons, Jacob, sers-toi de ta cervelle, le coupa Anam. Les djinns se fichent des affaires humaines. Tu t'intéresses à la couleur de la carapace d'un cafard ? ricana-t-elle. Bleu, vert, noir… Peu importe la couleur si ta seule intention est de l'écraser.

Jacob repensa à la reine Bidhukh qui dévorait la chair du Nabab, aux cadavres des Wazeems, Hāris et Ghadæans utilisés comme appâts à djinns par les exorcistes, afin de remplir les flacons de verre qu'il avait fabriqués. Il eut la nausée. Anam avait raison : la reine djinn se fichait complètement des Hāris. Mais les Hareefs n'étaient pas des pions. Ils n'étaient même pas dignes de figurer sur l'échiquier. Quel que soit le jeu de la reine Bidhukh, il existait dans son seul intérêt.

Anam observa ses joues creusées, son visage hâve.

– Tu as commis une erreur.

Jacob opina, incapable de prononcer un mot.

– Il est encore temps de la réparer.

Comment donc pouvait-on remettre les choses à leur place ? Le Nabab d'Intalyabad était mort, les Hāris étaient persécutés et châtiés pour les crimes de Vera et les Hareefs se préparaient à partir avec une armée de djinns. Il ne voyait aucune issue à ce désastre, et s'imaginer qu'il avait le moindre pouvoir de changer les choses aurait été une illusion.

– Comment ? demanda-t-il pourtant.

– Tu pourrais commencer par m'aider à sortir d'ici.

Jacob se mordit la lèvre. Il ne pourrait pas revenir en arrière. Il étudia la serrure.

– Je ne sais pas où ils rangent la clé.

– Alors brise la serrure.

– Si Vera l'apprend… hésita Jacob en essuyant ses mains moites sur son pantalon.

Anam frappa un grand coup contre les barreaux en fer. Jacob sursauta et recula. Tout, chez Anam, paraissait maîtrisé, de ses gestes précis au timbre profond de sa voix, et la voir perdre son sang-froid le secoua.

– Tu perds du temps ! Choisis ton camp une fois pour toutes !

Il hocha la tête.

– Je vais… trouver de quoi casser la serrure.

Il repartit dans le tunnel vers l'atelier. Il ne croisa personne sur le trajet ; sans doute les Hareefs étaient-ils occupés à préparer le départ ou à tenter une dernière fois d'impressionner Vera dans l'espoir qu'elle les emmène avec elle.

Le ronflement du four quand il entra dans l'atelier lui fit penser à un animal géant qui se raclerait la gorge. Il attrapa les ciseaux de Marcus sur le plan de travail et s'apprêtait à sortir quand la danse des flammes l'arrêta. Il revint sur ses pas, enfila une paire de gants noircis trop grands et retira son moule du feu.

La pierre verte était intacte. Ce n'était pas normal. Jacob la plaça au centre de son gant épais pour l'étudier. Pas la moindre altération de couleur. Il referma le poing dessus, s'attendant à ressentir sa chaleur à travers le gant, mais rien. Il enleva le gant et, conscient que c'était une folie, prit la pierre entre ses doigts nus.

Elle n'était même pas chaude. Impossible !

Ce n'était pas une pierre ordinaire. Il en était certain maintenant. Il lui faudrait faire le tri dans ses pensées confuses plus tard. Il fourra la pierre dans sa poche et quitta l'atelier, les ciseaux de Marcus planqués sous sa tunique.

Alors qu'il approchait de la cage d'Anam, le bruit de la grille qu'on ouvrait le fit sursauter. Les ciseaux tombèrent sur le sol avec fracas.

– Qui est là ? aboya une voix familière.

Sara.

Du bout du pied, Jacob fit glisser les ciseaux dans un recoin sombre.

– Ah, c'est toi, fit Sara, tout en poussant Anam devant elle à la pointe de sa lame. Toujours là où tu n'as rien à faire. Si j'étais toi, je retournerais me planquer à l'atelier pour m'éviter l'humiliation. Vera ne t'emmènera pas.

Jacob regarda tour à tour le rictus de Sara et le visage sans expression d'Anam, comme pétrifié.

Sara fit un petit signe à Jacob en chantonnant :

– Au revoir, le nouveau !

– Non, attends ! cria Jacob en lui courant après. Vera va m'emmener.

– Ah oui ? Et pourquoi donc ? répliqua Sara d'une voix suintant la condescendance.

Ils étaient arrivés dans la grande caverne où Vera avait égorgé le Nabab le premier jour. Il ne s'était pas écoulé une semaine depuis, et pourtant, ça paraissait à Jacob aussi lointain qu'un mauvais rêve.

La grotte grouillait de Hāris. Jacob se dressa sur la pointe des pieds pour tenter d'apercevoir la chevelure rouge. Vera se tenait au centre de la pièce, juchée sur un piédestal ; elle leva un gant blanc immaculé, et la foule se tut.

– Je vous remercie tous du fond du cœur pour votre loyauté et votre diligence. Si je pouvais vous emmener tous avec moi, je le ferais, mais hélas ! les places sont limitées pour cette nouvelle phase. J'ai besoin seulement des meilleurs d'entre vous. Qui emmènerai-je ? À vous de décider.

La foule s'anima, chacun désirant se faire remarquer. Jacob repensa à la première fois qu'il avait rencontré Vera dans le champ de pavots, à Sahli, lorsqu'elle lui avait demandé de faire la démonstration de ses talents. À présent, les Hāris montraient leur habileté dans le maniement des armes, ou bien cassaient des fioles et se servaient de leurs amulettes pour faire danser des djinns.

Sara gloussa.

– Tu penses encore que tu as une chance ?

Elle se fraya un passage, traînant Anam par la corde qui enserrait ses poignets. La foule hua la prisonnière et lui cracha dessus, si bien que lorsqu'elle fut présentée devant Vera, ses joues étaient couvertes de crachats dégoulinants. Malgré tout, elle tenait sa tête droite. Jacob joua des coudes pour parvenir au premier rang.

– Ah, mon cœur de guerrière ! Mène-la aux ballons, ordonna Vera à Sara.

Sara fit demi-tour et s'apprêtait à sortir quand Caleb apparut, entouré d'un halo de feu djinn, lui arrachant un cri. Il lui bloqua le passage de ses ailes écartées.

– Ammi ! tonna-t-il.

Les conversations s'éteignirent et tous se tournèrent vers lui.

– La reine Bidhukh n'approuve pas cette alliance que tu veux sceller. Mets un terme à cette folie ! Tout de suite !

– Mais, Caleb, je croyais que tu avais compris pourquoi…

– Je te croyais seulement ignorante. Mais je comprends mieux maintenant : tu es avide.

Vera se récria.

– Avide de pouvoir, précisa Caleb. Je t'ai expliqué maintes fois pourquoi tu ne devais pas faire ça, et tu refuses encore de m'écouter.

Vera battit en retraite, les mains levées.

– Caleb, je t'en prie. Arrête ! Ma seule préoccupation, c'est le sort de notre peuple.

– Notre peuple a besoin de la reine Bidhukh et de personne d'autre.

– Oui, bien sûr, bafouilla Vera, et je lui suis reconnaissante pour toute l'aide qu'elle nous a apportée. Je ne fais qu'assurer nos arrières, se justifia-t-elle. La reine Mardzma est une *marid*. Si nous gagnons ses faveurs, elle nous accordera peut-être un souhait…

Les paumes de Caleb s'embrasèrent.

– Dans ce cas, ce sera à tes risques et périls, Ammi, mais souviens-toi : la reine Bidhukh m'a créé, elle est autant ma mère que tu l'es.

Vera eut un mouvement de recul, comme si les paroles de l'éfrit l'avaient brûlée.

– Tu m'as donné ma première vie, mais elle m'a offert la seconde.

– Caleb, attends !

L'éfrit se changea en une flamme verte rugissante et disparut. Une main plaquée sur la bouche, Vera tentait de camoufler le tremblement de son menton. Quelques secondes passèrent avant qu'elle ne regagne sa contenance.

– Ne restez pas plantés là ! cria-t-elle. On part dans une heure. Je veux récupérer les amulettes de tous ceux qui ne viennent pas. Quant à elle, dit-elle à Sara, amène-la à mon ballon.

Sur quoi elle sortit en trombe de la caverne, suivie de près par Sara qui traînait Anam, toujours impassible, vers la grotte des ballons. Jacob leur emboîta le pas. S'il voulait sauver Anam, il devait réussir à monter dans le ballon de Vera.

Il prit son courage à deux mains et l'interpella.

– V… Vera !

Elle ne tourna même pas la tête.

– J'ai quelque chose à te dire.

– Quoi ? fit-elle avec impatience.

– Je crois que Caleb…

– Stop ! cria-t-elle. Je ne veux rien entendre.

Mais elle devait l'écouter, c'était la seule chance pour Jacob de gagner son ticket à bord de la montgolfière.

– J'ai entendu Sakhr et Caleb parler du Sceau de Sulaiman, débita-t-il à toute allure. Sakhr disait que Caleb ne devait pas t'en parler…

– Le Sceau de Sulaiman, répéta Vera qui s'était arrêtée net. Ce démon s'imagine qu'il peut retourner mon fils contre moi ! Raconte-moi tout ce que tu as entendu, ordonna-t-elle en enfonçant ses ongles dans l'épaule de Jacob.

Quand Vera en eut terminé avec ses questions, Jacob se sentait le cerveau aussi dégonflé qu'un ballon crevé.

Elle l'avait eu à l'usure jusqu'à ce qu'il craque : il déballa tout ce qu'il avait entendu, le lui répéta autant de fois qu'elle le demanda, et alors seulement elle consentit à l'embarquer avec elle. Il se hissa dans la nacelle sans attendre.

Après des jours passés sous terre, Jacob était soulagé de se trouver enfin au grand air. Cependant, l'espace très exigu l'obligeait à dormir par terre, roulé en boule entre deux tours branlantes de caisses pleines de flacons de verre qui s'entrechoquaient. Vu que Khadija avait volé l'un des ballons, les Hareefs avaient dû répartir l'excès de chargement entre les neuf montgolfières restantes. Le poids supplémentaire ralentissait leur progression.

Jacob observa le brûleur, maintenu à une flamme ronflante pour compenser le poids, puis Anam, que l'on avait calée entre deux sacs de lentilles. Il devait absolument lui parler, trouver un moyen de la délivrer, mais avec autant de Hareefs à bord, il n'osait rien tenter. Pour l'instant, il était condamné à la regarder subir les insultes et les moqueries des autres sans rien dire.

– Quand est-ce qu'on arrive ? demanda-t-il, l'air de rien.

Sara tourna le robinet de gaz.

– Dans trois jours.

Vera dégagea Sara d'un coup de coude et tourna le robinet à fond, arrachant un sifflement aigu au brûleur.

– On y sera dans deux, affirma-t-elle avant de s'éloigner comme elle était venue.

Son impatience mettait tout le monde à cran. Elle ne lui avait pas dit où ils allaient, mais au vu de la mince ligne bleue de la rivière Ravi qui serpentait loin en dessous d'eux, il estimait qu'ils volaient vers le nord-est, même s'il se demandait pourquoi. Sans espoir de parler avec Anam, il ne lui restait plus qu'à dormir pour passer le temps ; Jacob s'allongea donc sur le plancher de la nacelle et se laissa bercer par le doux balancement du ballon.

Une main serrée autour de sa gorge le réveilla en sursaut.

– Dis-moi encore ce que tu as entendu.

Vera, accroupie, penchée sur lui, lui enfonçait ses ongles dans le cou. Il y avait de la folie dans son regard, accentuée par les cernes violacés qui donnaient l'impression qu'elle avait totalement oublié la notion de sommeil.

– Il manque sûrement quelque chose.

Jacob se redressa sur ses coudes. Il lui avait déjà raconté tout ce qu'il savait.

– Sakhr a dit que le Sceau de Sulaiman était brisé. Que les fragments sont les amulettes que vous a données la reine Bidhukh. Et que seuls les plus puissants des djinns avaient le pouvoir de le réparer, comme la reine Mardzma.

Vera lui lâcha le cou et passa une main dans ses cheveux emmêlés.

– Mais aucun djinn n'oserait le réparer. Pas volontairement, en tout cas.

Jacob nota ses lèvres gercées et sa cape froissée. Visiblement, l'absence de Caleb se faisait déjà sentir.

– Mon fils ne souhaite pas que j'offre le cœur d'une guerrière à la reine Mardzma.

Vera jeta un coup d'œil du côté d'Anam, assise en tailleur, la tête renversée en arrière contre la paroi de la nacelle. On aurait pu croire qu'elle dormait, mais Jacob se disait qu'Anam n'était pas du genre à baisser la garde, ne serait-ce qu'un instant, en présence de ses ennemis.

– Mais même si je le faisais pour gagner ses faveurs, la reine Mardzma ne réparerait jamais le Sceau de son plein gré.

Elle se mordit la lèvre jusqu'au sang puis répéta : « De son plein gré » encore et encore, comme si elle en goûtait le sens sur le bout de sa langue. Elle finit par secouer la tête.

– Ils ont peur que si je contacte la reine Mardzma, je me mette en tête de réparer le Sceau et de prendre le contrôle d'Al-Ghaib. Mais Al-Ghaib ne m'intéresse pas. Je ne gâcherais pas un vœu de *marid* pour réparer le Sceau.

Elle réfléchissait à haute voix, presque comme si Jacob n'existait pas.

– Qu'est-ce qu'un *marid* ? demanda-t-il.

– Un *marid* est un djinn qui exauce les vœux. Leur magie est si puissante qu'ils peuvent donner naissance à l'impossible, mais ils n'accordent pas leurs vœux gratuitement. La plupart des *marids* agissent sous la contrainte : ils sont capturés, enfermés dans des réceptacles et forcés d'exaucer des vœux en échange de leur liberté.

Jacob hocha la tête. Plus il en apprenait sur les djinns, moins il voulait avoir affaire à eux.

– Ce serait quoi, votre vœu ?

– Je ferais le vœu de retrouver mon Caleb, bien sûr. Sous forme humaine, pas ce monstre qu'a fait de lui la reine Bidhukh.

Elle se leva brusquement et se remit à maltraiter le brûleur, libérant un sifflement de gaz.

Était-elle en train de sombrer dans la folie ? Le chagrin avait avalé Vera tout entière, l'avait dévorée de l'intérieur. Elle ferait n'importe quoi pour son fils, comprit Jacob.

Il considéra les autres Hāris à bord du ballon, qui s'éveillaient lentement à mesure que les premiers rayons de l'aurore coloraient le ciel d'un orange pâle. Vera serait prête à tous les sacrifier si besoin. La mission des Hareefs n'était pas, en premier lieu, de délivrer le peuple hāri. Cela n'arrivait qu'en deuxième position. La vraie priorité, c'était de réunir Vera et son fils.

Voilà à quoi il pensait en se rendormant. Il somnola toute la journée tandis que les nuages défilaient dans le ciel et que le soleil poursuivait sa course. Il refusait de voir une reine djinn arracher le cœur d'Anam. Mais que pouvait-il faire ? Lorsque la nuit tomba, ses rêves s'emplirent de tentatives pour sauver Anam.

Un coup de coude dans les côtes le tira du sommeil. Sara l'observait, un rictus mauvais aux lèvres.

– J'ai entendu que tu venais de Sahli.

Il acquiesça et regarda dans la direction qu'indiquait Sara. Sous le choc, il se leva et se traîna jusqu'à la rambarde qu'il agrippa à pleines mains.

Son village était là. Ce qu'il en restait. Des bâtiments calcinés lui souriaient de leurs vitres brisées comme autant de dents manquantes, entourés par des champs noircis où ne subsistait aucune trace des pavots pourpres qui avaient fait vivre le village. L'air au-dessus de Sahli était mort, dépourvu du moindre murmure de vie. Tout avait brûlé. Il imagina le corps de William, abandonné là où il était tombé dans le champ d'opium, une tache rouge sur sa tunique, ses yeux vides fixés sur le ciel.

Vera frappa dans ses mains et tous se tournèrent vers elle.

– Je veux que tout le monde regarde bien ce que les basanés ont fait à notre peuple. Des familles innocentes. Des enfants. Souvenez-vous que la pitié leur fut refusée. Le temps est venu de faire entendre nos voix. Les basanés apprendront bientôt que nous n'accepterons plus leurs persécutions. Bientôt, ils sauront quelle est réellement la race supérieure ! conclut-elle en tapotant du bout du pied la tour de caisses pleines de fioles contenant toutes les volutes noirâtres de djinns captifs.

Un murmure se propagea dans la foule comme un feu avide. Vera brandit son poing ganté.

– Nous sommes des Hāris. Nous ne brûlons pas facilement !

Elle était l'orage électrique et eux, du petit bois sec. Ses mots furent l'étincelle qui les embrasa tous et ils se mirent à chanter, à taper des pieds, à lever le poing.

Mais cette fois, Jacob ne s'enflamma pas.

Ils naviguèrent encore deux jours, et le troisième, au lever du soleil, une ville apparut à l'horizon : bâtiments couleur d'os et tentes brodées de perles qui claquaient au vent. Le bourg paraissait paisible. Innocent. Ignorant de ce qui se préparait. Vera s'adressa à tous.

– Chacun prend une caisse. À mon signal, on largue. Et ensuite, on profite du spectacle.

Jacob avait un goût de bile dans la bouche et son sang battait à ses tempes. Il se représentait les gens qui vivaient là. Des Ghadæans et leurs familles, des enfants. Des Hāris, aussi. Il ne pouvait affirmer que chaque Ghadæan de ce bourg était coupable d'une forme de persécution contre des Hāris. Méritaient-ils tous sans distinction de mourir ?

Il regarda Anam, le dos toujours raide, ses yeux noirs fixés sur lui. Et elle ? Méritait-elle de mourir ?

La réponse lui brûlait la gorge. *Non.*

Il revint au présent lorsque la première caisse fut larguée, au son des hourras. Tout le monde se précipita pour la regarder tomber. Après une chute interminable, elle s'écrasa sur un bâtiment au toit plat dans un grand fracas de verre brisé et une volute de fumée. Les Hāris poussèrent des acclamations, et les caisses se mirent à pleuvoir.

Elles pleuvaient comme du plomb sur les étals du marché et le seuil des maisons. La fumée obscurcit le village à mesure que les djinns prenaient forme, puis ce fut le carnage. Des djinns serpents se glissaient par les fenêtres ouvertes, tandis que des loups de fumée aux yeux d'émeraude saccageaient les tentes. Des femmes-djinns se pavanaient dans les rues, soufflant des baisers de flammes vertes infernales qui mettaient le feu aux bâtisses. Alors les cris commencèrent. Des hurlements de terreur pure.

Le craquement des flammes vertes qui dévoraient le bois sec et l'odeur âcre de la fumée leur parvenaient d'en bas. Vera riait comme une démente. Le village n'avait aucune chance. Le monde de Jacob vacilla, les hurlements se mêlèrent aux cris de joie des Hāris qui assistaient au désastre. Comment pouvaient-ils prendre plaisir à voir les flammes vertes lécher les peaux brunes ? Où voyaient-ils la justice dans les cris perçants brutalement étouffés par la morsure fatale d'un djinn ? Ce n'était même pas de la vengeance. C'était de la violence insensée, gratuite, déguisée en semblant de justice. À quoi servait de se battre contre la violence et l'oppression en répandant la violence et l'oppression ?

Ce n'était pas la solution, juste une inversion du reflet dans le miroir.

Il n'avait pas voulu ça. Ce qu'il voulait, lui, c'était le changement, une vie meilleure, pas un massacre aveugle. Il comprit alors, en voyant Vera, les yeux brillants, larguer une caisse qui explosa à quelques mètres d'une échoppe de cordonnier, que tout ceci n'avait rien à voir avec l'égalité. Vera ne voulait pas que les Hāris soient les égaux des Ghadæans. Elle voulait qu'ils *soient* les Ghadæans.

Il eut un vertige, attrapa une corde pour ne pas tomber.

– Qu'est-ce qu'il y a, Jacob ? On fait le délicat ?

Il refusa de répondre, et Sara ricana.

– Je savais que Vera commettait une erreur en t'emmenant. Tu fais ami-ami avec des basanés, dit-elle en jetant un regard haineux à Anam. Eh bien, j'espère que tu n'as pas d'amis à Qasrah.

Le cœur de Jacob s'arrêta. Le temps se figea, suspendu, jusqu'à ce qu'un cri inhumain le ramène au présent. Il se couvrit la bouche de la main.

C'était le village de Khadija.

La voix de Vera l'arracha à ses pensées.

– Prêts à terminer le boulot ? tonna-t-elle au milieu des applaudissements et des hourras. Il est temps d'atterrir.

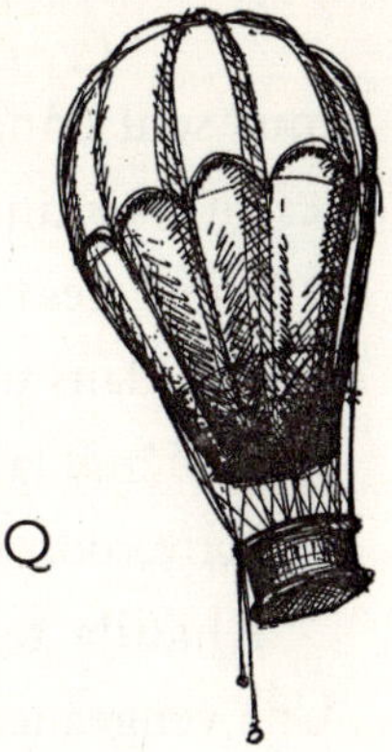

CHAPITRE VINGT-CINQ

Khadija

Le souvenir du baiser de Darian était la seule chose qui la reliait au sol, tandis que les nuages menaçaient de l'emporter pour toujours. Les leçons de navigation qu'il lui avait dispensées au cours de leur voyage vers Al-Shaam s'étaient révélées précieuses. Elle savait maintenant se servir de chaque instrument à la perfection.

Plus elle s'occupait du ballon, moins elle avait le temps de s'imaginer toutes les morts possibles pour son Abba. Quand elle n'était pas en train de vérifier le brûleur, d'ajuster les cordes ou de régler l'altitude, Khadija trépignait en se rongeant les ongles, envahie par la culpabilité. Abba ne pouvait compter que sur elle, et elle l'avait abandonné en un instant. L'homme de la famille était toujours considéré comme responsable des manquements de ses enfants. Le laisser seul avait été égoïste. Les larmes lui montèrent aux yeux. Il ne se serait jamais trouvé dans cette situation si elle s'était contentée de rester dans sa chambre, là où était sa place. Mais pleurer n'aiderait pas Abba. Elle l'imagina tout seul dans cette maison aux chambres vides, dont les murs suintaient la tristesse. Les vieilles chaussures d'Ammi. Les carnets d'Hassan remplis de dessins, qu'Abba gardait dans un tiroir pour les regarder en douce chaque soir. Même la chambre de Talia dégageait un sentiment de perte, alors que sa sœur n'était même pas morte !

Khadija revit la lame entaillant la cuisse de Vera. Une vengeance. Voilà ce que c'était. Abba allait payer de sa vie sa propre témérité. Cette pensée obsédait Khadija, la consumait tout entière.

Vera ne s'en tirerait pas comme ça. Si quelque chose arrivait à Abba, elle le lui ferait payer cher.

Elle vola toute la nuit et encore deux jours, qu'elle occupa à dessiner le ballon et son coucher de soleil pourpre grâce au jus de betterave bouilli. Elle vit au loin la rivière Ravi et les décombres calcinés de ce qui avait été autrefois Sahli. Qasrah ressemblerait-il à cela ? Sa maison était peut-être déjà réduite en cendres. Elle tira sur une corde pour perdre de l'altitude et trouver un courant plus véloce. À ce rythme, elle estimait arriver en quelques heures. Avec un peu de chance, il serait encore temps.

Le soleil était bas et lourd dans le ciel quand elle aperçut une spirale de fumée. Des fragments de briques et des gravats parsemaient l'herbe jaunie, et le sol était jonché de poutres brisées et de draps déchirés. Elle arrivait trop tard.

C'est fini. Abba est mort.

Non. Rien n'était encore sûr. Il pouvait avoir survécu… mais comment ? Comment survivre à une telle catastrophe ? Elle était parvenue jusqu'ici, elle n'allait pas s'avouer vaincue maintenant. Elle scruta les petites silhouettes qui s'aidaient les unes les autres à ramper hors des décombres. Des visions d'Abba l'assaillirent : étendu sur le ventre, le visage dans la poussière ; ou les jambes écrasées sous un tas de briques ; ou encore avec un couteau planté dans la poitrine…

Non. Arrête !

Neuf ballons étaient amarrés au sol, entourés de figures vêtues de blanc. Elle n'avait rien. Pas d'arme. Aucun moyen de les arrêter. Rien d'autre que sa rage et son désir ardent de les voir tous brûler.

Khadija tira sur une corde, et le ballon commença à descendre. Il lui faudrait faire preuve de ruse. Pas d'imprudence, cette fois. Elle éteignit le brûleur et dirigea le ballon vers une petite plantation de manguiers. Il s'agissait d'une mission de sauvetage, pas de vengeance. Quand le ballon toucha le sol, elle rassembla l'étoffe de l'enveloppe, la roula dans la nacelle et sauta de la montgolfière. Elle étudia les environs, mais sa vision était brouillée par les larmes. Elle s'essuya les yeux, respira, se calma. Elle devait réfléchir. Avec tous les bâtiments détruits, il était difficile de savoir exactement où elle se trouvait. Elle chercha des repères, des lieux familiers, des indices qui l'aideraient à s'orienter. Où était sa maison ?

Mais son regard était aimanté par les cadavres. Il y en avait partout. Des corps jonchaient le sol, un festin pour les djinns. La plupart étaient déjà rongés jusqu'aux os.

Sa maison. Sa vie. Son enfance. Anéanties.

Par la faute de Vera.

Elle marchait comme dans un rêve, contournant les débris de verre et suivant la foule au hasard. Des hommes et des femmes couverts de poussière et de cendre tentaient de rejoindre la caserne des soldats, au centre du village : c'était le seul bâtiment encore debout. En approchant, elle sentit l'odeur métallique du sang, entendit des gémissements rauques. La caserne puait la mort. Devait-elle y chercher Abba ? Lui souhaitait-elle de se trouver là, parmi les mourants et les morts ? Elle prit une longue inspiration. Avait-elle le choix ?

Elle se mit dans la file derrière des femmes qui boitaient et des hommes qui tenaient dans leurs bras des enfants à l'immobilité inquiétante. Tous poussaient et se bousculaient pour franchir l'étranglement qui s'était formé devant la porte. Elle se fraya un passage et entra ; l'odeur d'alcool et de désinfectant la prit à la gorge. Des rangées de couchettes s'alignaient par dizaines. Des femmes s'affairaient, découpant des bandages propres et préparant des cataplasmes à base d'herbes dans des mortiers. Khadija laissa ses yeux s'habituer à la pénombre, puis elle se mit à scruter les visages, tous ces visages, guettant la calvitie familière et les lunettes tordues. *Où es-tu, Abba ?*

– Khadija ? Khadija ! C'est vraiment toi ?

Il était là, assis par terre, les genoux repliés contre son torse, tenant une compresse sur son front.

Abba.

Il n'avait pas changé, avec sa longue barbe parsemée de gris et de blanc et ses lunettes épaisses posées de travers sur son nez ; pourtant il paraissait beaucoup plus vieux et plus frêle. Il avait une vilaine brûlure au genou et une coupure au-dessus d'un sourcil, mais en dehors de ça, il n'avait pas l'air blessé.

Abba ouvrit de grands yeux.

– Tu es revenue !

Il la serra si fort dans ses bras qu'elle crut étouffer.

– Bien sûr.

Elle luttait en vain contre les larmes qui coulaient abondamment sur ses joues. Abba l'enlaçait. Tout était rentré dans l'ordre. Tout allait s'arranger.

Abba recula d'un pas pour mieux l'examiner. Elle se sentit subitement vulnérable, comme une petite fille craignant le regard de son père. Elle lut sur son visage une question et, dans ses yeux, la trahison. La blessure était encore fraîche. Elle baissa la tête, honteuse.

– Pourquoi tu m'as laissé, beti ? Tu as volé un ballon ? Tu m'as déshonoré.

Chacun de ses mots lui fit l'effet d'une gifle. Elle se recroquevilla un peu plus. Manifestement, Abba avait décidé d'avoir cette conversation tout de suite, et rien ne pourrait l'arrêter. Elle savait qu'elle méritait chaque reproche.

– Je ne t'ai pas vue depuis presque deux semaines. Je t'ai crue morte !

Bien sûr, il avait raison. Elle s'était montrée stupide, imprudente et égoïste. Elle l'avait mis en danger. Elle avait mis tout le village en danger. Combien étaient morts à cause d'elle ?

– Je suis désolée, Abba. Je n'avais pas l'intention de te faire du mal.

– Tu n'es plus une petite fille, Khadija, la gronda-t-il en croisant les bras.

– J'étais juste fatiguée d'être ta marionnette, Abba ! Je n'aurais jamais pu épouser Abdel, et tu le sais. J'aurais été profondément malheureuse !

– Mais en sécurité, contra Abba qui retira ses lunettes et se massa les tempes. Pourquoi tu ne peux pas ressembler un peu plus à ta sœur, hein ? Talia ne s'est jamais plainte, et regarde : elle est mariée et heureuse.

On en revenait toujours là. La valeur d'une fille était toujours déterminée par son degré d'obéissance, sa capacité à se faire discrète. Au fond, les filles étaient les Hāris des Ghadæans. Elle se leva et se tamponna les yeux avec son écharpe.

– C'est ce que tu crois, mais tu n'en sais rien, au fond. Si ça se trouve, elle souffre.

Abba secoua la tête vigoureusement.

– Je ne permettrai jamais que l'une de mes filles souffre.

– Mais je souffre, moi ! cria Khadija sans se soucier des têtes qui se tournaient vers eux. Pendant toutes ces années où tu m'as gardée enfermée à la maison, je souffrais. Tu ne le voyais pas ? Ou bien ta seule préoccupation était-elle de me marier au plus vite pour impressionner les voisins ? Et ce que je voulais, moi ? Tu t'en fichais ? Pourquoi ne peux-tu pas tout simplement m'accepter comme je suis ?

– Je suis désolé de t'avoir fait souffrir, Khadija. Tout ce que je voulais, c'était te protéger, dit Abba d'une voix tremblante, si pleine de douleur que Khadija se remit à pleurer. Je me fais vieux. Tu as besoin d'un mari qui prenne soin de toi, pas d'un vieil homme. Je ne peux pas perdre d'autres membres de ma famille, beti. Mon cœur n'y survivra pas, ajouta-t-il, une larme solitaire roulant sur sa joue.

Voir son père pleurer brisa le cœur de Khadija. Elle n'avait jamais été témoin de ses larmes ; elle les avait entendues, des sanglots étouffés derrière des portes closes, mais jamais vues. Elle lui prit les mains.

– Me marier au premier venu n'est pas une solution. Tu ne me verrais jamais. Je serais comme Talia. Comment saurais-tu si je vais bien ?

– La foi, j'imagine. De même que je savais, au fond de moi, que je te reverrais un jour. Tous les jours, quand je prie, je prie uniquement pour Talia et toi, pour que vous soyez en sécurité, même si ça veut dire que je ne dois jamais vous revoir. Vous savoir toutes deux en sécurité, ça me suffit.

Khadija savait la confiance qu'avait Abba dans la prière. Pour elle, ce n'était pas le cas. Plutôt un dernier recours.

– Tu dois arrêter de te mettre une telle pression, Abba. Ma sécurité n'est pas ta seule responsabilité. C'est la mienne aussi.

Abba lui lança un regard perplexe, comme si cette idée ne lui était jamais venue à l'esprit.

– Mais je suis ton père…

– Et je suis une adulte. Tu ne peux pas assumer l'entière responsabilité de ma sécurité à moins de me garder sous surveillance en permanence. Ou enfermée dans ma chambre…

– J'espère que tu comprends que je ne le faisais pas pour te punir, soupira-t-il, la tête basse.

– Je sais, Abba, dit-elle en lui serrant la main. Tu t'es occupé de moi toute ta vie. Laisse-moi prendre soin de toi, maintenant.

– D'accord, beti.

Sa poitrine se gonfla comme si des centaines d'oiseaux prisonniers à l'intérieur essayaient de s'échapper tous en même temps. Abba venait-il de tomber d'accord avec elle ? Elle s'assit à côté de lui et posa la tête sur son épaule.

– Tu sais qui a fait ça, beti ?

– Les Hareefs, Abba.

– Les Hāris, cracha-t-il. Ces vermines ! Ils sont encore dehors. Sortir maintenant, c'est trop dangereux. Et ils emploient le *sihr*. Je les ai vus. Il y avait une femme avec des cheveux rouges…

Khadija frémit. Vera.

Abba marmonna des prières.

– La femme… elle a dit qu'elle recommencerait. Elle a dit qu'elle continuerait jusqu'à ce qu'il ne reste plus aucun de nous à brûler.

Khadija pensa au carnage qu'elle avait vu. Non. Ça ne devait pas se reproduire.

– Qu'est-ce qu'elle a dit exactement, Abba ?

– Qu'elle tuerait ensuite tous les Nababs. Un par un. Qu'elle brûlerait leurs villes.

Khadija pâlit.

Abba la regarda dans les yeux. Il avait l'air si menu, si fragile avec ses vêtements couverts de sang et de poussière.

– Elle nous appelle les basanés, beti. Qu'est-ce qu'elle veut dire ?

Khadija ne savait pas quoi répondre. Elle lui caressa le bras.

Abba se prit la tête dans les mains.

– Elle a ordonné à ses djinns de détruire notre maison. Elle a dû me croire mort, mais je me suis caché sous l'escalier. On aurait presque dit qu'elle me cherchait, beti. Mais pourquoi me chercherait-elle ?

– Je…

Que pouvait-elle dire ? Que tout était sa faute. Qu'elle s'était mis à dos une terroriste et qu'ils passeraient désormais le restant de leur vie à fuir des démons et des djinns.

– J'ai une montgolfière, Abba. Je peux nous faire sortir d'ici.

Abba secoua la tête.

– C'est trop dangereux, beti.

– On ne peut pas rester ici.

– Je préfère mourir ici que de me faire dévorer vivant par les djinns dehors.

Khadija se mordit la langue. Les survivants s'étaient barricadés dans la caserne, ils avaient bloqué les fenêtres avec des tables retournées et des poutres brisées, mais ce n'était qu'une question de temps avant que l'appétit des djinns pour la chair humaine ne les amène à la porte de la baraque. Les Hareefs n'auraient même pas à lever le petit doigt : ils se contenteraient de regarder les djinns les démembrer. Ou ils mettraient le feu au bâtiment et les regarderaient brûler vifs et agoniser lentement. Quel était le pire, elle n'en savait rien, seulement qu'ils devaient à tout prix sortir d'ici.

– Il doit y avoir une sortie par-derrière.

Abba l'arrêta d'une main posée sur son poignet.

– Il est trop tard, Khadija.

– Non !

Elle bondit sur ses pieds et essaya de relever Abba, mais il se transforma en poids mort.

– Khadija, s'il te plaît, protesta-t-il en la repoussant.

– On ne va pas s'avouer vaincus, Abba ! On peut s'enfuir…

Une vitre explosa. Toute la salle se figea, chacun retenant sa respiration, tous les yeux étaient fixés sur la fenêtre brisée, à moitié condamnée par une table basse en acajou. Personne ne cria. Personne n'osa faire le moindre bruit.

Alors les djinns s'engouffrèrent dans la brèche. Khadija tira Abba sur ses pieds.

– Cours !

Elle suivit la foule qui se précipitait vers la porte avant de refluer aussitôt dans la direction opposée. Elle prit Abba par le coude et recula avec lui au moment où une femme-djinn apparut dans l'encadrement de la porte, un sourire vicieux découvrant ses dents tachées de sang.

Abba se couvrit le visage de ses mains.

– Khadija !

Elle scruta chaque fenêtre, chaque porte, à la recherche d'une issue. Des djinns à forme de chats grimpaient aux murs avant de bondir, se métamorphosant en plein saut en chiens féroces qui plantaient leurs crocs dans les chevilles des gens. La femme-djinn de la porte entra en sautillant, un tourbillon de jupons noirs, et mit le feu aux rideaux. La pièce fut aussitôt noyée dans la fumée noire et verte.

Khadija battit en retraite jusqu'à se trouver acculée contre le mur, traînant toujours Abba avec elle. Elle repéra une lueur orange qui venait de la cheminée où le feu se consumait sur une grille de foyer en fer. C'était le seul élément en fer.

– Reste ici, Abba.

Il cria son nom, mais elle continua de courir, attrapant au passage sur une table un rouleau de gaze qu'elle enroula vivement autour de ses mains jusqu'à se confectionner des moufles de tissu. Elle piqua un sprint vers la cheminée, esquivant un serpent qui tentait de la mordre. Elle trébucha, se rétablit, mit un coup de pied dans la grille pour la déloger ; les braises se répandirent et embrasèrent le tapis. Elle rassembla ses forces et souleva la grille de fer. Pendant quelques secondes elle ne sentit rien, puis les bandages se mirent à chauffer. Elle courut rejoindre Abba, brandissant la grille comme un bouclier. Elle entraîna Abba vers la fenêtre la plus proche, toujours bloquée.

– Bouge la table !

Quelque chose de noir entra dans son champ de vision. Elle poussa un hurlement et leva la grille devant son visage. Un djinn percuta les barreaux avec un sifflement furieux et retomba sur le sol, laissant une traînée de sang noir. De même que le cuivre et le laiton, le fer blessait les djinns, mais seulement les plus inférieurs. Khadija pensa au fouet de cuivre d'Anam qui avait repoussé les djinns corbeaux à Intalyabad. Si seulement Anam était là !

– Vite, Abba !

Abba grogna en appuyant de tout son poids contre la table renversée. Khadija poussa du pied contre le bois poli. La table grinça en glissant sur le carrelage.

– Recule, Abba !

Abba s'écarta et se couvrit les yeux pendant que Khadija cognait la grille contre la vitre, qui se brisa. Les bandages chauffaient de plus en plus, la chaleur lui démangeait les paumes.

– Allez !

Les genoux d'Abba craquèrent quand il balança les jambes par-dessus le rebord de la fenêtre et se laissa tomber au sol avec un bruit mat. Khadija le suivit, bloquant avec sa grille un corbeau qui plongeait vers elle en piqué. Le djinn coassa et se retira dans un tumulte de plumes arrachées.

Puis ils furent dehors et se mirent à courir.

Au-devant les attendaient une ligne de tuniques blanches. Khadija stoppa net. Les Hareefs se tenaient là, immobiles, ne se donnant même pas la peine d'attaquer : c'était plus simple de laisser les djinns faire le boulot. Leurs rires grinçants et stridents étaient portés par le vent ; ils poussaient des cris de victoire et levaient le poing, sifflaient et huaient en regardant le village brûler, les yeux brillants. Chacun avait une main refermée sur l'amulette émeraude qu'il portait autour du cou.

Khadija sentit la haine lui brûler les entrailles.

Mais ils avaient des armes et des djinns, tandis qu'elle avait une grille en fer et un vieil homme accroché à son bras. Elle tira Abba vers une rangée de maisons écroulées en enjambant tant bien que mal les débris. Abba trébucha, l'entraînant dans sa chute, et elle manqua se fracasser les dents sur un évier fendu.

Un souffle lourd. Elle tourna la tête, pensant que c'était Abba, mais il avait la bouche bien fermée, assis par terre face à un garçon en tunique blanche.

– Terroriste ! cria Abba en reculant, essayant de tirer Khadija en arrière.

Mais elle s'était figée, complètement pétrifiée, saisie d'un froid si grand que même la grille brûlante entre ses paumes lui parut glacée.

– Jacob.

Non. Ça ne pouvait pas être lui. Il n'aurait pas pu faire ça. Pourtant, elle jeta un regard à ces yeux terrifiés, dilatés par la peur, et abattit la grille violemment. Jacob hurla et se baissa au moment où la grille de fer faisait un trou dans le mur juste à l'endroit où se trouvait sa tête une seconde plus tôt. Il bondit sur ses pieds, les paumes levées.

– Khadija. S'il te plaît, attends !

– C'est ta faute !

– Je ne voulais pas. Je ne savais pas qu'elle ferait ça, dit-il d'une voix plaintive, le menton tremblant tellement qu'il en bafouillait. Tout ceci est une terrible erreur.

Elle secoua la tête. Non. Il n'avait pas le droit de pleurer. Pas quand tant d'innocents étaient morts à cause de son erreur.

Abba la tira par le coude.

– Tu connais ce garçon, beti ?

Khadija jeta un regard dégoûté à Jacob dont les épaules étaient maintenant secouées de sanglots éperdus.

– Non, je ne sais pas qui c'est. Plus maintenant, dit-elle en faisant demi-tour.

– Attends ! répéta Jacob en s'essuyant le nez sur sa manche. S'il te plaît. Il faut qu'on sauve Anam.

– Anam est en vie ?

– Pour l'instant.

Il indiqua un ballon noir brodé de léopards d'argent et d'éléphanteaux en perles ; il flottait à un mètre du sol, amarré par une simple corde.

– Elle est ligotée dans le ballon de Vera. On doit la libérer avant que Vera la sacrifie à la reine Mardzma.

La reine Mardzma. La reine djinn qui avait envoyé ses djinns kidnapper la princesse Malika dans le livre d'Hassan. *Cette* reine-là ?

Abba ramassa un manche à balai et l'agita devant Jacob comme un sabre.

– Ce garçon pratique le *sihr* ! Laisse-le, Khadija !

Jacob tourna vers elle un regard suppliant, plus bleu que le ciel à midi au-dessus des nuages, là où le temps n'existait plus.

– S'il te plaît, je sais que j'ai mal agi. Que je suis impardonnable. Mais tu dois me faire confiance, maintenant…

– Ah ! Tu crois vraiment que je te ferai de nouveau confiance un jour ? Et pourquoi ?

– Parce que… parce qu'Anam va mourir si tu ne m'aides pas. Et je ne veux pas qu'elle meure.

– Khadija, oublie ce garçon, dit Abba en lui mettant un coup de balai. Il dit n'importe quoi, allons-nous-en.

Mais à voir Jacob inondé de culpabilité et de honte, Khadija sut qu'il disait la vérité.

– Désolée, Abba, mais on doit le faire.

– Pah ! C'est un manipulateur et un menteur, et toi, tu lui fais confiance ! Ceux de sa race ont tué ta mère et ton frère, cracha Abba. Ou bien tu t'en fiches ?

Elle se raidit comme si Abba avait plongé une lame entre ses omoplates. Elle posa les yeux sur Jacob, recroquevillé sur lui-même ; dépouillé de son air bravache, de sa haine, de sa colère, il ne restait plus que la peur. La même peur qu'elle avait vue chez le garçon dans l'atelier du souffleur de verre, quand il avait brisé un vase sur la tête de Munir pour la protéger. C'était le même garçon qui la suppliait de l'aider. Pas Jacob le menteur ou Jacob le terroriste. Jacob le garçon qui lui avait sauvé la vie et l'avait aidée à piloter une montgolfière.

– Mais, Abba, ce n'est pas lui qui les a tués. Tu ne peux pas les déclarer tous coupables. Allons-y, dit-elle en s'adressant à Jacob. Cache-toi ici, Abba, on reviendra te chercher.

Abba hurla, jura, cria, mit des coups de pied dans l'évier fendu jusqu'à faire éclater la céramique et se blesser au sang, mais rien n'y fit : Khadija ne se retourna pas. Jacob et elle se frayaient un chemin à travers les décombres, les yeux fixés sur le ballon noir. Les Hareefs avaient délaissé les montgolfières afin d'être aux premières loges pour voir brûler la caserne. Seules deux silhouettes gardaient le ballon, mais la mèche rouge dépassant d'une capuche blanche suffit à glacer le sang de Khadija. C'était Vera.

– Le plan de Vera est de tuer assez de gens pour attirer l'attention de la reine Mardzma, dit Jacob.

Khadija vit Vera lever un miroir d'argent devant ses yeux ; un miroir semblable à celui qu'elle avait utilisé pour s'adresser à la reine Bidhukh avant de l'invoquer.

– Elle veut invoquer la reine Mardzma et lui offrir le cœur d'Anam en échange d'un vœu.

– Alors, on fait quoi ? demanda Khadija.

– Je vais faire diversion pendant que tu libéreras Anam.

Khadija se dit qu'ils n'avaient pas le temps d'élaborer un plan plus sophistiqué.

– D'accord. Sois prudent, dit-elle à Jacob tandis qu'il s'éloignait.

– Je le serai, dit-il, ses cils blonds mouillés de larmes. Et je suis désolé, Khadija. Pour tout.

Puis il courut vers Vera avant que Khadija puisse le retenir.

CHAPITRE VINGT-SIX

Jacob

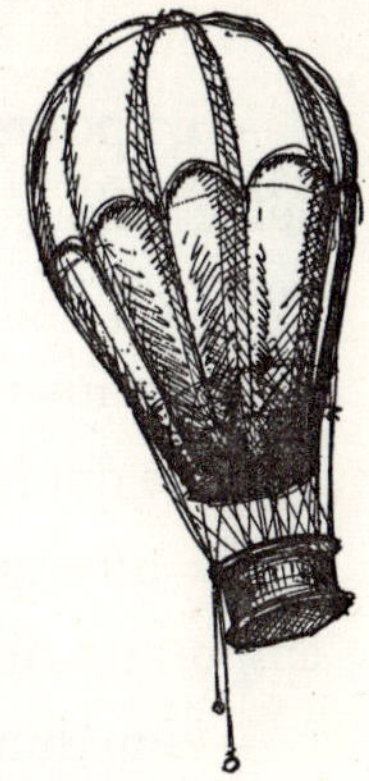

Jacob fonça vers Vera et Sara, échafaudant en même temps un bobard pour les attirer toutes deux loin du ballon. Sara le vit arriver.

– Que se passe-t-il, le nouveau ? demanda-t-elle en tripotant le pommeau de son sabre.

Avant qu'il puisse parler, un éclair de chaleur dans son dos lui picota la nuque. Sara poussa un cri et dégaina son arme, mais Vera l'écarta d'un geste brusque.

– Caleb !

Jacob fit volte-face. Caleb se tenait au centre d'un cercle calciné, ailes déployées, ses yeux verts fixés sur Vera.

– Arrête ça, Ammi ! Maintenant, avant qu'il soit trop tard.

Vera serra le miroir d'argent contre son cœur.

– Mais je fais ça pour toi ! Je réclame un vœu de la reine Mardzma pour toi, pas pour les Hareefs. Tu ne veux pas redevenir humain ? Rejoindre les vivants ?

– Et pourquoi ? gronda Caleb. Pour être de nouveau faible, impuissant, terrifié de ce que ces basanés pourraient me faire ? Non ! Ce n'est pas une vie.

Avec un rugissement, il trancha d'un coup de serre la corde qui retenait le ballon.

La montgolfière commença à s'élever dans le ciel, emportant Anam dans ses flancs.

– Non ! hurla Vera en se précipitant pour attraper la corde.

Elle referma les doigts sur le bout effiloché et réussit à ramener le ballon à terre. Caleb montra les dents.

– Ainsi, tu as fait ton choix, dit-il. La reine Bidhukh va reprendre son armée de djinns, et tu n'auras plus aucune chance de conquérir Al-Shaam.

Le cercle d'herbe brûlée autour de lui s'embrasa de nouvelles flammes vertes de djinn.

– Attends ! cria Vera en fourrant la corde entre les mains de Sara avant de s'avancer. Tu as raison. J'ai commis une erreur. S'il te plaît, Caleb, laisse-moi arranger les choses.

Encore une fois, Jacob fut frappé par la peur qu'inspirait Caleb à Vera, et plus encore, la peur de le perdre. Les flammes vertes s'apaisèrent.

– Tu vas devoir implorer son pardon.

– Bien sûr.

– Soit, je vais lui parler.

Caleb disparut dans un rideau de flammes vertes, ne laissant derrière lui qu'un rond d'herbe carbonisée. Vera se passa une main tremblante sur le front.

– C'est donc ça, ton plan, traîtresse !

Vera pivota sur elle-même et se retrouva face à Sara qui brandissait son sabre, une expression incrédule sur le visage.

– De quoi tu m'as traitée ? siffla Vera.

– Tu m'as très bien entendue ! Depuis le début, tu nous fais croire que tu te bats pour le bien de notre peuple, ragea Sara en lui crachant à la figure. Mais en fait, tu veux gaspiller le vœu de la reine Mardzma pour cette bête que tu appelles ton fils !

La suite de sa tirade fut noyée par le rugissement de Vera. Les lames fendirent l'air à quelques centimètres de la joue de Sara. Elle trébucha, lâcha la corde du ballon. Jacob plongea pour l'attraper.

– Tu as perdu la tête ! cria Sara en parant une nouvelle attaque. Tu n'es pas digne de mener notre peuple.

Serrant la corde de toutes ses forces, Jacob recula tandis que les deux femmes se tournaient autour.

– Mon fils, une bête ? Tu t'es regardée ? ricana Vera en lançant des coups que Sara esquivait habilement.

À son tour elle bondit, et les deux femmes roulèrent dans l'herbe ; Sara prit le dessus et écrasa son coude sur le nez de Vera. Du sang gicla. Sara appuya un genou sur la gorge de Vera et chercha sa lame.

Au même moment, Khadija rejoignit Jacob, suivie de son père.

– On doit partir, maintenant !

Jacob opina après un dernier regard aux deux femmes engagées dans une lutte féroce.

– Anam ! appela Khadija, et le visage de celle-ci apparut à la nacelle du ballon.

Elle rongeait les cordes qui lui liaient les poignets.

– Khadija ! Viens vite !

Jacob stabilisa le ballon pendant que Khadija montait à bord. Elle se jeta au cou d'Anam avant d'encourager son père.

– Viens, Abba.

Jacob sentit le regard brûlant du père de Khadija quand il offrit sa main au vieil homme, mais l'urgence de la situation était plus forte que la haine. Abba prit la main tendue et se laissa hisser pour atterrir dans les bras de Khadija, qui cria alors :

– À toi, Jacob !

Un cri fit tourner la tête au garçon : Vera venait de planter sa lame dans le flanc de Sara. D'un seul coup, Sara s'écroula, réduite à un tas de tissu blanc rougissant à vue d'œil. Vera cracha sur le corps : « Bien fait ! », puis s'accroupit pour essuyer sa lame dans l'herbe. Lorsqu'elle se releva, les narines pleines de sang, ses cheveux rouges ébouriffés, elle fixa Jacob d'un regard meurtrier.

La gorge nouée, il lança un dernier regard à Khadija, le visage déformé par la peur, et dans cet instant fugace, il lui sembla qu'ils avaient enfin réussi à se débarrasser de toutes les couches de malentendu qui les séparaient, ne laissant que la peur. Car ce n'était que ça. Ça n'avait jamais été que ça : sa peur à lui l'avait poussé à des actes qu'il n'aurait jamais acceptés sans cela. Sa peur à elle de lui et de ce qu'il était devenu. La peur qui leur faisait prendre des directions opposées en ce moment même, alors que Jacob lâchait la corde et libérait le ballon.

– Qu'as-tu fait, Jacob ? gémit Vera.

Il rejeta la tête en arrière pour apercevoir une dernière fois le ballon qui ne fut bientôt plus qu'un point dans le ciel. Ils s'étaient échappés. Peu importait ce qui lui arriverait désormais. Du moment que les autres étaient en sécurité, alors il avait réparé un peu du mal qu'il avait causé. Sur cette pensée, il fit la paix avec lui-même.

– Je les ai laissés partir, dit-il calmement. Je ne te laisserai pas sacrifier Anam pour un vœu.

– Imbécile !

– Non, Ammi.

Caleb apparut dans un éclair de feu vert. Il s'interposa entre eux deux.

– Le garçon est sage. Il a prouvé sa loyauté à la reine Bidhukh en t'empêchant de t'allier à la reine Mardzma. Ainsi que tu me l'as promis, d'ailleurs…

– Bien sûr, admit Vera d'un air contrit, en s'essuyant le nez sur sa manche.

Quant à Jacob, il ne pipa mot : il était assez surpris de la tournure des choses.

– Bien, dit Caleb en observant les ruines de Qasrah. On a perdu assez de temps ici. Nous partons pour Al-Shaam immédiatement. Préparez les ballons !

D'un coup d'ailes, il s'envola. Vera se tourna alors vers Jacob qui s'attendait à subir sa fureur, mais elle se contenta de dire :

– Rassemble tout le monde. On s'en va.

Ils furent obligés de laisser quelques membres des Hareefs sur place à cause de la perte du ballon noir, mais Caleb insista pour que Jacob fasse partie du groupe qui se lancerait à l'assaut d'Al-Shaam.

– Tu comprends la vision d'ensemble, dit-il à voix basse.

Une voix pleine de ruse et de manipulation, réalisa le garçon. Contrairement à ses homologues inférieurs qui ne semblaient intéressés que par le massacre, Caleb était un djinn avec un plan.

– Pas comme le reste de ces moutons, dit-il en indiquant les Hareefs qui s'affairaient près des ballons. Tout ce qu'ils veulent, c'est la violence aveugle.

Jacob ne put qu'acquiescer et prier pour que le soudain intérêt que lui témoignait Caleb joue en sa faveur. Que Caleb considère son rôle dans l'évasion d'Anam et Khadija comme un signe de loyauté était un pur coup de chance, et Jacob n'allait certainement pas corriger l'éfrit. Les cordes grinçaient au-dessus de sa tête, le ballon volait à un rythme constant. Des images de Qasrah en feu défilaient sous ses paupières. Il ne pouvait laisser une telle chose se reproduire. Il refusait de verser encore ne serait-ce qu'une goutte de sang innocent, mais il ne pouvait pas faire grand-chose à part attendre et prier pour qu'ils n'atteignent jamais Al-Shaam. Prier pour que Khadija et Anam se soient envolées pour un havre plus sûr, et non en plein vers une zone de guerre, comme il en avait peur. Prier… comme si ça lui avait déjà été utile par le passé.

– Ce sont des ingrats ! cracha Caleb. Indignes des dons de la reine Bidhukh.

Instinctivement, Jacob serra dans sa poche la gemme verte qu'il avait dessertie de l'amulette de William.

– Dans ce cas, peut-être devraient-ils les rendre… insinua-t-il.

Sans les pierres, les Hareefs seraient incapables de commander à l'armée de djinns.

Le sourire vicieux de Caleb lui fit froid dans le dos.

– C'est une bonne idée. Quant à ma mère, elle a juré qu'elle serait loyale… pour le moment. Mais je sais que la tentation de gagner les faveurs et le vœu de la reine

Mardzma la tenaille encore. J'ai deux tâches à te confier, petit humain. Considère-les comme une chance de prouver ta fidélité à la reine Bidhukh.

– D'accord, bredouilla Jacob.

Caleb se pencha et son haleine de feu fit cloquer le lobe d'oreille de Jacob.

– D'abord, apporte-moi le miroir d'argent que ma mère utilise pour contacter la reine Mardzma. Elle n'en aura plus besoin. Ensuite, je veux que tu voles les amulettes.

– Moi ?

– Oui, toi ! C'était ton idée, après tout. Imagine leur tête, dit-il en balayant du regard les autres Hareefs, quand ils découvriront que l'armée de djinns en qui ils avaient mis tous leurs espoirs ne fait pas la distinction entre eux et les Ghadæans d'Al-Shaam.

Jacob se raidit. Avec ces mots, Caleb venait de révéler sa vraie nature : il n'était plus un Hāri et ne voyait aucun problème à assurer la défaite et la mort des Hareefs.

Caleb se leva et le ballon pencha sous son poids.

– Débrouille-toi pour réussir, humain, ou tu paieras le prix de l'échec.

Jacob avala sa salive : il aurait été idiot de s'opposer à l'ordre d'un éfrit. Il observa les visages des Hareefs dans la nacelle. L'énergie qu'ils avaient déployée à regarder Qasrah brûler avait fait place à une certaine solennité depuis qu'ils avaient abandonné quelques-uns de leurs membres, et plus ils approchaient d'Al-Shaam, plus la tension se faisait sentir. Comment les convaincre de céder leurs amulettes, leur seule garantie que l'armée de djinns ne se retournerait pas contre eux ? Quoi qu'il dise, ils ne le croiraient pas. Il ne vivait parmi eux que depuis une semaine et, confiné à l'atelier de verre, il n'avait fait impression sur personne à part Marcus. Et Sara – mais Vera avait laissé son corps étendu dans l'herbe de Qasrah. Sa plus fervente et loyale supportrice, et Vera n'avait pas hésité à l'abattre. Preuve que Vera était prête à tout pour son fils.

Elle gardait ses distances avec le groupe depuis qu'ils avaient décollé, et tout le monde l'évitait soigneusement. Jacob la regarda se pencher par-dessus le bord de la nacelle, sa chevelure fouettée par le vent comme des nuées d'orage rouges. Gardait-elle le miroir sur elle ? Si c'était le cas, Jacob n'avait aucune chance de le subtiliser, et l'amulette, encore moins. Pourtant, il savait que Caleb n'accepterait pas l'échec : si Jacob ne voulait pas être précipité dans le vide, il devait réussir coûte que coûte.

C'est alors que Marcus lui jeta un coup d'œil ; il dut remarquer le front plissé du garçon, car il lui fit signe.

– Viens manger, Jacob, pendant que c'est encore chaud.

Jacob rejoignit le cercle et se trouva une place entre Marcus et une femme hārie qu'il ne connaissait pas. Une assiette de pilaf apparut devant lui, et il se rendit compte qu'il était affamé. Son estomac gronda, provoquant un gloussement chez Marcus, il nettoya son assiette de riz en quelques secondes et réclama aussitôt un deuxième service.

– Doucement. Nos vivres doivent nous permettre de tenir jusqu'à ce qu'on arrive.

– Désolé, fit Jacob en s'essuyant la bouche sur sa manche.

Ses crampes d'estomac s'étaient calmées, il en profita pour étudier les visages dans le cercle, qui le fixaient tous avec intérêt. Il se sentit mal à l'aise.

– De quoi tu parlais avec… lui ? demanda Marcus en désignant du menton Caleb, réduit à une paire d'ailes noircies au loin.

– Hum…

C'était peut-être une occasion de récupérer les amulettes. Il fallait qu'il soit bon menteur. Il vérifia que Vera était hors de portée de voix, puis il ouvrit la bouche et débita ses mensonges.

– Il a dit que vous l'aviez tous impressionné, qu'il n'avait jamais vu une ville rasée aussi vite.

Des sourires satisfaits se dessinèrent dans le groupe. Jacob masqua l'horreur que lui inspirait leur réaction.

– Et qu'il attend un résultat semblable à Al-Shaam.

Quelques murmures s'élevèrent dans le cercle.

– Mais Qasrah est un village, alors qu'Al-Shaam est une ville, et nous sommes moins nombreux, protesta un homme qu'il reconnaissait vaguement, soutenu par un acquiescement général.

C'est alors que la solution se présenta.

– Il en est bien conscient, et c'est pourquoi il veut vous faire à tous un cadeau très spécial.

Chuchotements excités.

– Un cadeau ! Que va-t-il nous donner ?

– Il veut enchanter vos amulettes pour qu'elles soient encore plus puissantes. Ainsi, vous pourrez contrôler des djinns supérieurs.

À la joie qui se peignit sur les visages, Jacob sut qu'il avait touché juste.

– C'est pas trop tôt, marmonna Marcus. J'en ai assez des corbeaux et des serpents. Si on se prépare à attaquer une ville, on va avoir besoin de djinns bien plus puissants.

– C'est ce que pense Caleb. Si vous voulez bien me confier vos amulettes, il les enchantera pour vous. Passez le mot aux sept autres ballons et rapportez-moi toutes les amulettes. Je les donnerai à Caleb.

Jacob s'attendait à une certaine résistance, à des regards soupçonneux… pas à l'empressement avec lequel les Hareefs retirèrent leurs amulettes et les jetèrent dans sa direction. Il les ramassa et fourra le lot dans ses poches. Puis il observa Vera, qui contemplait toujours le ciel nocturne.

Et maintenant, comment lui prendre son miroir ?

Une fois le dîner terminé, la plupart des Hareefs allèrent s'étendre sur leurs couvertures. Jacob resta assis en tailleur sur le tissu rêche, refusant de s'allonger avec toutes les amulettes qui lui meurtrissaient les cuisses mais qu'il n'osait pas retirer de ses poches. Il appuya sa tête contre la paroi de la nacelle. Au moment où ses paupières se fermaient, un chuchotement aigu l'arracha au sommeil.

– Jacob.

Il ouvrit les yeux.

– Jacob.

Vera s'avançait dans la lumière. Avait-elle remarqué les amulettes qui déformaient ses poches ? Elle lui fit signe de la rejoindre et il n'eut d'autre choix que de se lever, le plus lentement possible pour éviter de faire tinter les amulettes.

– Caleb et toi, vous avez l'air de bien vous entendre. Je vous ai vus discuter tout à l'heure.

De près, on était frappé par l'épuisement qui ternissait sa peau, par les cernes qui creusaient ses yeux et lui donnaient un air hagard.

– J'ai toujours su que vous pourriez vous entendre. Il te ressemblait beaucoup… quand il était en vie, dit-elle dans un murmure plein de souffrance. Toujours à fabriquer des trucs, à récupérer des déchets de toutes sortes dans l'espoir qu'ils seraient un jour utiles. C'était un garçon très calme, très silencieux, et la plupart des gens le pensaient idiot à cause de ça, mais il ne l'était pas. Loin de là. Est-ce un crime de vouloir retrouver ce garçon-là au lieu de cette… créature ?

Jacob opina. Il n'y avait pas de chronologie en matière de deuil, pas de point d'arrivée où la perte serait enfin oubliée, le lien d'amour rompu à l'instant de la mort. Il pensa à William, à son absence telle une blessure béante dans son flanc, une souffrance qu'il ne pouvait soulager qu'en emplissant son esprit d'assez de bruit pour l'en distraire. Vivrait-il ainsi désormais, à sauter d'une activité à l'autre chaque jour, en quête de nouvelles distractions ? En verrait-il la fin ?

– Il vous manque, et ce n'est pas un crime. Mais… vous l'avez retrouvé, non ?

Vera tapa du poing sur la nacelle.

– C'est juste que… qu'il est si différent. Al-Ghaib l'a changé. La reine Bidhukh l'a changé. La reine Mardzma était mon seul espoir de retrouver mon garçon tel qu'il était. Un vrai garçon. Vivant. Humain. *Mon* fils – pas le sien.

Elle plongea la main sous sa tunique pour en retirer le miroir.

– Mais à présent, je n'ai plus rien à lui offrir.

Elle tint le miroir au-dessus du vide.

– Attendez ! cria Jacob en tendant la main vers le miroir.

Caleb lui avait ordonné de lui rapporter l'objet, il ne pouvait courir le risque de voir Vera le détruire.

– Tu crois que je ne devrais pas abandonner tout de suite ? Tu as peut-être raison. J'irais jusqu'en enfer pour mon fils. Je raserais des cités entières juste pour le faire sourire. Je verserais le sang des basanés jusqu'au dernier pour que le monde soit enfin sûr pour lui.

Elle se redressa, leva le menton, et Jacob vit l'ancienne Vera revenir à la vie.

– Je trouverai un autre moyen de gagner la faveur de la reine Mardzma. Même si je dois brûler toutes les villes de Ghadæa. Elle m'accordera mon vœu. Je retrouverai mon Caleb.

Jacob la regardait, stupéfait. Vera était comme un pendule oscillant entre le deuil et la rage. Elle lui remit le miroir. Le froid de l'argent lui arracha un frisson.

– Caleb ne doit pas me voir avec ce miroir, dit-elle. J'ai besoin que tu le gardes pour moi. Je peux te faire confiance, n'est-ce pas ?

Jacob hocha la tête sans rien dire. Puis Vera s'éloigna dans un tourbillon d'étoffe blanche, le laissant seul à contempler la nuit.

CHAPITRE VINGT-SEPT

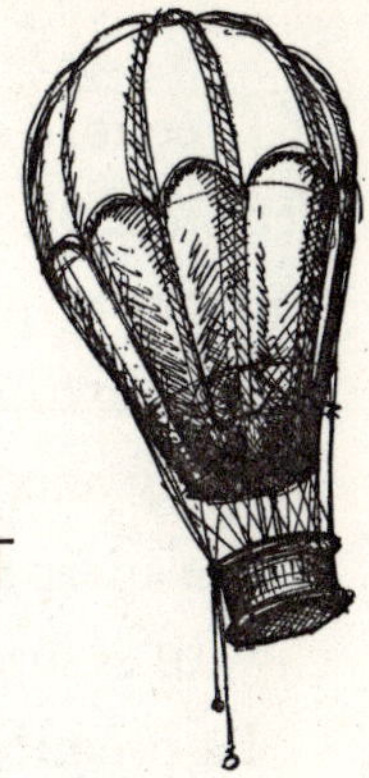

Khadija

La dernière image de Jacob qu'emporta Khadija fut celle du sommet de son crâne qui disparaissait de sa vue tandis qu'il affrontait Vera et son éfrit. Il s'était sacrifié pour eux. Il s'était cru mauvais, inamendable, si bien que le seul moyen d'expier ses crimes était la mort. Et elle l'avait laissé mourir. Le trou qu'elle avait dans le cœur, ce trou qu'elle avait passé des années à tenter de combler avec tout ce qu'elle trouvait afin de pouvoir fonctionner, se mit à grandir, s'étirer jusqu'à devenir un gouffre sans fond qui aspirait tout. Khadija gémit.

– Qu'est-ce qu'il y a, beti ? demanda Abba. Tu es blessée ?

Elle l'était, mais pas comme il le pensait. Pas d'une façon qu'elle pouvait lui expliquer. Anam lui toucha la main, et Khadija enfouit son visage contre son épaule.

– C'était un bon garçon, sanglota-t-elle. Il n'était pas mauvais. Juste égaré.

– Je sais, dit Anam en lui caressant le dos. Il avait bon cœur.

C'était le souvenir de cette bonté dont s'était nourrie Vera, qu'elle lui avait arrachée pour la remplacer avec son poison, qui portait encore Khadija. Avec l'aide d'Anam, elle mit le cap sur Al-Shaam, pendant qu'Abba l'observait avec des yeux ronds. Au début, il l'interpellait chaque fois qu'elle attrapait une corde.

– Tu es sûre que c'est la bonne, beti ?

La première fois qu'elle ouvrit la trappe parachute et que le ballon perdit brutalement de l'altitude pour trouver un vent plus puissant, Abba poussa un hurlement comme elle n'en avait jamais entendu. Elle ne gagna sa confiance qu'après deux jours de navigation ; alors il ne put que l'admirer, s'extasiant chaque fois qu'elle actionnait l'hélice ou tournait le robinet du brûleur.

– Comment as-tu appris tout ça, beti ?

– Un peu toute seule. Le reste, on me l'a enseigné.

– Mais… quel homme voudrait t'apprendre à piloter ?

– Un Hāri, bien sûr.

Abba grinça des dents, mais s'abstint de tout commentaire. Au soir du troisième jour, la patience d'Anam finit par céder.

– On avance trop lentement. Al-Shaam sera la proie des flammes avant qu'on arrive. Vera a une armée de djinns. Elle est trop puissante. Je crains que nous ne voguions vers une mort assurée.

Abba, qui était allongé sur le plancher et essayait de dormir, se raidit à ces mots. Toute mention des djinns provoquait chez lui une violente crise de tremblements, et Anam et Khadija prenaient soin de baisser la voix chaque fois qu'elles parlaient des Hareefs.

Anam grogna. Elle était toujours si maîtrisée, si posée, pourtant son assurance se fissurait sous les yeux de Khadija. Était-ce l'œuvre des Hareefs ? De la même façon qu'ils avaient effrité la volonté de Jacob jusqu'à ce qu'il ne reste de lui qu'une coquille vide ? Ils ne pouvaient pas laisser tomber. Ils avaient fait trop de chemin, subi trop de pertes pour abandonner maintenant.

– Les habitants d'Al-Shaam ont été prévenus et ils auront l'aide des Wazeems. De plus, on a au moins ralenti Vera en lui prenant l'un de ses ballons. Il y a encore un espoir.

Anam lui lança un regard qui lui enflamma les joues et lui fit recroqueviller les épaules. Peut-être était-elle naïve ? Mais même un espoir illusoire valait mieux que la résignation.

– Les Wazeems ne sont pas assez nombreux pour faire pencher la balance. Je suis désolée, Khadija, mais je ne sais pas comment résoudre cette situation.

– Ce n'est pas à toi de le faire, dit Khadija. Je te demande juste de ne pas désespérer tout de suite.

– Mais…

– Arrête. Occupons-nous déjà d'arriver jusqu'à Al-Shaam. Une chose à la fois.

– D'accord, soupira Anam.

Khadija tourna le robinet du brûleur et les flammes orange se ravivèrent, mais l'air nocturne était immobile et, malgré ses efforts, elle ne parvenait pas à trouver de courant de vent. Ils flottaient mollement, seul le murmure à peine perceptible de l'air indiquait qu'ils se déplaçaient. Anam avait raison. Ils n'arriveraient jamais à destination comme ça.

Tout ce qu'il leur fallait, c'était un souffle de vent, un vol d'oiseaux pour les remorquer, même un essaim d'éfrits, si seulement ça pouvait accélérer leur progression. Elle regarda le globe argenté de la pleine lune.

Ou peut-être une seule paire d'ailes suffirait-elle. Des ailes de péri. Ça valait la peine de tenter le coup.

– Tahmina ! cria Khadija.

Anam l'observait comme si elle avait finalement perdu la boule. Khadija renouvela son appel.

– On a besoin de ton aide !

Sa voix mourut dans la nuit. Elle fouillait des yeux l'obscurité, priant pour voir apparaître la lueur argentée des ailes de la péri.

– Tahmina !

Rien. C'était idiot. Khadija se laissa glisser sur le sol, entourant ses genoux de ses bras. C'est alors qu'Anam poussa une exclamation.

– Attends. Je vois quelque chose !

Un éclat d'argent illumina la nacelle. Khadija bondit sur ses pieds au moment où le battement d'ailes résonnait à ses oreilles. Elle était là, la péri, juste au-dessus de sa tête, ses plumes opalescentes luisant à la lumière du feu.

– Tahmina !

Même en un temps très court, son esprit avait déjà oublié la beauté irréelle de la créature. Tahmina posa sur elle ses yeux lilas et lui sourit, ses dents brillaient comme des perles dans le noir. Khadija la contempla, bouche bée d'admiration.

À cet instant, Abba se réveilla en sursaut, et le bruit de son coude heurtant la balustrade rompit l'enchantement.

– Khadija ?

Il tourna la tête vers Tahmina et ouvrit des yeux exorbités.

– Oh mon Dieu !

Sa réaction arracha un petit gloussement à la péri, un tintement de carillon.

– C'est bon de te revoir, dit Tahmina.

Khadija se dégagea d'Anam qui lui tirait sur la manche, sidérée, et répondit :

– Je me demandais si tu pouvais nous aider.

– Tu m'as aidée quand j'en avais besoin. Je ferai de même avec plaisir.

Elle froissa la couronne de plumes d'argent qui entourait son cou gracile : il ne restait plus trace des traitements cruels infligés par l'éfrit de Vera.

– Si j'en suis capable.

– Tu peux tracter le ballon ? Il faut qu'on arrive à Al-Shaam le plus vite possible.

Tahmina étudia l'enveloppe du ballon.

– Je peux essayer.

Elle déploya ses ailes et s'éleva dans la nuit, attrapant une corde. Le ballon grinça. Au début, ça ne parut faire aucune différence, et Khadija frémit de doute jusqu'à ce qu'une brise vienne lui caresser la peau. Le ballon prenait de la vitesse.

– Je crois que ça marche.

Elle fixa la nuit, éclairée maintenant par la lueur argentée de la péri. Ils volaient vers Al-Shaam. Ils arriveraient à temps. Darian comptait sur elle.

À l'aube, les dômes et les minarets se dressèrent à l'horizon ; les bâtiments couverts d'un entrelacs de veines de marbre et de mosaïques étincelaient sous la lumière ambrée du soleil levant comme s'ils allaient s'embraser. Tahmina les avait amenés presque aux portes de la ville, ne les quittant qu'en même temps que la nuit avec la promesse de les aider autant qu'elle le pourrait à combattre les Hareefs.

– Je ne pensais pas qu'on arriverait à temps, remarqua Anam en tirant sur une corde pour entamer la descente.

Ils atterrirent lourdement dans un nuage de poussière, près d'un groupe de ballons de toutes tailles, couleurs et formes. Al-Shaam était intacte, pour l'instant. Des soldats portant des turbans orange et des lances en or patrouillaient sur les remparts pendant que des Hāris s'occupaient des ballons. Ils avaient atterri juste en dehors des murs de la ville, qui s'élevaient, massifs et démesurés, si hauts qu'elle dut se tordre le cou pour en apercevoir le sommet.

Des soldats les encerclèrent. Khadija serra les dents pour camoufler sa peur. Anam prit l'initiative et s'approcha du bord de la nacelle, suscitant des regards perplexes et soupçonneux de la part des soldats. C'est alors qu'Abba se réveilla. Ses genoux grincèrent comme les gonds d'une porte mal huilés, mais il fut au bord de la nacelle avant Anam.

– Bonjour, monsieur, le salua le soldat le plus proche, tout en pointant un doigt vers Khadija et Anam. Avec qui voyagez-vous et quelle est la raison de votre visite à Al-Shaam ?

Tandis qu'Abba débitait sa fable avec autant d'aisance que s'il l'avait répétée, Khadija se rappela l'époque où Ammi et Hassan étaient encore en vie, quand Abba débordait d'assurance. Il avait toujours été très sociable, papotant avec les voisins, refusant des invitations à des mariages ou aux fêtes de naissance parce qu'il n'avait pas le temps d'assister à toutes. Khadija avait oublié son sourire et le bruit de son rire. Lentement, sous ses yeux, il reprenait vie.

– Ces deux femmes sont mes filles, dit-il en leur tapotant la tête chacune à leur tour. Elles se marient toutes les deux aujourd'hui. Je peux vous dire que ça n'a pas été une mince affaire d'organiser deux mariages en si peu de temps, gloussa-t-il.

– Je peux imaginer, commenta le soldat en leur faisant signe de passer. Profitez bien des mariages, monsieur.

Et ce fut aussi simple que ça. Ils franchirent les portes de la ville sans plus de questions, ce qui prouva une fois de plus à Khadija à quel point le monde était facile pour un homme ghadæan.

Quand les soldats furent hors de portée, elle se tourna vers son père.

– Abba !

– Tu crois que j'ai été assez convaincant ?

– Assez ? Ça paraît si facile avec toi !

Un demi-sourire étira ses lèvres.

– La prochaine que tu décides de voler un ballon, beti, tu devrais m'emmener avec toi.

– D'accord, Abba, répondit Khadija en se mordant la joue pour ne pas éclater de rire.

Anam les mena par des rues pavées de marbre et de verre coloré qui brillait au soleil. À cette heure matinale, la ville s'éveillait à peine. Chaque fois qu'ils croisaient une personne, Anam fronçait les sourcils.

– Je croyais que les Wazeems avaient averti la ville au sujet des Hareefs. Les gens ne devraient pas être dans la rue. Ils devraient se barricader chez eux.

– Peut-être les ont-ils prévenus, mais personne n'a voulu les croire.

– C'est probable, dit Anam en pressant le pas. On doit se dépêcher.

Ils grimpèrent une volée de marches taillées dans le grès, tandis qu'Abba se plaignait de la chaleur et de la poussière. Subitement, le visage d'Anam s'éclaira.

– Enfin ! J'ai cru que je ne la retrouverais jamais.

Elle s'approcha d'une maison pendant que Khadija et Anam reprenaient leur souffle.

Anam toqua à la porte, les rideaux frémirent, puis la porte s'ouvrit sur Zaid, le Ghadæan que Khadija avait déjà rencontré. Il était couvert de la tête aux pieds d'une armure trop grande pour lui, si bien que ses épaules de métal bloquaient complètement l'entrée.

– Anam ! s'écria-t-il en posant une main sur son plastron poli. C'est si bon de te revoir !

Anam sourit.

– J'espère que je n'ai pas loupé toute l'action.

– Tu arrives juste à temps.

Zaid les fit entrer. La pièce débordait d'activité : des Wazeems étudiaient des plans détaillés de la ville, d'autres, assis en tailleur, affûtaient des pointes de flèches en cuivre. Partout des gongs, des carillons et d'autres symboles sophistiqués destinés à repousser les djinns étaient suspendus aux tringles et aux fenêtres. Khadija examina les visages, cherchant en vain celui qu'elle désirait tant voir.

– Ruqaiya ! s'écria Anam en voyant la femme aux grandes créoles dorées.

– Anam ! fit la femme en l'embrassant. On a craint le pire. Khadija, tu es revenue. Et ce monsieur doit être ton père, dit-elle en le saluant respectueusement.

Khadija confirma d'un hochement de tête, étonnée que Ruqaiya se souvienne d'elle après leur brève rencontre. Contre le mur du fond, elle vit de grandes caisses débordant de fleurs fraîchement coupées dont les tiges étaient nouées.

– Pour les djinns, expliqua Anam devant son air perplexe. Ils ne peuvent franchir une chaîne de fleurs.

– Encore les djinns, gronda Abba. Khadija, je n'aime pas ça, c'est trop dangereux.

Khadija cherchait les mots pour répondre quand Zaid intervint : il se présenta à Abba, le mena à une table sur laquelle étaient disposés un assortiment de friandises et du chaï épicé, disparut un instant avant de revenir promptement, muni d'un repose-pied moelleux pour les arpions endoloris d'Abba. Cela suffit à dérider Abba et à faire taire ses questions. Khadija leva les yeux au ciel. Son père restait avant tout un homme de plaisirs simples.

– Est-ce que tu as vu Darian ?

Le sourire de Ruqaiya fit rougir Khadija jusqu'aux cheveux.

– Il est en réunion avec le Conseil des Wazeems. Tu devrais les rejoindre, Anam. Après tout, tu es le meilleur tiers du Conseil.

Anam sourit et partit aussitôt retrouver les autres membres du Conseil. Khadija s'assit auprès de son père et grignota avec lui des *pink ladoos* jusqu'à ce que Zaid lui fasse signe.

– Les Hareefs peuvent débarquer à tout moment. La ville n'est pas en sécurité. Nous avons essayé d'alerter les soldats, mais ils nous ont ri au nez. Nous en sommes réduits à faire du porte-à-porte pour prévenir les gens un par un. Ceux qui nous ont crus ont été évacués dans les souterrains sous la ville, résuma Zaid sans lever les yeux du plan qu'il étudiait. Ruqaiya va les y rejoindre bientôt. Tu devrais partir avec elle, Khadija.

Elle se raidit. Elle n'était pas venue jusqu'ici pour se cacher.

– Je veux aider.

– Il n'y a rien de lâche à se mettre en sûreté. Tu as prouvé ton courage rien qu'en venant ici.

Mais elle se fichait bien de prouver sa bravoure. Elle rétorqua d'un ton sec :

– Tu as déjà rencontré Vera ?

Il secoua la tête.

– Eh bien, moi, oui. J'ai vu de mes yeux de quoi elle capable. Je veux aider à l'arrêter.

– Tu sais te battre ? Manier un sabre ? soupira Zaid.

Le silence de Khadija était éloquent.

– Et donc, comment exactement comptes-tu aider, Khadija ?

– Je refuse de rester assise à ne rien faire !

Si Zaid fut surpris par son franc-parler, il n'en montra rien ; cela dit, il ne lui paraissait pas du genre Ghadæan typique. Ce fut Ruqaiya qui rompit le silence.

– Si elle veut nous aider, laisse-la. On a besoin de toute l'aide possible.

– Ce serait l'envoyer à la mort.

– Dans ce cas, qu'elle s'occupe des blessés. Laisse-la nous aider, Zaid, insista-t-elle doucement en posant une main sur son bras.

Il finit par céder.

– Soit. Prépare-la.

Sur ce, il roula le plan et sortit de la maison.

Une ombre passa sur le visage de Ruqaiya, vite remplacée par un sourire.

– Bon, il va te falloir une arme.

Elle tira le rideau de perles au bout du couloir, révélant une grande table couverte de toutes sortes d'armures et d'armes. Des flèches de cuivre s'alignaient à côté de lances à la pointe affûtée ; une sélection de pendentifs, talismans et bijoux propres à repousser les djinns complétaient l'arsenal, leur verre coloré scintillant à la lumière.

– Prends ce que tu veux.

Khadija caressa du bout des doigts la lance la plus proche. Elle n'en avait jamais tenu une. Peut-être Zaid avait-il raison. À quoi servirait-elle ? La petite voix dans sa tête aiguisa sa langue pour la réprimander, mais Khadija la fit taire et ravala ses doutes avant de voir sa résolution ébranlée. *Je dois faire quelque chose. Je suis venue jusqu'ici, ce n'est pas pour rien.* Ruqaiya la laissa seule.

– Appelle-moi si tu as besoin d'aide, lança-t-elle depuis la pièce voisine.

Khadija retira son *kameez* et enfila à la place une tunique de coton et un plastron de métal. Ses doigts tremblaient en fermant les boucles. Tout ceci était réel. Elle prit quelques profondes inspirations pour chasser les images de la destruction endurée par Qasrah qui lui brûlaient les paupières. Elle était prête à tout pour éviter à Al-Shaam de subir pareil sort. Elle enfila un pantalon *shalwar* et des bottes montantes, ajusta son foulard bien serré, puis se munit d'un poignard et d'un cimeterre qu'elle soupesa dans sa main. Le métal lui parut froid et étranger.

Elle choisit un simple talisman d'or gravé d'une écriture délicate. Une prière pour éloigner les djinns. Les mots étaient si délicats qu'elle dut approcher le talisman à quelques centimètres de son visage pour les admirer. Elle se passa la chaîne autour du cou et dissimula le talisman sous sa tunique. Qu'il la protège efficacement contre une armée de djinns, ça restait à voir, mais la seule sensation du bijou sur sa peau était déjà rassurante.

Elle se regarda de pied en cap. Quel contraste avec la fille qui avait volé une montgolfière à peine quelques semaines plus tôt ! Aujourd'hui, elle se sentait comme l'une des guerrières du livre d'Hassan. Elle ramassa en hâte son *kameez* pour en retirer la page pliée aux bords calcinés. Elle la cacha dans sa manche. Maintenant, elle était prête. Elle avait attendu ce moment toute sa vie. L'occasion de prouver sa valeur. Pas aux autres, à elle-même.

Je ne suis pas qu'un bibelot à enfermer, à poser sur un rebord de fenêtre pour admirer la vie depuis la sécurité d'une maison. Je suis bien plus que cela.

Khadija se grandit, ses membres fourmillant d'une énergie nouvelle. Lorsqu'elle franchit le rideau, Ruqaiya l'observa de la tête aux pieds et sourit :

– Ça te va bien.

Quand Abba l'aperçut, il ouvrit des yeux ronds et sauta de sa chaise, renversant au passage le repose-pied.

– Et tu crois aller où, habillée comme ça, Khadija ?

– Je m'occuperai seulement d'aider les blessés, Abba.

– C'est hors de question ! s'écria-t-il assez fort pour que quelques têtes se tournent dans leur direction. C'est beaucoup trop dangereux.

– Tout est dangereux, Abba ! On est en plein milieu d'une guerre ! répliqua Khadija.

Son ton eut le mérite de le faire taire. Khadija l'entraîna dans un coin où leurs voix porteraient moins, mais au moment d'ouvrir la bouche pour défendre sa cause, elle se trouva muette. La vérité, c'est qu'elle était fatiguée. Fatiguée de devoir s'expliquer, d'être constamment ignorée, désavouée, obligée de se justifier auprès d'un homme qui ne la verrait jamais telle qu'elle était réellement.

Avec cette soudaine prise de conscience, elle perdit sa belle contenance, ses yeux se fixèrent sur le sol. Abba en fut plus chagriné que par son emportement. Il soupira, se frotta le nez là où les lunettes avaient laissé une marque.

– Je suppose que je ne pourrais pas t'en empêcher, si ?

Son silence le fit glousser. Il lui posa la main sur la joue.

– Tu ressembles tellement à ton Ammi, tu sais, mais elle faisait mieux semblant de m'écouter, dit-il en riant de bon cœur.

Elle ne l'avait pas vu rire ainsi depuis très longtemps.

– Tu es encore plus courageuse qu'elle. Tu ne fais même pas semblant.

Alors Khadija éclata de rire à son tour. Abba se tenait au mur tellement il riait et ils finirent pliés en deux, à bout de souffle, pleurant de rire. À cet instant, Abba n'était plus seulement son père ; il était aussi son ami.

– Fais ce que tu dois faire, Khadija, mais sois prudente, conclut Abba avant de retourner s'asseoir.

Khadija rayonnait : enfin, elle avait la bénédiction de son Abba. En tournant à l'angle du couloir, son épaule heurta quelque chose de dur et métallique.

– Je suis désolée…

– Ce n'est pas la première fois que tu me repousses…

Cette voix… qui provoquait des frissons inexplicables dans son cœur. Elle leva les yeux sur son visage, encadré à présent d'une frange qui bouclait sur son front comme les vagues de l'océan s'enroulent sur la grève.

– Darian.

Il se pencha pour lui parler, si proche qu'elle se retint de lui frôler la main.

– Je vois que ton père a pris ses aises.

Il indiqua Abba qui avait déjà réuni une petite foule à qui il rejouait leur fuite en ballon et leur arrivée à Al-Shaam, avec quelques enjolivements, bien entendu.

Un silence, assez pour que la gêne s'immisce entre eux.

Darian parla le premier.

– Je suis désolé de n'être pas venu avec toi.

– Ce n'est pas…

– Si, c'est grave, insista Darian en fixant un point légèrement à droite de Khadija.

C'était surprenant de voir quelqu'un d'aussi sûr de lui se montrer incapable de soutenir son regard.

– J'aurais dû être là pour toi, et je ne l'étais pas.

Khadija avala sa salive. Ce serait mentir que d'affirmer qu'elle n'avait pas été blessée quand il avait refusé de l'accompagner, mais ç'aurait été aussi injuste d'attendre de lui qu'il fasse passer ses priorités à elle avant les siennes.

– Tu devais préparer la ville à contrer l'armée de Vera.

– Pour ce que ça a servi, on aurait pu aussi bien ne rien faire, grinça-t-il.

Elle s'assombrit. La ville avait déjà peu de chances de résister à une armée de djinns, mais si en plus les soldats se montraient trop paresseux pour défendre ses murs, Al-Shaam tomberait à coup sûr.

– Je suis heureux que ton père soit sain et sauf. Tu ne peux pas savoir à quel point.

Elle regarda du côté d'Abba, qui agitait les bras en une tentative de mimer comment Tahmina avait tracté le ballon dans le ciel.

– De toute façon, dit Khadija, c'était quelque chose que je devais faire seule.

– J'ai l'impression que tu as l'habitude de faire les choses toute seule.

Elle n'avait pas besoin de répondre à ça : son visage parlait de lui-même. C'était le résultat de longues années passées seule dans sa chambre.

Enfin, il osa la regarder dans les yeux.

– Mais tu n'es plus obligée de tout faire toute seule. Les Wazeems sont comme une famille pour moi, on s'entraide, on peut compter les uns sur les autres, dit-il en lui prenant la main et en l'attirant tout contre lui. Je veux que tu puisses compter sur moi.

Comme elle aurait voulu se fondre dans ses mots ! Ça paraissait si facile dans sa bouche, comme de s'enfoncer en arrière dans une piscine parfumée, si seulement elle avait le courage de se laisser tomber. Elle se mordillait la lèvre, cherchant ses mots, incapable de réfléchir sous le feu brûlant de ce regard espiègle, de ce demi-sourire. Puis, quand Darian posa ses lèvres sur les siennes, elle n'eut plus besoin de réfléchir. C'était un baiser farouche, nourri du manque et des mots retenus depuis des jours. Quand ils se séparèrent, elle était hors d'haleine, les sens chamboulés par le goût de Darian qui perdurait sur sa langue.

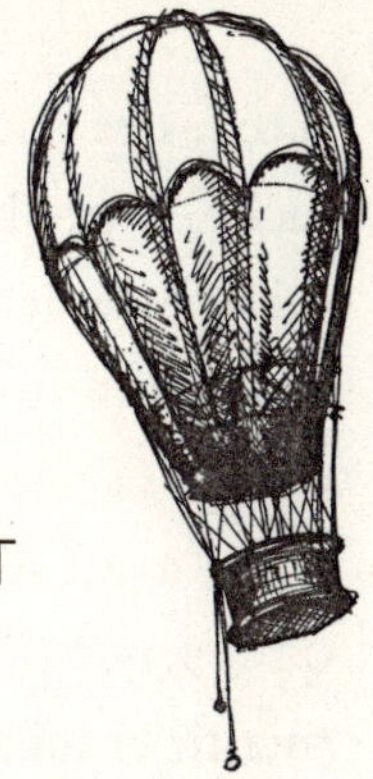

CHAPITRE VINGT-HUIT

Jacob

Lorsque les minarets dorés d'Al-Shaam apparurent à l'horizon, les Hareefs poussèrent des cris de joie. Jacob sentit son ventre se nouer. Qu'allait-il se passer maintenant ? Dans ses poches, les amulettes pesaient leur poids – il les avait presque toutes, grâce à l'aide de Marcus qui avait récupéré celles des autres ballons –, mais l'angoisse d'avoir menti aux Hareefs et le sort terrible qui les attendait pesaient encore plus lourd. Toute la matinée, Jacob avait dû esquiver les questions des Hareefs qui exigeaient qu'on leur rende leurs amulettes.

– Il n'en a pas encore terminé avec les amulettes. Vous les aurez bientôt. Demandez à Caleb, si ça vous pose un problème.

Sa réponse avait provoqué quelques grimaces, mais personne n'avait l'audace de s'adresser directement à l'éfrit. Et heureusement pour Jacob, Caleb s'était contenté de lui indiquer d'un vague geste de la main de planquer les amulettes dans un tonneau, sans même leur jeter un coup d'œil. Les remplacer par un sac plein de charbon avait été facile. Il priait juste pour que Caleb n'ait pas l'idée subite d'inspecter le tonneau.

Quant au miroir de Vera… sa surface polie reposait contre sa peau, sous sa tunique où il l'avait caché. Caleb le lui avait réclamé un peu plus tôt, et même s'il savait qu'il serait plus simple de le lui remettre, il avait préféré mentir et lui raconter que Vera l'avait jeté par-dessus bord – ce qui avait réjoui l'éfrit. Jacob avait gardé le miroir essentiellement parce que la possibilité d'obtenir un vœu de la reine Mardzma était trop tentante pour la laisser passer. Jacob avait vu l'armée de Vera, et il savait dans ses tripes qu'Al-Shaam ne tiendrait pas le choc. Un vœu était le seul espoir pour que la ville survive… si seulement il pouvait trouver ce qui contenterait la reine djinn autant que le cœur d'Anam.

Vera retourna une caisse vide et sauta dessus, de sorte qu'elle dominait tous les autres de la tête et des épaules.

– Êtes-vous prêts à vous faire justice ?

Les Hāris sifflèrent, tapèrent des pieds à en faire balancer le ballon. Les autres montgolfières flottaient à proximité, assez proches pour que sa voix leur parvienne dans l'air immobile.

– Êtes-vous prêts pour l'aube d'une nouvelle ère ? Une ère où nous serons les dominants, et eux les dominés ? Cette aube est venue ! Les basanés vont apprendre de quoi nous sommes capables, aujourd'hui, ils vont regretter de nous avoir toujours traités comme des esclaves !

La foule l'acclama, cria des insultes à l'encontre des Ghadæans et brandit ses armes.

Vera prit le temps d'observer chaque ballon, un rictus mauvais aux lèvres. Elle aimait le spectacle, chauffer une foule, la voir suspendue à chacun de ses mots. Elle leva une main gantée pour imposer le silence et prononça la suite à voix si basse que le ballon s'inclina sous le poids de la foule qui se penchait pour écouter.

– Et nous n'aurons pour eux aucune pitié.

Un goût de bile emplit la bouche de Jacob.

Ils approchèrent des murs de la ville. Vera largua la première caisse et brandit son amulette. Un vol de corbeaux djinns s'éleva des débris de verre et plongea vers les murs au sommet desquels des archers somnolaient au soleil. Des balistes pas chargées s'alignaient sur les remparts, pointées inutilement vers le ciel. La ville avait été construite pour endurer les batailles, mais mal préparée pour la guerre.

Al-Shaam ne pouvait imaginer le carnage à venir, à mesure que les caisses tombaient vers le sol et que des djinns émergeaient des débris. Le vol de corbeaux aux yeux verts piqua sur les remparts, délogea les lances des mains des soldats avant de leur becqueter les yeux. Des cris de terreur fusèrent, les soldats basculaient du haut des murs comme des feuilles d'automne.

Vera sourit : le ballon pouvait désormais atterrir.

Une brise chaude chatouilla la joue de Jacob tandis qu'ils perdaient de l'altitude, puis ils atterrirent dans le sable et l'enveloppe s'affaissa au-dessus de leurs têtes. Les Hareefs se rassemblèrent rapidement à bonne distance de l'armée de djinns. Jacob se glissa dans leurs rangs, les poings serrés sur les amulettes dans ses poches, redoutant que les créatures ne s'en prennent immédiatement aux Hareefs, exposant ainsi sa duplicité. Au lieu de quoi, Caleb ayant atterri à côté de Vera, les djinns se tournèrent docilement vers l'éfrit et attendirent ses ordres. Caleb s'avança vers eux.

– La reine Bidhukh veut un bain de sang. Quand assez de sang aura coulé, alors seulement elle nous gratifiera de sa présence. Il est temps de brûler cette cité comme vous avez brûlé Qasrah. Ne la décevez pas.

Caleb s'envola, ses ailes puissantes créèrent un souffle incandescent. Les Hareefs se protégèrent du sable projeté en levant les bras. Jacob regarda Caleb voler vers les arches dorées de la porte principale. Quelques archers encore debout firent feu, mais leurs flèches passèrent au travers de l'éfrit et se plantèrent, inutiles, dans le sable. Caleb frappa dans ses mains, des étincelles vertes crépitèrent au bout de ses doigts, et un torrent de feu djinn se déversa sur la porte. Elle était réellement faite d'or pur, car elle fondit comme du sucre, les verrous qui scellaient la ville se repliant sur eux-mêmes. En quelques minutes, la porte céda. Caleb mit pied à terre dans un tourbillon de poussière et entra crânement dans la cité.

Comme il s'éloignait, la loyauté des djinns commença à vaciller : ils jetaient des coups d'œil en douce vers les Hareefs, des rictus affamés se dessinèrent sur leurs faces vicieuses. Les Hareefs reculèrent en resserrant les rangs.

– On n'a pas d'amulettes, grogna Marcus en posant la main sur le pommeau de son sabre.

Devant Jacob, un djinn loup émit un grondement sourd qui souleva le sable à ses pieds. Le loup se ramassa sur ses hanches puis bondit.

Les Hareefs se mirent à hurler. Vera jura et brandit son amulette. Le loup retomba et reprit sa place. Vera se tourna vers le groupe, fort d'une cinquantaine de membres qui attendaient tous qu'elle les mène à la victoire. Si seulement ils connaissaient ses véritables motifs…

– On perd du temps ! cria-t-elle en prenant leur tête. Au palais !

Les Hareefs franchirent derrière Vera le trou fondu qui avait été la porte de la ville, et entrèrent dans Al-Shaam. Jacob plissa les yeux vers les dunes dorées au loin qui s'élevaient derrière un palais construit entièrement en or et en marbre blanc, avec des dômes couverts de rubis et des minarets qui se dressaient dans le ciel plus haut que la plupart des ballons. Si Vera ne pouvait pas offrir le cœur d'Anam à la reine Mardzma, peut-être que le cœur d'un Nabab ferait l'affaire…

Les rues étaient un bain de sang. Les soldats avaient vite réalisé que leurs flèches à pointes d'acier, leurs sabres et leurs lances plaqués or n'avaient aucun effet sur les djinns. Ces armes traînaient par dizaines, abandonnées dans la poussière. Seules les balles de plomb tirées par leurs mousquets pouvaient blesser les créatures, mais elles ne servaient qu'à courte portée et seulement contre les djinns inférieurs. Des cadavres s'entassaient à la porte de la ville, djinns mâles et femelles se disputaient pour goûter à leur chair. Les soldats s'étaient réfugiés dans les bâtiments les plus proches, tirant au jugé dans la masse.

Ils n'avaient pas la moindre chance.

Marcus saisit Jacob par l'épaule et l'emmena plus loin.

– Vaut mieux pas regarder.

Il indiqua l'escalier en colimaçon par où grimpaient les Hareefs et conseilla :

– Garde les yeux fixés sur le palais et reste près de moi. Ça va aller.

Les paroles de Marcus calmèrent sa nausée tandis qu'ils montaient les marches à vive allure et s'enfonçaient dans un dédale de ruelles étroites. Des cris fusaient depuis des portes et des étals de marché, les marchands s'abritaient derrière des tables renversées, les clients refluaient à l'intérieur, barricadaient leurs portes avec des caisses et des tonneaux. Des groupes de soldats couraient dans les rues, hérissés de sabres et de lances, mais aucun ne faisait attention aux Hareefs – qui se souciait d'une bande de Hāris ? –, trop pressés qu'ils étaient de défendre la grande porte contre les hordes de djinns qui se déversaient dans la ville. Un nuage de fumée recouvrit Al-Shaam à mesure que les flammes vertes léchaient les bâtiments de la grande rue. Jacob toussa et se couvrit la bouche.

Les ruelles s'étaient vidées, des silhouettes terrifiées observaient la scène depuis la relative sécurité de leurs fenêtres. Des sacs de courses et quelques chaussures abandonnées jonchaient le sol. Vera marchait devant, les yeux rivés sur les dômes semés de cornaline du palais du Nabab. En dépit de la légère boiterie due à sa blessure à la cuisse, elle maintenait un rythme d'enfer qui obligeait les autres Hareefs à panteler pour ne pas se laisser distancer. Jacob fut rapidement en sueur.

Puis elle s'arrêta d'un coup.

– Qu'est-ce qu'il y a ? demanda Marcus.

Vera regarda à gauche et à droite, puis tira son sabre.

– Nous ne sommes pas seuls.

À peine avait-elle prononcé ces mots qu'une lance fendit l'air. Marcus la trancha en deux avant qu'elle ne se plante dans le cou de Vera.

– Embuscade ! hurla-t-il.

Des flèches fusèrent de partout. Tout le monde se jeta par terre. Jacob plongea derrière une caisse de citrons et se recroquevilla. Son cœur tambourinait contre ses côtes. Les Hareefs agitaient leurs sabres, ils se formèrent en cercle autour de Vera et engagèrent le combat contre des guerriers hāris et ghadæans qui ne pouvaient être que des Wazeems. Vera posa les yeux sur lui tandis qu'elle se frayait un passage à travers les corps pour se précipiter vers lui.

– Le miroir ! Donne-le-moi !

Elle voulut attraper sa cape, mais une volée de flèches jeta Jacob à plat ventre sur le sol et empêcha le mouvement de Vera. Quand il put de nouveau se relever, Jacob aperçut la chevelure rouge sang de Vera qui disparaissait dans le labyrinthe de ruelles en direction du palais.

Elle les avait abandonnés. Facilement. Sans se poser de question. Sans un regard en arrière. L'absence de Vera créa un mouvement de panique chez les Hareefs qui tournaient en rond dans la plus grande confusion, moulinant de leurs sabres tout ce qui passait à portée. Jacob émergea de derrière sa caisse et trébucha aussitôt sur un corps. Il mordit la poussière, recracha du sable et se frotta les yeux.

Ce qu'il vit alors lui fit l'effet d'un coup de poignard : Marcus, le dos criblé de flèches, les yeux voilés par une terreur qui ne s'effacerait jamais.

Jacob laissa échapper un sanglot. Le souffleur de verre s'était montré bon avec lui, et Jacob en avait presque oublié l'allégeance de Marcus aux Hareefs. Peut-être que, comme lui, le souffleur de verre avait été manipulé, égaré par les paroles venimeuses de Vera. Peut-être l'avaient-ils tous été, pensa-t-il en voyant les corps s'amonceler. Peut-être auraient-ils pu être sauvés si Jacob avait essayé plus fort, leur rage canalisée pour le bien plutôt que pour la vengeance. Jacob n'arriverait pas à se débarrasser du sentiment qu'il avait failli envers eux.

Un visage familier tournoyait au centre de la mêlée, sa lame paraissait une extension de son bras, un membre de métal.

Anam !

Il se leva, observa ce qu'il restait des Hareefs. Un Hāri poussa un rugissement et plaqua Anam au sol, qui en lâcha son sabre. L'homme lui colla son poing sur la mâchoire. Anam planta sa botte dans ses côtes et rampa vers son arme, mais l'homme la tira en arrière.

Jacob fonça, les yeux fixés sur l'éclat de la lame tandis qu'il contournait les combattants.

– Anam !

Elle se tourna vers lui. Il fit glisser le sabre dans sa direction d'un coup de pied et elle le ramassa ; ses yeux brillaient d'un feu contrôlé, un feu avec un but, qui ne brûle que quand c'est nécessaire et alors, férocement et sans merci.

Elle plongea la lame dans le flanc de l'homme. Il fut pris de spasmes, un filet de sang coula de ses lèvres puis sa tête retomba sur le sable. Jacob était partagé entre l'effarement et la répulsion devant la facilité avec laquelle Anam venait d'ôter une vie.

Elle le prit par le bras et indiqua le haut de la rue.

– Le chapiteau ! Cours !

Elle se débarrassa d'un coup de coude d'un combattant de la liberté – non, un terroriste, c'est ce qu'ils étaient. C'est ce qu'ils avaient toujours été, justifiant leur violence en la qualifiant de justice. Mais rien ne justifiait d'attaquer une ville qui avait baissé la garde, de massacrer les civils dans la rue. Il le savait désormais.

Il se mit à courir.

– Et enlève-moi cette cape ridicule ! cria Anam dans son dos.

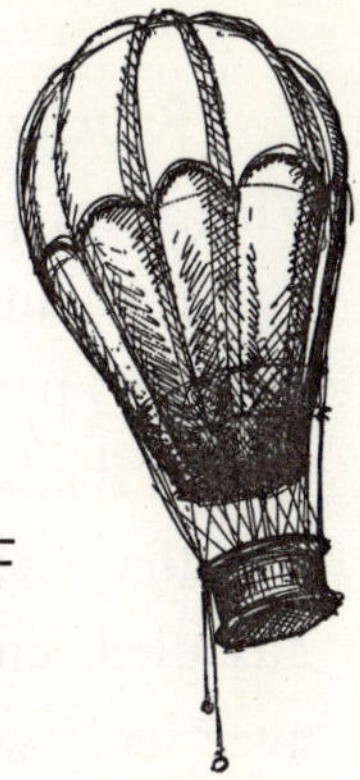

CHAPITRE VINGT-NEUF

Khadija

Plus tôt, Khadija avait trouvé les rues trop animées à son goût : des familles revenaient du marché chargées de cageots de pêches, des enfants promenaient des chèvres aux oreilles tombantes. Ils avaient été prévenus, et pourtant ils refusaient d'écouter. En haut des murs, les soldats somnolaient dans la chaleur, leurs lances traînant à leurs côtés. Darian secoua la tête et commenta :

– On ne peut plus rien pour eux. Ils ont fait leur choix.

Elle croisa son regard, nota les cernes sombres qui entouraient ses yeux comme des bleus violacés.

– Nerveuse ? demanda Darian.

– Un peu, souffla-t-elle.

– Rappelle-toi : tu as déjà affronté Vera à Intalyabad. C'est plus que ne peuvent s'en vanter la plupart des Wazeems.

Ils avancèrent en silence vers la grand-place où les Wazeems avaient dressé des barricades sur lesquelles s'amusaient des enfants. Zaid les chassa.

– Rentrez chez vos parents et dites-leur de se cacher. Vite, avant que les djinns ne vous tuent !

Les enfants s'égaillèrent avec des éclats de rire, tandis que leurs parents regardaient d'un mauvais œil ces Hāris et ces Ghadæans qui marchaient dans la rue de concert. Khadija se sentait un peu ridicule, harnachée de la tête aux pieds en armure alors que les gens se promenaient avec leurs sacs de courses à la main. C'était peut-être le calme avant la tempête, pourtant elle s'accrochait à un filet d'espoir. Peut-être qu'ils s'étaient trompés. Peut-être qu'il n'y aurait pas de bataille ce jour-là.

– Bien joué, Zaid, ricana Darian en lui tapant sur l'épaule. Je suis sûr qu'ils ont bien compris le message.

– Ils sont stupides, et ça va leur coûter la vie, gronda Zaid.

Il écarta une barricade et rejoignit les rangs des Wazeems rassemblés sur la place. Un barnum de toile rayé claquait au vent, entouré d'une chaîne de fleurs. Khadija observa leurs tiges si frêles. Bloqueraient-elles réellement une armée de djinns ?

En entrant sous la tente, Khadija nota les lits vides, les rouleaux de gaze pour les bandages, les caisses pleines d'herbes et de teintures. Dans l'air flottait un léger parfum de menthe et de sauge. Zaid se fraya avec autorité un passage à travers la foule réunie à l'intérieur, un mélange de Ghadæans et de Hāris qui s'apprêtaient à combattre ensemble comme un seul homme. Comme des égaux. Elle était ébahie.

Zaid salua une femme ghadæane d'un certain âge, petite et replète, avec un hijab bien serré autour de son cou potelé.

– Khadija, dit Zaid, voici Jameela. Tu seras son assistante. Assure-toi qu'elle ait tout ce dont elle a besoin.

Puis il se fondit dans la masse.

Jameela lança un regard sévère à Khadija : elle n'avait pas l'air ravie de devoir jouer les baby-sitters. Khadija tenta un sourire, mais l'autre se contenta de se remettre à la tâche sans lui donner d'instructions.

– Je reviens te voir dans quelques heures, assura Darian qui se tenait près d'elle.

Pendant quelques instants, ils se regardèrent sans rien dire, comme pour imprimer l'image de l'autre sous leurs paupières. Elle soupira, jeta un coup d'œil au sabre de cuivre qui pendait à la ceinture de Darian. Il serait en première ligne avec Zaid, Anam et les autres guerriers wazeems. Elle fut traversée par une vague de honte en songeant à la sécurité de sa position par comparaison. Mais elle chassa ce sentiment ; elle pouvait se rendre utile, et c'était toujours mieux que de se cacher dans les souterrains avec Abba.

Elle était incapable de trouver les mots pour exprimer tout ce qu'elle avait sur le cœur, aussi se limita-t-elle à un « OK » tout juste audible.

Darian posa un baiser sur son front, bref, trop bref, à peine un effleurement, avant de la quitter à son tour.

Avant qu'elle se soit remise, Jameela lui fourra entre les mains une bobine de fil et un paquet d'aiguilles.

– Enfile ces aiguilles pour qu'elles soient prêtes à servir.

Khadija se secoua, mit de côté toute pensée concernant Darian ou Abba. Elle devait se concentrer. Elle examina le paquet d'aiguilles, leurs minuscules yeux comme un défi. La matinée allait être très longue.

Et ce fut le cas. Comme le matin cédait la place à l'après-midi, la tente se vida : les combattants allaient prendre leurs positions partout dans la ville. Khadija dut faire preuve d'une volonté de fer pour obéir sans se rebeller aux ordres aboyés par Jameela. Lorsqu'elle en eut fini avec les aiguilles, Jameela lui fit découper des linges en bandelettes. Elle s'exécuta sans se plaindre, même quand Jameela la fit tout recommencer.

– Ces bandelettes sont trop petites, il faut couper plus large. De gros bandages pour de grosses blessures !

Khadija jura entre ses dents, mais c'était agréable de s'occuper les mains, même si c'était pour préparer des bandages. Ça l'empêchait de penser à autre chose.

Une explosion puissante fit trembler le sol. Jameela laissa échapper la bouteille de verre qu'elle tenait. Elle jura et se tourna vers Khadija.

– Prépare-toi. Les Hareefs sont là.

Khadija entendit des hurlements, bien trop proches à son goût. Elle apercevait au loin les soldats en haut des murs, leurs uniformes orange lentement engloutis par le feu vert. Des silhouettes noires dansaient sur les remparts. Elle plissa les yeux, les prenant d'abord pour des ombres. Puis elle déglutit. Ce n'étaient pas des ombres. C'étaient des djinns !

Les soldats hurlaient et se jetaient dans le vide tandis que des djinns par dizaines, par centaines peut-être, escaladaient les murs. Jameela la rejoignit à l'entrée de la tente, elle broyait d'un geste frénétique des herbes dans un mortier, jusqu'à les transformer en pâte verdâtre.

– On ne peut pas gagner cette bataille, dit-elle, les yeux voilés par la peur, une main agrippée au pendentif qu'elle avait autour du cou.

Elle se mit à marmonner des prières.

– On le doit, pourtant, affirma Khadija.

D'instinct, Khadija tira son cimeterre, sans savoir vraiment ce qu'elle en ferait. L'arme lui paraissait trop lourde entre ses mains moites, elle se sentait gauche. Elle scruta les guerriers wazeems positionnés un peu plus loin, à la recherche de Darian.

Le moment était venu. Il n'y avait plus de retour en arrière possible. Il était temps de mettre un terme aux agissements de Vera. Elle croisa le regard de Jameela, qui considéra son sabre d'un air sceptique mais ne lui ordonna pas de le rengainer. Les djinns se déversèrent dans les rues comme une rivière de café, les enfants se mirent à hurler, les gens se bousculaient dans la panique. La place se vida en une poignée de secondes ; bientôt Khadija ne vit plus les uniformes orange des soldats, seulement un monceau de corps de plus en plus grand devant les portes de la ville. Les djinns fonçaient à travers les rues, escaladaient les murs, bondissaient de toit en toit en incendiant au passage les fils à linge et ce qui séchait dessus. La ville était envahie de fumée constellée par les yeux verts des créatures.

Alors les djinns se trouvèrent face aux rangs des Wazeems. Les oreilles de Khadija sifflaient, son cœur battait à tout rompre, sa respiration était saccadée. Elle assistait à un carnage : malgré les sabres de cuivre et les flèches à pointes de laiton, les djinns étaient trop nombreux. Ils étaient trop rapides, trop assoiffés de sang, mordant tout ce qui passait à leur portée, déchiquetant les chairs, transformant les rues en bain de sang.

Les Wazeems commencèrent à battre en retraite, se repliant vers la tente en laissant derrière eux des traînées rouges dans le sable. La chaîne de fleurs tint bon, repoussant brutalement les djinns qui tentaient de pénétrer sous la tente. Les premiers blessés affluèrent et Jameela passa à l'action.

– Installe-les dans les lits.

Khadija mena un Hāri avec une entaille profonde à la joue vers le lit le plus proche, puis se tourna vers Jameela pour la suite des instructions, mais cette dernière était occupée à soigner la jambe d'une Ghadæane sur laquelle on voyait des marques de dents. Le Hāri gémit, les yeux révulsés. Khadija appliqua une gaze sur sa plaie. Ses mains étaient pleines de sang, elle faillit vomir.

On lui tapa sur l'épaule, elle se tourna pour trouver un Ghadæan plié en deux au-dessus du lit, les mains pressées sur son ventre ouvert pour retenir ses entrailles. Elle abandonna le Hāri et s'occupa du Ghadæan en appliquant une pression sur son estomac. L'homme poussa un cri, mais elle maintint la pression, regarda la poitrine de l'homme se soulever et s'abaisser, de plus en plus faiblement jusqu'à l'arrêt complet. L'homme ne bougeait plus.

À l'extérieur, guerriers et djinns s'affrontaient en une gigue furieuse de lances et de sabres. Des bottes piétinèrent la chaîne de fleurs en reculant.

Les tiges se rompirent.

Ensuite, il y eut trop de corps, trop de sang. Khadija eut un vertige, des points colorés dansaient devant ses yeux, le sang, les cris, les éclats d'émeraude, tout se brouilla, ses oreilles bourdonnaient, sifflaient, sa gorge se serrait.

Respire. Elle reprit le contrôle de son souffle. *Sois courageuse.*

Jameela poussa un hurlement. Khadija fit volte-face à l'instant où un djinn à forme humaine se dressait à l'entrée de la tente.

– Khadija !

Elle n'eut pas le temps de réfléchir. Elle brandit son sabre de cuivre et chargea, mais son jeu de jambes était mauvais, ses coups mal assurés et le djinn l'esquiva facilement, comme une ombre pourchassée par le soleil de l'après-midi.

Khadija se préparait à frapper de nouveau quand le djinn fut fendu en deux par un éclair métallique. Il se dissipa en une volute de fumée, révélant Zaid derrière lui.

Il soutenait Darian qui tremblait de tout son corps.

Le cœur de Khadija cessa de battre.

– Il va bien ?

Pour toute réponse, Darian émit un sifflement à peine humain. Il commença à convulser. Zaid le jeta sur un lit au moment où ses yeux se révulsaient comme des billes.

– Qu'est-ce qui lui est arrivé ?

Elle observa son visage couvert de sueur, ses lèvres retroussées sur ses gencives, les veines saillantes sur son cou, et elle sut ce que c'était.

– Il est possédé par un djinn. Ce truc est juste… entré en lui.

Un froid glacial envahit Khadija Non. Pas maintenant. Pas si tôt. Pas alors qu'ils avaient à peine attisé cette étincelle née entre eux. Ils méritaient plus de temps.

Jameela posa deux doigts sur le cou de Darian et les retira aussitôt.

– Sa peau est brûlante !

Elle détacha son pendentif et l'appliqua sur le front de Darian. Khadija entendit la peau grésiller. Jameela enleva le pendentif, révélant un cercle rouge imprimé sur la peau du jeune homme.

Il siffla de nouveau, émettant cette fois un son qui n'avait plus rien d'humain. Il commença à se débattre.

– Attachez-le ! aboya Zaid.

Khadija maintint les membres de Darian contre le lit pendant que Jameela le ligotait avec de la corde épaisse. Il lutta contre ses contentions. Lorsqu'il ouvrit les yeux, Khadija y chercha en vain la trace du garçon qu'elle connaissait, mais elle ne pouvait se méprendre sur la teinte verte de ses iris. Elle se retint de hurler.

– Il nous faut un exorciste.

– On doit pouvoir faire quelque chose. Une prière ? suggéra Zaid en tournant un regard suppliant vers Jameela.

Elle le détrompa d'un signe de tête.

– Parfois, des amulettes ou des pendentifs peuvent suffire à exorciser un djinn faible. Mais là… Le cas est trop sévère. Je ne sais même pas si Darian comprend encore qui il est.

Non. Khadija refusait d'y croire. Il devait rester quelque chose de lui, ne fût-ce qu'une part infime, et elle était décidée à la déterrer. Elle se précipita à son chevet et lui tint la tête pour le forcer à s'immobiliser. Le contact de sa peau lui fit l'effet de toucher une bouilloire fumante à mains nues.

– Darian, regarde-moi. Tu m'entends ? Dis quelque chose. S'il te plaît.

Le jeune homme montra les dents et essaya de la mordre. Elle retira précipitamment ses mains.

– C'est le chaos dehors, déclara Zaid en montrant l'entrée de la tente où des Wazeems toujours plus nombreux refluaient.

Ceux qui étaient en première ligne étaient accroupis dans le sable, tentant de réparer la chaîne de fleurs brisée avec l'énergie du désespoir.

Tous les lits étaient à présent occupés par des blessés. Jameela partit s'occuper d'une femme couverte de brûlures tandis que Khadija restait auprès de Darian. À force de se débattre, il avait entamé les cordes qui s'effilochaient en frottant contre le cadre du lit.

Elle devait essayer. Elle ne pouvait pas le laisser tomber.

– Allez, Darian !

Elle le secoua de nouveau, mais la corde s'embrasa sous un feu vert. Khadija cria, chercha de tous côtés une couverture pour étouffer les flammes qui léchaient la peau de Darian. Il ne semblait pas souffrir et se leva, les restes de cordes tombant à ses pieds. Il se rua sur Khadija et tenta de la saisir au cou.

– Darian !

Zaid se jeta sur lui et parvint à le plaquer au sol. Il pressa un genou contre sa poitrine.

– Je ne le tiendrai pas longtemps !

Khadija joua des coudes pour atteindre l'entrée de la tente. La chaîne de fleurs était réparée et tenait à distance un loup qui grondait en montrant les crocs.

– J'ai besoin de fleurs.

Une Hārie trancha d'un coup précis la tête du loup.

– Il y en a des cassées ici, dit-elle en montrant un tas de tiges flétries. Pas sûr qu'elles servent encore à grand-chose.

Mais Khadija avait déjà ramassé la brassée de fleurs et retournait auprès de Darian en toute hâte, nouant en même temps les tiges. Les premières se brisèrent, elle grimaça. Elle parvint à créer un anneau, à peine plus large qu'un plat de service. Ça ne marcherait que si Zaid arrivait à maintenir Darian en position debout.

Darian planta son coude dans les côtes de Zaid. Ses yeux étaient maintenant vert vif. Zaid recula, les paumes levées. D'autres Wazeems encerclèrent Darian. Il gronda, une teinte grise se répandit sur son visage comme s'il avait baigné dans la poussière de charbon. Que se passerait-il quand le djinn l'aurait consumé entièrement, effaçant le garçon qu'elle avait connu ? Qu'arriverait-il à Darian, à son rire, à son sourire, à son âme ? Où irait-il, et surtout, parviendrait-elle à le ramener de ce lieu inconnu ? Elle affermit sa prise sur son anneau de fleurs.

Darian fit mine de l'attaquer, mais Zaid réussit à lui bloquer les bras.

– Vite, Khadija !

Elle lança l'anneau au-dessus de la tête de Darian. Dès que l'anneau toucha le sol, Darian se tint droit et siffla en direction des fleurs qui l'emprisonnaient, mais il demeura immobile.

Il n'y eut pas un instant de répit : déjà les coassements des djinns corbeaux à l'extérieur de la tente requéraient l'attention de Zaid.

– Surveille Darian, ordonna-t-il avant de se précipiter dehors.

Il manqua percuter une femme qui se ruait dans la tente, traînant derrière elle un garçon au visage familier. C'était Anam, qui s'avançait vers Khadija, suivie de Jacob.

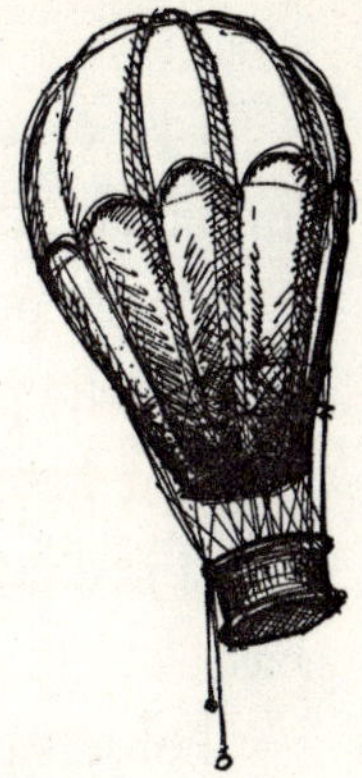

CHAPITRE TRENTE

Jacob

– Jacob !

Sa voix le cloua sur place. Il fut entouré par une paire de bras qui le serrèrent à l'étouffer.

– Je t'ai cru mort, murmura Khadija.

– Je suis toujours debout, pourtant, dit-il avec un demi-sourire.

Comme elle ne répondait pas, il tripota sa manche, n'osant pas affronter son regard.

– Je suis désolé. Je n'aurais jamais dû écouter Vera. Je n'aurais jamais dû agir comme je l'ai fait. Je veux réparer mes erreurs. Je veux la stopper.

– Je sais, Jacob. Je comprends.

Jacob se sentit soulagé du poids qui lui pesait sur le cœur. Elle comprenait. Il n'avait pas encore son pardon – il en était conscient –, mais c'était un premier pas.

Khadija s'adressa à Anam.

– Darian a besoin de ton aide, dit-elle en désignant le jeune Hāri que Jacob avait vu avec elle quand elle avait libéré la péri.

Il se tenait debout au centre d'un cercle de fleurs, les yeux brillant d'un vert malsain.

– Il est possédé, diagnostiqua Anam. Cette chaîne ne le retiendra pas longtemps.

– Tu peux extraire le djinn de son corps ? demanda Khadija d'une voix suppliante que Jacob ne lui connaissait pas.

Il observa l'entrée de la tente, où des guerriers hachaient menu des corbeaux djinns pour les empêcher de lacérer la toile. Il fut saisi d'effroi. Ils ne pouvaient pas gagner cette guerre, seulement prolonger leur agonie. À moins que… Il tâta ses poches pleines des amulettes des Hareefs. Il en sortit la pierre verte et lisse qu'il avait prise sur l'amulette de William, la tourna et la retourna entre ses doigts, cette pierre sans défaut malgré son passage dans la fournaise.

Mais saurait-il commander aux djinns grâce à elle ? Au cours des leçons prodiguées par Marcus, il avait à peine réussi à contrôler les créatures les plus simples.

La voix ferme d'Anam le tira de ses pensées.

– Il me faut des fleurs trempées dans l'eau fraîche, et du miel.

Pendant que Khadija s'occupait de les lui trouver, Jacob s'éloigna dans le coin opposé de la tente et sortit de sous sa tunique le miroir de Vera. Il contempla sa surface polie, où il ne vit que son propre reflet. Il considéra tour à tour la gemme verte et le miroir. Que pouvait-il offrir à la reine Mardzma en échange de son aide ? Pas le cœur d'Anam, bien entendu.

Lorsque Khadija revint avec les fleurs et le miel, Anam déposa son fouet de cuivre et se retroussa les manches.

Elle s'approcha de Darian avec la méfiance d'un dompteur abordant un tigre.

– Jacob, appela-t-elle en claquant des doigts.

Aussitôt, il planqua le miroir et la pierre de William et se précipita à son côté.

Anam fouilla dans la sacoche qu'elle portait en bandoulière et en tira une paire de clochettes en laiton, qu'elle mit entre les mains de Jacob. Il les fit sonner doucement. La plus grosse émit un bourdonnement grave, la plus petite un carillon aigu. Darian poussa un rugissement et se couvrit les oreilles.

Khadija tenait d'une main un bol plein d'eau où flottaient des fleurs jaunes, de l'autre, un pot de miel.

– Bon, écoutez-moi très attentivement tous les deux, dit Anam. Jacob, tu vas sonner les cloches. Garde un rythme constant et ne t'arrête pas avant que je te le demande. Khadija, à mon signal, je veux que tu verses l'eau sur Darian. Il faut qu'il soit complètement douché.

Les deux jeunes gens hochèrent la tête en signe d'assentiment.

– OK.

Anam ouvrit le pot de miel et en préleva une noix qu'elle s'étala sur les mains et les avant-bras.

– Le miel va me permettre de toucher sa peau, même brièvement, expliqua-t-elle. Les djinns sont des créatures mauvaises, amères, qui ont une aversion pour tout ce qui est doux, comme les fleurs par exemple.

– Et le miel, ajouta Jacob.

– Exactement.

Elle se mit en position face à Darian, les mains près de sa tête.

– Vas-y, Jacob.

Il commença à sonner les cloches, l'une après l'autre, sur un rythme monotone qui fit siffler Darian.

– Verse l'eau, Khadija.

Elle renversa le bol sur la tête de Darian, qui se mit à pousser des cris stridents ; l'eau grésillait au contact de sa peau avant de s'évaporer en volutes. Anam lui imposa les mains sur le front.

– Je t'ordonne de quitter cette enveloppe !

Darian se débattit, mais Anam tint bon.

– Quitte cette âme trop pure pour ton contact maléfique.

Des étincelles de feu djinn s'échappaient des lèvres de Darian. Anam le saisit par le menton et lui ouvrit de force la mâchoire.

– Quitte ce corps ! Tu n'es pas le bienvenu !

Sa voix s'éleva en crescendo, couvrant bientôt le tintement des cloches.

– Arrête maintenant, Jacob !

Il ferma le poing sur les cloches pour en étouffer les vibrations.

Tous les regards étaient rivés au visage de Darian, déformé par la lutte muette qui s'y peignait. Puis une cascade de brume noire s'échappa de sa bouche, se reforma à ses pieds puis s'étira et grandit jusqu'à former un homme de fumée qui se dressa et darda sur eux deux yeux d'émeraude.

Le djinn voulut s'en prendre à Anam, mais le fouet de cuivre claqua et imprima sur le torse du djinn une ligne noire. La créature siffla comme du gaz sous pression puis s'effondra en une boule de fumée avant de se dissoudre dans le néant.

Khadija se précipita vers Darian, les mains tendues.

– Attends, la retint Anam.

Elle se pencha vers Darian, prostré dans son cercle de fleurs, respirant par à-coups. Il avait les yeux fermés et le cou inondé de sueur.

– Darian ?

En entendant la voix d'Anam, il ouvrit les paupières et tout le monde poussa un soupir de soulagement en voyant ses yeux d'ambre débarrassés de toute trace de vert.

– Ça a marché ! se réjouit Anam.

Alors Khadija s'agenouilla auprès du garçon.

– Darian, tu m'entends ?

Il gémit.

– Il doit se reposer. Il va être très faible, déclara Anam.

Avec son aide, Khadija conduisit Darian jusqu'à un lit. Elle l'embrassa sur le front.

– Repose-toi, maintenant.

Puis elle se tourna vers Jacob et le serra dans ses bras.

– Merci.

Elle fit de même avec Anam, qui se dégagea rapidement de son étreinte.

– La bataille nous attend, dit-elle en se dirigeant vers l'entrée de la tente.

Tous s'écartèrent pour la laisser passer, et elle se jeta dans la mêlée.

L'inquiétude se lisait sur le visage de Khadija.

– Je ne sais pas combien de temps les Wazeems peuvent encore résister, dit-elle en indiquant les combattants qui s'agglutinaient à l'entrée, arborant des blessures qu'une Ghadæane s'empressait de panser avant qu'ils retournent se battre puis reviennent encore plus mal en point. C'était un cycle ininterrompu de sang et de mort, et chaque fois les combattants à revenir étaient moins nombreux.

À ce rythme, il n'y aurait plus un seul Wazeem en état de se battre d'ici la fin du jour. Jacob sortit le miroir de sous sa tunique.

– Qu'est-ce que tu fais ? demanda Khadija. C'est quoi ce truc ?

– C'est avec ça que Vera comptait s'adresser à la reine Mardzma.

– Tu ne songes pas sérieusement à l'invoquer, si ?

– Dès qu'assez de sang aura coulé, la reine Bidhukh va débarquer, et alors on n'aura plus aucun espoir de gagner. Si toutefois on n'est pas déjà tous morts à ce moment-là.

– Qu'est-ce qui te fait croire que la reine Mardzma nous aidera ? Elle pourrait aussi bien nous tuer tous.

Bien sûr, c'était une possibilité. La reine pouvait considérer son invocation comme une insulte et vouloir se venger. Pouvait-il courir ce risque ? Il ne savait toujours pas ce qu'il pourrait offrir à la reine Mardzma en échange d'un vœu.

– On a une autre option ?

Khadija considéra ces mots en silence avant de se prononcer :

– Elle est la reine des guerrières. Rien ne lui plairait plus que d'assister à une bataille.

– Eh bien, peut-être qu'on peut lui fournir le spectacle, suggéra Jacob en se dirigeant vers la sortie de la tente, suivi de Khadija.

– Tu sais comment l'invoquer au moins ?

Non, il ne savait pas. Quand il souleva la toile de tente, ils furent assaillis par l'odeur âcre de la fumée et de la chair brûlée. Le ciel se teintait d'orange à mesure que le soleil déclinait, la place du marché était jonchée de cadavres et de flèches brisées. Les Wazeems formaient un cercle soudé, avec Anam à sa tête, qui abattait son fouet sur des corbeaux et des loups, les réduisant à des flaques de brume. Jacob fit un pas en avant, mais une main le tira en arrière par le coude.

– Reste derrière les fleurs, lui intima Khadija.

Jacob tourna le miroir pour qu'il reflète la scène d'action devant eux.

– On n'a rien à perdre, dit-il.

– Je n'aime pas ça, protesta Khadija. La reine Mardzma est une maîtresse manipulatrice, et elle obtient toujours ce qu'elle veut. En tout cas, c'est ce que disent les livres.

– On n'est pas dans un livre, Khadija, gloussa Jacob.

– Je sais, trancha-t-elle. Mais on devrait quand même se méfier de tout marché qu'elle pourrait nous proposer – encore faut-il qu'elle nous propose quelque chose.

Il acquiesça et prit une inspiration. Ce qu'il s'apprêtait à faire soit les sauverait, soit provoquerait leur mort à tous.

– Reine Mardzma ! appela-t-il, mais sa voix fut noyée par le bruit des armes.

– Plus fort ! intima Khadija.

– Reine Mardzma ! Nous souhaitons te parler.

Ils fixèrent la surface du miroir, s'attendant à voir leur reflet se métamorphoser en l'image de la reine djinn. Mais rien ne se passa. Jacob grogna : ça ne marcherait jamais.

– Bon, donne-moi ça, fit Khadija en lui prenant l'objet des mains.

Elle prononça d'une voix aussi claire et pure qu'une clochette de cuivre :

– Reine Mardzma, je souhaite te parler.

À peine les mots avaient-ils quitté ses lèvres que son reflet se brouilla comme une mare où l'on a jeté un caillou.

Un visage couleur d'étain et deux yeux couleur de jade apparurent peu à peu.

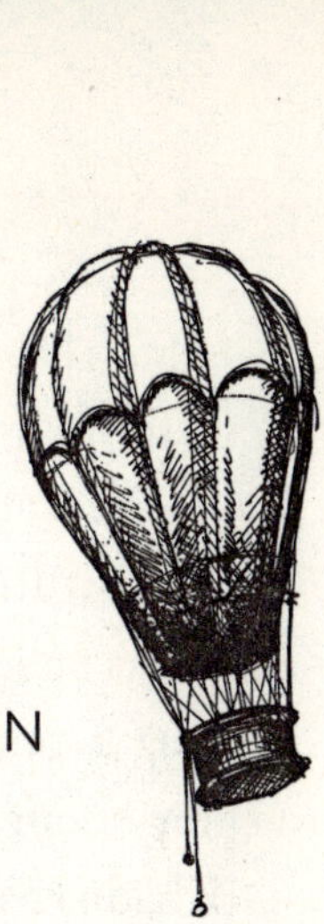

CHAPITRE TRENTE ET UN

Khadija

Le livre d'Hassan, réalisa Khadija, avait manifestement été illustré par un homme qui s'imaginait une reine Mardzma voluptueuse, à la longue chevelure noire retombant en cascade sur ses épaules, sanglée dans une armure trop serrée qui contenait à peine sa poitrine opulente. Mais le visage qui leur apparut semblait avoir été sculpté dans du fer. Au lieu des traits délicats figurant dans le livre de contes, la reine Mardzma avait la peau couturée de cicatrices et de vieilles blessures, si bien qu'elle ressemblait à la face d'une vieille pièce de monnaie usée. Son hijab enroulé serré sur sa tête avait l'air trempé, des lignes rouges dégoulinaient le long de son cou, formant de petites flaques au creux de ses clavicules comme si elle avait baigné l'étoffe dans le sang de ses victimes.

– Qui ose m'invoquer ?

Sa voix tonna comme une détonation de mousquet, et ses boucles d'oreilles en os de doigt s'agitèrent avec un bruit de crécelle. Khadija faillit lâcher le miroir.

– Je… je… nous…

– Tu n'es pas une guerrière ! Tu es une insulte au concept même de bataille, avec ton pauvre sabre qui pendouille à ta ceinture, cracha la reine Mardzma en montrant ses dents taillées en pointes et en brandissant sa lance tachée de sang. Donne-moi une bonne raison de ne pas te trancher la gorge pour te regarder te vider de ton sang.

Khadija bafouilla. C'était une très mauvaise idée. Sa prise sur le miroir se relâcha, elle était prête à fracasser la reine Mardzma en le jetant au sol quand une étincelle s'alluma dans les yeux de la reine.

– Est-ce le doux bruit d'une bataille que j'entends ? dit-elle en se léchant les babines. Montre-moi.

Khadija tourna le miroir dans la direction des combats, soulagée de n'être plus sous le feu du regard de la reine. Cette dernière ronronna :

– Comme j'aime le sang versé ! Mais ce sont des hommes qui se battent, et moi, je ne les aime pas trop, les hommes.

Khadija s'humecta la bouche pour parler, mais elle claquait trop des dents. Elle finit par réussir à articuler :

– Il y a des femmes parmi eux.

Elle chercha fébrilement parmi les derniers Wazeems une femme encore debout. C'est alors qu'elle vit Anam, qui faisait tournoyer son fouet de cuivre.

– Voilà une vraie guerrière ! s'enthousiasma la reine Mardzma. Je ne m'adresserai qu'à elle.

Lorsque Khadija retourna le miroir, il n'y avait plus que son propre reflet. Elle jeta le miroir à Jacob et serra les mains sous ses aisselles pour les empêcher de trembler.

– On n'aurait pas dû faire ça.

Des hurlements retentirent derrière eux. Ils découvrirent horrifiés que des flammes vertes s'attaquaient à la toile de tente. Les Wazeems se précipitèrent pour éteindre l'incendie, mais c'était le feu des djinns et il se répandit à toute allure. En quelques secondes, la tente fut saturée de fumée et les flammes léchaient les poteaux, menaçant toute la structure.

– Darian !

Khadija voulut plonger vers les flammes, mais Jacob la retint.

– Tout le monde dehors ! cria Jameela.

Elle rassembla rapidement les blessés et attrapa au passage tous les bandages, potions et remèdes qu'elle pouvait porter.

Mais aucune trace de Darian.

Khadija tenta de nouveau de pénétrer dans la tente en feu, mais encore une fois, Jacob la retint.

– Khadija, c'est trop dangereux !

Elle parvint à se dégager, prit une grande inspiration et s'élança vers la tente en esquivant la main de Jacob. La fumée lui fit pleurer les yeux, sa vision était brouillée de vert et gris. L'air lui brûlait les poumons.

– Darian, toussa-t-elle.

Une main lui agrippa le bras. Elle sursauta.

– C'est moi, coassa Darian.

Il s'appuyait lourdement sur l'un des poteaux, inondé de sueur.

– Tu es blessé ? demanda Khadija.

Il secoua la tête et fut saisi d'une quinte de toux qui le plia en deux. Khadija lui passa un bras autour des épaules, le prit par la taille et chercha fébrilement la sortie. L'effort provoqua des explosions de douleur sous son crâne.

– Là ! fit Darian en pointant du doigt la tête de Jacob qui venait d'apparaître à travers la fumée, près de l'entrée qu'il maintenait ouverte.

– Khadija !

Ils se guidèrent au son de sa voix et boitillèrent jusqu'à l'entrée qu'ils atteignirent à l'instant où le toit du chapiteau s'écroulait. Jacob la tira par le bras, et elle s'affala dans la rue, haletant en quête d'air pur.

Darian la libéra de son poids et elle put se relever.

– Ça va ? demanda-t-il, la voix rauque comme s'il avait avalé des charbons ardents. Qu'est-ce que j'ai loupé ?

Khadija observa la place. Le ciel était presque noir à présent, et les djinns se délectaient de la nuit que perçaient leurs yeux vert vif. Des soldats occupaient la plupart des bâtiments, tirant des volées de flèches à pointe de laiton dans la mêlée, tandis que les Wazeems tentaient de repousser les djinns vers le centre de la place pour les encercler. Mais les djinns se déplaçaient plus facilement sous couvert de la nuit.

– Il faut qu'on se regroupe, déclara Darian en s'avançant vers le front.

– Toi, tu ne vas nulle part, tu as besoin de te reposer, protesta Khadija en le retenant par la manche.

– Je me reposerai quand je serai mort, répliqua Darian, un sourire ironique aux lèvres.

Elle grimaça. Peut-être était-il inutile de continuer comme s'ils avaient une chance de l'emporter. Elle ferait peut-être mieux d'accepter leur sort une fois pour toutes. Elle eut une vision d'Abba seul dans les souterrains, marmonnant des prières. Au matin, il ne retrouverait que son corps calciné. S'il survivait à la nuit…

Elle chassa de son esprit les images de ses propres funérailles. Non. Elle refusait d'abdiquer, mais la reine Mardzma était leur dernier espoir et elle avait été très claire : elle ne parlerait qu'à Anam. Or Khadija n'aimait pas l'idée d'impliquer Anam dans les petits jeux de la reine Mardzma. C'était une chose de risquer sa propre vie, une autre de jouer avec celle d'autrui.

Darian indiqua d'un signe de tête Zaid qui tournoyait au milieu du champ de bataille.

– Je dois aller l'aider.

Il s'éloigna en boitant, décapitant un serpent et esquivant un corbeau qui fonçait sur lui. Ses mouvements étaient plus lents que dans le souvenir de Khadija, et bientôt un djinn chat sauvage lui fit perdre l'équilibre. Il retomba lourdement dans le sable.

– Darian ! cria Khadija en se précipitant à l'instant où le fouet d'Anam fendait le chat en deux.

Anam releva Darian.

– Ça fait du bien de te revoir sur pied… enfin, plus ou moins.

Anam avait les pupilles dilatées par l'adrénaline, les muscles de son cou étaient parcourus de spasmes. Darian lui sourit avec reconnaissance, jeta un dernier regard à Khadija et rejoignit Zaid d'un pas mal assuré. Anam s'apprêtait à retourner au combat quand elle aperçut le miroir dans la main de Jacob.

– Vous avez tenté de contacter Al-Ghaib, constata-t-elle d'un air sévère.

– On a parlé à la reine Mardzma, marmonna Khadija.

– C'était une erreur, de toute façon, ajouta Jacob en essayant de cacher le miroir.

– Qu'est-ce qu'elle a dit ? interrogea Anam.

– Qu'importe, intervint Khadija. Elle ne nous aidera pas. On ne peut compter que sur nous-mêmes.

Anam la scruta avec attention. Khadija eut l'impression qu'elle lisait en elle comme dans un livre ouvert.

– Dis-moi ce qu'elle a dit, insista-t-elle.

– Elle a dit qu'elle ne parlerait qu'à toi.

Anam réfléchit, enroulant son fouet autour de son poignet dans un geste machinal. Puis elle annonça :

– Très bien, dans ce cas, je vais lui parler.

– Tu n'es pas obligée, protesta Khadija.

– C'est peut-être le seul espoir qui nous reste, trancha Anam. À ce rythme, nous ne tiendrons pas la nuit.

– Mais on ne sait pas ce qu'elle exigera de toi. Elle pourrait te faire du mal, insista Jacob qui était livide.

Anam ricana.

– C'est la guerre. C'est un sacrifice auquel je consens volontiers.

Elle prit le miroir dans la main de Jacob et, avant que l'un ou l'autre puisse l'en empêcher, parla d'une voix grave et riche comme un instrument de cuivre.

– Reine Mardzma, c'est moi, Anam. Tu souhaites me parler.

Le reflet dans le miroir se troubla et le visage de la reine apparut.

– Anaam, fit-elle en étirant le nom comme pour mieux le savourer. Ainsi, tu es la guerrière. Dis-moi, prends-tu plaisir à verser le sang de tes ennemis ?

– Je ne verse le sang que lorsque c'est nécessaire.

– Tu combats avec beaucoup d'adresse et de maîtrise. Tu ne laisses pas la rage obscurcir ton jugement. Ça me plaît. Je pourrais t'entraîner pour que tu sois encore meilleure. Viens rejoindre les rangs de mes guerrières.

Khadija mit un coup dans le tibia d'Anam et mima : « non ». Il était hors de question qu'elle fasse ce genre de sacrifice. Si Anam comprit le message, elle n'en montra rien.

– Je le ferai si tu m'accordes un vœu.

– Qu'est-ce que tu fais ? siffla Khadija. C'est de la folie !

La reine Mardzma transperça Anam du regard.

– Stupide mortelle ! Tu crois que j'accorde les vœux si facilement ? Tu vas devoir trouver mieux que ça si tu comptes gagner un vœu.

– Alors donne-moi ton prix, répliqua Anam.

– S'il te plaît, chuchota Khadija, ne fais pas ça, on trouvera une autre solution.

Anam la regarda droit dans les yeux, et Khadija chercha sur son visage la moindre trace de peur, un soupçon d'incertitude. Mais elle ne trouva qu'une détermination froide et sans faille.

– Il n'y a pas d'autre solution, Khadija.

La reine Mardzma eut un rictus mauvais.

– Tu dois te battre en duel avec ma meilleure guerrière. Si tu gagnes, je t'accorderai ton vœu.

– J'accepte.

Khadija demeura bouche bée quelques secondes. Il n'y avait plus moyen de reculer maintenant. Anam venait d'accepter sa propre mort.

– Tu acceptes sans même connaître les conséquences au cas où tu serais battue.

– Je ne serai pas battue.

– Une vraie réponse de guerrière, gloussa la reine. J'enverrai mes djinns te chercher. Tu peux emmener une compagne à Al-Ghaib, de préférence avec le cœur bien accroché, car elle devra laver ton sang sur mon sol.

Sur ce, l'image de la reine Mardzma disparut du miroir.

Tous étaient trop sous le choc pour pouvoir parler. Un duel ! Contre quelle créature ? Anam était une guerrière féroce, mais elle restait humaine. Pouvait-elle vraiment gagner contre une djinn puissante, ou peut-être un éfrit ou un démon ? Quel que soit le plan de la reine, Khadija savait que le combat ne serait pas loyal.

– Tu n'aurais pas dû accepter sans savoir qui tu devras affronter, émit Jacob.

Khadija ne dit rien : il était évident qu'il ne servait à rien de tenter de raisonner Anam.

– Mais si tu gagnes… poursuivit le garçon en tirant de sa poche les amulettes aux pierres vertes, tu devrais faire le vœu que la reine restaure le Sceau de Sulaiman.

Anam n'en crut pas ses yeux.

– Comment as-tu obtenu ces amulettes ? demanda-t-elle en étudiant le nœud de pendentifs. Ce sont toutes celles des Hareefs ?

– Plus ou moins, éluda Jacob avec un haussement d'épaules.

Anam rangea les amulettes dans sa sacoche.

– Ça vaut la peine d'essayer.

Khadija avait entendu les histoires du Sceau du Sulaiman, un talisman qui avait le pouvoir de commander à tous les djinns. Ce serait audacieux d'exiger d'une reine djinn qu'elle le restaure.

– Encore faut-il que tu gagnes…

Anam lui posa la main sur l'épaule.

– Je vais gagner. Tout ce que je te demande, c'est de ne pas désespérer.

Entendre ses propres mots en écho ne calma en rien les angoisses de Khadija. C'était idiot de la part d'Anam de faire une telle promesse.

– Et si tu ne gagnes pas ?

– Alors tu devras laver mon sang sur le sol de la reine Mardzma.

Khadija pâlit, tandis que Jacob gonflait la poitrine.

– C'est moi qui irai avec toi, dit-il.

– Tu ne peux pas. Aucun homme ne peut pénétrer au royaume de la reine Mardzma, expliqua Anam. Il faut que ce soit Khadija.

Elle en eut des crampes d'estomac. Elle allait devoir partir avec Anam pour Al-Ghaib, assister à son duel avec la créature perverse qu'aurait choisie la reine, et probablement la regarder mourir. En était-elle capable ? Khadija ravala sa peur : c'était Anam qui risquait sa vie. Elle, elle n'aurait qu'à regarder et pourtant ça lui paraissait une tâche impossible.

– D'accord, souffla-t-elle.

Un cercle de feu vert se matérialisa sur le sol. Tous reculèrent d'un bond tandis qu'une guerrière djinn émergeait des flammes. Elle avait bien plus de substance que les créatures d'ombre de l'armée de Vera. Ses cheveux étaient tressés en une natte épaisse qui lui descendait jusqu'à la taille, et elle portait un grand arc taillé, à bien y regarder, dans de l'os.

– La reine Mardzma t'attend, Anam, déclara la djinn.

Anam glissa sa main dans celle de Khadija.

– Prête ?

Khadija chercha Darian parmi les combattants et le trouva bataillant dos à dos avec Zaid. Elle lança un dernier regard à Jacob, aperçut sur son visage un mélange de peur et de culpabilité, puis hocha la tête. Ensemble, les deux femmes entrèrent dans le cercle de feu.

D'abord, elle ne sentit rien. Puis la chaleur la frappa : elle eut l'impression de se jeter dans le brûleur d'une montgolfière. La morsure du feu l'enveloppa, elle hurla, les flammes dansèrent, vertes, devant ses yeux aveuglés. Tout son être gémissait sous la brûlure atroce. Elle planta ses ongles dans la main d'Anam.

Puis le feu se retira subitement. Elle tituba et s'affala sur du sable doux. Elle tremblait de tout son corps. Quand elle leva les yeux, la bataille et Al-Shaam avaient disparu.

Khadija se releva avec difficulté. Anam et elle se trouvaient au milieu du désert, sous un ciel encombré de nuages à la teinte verdâtre. Des dunes de sable moutonnaient à perte de vue dans toutes les directions. Devant elles se dressait un kiosque en fer forgé où crépitait un anneau de feu vert. Tout autour était assemblée une horde de djinns guerrières, et au loin on devinait la silhouette verte d'un palais d'émeraude et de jade, surmonté de tours sur lesquelles s'enroulaient des escaliers en colimaçon.

Sous le kiosque, la reine Mardzma les attendait.

C'était donc ça, Al-Ghaib, le royaume parallèle des djinns. Anam fit face à la reine, et Khadija vit son menton trembler. Elle avait peur. Khadija se demandait maintenant pourquoi elle avait supposé qu'Anam ne connaissait pas la peur. Peut-être à cause de la rapidité avec laquelle elle avait offert sa vie. Savoir à présent qu'elle l'avait fait malgré sa peur fit rougir Khadija. Pour Anam, elle serait forte. Elle non plus ne montrerait pas sa peur.

Elle étreignit Anam.

– Tu vas gagner. Je crois en toi.

La peur recula dans les yeux d'Anam quand elle lui rendit son étreinte.

– Avance-toi, mortelle, et découvre ton adversaire ! aboya la reine Mardzma.

Les djinns du public l'acclamèrent et battirent leurs sabres contre leurs boucliers. Se tenant toujours par la main, Khadija et Anam s'approchèrent. Les djinns s'écartèrent devant elles jusqu'à ce qu'elles parviennent au cercle de feu. Alors Anam lâcha la main de Khadija.

Les flammes se couchèrent, laissant Anam entrer dans le cercle sous les huées de la foule. La reine Mardzma leva sa lance pour réclamer le silence. La voir à travers un miroir était une chose, mais se trouver en sa présence était une expérience complètement différente. Elle mesurait plus de deux mètres, vêtue d'acier de la tête aux pieds, arborant une lance à deux pointes : d'un côté, une pique effilée comme une aiguille, de l'autre, une lame crantée qui paraissait destinée à couper des os.

– Et maintenant, voici ton adversaire ! proclama la reine sous les applaudissements. Ma meilleure guerrière, la princesse Malika !

Khadija en eut le souffle coupé. Une femme qui paraissait du même âge qu'Anam sortit de la foule. Mais elle n'avait pas le même âge, en vérité. C'était la princesse Malika du livre d'Hassan, celle qui avait été enlevée par la reine Mardzma et entraînée sans pitié pour devenir sa meilleure guerrière. Et c'est cette femme qu'Anam allait devoir affronter !

Comment était-ce possible ? L'histoire avait plus de cent ans.

Khadija étudia la princesse : son teint n'était pas du même gris anthracite que celui des autres djinns, mais doré comme les dunes lointaines. Elle paraissait toujours humaine. Comment elle avait pu survivre aussi longtemps à Al-Ghaib, c'était un mystère ; cela prouvait surtout la puissance de la magie de la reine Mardzma, si elle était capable de maintenir une humaine en vie à Al-Ghaib pendant des siècles.

La princesse Malika entra dans le cercle, et la reine imposa le silence.

– Les règles sont simples. Si la princesse Malika gagne, Anam rejoindra les rangs de mes guerrières et me servira pour toute éternité. Ou jusqu'à ce que je me lasse d'elle, ajouta-t-elle avec un ricanement.

Khadija se mordit la joue. Serait-elle capable de quitter Al-Ghaib en y abandonnant Anam, prisonnière pour toujours ? C'était un sort qui lui paraissait pire que la mort.

– Si Anam gagne, je lui accorderai un vœu, finit la reine, puis elle frappa sa lance contre le sol. Guerrières, approchez !

Anam traversa le cercle et se posta devant la princesse. Celle-ci salua d'un signe de tête. Même si elle ne portait aucun des attributs de la royauté, il y avait quelque chose de souverain dans son attitude qui la rendait encore plus intimidante. Anam lui rendit son salut.

– À vos armes !

Un bruit métallique retentit lorsque les deux adversaires dégainèrent leurs sabres. Avec son mètre de long, l'arme de la princesse, à la pointe noire, avait l'avantage de la portée sur celle d'Anam. La princesse brandit son sabre à deux mains, genoux fléchis, prête à frapper. La lame d'Anam était bien plus courte, mais assez légère pour être maniable à une seule main, ce qui lui donnerait, avec un peu de chance, l'avantage de la vitesse.

Khadija avait le cœur au bord des lèvres. *S'il te plaît, Anam, gagne ce combat !*

– Combattez !

La princesse Malika fit une passe de son long sabre en visant les genoux d'Anam. Celle-ci l'esquiva et voulut frapper au flanc la princesse, qui se mit hors de portée par une pirouette à la dernière seconde, écrasant au passage son coude sur le nez d'Anam.

Ainsi débuta le combat. Khadija suivait chaque geste des deux guerrières. Elles échangeaient des coups, plongeaient, fléchissaient, pirouettaient, esquivaient, tournoyaient au centre du cercle, leurs membres rendus flous par la vitesse de leurs mouvements. La princesse Malika abattit sa lame sur l'épaule d'Anam, mais ne réussit qu'à l'effleurer, l'autre para le coup et envoya la princesse trébucher dans le sable. C'était une guerre de terrain, chaque combattante s'efforçant de prendre le contrôle du cercle tout en cherchant à pousser l'adversaire vers les flammes vertes. D'une roulade, Anam évita les flammèches qui menaçaient de lui lécher les chevilles, elle déséquilibra la princesse du pommeau de son sabre. La princesse Malika riposta par un coup de poing à la mâchoire.

Les coups pleuvaient plus dru à présent, de moins en moins coordonnés, de plus en plus enragés. Anam dégoulinait de sueur, son jeu de jambes était de plus en plus brouillon, mais la princesse aussi semblait se fatiguer : ses avant-bras tremblaient sous l'effort de brandir sa lourde lame.

Allez, Anam ! Tu peux la vaincre !

Le bruit métallique des sabres résonna encore et encore. À chaque coup de la princesse, le public de djinns sifflait et applaudissait, criant ses encouragements. Anam commençait à perdre en assurance : ses joues gonflées, son front plissé témoignaient de sa fatigue. Elle attendait une seule erreur de la princesse pour en terminer, mais Malika se battait avec acharnement et une précision diabolique.

Anam se fendit dans une tentative d'atteindre la princesse à la cuisse et laissa son flanc gauche exposé ; la princesse s'engouffra aussitôt dans la brèche et porta une longue estafilade au ventre de son adversaire.

– Non ! cria Khadija en se tenant le ventre comme si elle avait été elle-même blessée.

Le sable se teinta de rouge aux pieds d'Anam, qui tomba à genoux, un bras pressé contre son flanc, l'autre s'agitant pour tenter de repousser la princesse. La foule rugit, aiguillonnant la princesse. Elle balança une rafale de coups qui laissèrent Anam sur le dos et désarmée. Puis elle lacéra le bras droit d'Anam du poignet jusqu'au coude. Anam gémit et battit en retraite, rampant pour échapper aux coups. Le sable rougit encore.

La princesse Malika avait le sourire aux lèvres. Elle s'amusait et son arrogance la poussa à prendre plus de risques. Anam était sur la défensive, elle parvint à se relever, reprit son sabre et son souffle, refusant de céder aux railleries de la princesse qui sautillait autour d'elle. Anam gardait les yeux fixés sur elle, étudiant son jeu de jambes, guettant l'opportunité.

Et elle la trouva. La princesse Malika leva son sabre, mais au lieu de l'abattre promptement, elle tenta une ample attaque basse. Anam pivota et la fit chuter d'un coup d'épaule, terminant avec la pointe de son sabre posée sur la gorge de la princesse.

Pendant un instant, tout le monde retint son souffle. Personne ne comprenait vraiment ce qui venait de se passer.

– Quoi ?! s'étouffa la reine Mardzma. Comment ?!!

La princesse Malika se retira en se frottant le cou à l'endroit où le sabre d'Anam avait fait perler une goutte de sang ; elle non plus ne semblait pas y croire.

Anam avait-elle gagné ?

Elle sortit du cercle en titubant. Khadija se précipita pour l'attraper au moment où elle s'effondrait.

– Fais le vœu, murmura-t-elle avant de perdre connaissance.

Khadija se tourna vers la reine et s'éclaircit la gorge.

– Anam voudrait exprimer son vœu.

La reine leva le menton.

– Je t'écoute. Mais prends garde à ce que tu souhaites, ricana-t-elle.

– Elle souhaite que tu restaures le Sceau du prophète Sulaiman, déclara Khadija, tout en sortant les amulettes de la sacoche d'Anam et en les brandissant sous le nez de la reine.

Les djinns sifflèrent. La reine Mardzma eut un mouvement de recul.

– Certainement pas !

– Un marché est un marché, insista Khadija d'une voix râpeuse.

Une veine pulsait sur le cou de la reine ; elle lança un regard haineux à Khadija et examina les amulettes. Ses yeux se mirent à briller.

– Je ne peux pas. Tu n'as même pas toutes les pièces nécessaires pour le restaurer complètement. Fais un autre vœu.

Khadija luttait contre la panique, s'efforçant de rester concentrée sur cette histoire de vœu et pas sur Anam qui se vidait de son sang dans ses bras.

– Dans ce cas, sers-toi de ce qu'on a pour fabriquer l'arme la plus puissante possible pour combattre les djinns.

La reine la fusilla du regard.

– Tu vas le regretter, mortelle.

Elle agita une main et les pierres jaillirent des amulettes et roulèrent dans le sable comme mues par une volonté propre. La reine lança une boule de feu vert sur les pierres qui fondirent comme du sucre et se reformèrent en une barre solide. Un claquement de doigts, et la barre devint un sabre vert vif.

– Voilà ton arme, déclara la reine d'un air dépité.

Khadija ramassa le sabre, le soupesa d'une main : il était encore chaud, incroyablement léger et complètement transparent, comme s'il était fait de verre.

– À présent, quitte ce royaume ! ordonna la reine en déversant sur les deux femmes un torrent de flammes vertes.

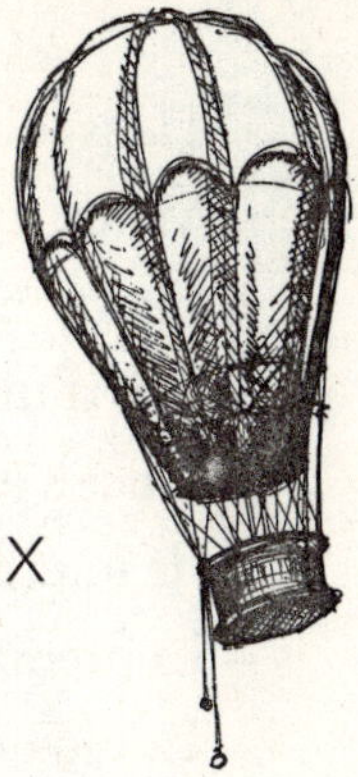

CHAPITRE TRENTE-DEUX

Jacob

Jacob plongea la main dans sa poche. Ses doigts se refermèrent sur la pierre de William. Il aurait dû la donner à Anam en même temps que les autres amulettes, mais il était incapable de s'en séparer. Il jura. Comment restaurer le Sceau de Sulaiman si des pièces manquaient ? Il pensa à l'amulette de Vera qu'il n'avait pas pu récupérer non plus. Il avait envoyé Anam à une mort certaine, et ça ne servirait à rien. Mais il était impossible de la rappeler du monde des djinns. Il ne lui restait plus qu'à attendre.

Les combats entre humains et djinns faisaient toujours rage, mais les Wazeems faiblissaient ; au cours des dix dernières minutes, ils avaient perdu quatre hommes. Que faisaient Anam et Khadija ? Combien de temps encore avant leur retour ? Enfin, si elles revenaient un jour. Mais il ne pouvait pas penser à ça, pas maintenant.

Darian s'était éloigné des combats et se faisait soigner par Jameela. Sa blessure au coude pansée et bandée, il s'approcha de Jacob.

– Tiens, dit-il en lui tendant un poignard.

– Merci, fit Jacob, visiblement très soulagé.

La lame n'était pas plus longue que sa paume, mais le poids d'une arme dans sa main suffit à le rassurer. Un silence s'installa, ni l'un ni l'autre ne sachant comment briser le mur de glace qui se dressait entre eux. Jacob soupira.

– La première fois qu'on s'est vus, ce n'était pas…

– Tu veux dire quand on essayait de sauver la péri. Celle qui venait d'être torturée, rappela-t-il froidement.

– Ce n'est pas moi qui l'ai torturée !

– Tu t'es allié avec ceux qui l'ont fait. Ça te rend tout aussi mauvais.

Jacob ravala son orgueil.

– Tu as raison. Je sais que j'avais tort. Je veux juste essayer de réparer.

Darian hocha la tête, les yeux fixés sur le chaos de la place.

– Tout le monde fait des erreurs. Ta volonté de réparer tes erreurs, voilà ce qui compte. Restaurer le Sceau de Sulaiman, c'était ton idée.

Certes, pensa Jacob, mais c'est Anam qui a offert sa vie pour la réaliser. Si elle devait mourir, Jacob serait responsable de la mort de la meilleure guerrière des Wazeems, et tout ça pour rien.

– J'espère qu'elle va gagner.

– Moi aussi.

À peine eut-il prononcé ces mots qu'un cercle de feu vert surgit devant eux. Lorsque les flammes diminuèrent, ils virent Khadija vaciller sous le poids d'Anam et tomber à genoux.

– Khadija ! Anam !

Darian se précipita pour soutenir Anam et la porter vers un lit.

– Elle est…

Jacob ne put prononcer le mot.

Anam avait les yeux fermés, la main pressée sur une plaie profonde qui lui entaillait tout le ventre et d'où s'échappait un sang foncé. Sa poitrine se soulevait à peine, chaque respiration suspendue comme si c'était la dernière.

Khadija appela Jameela qui était occupée à soigner un nombre toujours plus grand de blessés, dont certains étaient inconscients. Jacob remarqua le teint grisâtre de Khadija, comme si elle venait de se baigner dans de la cendre. Était-ce là l'effet d'Al-Ghaib sur les mortels ? Anam aussi avait la peau grise, comme si le peu de temps passé à Al-Ghaib avait déjà aspiré une part de son énergie vitale.

– Mon Dieu ! s'écria Jameela en voyant l'état d'Anam.

Puis elle se reprit, pressa les mains sur le flanc d'Anam et déclara :

– Je m'en occupe.

Khadija se laissa tomber sur le sable.

– Qu'est-ce qui s'est passé ? demanda Darian.

– Elle a gagné, dit Khadija en lui montrant le sabre vert.

– C'est ce que je pense ? demanda Jacob en ouvrant des yeux ronds.

– Oui, c'est le Sceau de Sulaiman… enfin, ce qu'on en avait, en tout cas. Une arme contre les djinns.

Anam avait réussi ! C'était incompréhensible. Jacob prit le sabre en main : incroyablement léger, presque transparent comme du verre et parfaitement lisse, il étincelait comme un éclat de feu djinn pur.

– Avec ça, on peut renvoyer les djinns à Al-Ghaib !

Soudain, la place fut baignée d'une lumière ambrée. Toutes les têtes se levèrent. Une montgolfière rouge sang, sertie de rubis et d'opales, flottait à quelques centimètres du sol, sa nacelle effleurant le sable. Un tel ballon ne pouvait provenir que de la collection personnelle du Nabab. Vera apparut à bord : elle appuyait sa lame contre la gorge du Nabab d'Al-Shaam. Il était plus âgé que celui d'Intalyabad, avec une longue barbe grisonnante aux pointes orange, teintées par le henné. Au lieu d'une couronne, il portait un simple *topi* blanc.

Même sans l'aide de ses Hareefs, Vera avait réussi à infiltrer le palais et capturer le Nabab. La dernière amulette brillait à son cou. Elle s'adressa aux Wazeems :

– Rendez-vous ! La bataille est finie, le Nabab est tombé ! Déposez les armes !

Mais son ordre, au contraire, donna un regain d'énergie aux Wazeems. Darian leva son sabre. Les Wazeems chargèrent.

– Protégez le Nabab ! cria Zaid en menant l'assaut, suivi par les combattants revigorés.

C'est alors qu'une paire d'ailes noires comme la nuit s'interposa, cachant Vera et le Nabab à la vue des autres.

Caleb.

L'éfrit sifflait et bataillait à une vitesse incroyable ; des flèches de cuivre perçaient ses ailes, des lances de laiton pleuvaient sur lui, mais il continuait de se battre comme si leurs armes étaient une pluie printanière sur sa peau de charbon.

Jacob regarda Khadija, toujours recroquevillée sur le sable comme si ses jambes refusaient de la porter.

– Tu sais t'en servir ? demanda-t-elle en fixant le sabre vert dans sa main.

– Je… je…

À cet instant, Caleb poussa un rugissement comme un coup de tonnerre.

– Venez ma reine ! Venez vous repaître de cette chair royale !

Une ombre s'étira sur le sol, se répandit, tourbillonna et se dressa enfin sur deux jambes : une djinn avec des yeux couleur d'algue et une jupe bordée d'écume. Tous eurent un mouvement de recul, et les combats s'interrompirent.

Une étincelle blanche apparut à côté de la reine Bidhukh, si vive qu'on pouvait à peine la regarder, et le sheitan Sakhr prit forme.

La reine djinn prit le temps d'étudier le massacre sous ses yeux. Ce qu'elle vit sembla lui plaire, car elle sourit en montrant ses dents affûtées comme des rasoirs.

– Tu as bien travaillé, Caleb. Je suis impressionnée.

Elle se tourna pour observer le Nabab dans le ballon, avec son *sherwani* doré tout taché de sang. Vera tendit la main vers le brûleur, comme si elle voulait l'allumer et s'enfuir dans les nuages, mais la reine fut plus rapide. Elle attrapa la nacelle d'une seule main et la ramena au sol brutalement. Vera et le Nabab furent éjectés. Vera atterrit sur ses pieds, se redressa, releva le Nabab et le garda serré contre elle comme un trophée de guerre. Son expression oscillait entre l'outrage et la confusion.

Parce que le Nabab aurait dû être le cadeau de Vera à la reine Mardzma en échange d'un vœu. Pas le prochain repas de la reine Bidhukh.

La reine saisit le Nabab par les cheveux et l'arracha à la poigne de Vera.

– Quand j'aurai avalé sa chair, mon pouvoir dans cette dimension mortelle croîtra. Un pas de plus vers l'établissement de mon nouveau royaume.

Jacob grinça des dents : Anam et lui avaient vu juste. La conquête du monde des hommes était l'objectif de la reine djinn depuis le début. Les Hareefs n'étaient que des pions, et Caleb avait toujours été son loyal sujet. Il l'avait choisie elle, sa nouvelle mère, plutôt que celle qui avait tout sacrifié pour lui rendre la vie.

Vera s'avança vers lui.

– Caleb ? Qu'est-ce qui se passe ?

Caleb se percha sur le rebord de la nacelle, plantant ses serres dans le bois verni.

– Ainsi vont les choses, Ammi. Réfléchis : avec un royaume djinn dans la dimension humaine, on n'aura plus jamais à se soucier des basanés.

– Mais… et notre peuple ? Comment peux-tu garantir leur sécurité dans ce monde s'il est envahi de djinns ? s'insurgea Vera d'une voix stridente.

Khadija se releva en s'accrochant au coude de Jacob.

– C'est le moment d'utiliser le sabre, pendant qu'ils sont tous distraits, chuchota-t-elle.

Jacob acquiesça. Il brandit le sabre de cristal, prit une grande inspiration et se jeta dans la mêlée ; il slaloma entre les Wazeems qui avaient tous les yeux rivés sur la reine djinn. Il avait traversé la moitié de la place, Khadija à sa suite, son propre sabre dégainé, quand la reine Bidhukh les repéra. Sous le poids de son regard, Jacob crut qu'il allait vomir. La reine aperçut la lame verte qui brillait dans sa main.

– Il porte le Sceau du prophète Sulaiman !

Elle jeta le Nabab de côté comme s'il n'avait été qu'une vulgaire poupée de chiffons.

Tous les regards se tournèrent vers Jacob. Le temps s'arrêta. Jacob se figea. Puis, tandis que le sang lui montait au cerveau et que le bourdonnement dans ses oreilles se faisait martèlement furieux, il se prépara à parler.

– Je t'ordonne…

Mais le rugissement de la reine noya ses paroles.

– Mardzma l'a restauré. Mais comment ?

Elle s'en prit à Vera et ses paumes s'embrasèrent.

– Traîtresse ! Je t'ai donné les amulettes pour que tu contrôles mon armée de djinns, et au lieu de ça, tu t'en sers pour forger une arme contre moi !

Tous les djinns se mirent à siffler. La rage de la reine faisait trembler le sol. Jacob serra plus fermement la poignée de son sabre.

– Non, c'est un malentendu ! protesta Vera tout en se retirant derrière le ballon, à bonne distance de la reine. Je n'ai jamais offert…

Elle trébucha sur une lance qui traînait, tomba et continua de reculer en rampant.

– Je n'ai jamais obtenu de vœu. Je le jure !

– Tu n'écoutes jamais ! intervint Caleb. J'ai eu beau te prévenir, tu n'en fais qu'à ta tête !

Il saisit Vera par les poignets, et sa cape blanche noircit instantanément. Vera hurla sous la douleur causée par les flammes qui remontaient le long de ses manches, puis il la jeta au sol et elle disparut à la vue de Jacob.

Sa propre mère ! Si l'éfrit traitait ainsi sa propre mère, quel sort réserverait-il aux autres ?

Ce fut le moment que choisit Jacob. Il leva son sabre, repensa à William qui avait commandé à un djinn par le seul pouvoir de son amulette et de sa voix. Il emplit ses poumons, laissa libre cours à la peur, la haine, la rage qui le consumaient depuis toujours. À toutes les souffrances et les injustices qu'avait endurées son peuple. Il repensa aux fausses promesses de Vera, à l'amitié de Khadija malgré leurs différences, à la foi inébranlable d'Anam dans sa rédemption, qui l'avait amenée à se sacrifier. Et à William, qui avait tout fait pour le protéger, jusqu'à son dernier souffle.

– Je vous ordonne de retourner à Al-Ghaib !

Sa voix, d'ordinaire hésitante, résonna aussi limpide que l'appel à la prière.

Pendant un instant, ses mots s'évanouirent sur la brise sans produire d'effet visible. Puis tous les djinns se mirent à glapir et siffler. Un par un, ils se liquéfièrent en petites flaques de fumée. L'armée de la reine Bidhukh se désagrégea sous leurs yeux, et il ne resta plus sur la place que les Wazeems.

– Tu as réussi ! se réjouit Khadija.

Mais trois créatures demeuraient parmi eux : Caleb, Sakhr et la reine Bidhukh, tous trop puissants pour être bannis par le Sceau incomplet. La reine transperça Jacob du regard.

– Le garçon ! Tuez le garçon !

Caleb se jeta sur lui, mais Khadija le tira en arrière avant que les serres ne puissent l'atteindre.

– Traître ! cracha Caleb en faisant une nouvelle tentative qui fit trébucher Jacob.

Khadija le releva et cria :

– Cours, Jacob !

Pas besoin de le lui dire deux fois : il détala sur le sable. Les guerriers l'entourèrent, lui faisant un rempart de leurs corps. Il se retrouva à côté de Darian qui demanda :

– Pourquoi ça n'a pas marché sur eux ?

– Peut-être qu'il faut les toucher avec la lame. Ils sont trop puissants pour être simplement bannis par la parole. C'est peut-être pour ça que la reine Mardzma a forgé un sabre : pour l'utiliser comme tel. Sauf que je ne sais pas me servir d'un sabre, dit-il en tendant l'arme à Darian.

Ce dernier s'en saisit, serra la poignée entre ses doigts.

– Finissons-en.

Il leva le sabre et chargea vers la reine. Sakhr s'interposa. Darian frappa, l'autre pirouetta et visa le cou de Darian. Il se baissa et tenta de percer les genoux du sheitan. Sakhr lui planta sa botte dans la poitrine, l'envoyant rouler au sol.

– Darian, ici !

Zaid courut devant, abandonnant son propre sabre. Darian lui lança le Sceau de Sulaiman et bondit en arrière au moment où la lame chauffée à blanc du démon s'abattait pile à l'endroit où se trouvait sa tête une seconde plus tôt. Darian et Zaid se lancèrent dans une danse périlleuse avec Sakhr, se passant le sabre vert l'un à l'autre, chacun essayant d'atteindre le sheitan. Bientôt Caleb entra dans la danse à son tour. Un coup d'aile prit Zaid à contre-pied, mais en se rétablissant, il réussit à égratigner le bras de Sakhr. Le démon poussa un cri aigu, un sang couleur de cendres jaillit de son bras, dans ses yeux brilla une rage meurtrière.

– J'ai déjà essayé d'obtenir le Sceau par le passé, j'ai échoué et ça m'a coûté ma liberté. Je ne referai pas la même erreur.

Et dans un éclair blanc aveuglant, Sakhr disparut.

Sous la colère, la couronne d'arêtes de poissons et de dents de requins que portait la reine s'embrasa.

– Rhaaaaa ! On ne peut donc faire confiance à personne ! ragea-t-elle.

Caleb se jeta à ses pieds.

– Vous pouvez me faire confiance, à moi, ma reine. Je ne vous décevrai pas.

L'éfrit s'envola et fit pleuvoir des boules de feu sur les Wazeems. Les guerriers tentèrent de se mettre à couvert. Jacob se jeta au sol et vit, horrifié, le bras gauche de Zaid prendre feu. Le Wazeem hurla et lança le sabre à Darian qui l'attrapa et fit mine de foncer sur la reine.

Mais elle le vit venir.

– Tu crois que tu peux me vaincre ? Je suis la fille d'Iblis.

D'un claquement de doigts, elle fit apparaître un vortex de sable devant Darian qui fut repoussé de côté. Un deuxième claquement de doigts, et elle fut entourée d'une cascade d'eau protectrice qui défiait toute logique.

Khadija aida Jacob à se relever.

– Il a besoin de notre aide, dit-elle avant de se précipiter, le sabre à la main.

Jacob la suivit tant bien que mal.

Darian sautillait de gauche et de droite, cherchant en vain une brèche dans le mur d'eau. Jacob et Khadija le rejoignirent pour encercler la reine, qui les narguait de derrière son rideau protecteur. Elle était intouchable. C'est alors que Jacob eut une idée.

Il fouilla dans sa poche et en sortit la pierre verte de William. Il avait eu peur de s'en séparer, de se défaire du dernier cadeau que lui avait fait William. Mais à présent, il comprenait la véritable destination de ce cadeau. Il arma son bras et lança la pierre de toutes ses forces sur la reine. Elle traversa la cascade et frappa la reine en plein dans l'œil.

La reine Bidhukh mugit. Le rideau d'eau s'affaissa en flaque sur les pavés. Darian en profita pour porter le coup fatal. Un cri strident fendit l'air, la reine envoya valser Darian, mais le sabre resta planté dans son ventre. Elle rugit et le souffle de sa rage fit voler le sable comme en pleine tempête.

La reine retira le sabre de son ventre, pressa ses mains sur sa plaie d'où jaillissait un sang noir.

– Stupide mortel ! siffla-t-elle en jetant le sabre qui alla se fracasser sur les pavés. Tu m'as peut-être bannie à Al-Ghaib, mais je reviendrai. Et je ferai de chaque seconde de ta vie misérable un enfer, râla-t-elle.

Déjà sa silhouette vacillait, son corps s'estompait dans l'air comme une brume. Elle fit quelques pas en titubant, empoigna Darian par le cou, le remit sur pied et plongea son poing dans le cœur du jeune homme.

– Non ! hurla Khadija.

La main de la reine traversa la poitrine de Darian comme si elle était faite d'eau, et dans sa paume, on vit un cœur battant fait de fumée. Darian s'écroula, portant les mains à son torse comme pour chercher une blessure, mais pas une goutte de sang ne tachait sa tunique.

La reine ricana.

– Je ne me nourris pas de chair si médiocre, dit-elle en écrasant le cœur de Darian dans son poing. Au lieu de ça, j'ai volé quelque chose de plus précieux.

Puis elle tomba à genoux, baignant dans son sang noir, et se métamorphosa en volute de fumée avant de disparaître complètement. Darian resta au sol, toussant et crachant, entouré par les débris du sabre de verre.

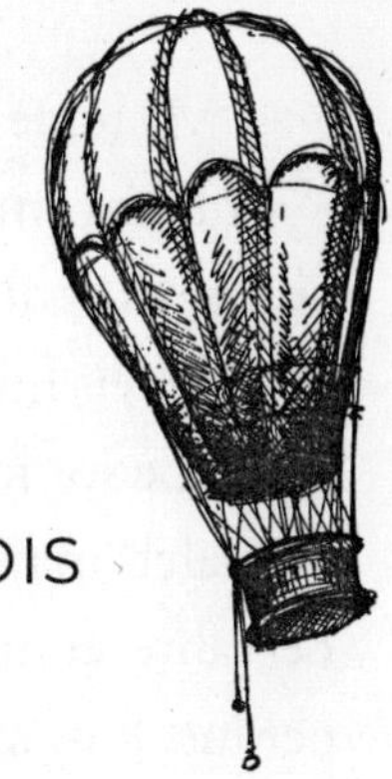

CHAPITRE TRENTE-TROIS

Khadija

Khadija se précipita à côté de Darian.

– Ça va, tout va bien, je n'ai rien, la rassura-t-il avant d'être pris d'une quinte de toux.

– Mais… elle a pris ton cœur, bafouilla Khadija.

Elle ne savait pas bien ce qu'elle avait vu, seulement que Darian aurait dû être mort. Mais il ne l'était pas. Il n'y avait même pas de plaie. Elle enfouit son visage dans le cou du garçon. Il eut un petit rire, comme le battement d'ailes d'un oiseau dans sa poitrine.

– Comment pourrait-elle prendre mon cœur alors qu'il t'appartient ? murmura-t-il.

Khadija l'embrassa, et leur baiser effaça tout ce qui se trouvait autour d'eux. Il emporta toutes ses peurs, sa tristesse, sa douleur, et les fit disparaître dans la nuit. Elle se sentit vide et légère. Comme en apesanteur. Libre.

– Attention Khadija ! cria Jacob au moment où une paire d'ailes la percutait et l'envoyait glisser sur le sable.

L'éfrit rugit en crachant des étincelles.

– Ma reine !

Il lança une boule de feu dans leur direction, Darian poussa Khadija loin des flammes et roula sur lui-même, mais le feu lui lécha le mollet. Il gémit de douleur et tapa sa jambe sur le sol pour essayer d'étouffer les flammes.

Caleb marcha sur eux, le visage déformé par la haine. Le sabre était en miettes, leur seule arme contre Caleb perdue. Plus moyen de l'arrêter, réalisa Khadija avec horreur. C'était la fin.

Alors une mélodie douce comme le soupir des vagues caressant le rivage retentit. Khadija leva la tête et vit approcher un chatoiement de plumes nacrées.

– Tahmina !

La péri tourna autour de l'éfrit et sa voix se mua en un cri plus fort et plus puissant que tout ce qu'elle avait entendu. Khadija se couvrit les oreilles. Tahmina lacéra la joue de l'éfrit d'un coup de serre. L'éfrit mugit et s'envola, suivi de près par Tahmina ; la soif de vengeance brillait dans ses yeux lilas. Elle esquiva un coup et planta ses serres dans l'aile de l'éfrit. Elle tira dessus jusqu'à déchirer la fine membrane. Caleb hurla.

Khadija se tordit le cou pour suivre le combat féroce qui se déroulait au-dessus de sa tête. Mais un éclair rouge attira son attention : elle vit Vera, près du ballon, aux prises avec le Nabab qu'elle avait réussi à maîtriser. Elle lui colla la joue sur le pavé et sortit son poignard.

– Je l'aurai, mon vœu de la reine Mardzma !

La suite sembla se passer au ralenti : Khadija ramassa son sabre et fonça sur Vera. Vera l'esquiva à la dernière seconde et se réfugia derrière le ballon vide, hors de la vue de la place du marché.

Khadija releva le Nabab.

– Fuyez !

Elle fit le tour de la nacelle, Jacob à ses côtés brandissait son poignard. À sa vue, Vera grimaça.

– C'est toi qui as fait le vœu de restaurer le Sceau ! Tu m'as trahie, Jacob ! Et je hais les traîtres plus que tout. Maintenant, rends-moi mon miroir, ordonna-t-elle, tout en dégainant un deuxième sabre.

– Non.

Jacob frappa, mais Vera para le coup facilement et délogea le poignard de sa main. Elle frappa à son tour. Jacob esquiva et recula devant les lames jumelles qui fendaient l'air.

– On aurait pu être amis, toi et moi. On aurait pu libérer notre peuple, mettre fin à ses souffrances… comme le souhaitait William.

– Tu te trompes ! cria Jacob. William n'aurait jamais voulu ce massacre.

Vera éclata de rire.

– Tu connaissais bien mal ton ami si tu crois ça ! Trop occupé à t'acoquiner avec cette engeance, railla-t-elle en crachant dans la direction de Khadija. Et maintenant, tu vas la regarder mourir.

Elle fit tournoyer ses sabres et les abattit sur Khadija, qui plongea hors de portée, roula et se remit sur pied tant bien que mal. Vera avança, raclant ses sabres l'un contre l'autre en faisant jaillir des étincelles.

– Je voulais te demander… tu es rentrée chez toi, récemment ? ronronna-t-elle. Tu devrais aller faire un tour à Qasrah. La ville a beaucoup… changé depuis ton dernier passage.

Khadija fut submergée par une vague de haine. Vera gloussa et avança. Elle boitait.

– Tu me paieras ça, grinça-t-elle en massant sa cuisse blessée.

Elle leva ses deux lames et chargea. Khadija serra les doigts sur son sabre. Des images de Qasrah défilèrent dans son esprit. Tous les morts. Toutes les vies détruites à cause de cette femme. Elle vit rouge et lança son coup. Vera tenta de l'éviter, mais la pointe du sabre lui perça l'épaule et elle hurla de douleur.

– Ammi !

Un souffle d'air brûlant gifla Khadija au moment où l'éfrit s'attaquait à elle. Il la culbuta d'un coup de serre dégoulinant du sang argenté de Tahmina. Khadija fouilla le ciel à la recherche d'un signe de la péri, mais Caleb se jeta sur elle et la désarma.

– Je vengerai ma reine ! rugit-il.

– Khadija !

Jacob lui lança quelque chose. Quelque chose qui tournoya, vert vif et brillant. Elle sauta pour l'attraper au vol, un fragment du sabre de cristal. Juste à temps pour bloquer les deux sabres de Vera qui faillirent la fendre en deux. La pointe de l'éclat se brisa, et Khadija se retrouva avec un bout de cristal émoussé.

– Tu vois, Caleb, je te protégerai toujours. Pas comme cette reine que tu vénères.

Elle abattit de nouveau ses lames et de nouveau Khadija para le coup avec le morceau de cristal qui lui restait. Il éclata.

Vera devenait hystérique.

– Je suis ta véritable mère ! tonna-t-elle en se tournant vers l'éfrit.

Khadija tendit la main vers l'éclat de cristal qui brillait dans le sable un peu plus loin, mais Caleb fut plus rapide. Il la saisit par le cou et serra. Khadija hurla sous la douleur. Elle battit des bras, sa peau cloquait au contact de l'éfrit. Il serra plus fort. Khadija gémit, un sifflement explosa sous son crâne, menaçant de faire éclater ses tympans, un fourmillement se répandit dans ses membres qui réclamaient de l'oxygène. Le monde devint flou, et elle ne vit plus que les yeux vert vif de l'éfrit.

La voix de Jacob qui criait son nom lui parvint, lointaine, affadie, comme provenant d'une autre vie. Un éclat de lumière verte, un objet tranchant et froid près de ses doigts. Khadija referma la main sur le fragment de cristal. Il lui entailla la paume.

Elle le planta de toutes ses forces dans le cœur de l'éfrit, qui poussa un rugissement et l'envoya valser.

Vera émit une plainte déchirante. Khadija roula sur le côté tandis que la femme aux cheveux rouges se précipitait vers son fils pour le retenir. Mais il se fanait, il était déjà transparent, s'étiolait dans la nuit.

– Non ! Ne me quitte pas ! cria Vera en s'agrippant à lui.

L'éfrit saisit sa mère par les poignets. Les flammes s'étendirent à la cape de Vera. Sa peau cloqua, sa chevelure prit feu, elle hurla et tenta de se dégager puis s'embrasa tout entière, engloutie dans une fournaise de feu vert, si éblouissante que Khadija dut se protéger les yeux. Enfin, mère et fils disparurent dans une volute de fumée.

C'était fini. Vera n'était plus. Elle avait payé le prix de l'amour. Sur cette pensée, Khadija s'évanouit de douleur.

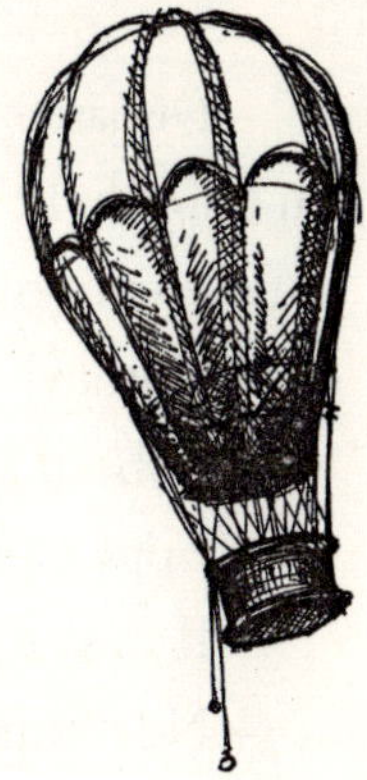

ÉPILOGUE

– Je crois qu'elle revient à elle.

La première chose dont elle eut conscience, ce fut la douleur dans sa gorge, aussi intense que si elle avait avalé du feu.

– Tiens, bois.

Un liquide frais lui humecta les lèvres.

Khadija ouvrit les yeux. Elle se trouvait dans une sorte d'infirmerie ; il y avait de grandes baies vitrées par lesquelles entrait un flot de lumière ambrée. Tous les lits étaient occupés, et des infirmières s'affairaient en silence. Où se trouvait-elle ?

Un visage familier apparut.

– Khadija ! Comment tu vas ? demanda Jacob d'une voix tremblante.

Il grimaça à la vue de son cou. Khadija voulut toucher sa gorge, mais Jameela écarta sa main.

– N'y touche pas !

Elle avala et voulut parler.

– Vera…

– Disparue. Ils ont tous disparu, confirma Jacob en s'asseyant au bord du lit et en lui serrant la main comme pour s'assurer qu'elle était bien vivante. On a gagné, Khadija. C'est fini.

– Darian ?

Jacob indiqua le lit d'à côté où reposait Darian, enveloppé dans des couvertures.

– Il va s'en sortir ? demanda-t-elle.

– Ne t'inquiète pas pour lui, intervint Jameela. Ni pour elle, ajouta-t-elle en désignant le lit de l'autre côté où était étendue Anam. Ils vont très bien, tous les deux.

Khadija soupira de soulagement et se recoucha sur ses oreillers, tandis que des images de la bataille défilaient dans son esprit. Au début, elle tenta d'y trouver un sens, mais les visions se succédaient dans un flou continu et elle renonça. Elle regarda par la fenêtre le soleil doré et les montgolfières qui flottaient au loin. Cette vue la rasséréna immédiatement.

Jameela retourna s'occuper des autres patients, et Jacob se pencha vers Khadija en souriant.

– J'ai entendu dire que le Nabab était en chemin. Il veut te remercier en personne de lui avoir sauvé la vie.

À cet instant, la porte de l'infirmerie s'ouvrit à la volée et un visage apparut dans l'encadrement. Un visage qu'il lui tardait de voir. Khadija essaya de sourire, mais la douleur lui arracha un gémissement. Elle se contenta de se redresser sur ses coudes.

– Khadija !

Abba la serra dans ses bras, en prenant garde de ne pas toucher son cou. Elle essaya de se souvenir de la dernière fois où son père s'était montré aussi ouvertement affectueux. Elle n'y parvint pas.

Elle se préparait à ce qu'il la réprimande, mais il prononça juste :

– Ma fille. Une guerrière !

– Tu n'es pas fâché ?

– Fâché que ma fille ait risqué sa vie pour sauver cette ville ? Je suis furieux, choqué. Estomaqué. Et très fier, dit-il en lui caressant la joue.

Puis il se tourna vers Jacob. Un instant, il eut un rictus de dégoût et parut prêt à cracher les insultes racistes habituelles, mais quelque chose l'arrêta. Alors il fit une chose qu'elle n'aurait jamais crue possible : il tendit la main à Jacob.

– Tu t'es battu aux côtés de ma fille. Tu es un garçon courageux.

Jacob, bouche bée, prit la main tendue et la serra, avant de sourire de toutes ses dents.

– Merci, monsieur.

Une exclamation collective attira leur attention vers l'entrée : un personnage vêtu d'un *sherwani* immaculé bordé de fil d'or et coiffé d'un simple *topi* blanc s'encadra dans la porte.

– Le Nabab ! s'écria Abba qui bondit sur ses pieds et lissa frénétiquement les plis de son *shalwar*, tout en encourageant sa fille à faire de même.

Khadija se doutait que son apparence laissait à désirer, mais elle n'eut la force que de se frotter les yeux tandis que le Nabab approchait.

Il avait le visage sévère, un maintien royal, et même le frottement de ses babouches sur le sol murmurait la qualité de son statut. Lorsqu'il fut à son chevet, Khadija inclina la tête, n'osant pas le regarder dans les yeux.

– Voyons ! C'est moi qui devrais baisser les yeux devant une guerrière telle que toi, glousse le Nabab. Khadija, n'est-ce pas ?

Elle ne put qu'opiner en silence. Le Nabab prit une chaise et s'assit près d'elle, renvoyant d'un geste de la main les infirmières qui apportaient des plateaux chargés de biscuits et de théières fumantes. Il s'adressa à elle avec sincérité, les yeux dans les yeux.

– Je voudrais te remercier personnellement d'avoir sauvé non seulement ma vie mais aussi celle de mes sujets d'Al-Shaam.

Khadija secoua la tête.

– Eux aussi méritent vos remerciements, dit-elle en désignant Anam, Jacob et Darian. Et tous les blessés que vous voyez ici.

Abba se raidit devant ce franc-parler, mais plus rien ne pouvait l'arrêter. Elle fixa calmement le Nabab dans les yeux.

Il hocha la tête en caressant le bout de sa barbe teintée au henné.

– Et ils en seront récompensés, dit-il en jetant un regard à Jacob, ses traits révélant une pointe de dégoût fugace. Mais je suis ici pour parler de *ta* récompense. Un tel courage mérite d'être salué. D'ordinaire, je récompense mes soldats avec des médailles et des titres honorifiques. Mais tu n'es pas un soldat, et je ne vois pas bien ce qu'une fille ferait de médailles et de titres. Je n'ai jamais félicité une femme de façon formelle, jusqu'ici. Je ne sais pas quel cadeau serait convenable.

– Un mari, laissa échapper Abba.

Khadija le fusilla du regard.

– Enfin, si c'est ce qu'elle veut, bafouilla Abba.

– Je ne veux pas de mari, Abba.

– Et la richesse ? Je pourrais vous couvrir d'or, toi et ta famille, sourit le Nabab.

Khadija y réfléchit. À voir Abba rayonner et se frotter les mains, elle faillit accepter. Mais elle réalisa, la mort dans l'âme, que tout l'or du monde ne lui servirait à rien : en tant que femme, elle n'en serait jamais propriétaire. Ce serait l'or d'Abba, et elle devrait à jamais lui demander la permission pour le dépenser. Elle ne pouvait pas non plus posséder de maison, monter une entreprise, voyager dans le monde sans sa permission écrite. La richesse était inutile sans le pouvoir de s'en servir, et elle comprit que c'était cela qu'elle désirait depuis le début : le pouvoir.

– Je veux pouvoir faire ce que je veux.

Le Nabab lui jeta un regard perplexe.

– Je veux prendre mes propres décisions, aller où je veux, sans aucune barrière. Je veux qu'il en soit ainsi pour tous, ajouta-t-elle en regardant Jacob.

Le Nabab se gratta le menton.

– Et comment t'offrirais-je quelque chose d'aussi intangible ?

Elle sut immédiatement la réponse. L'objet qui représentait le pouvoir et la liberté. Qu'elle avait désiré toute sa vie. Et elle déclara comme une évidence :

– Donnez-moi une montgolfière.

FIN

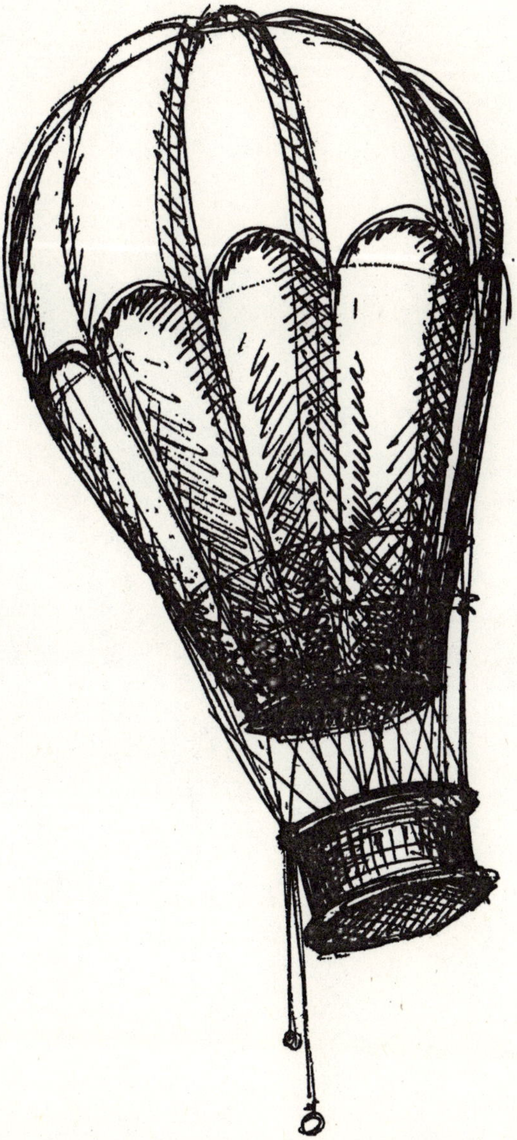

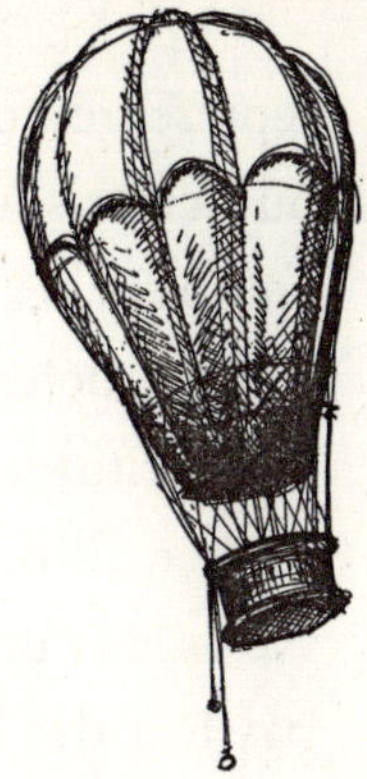

REMERCIEMENTS

J'ai commencé à écrire *La voleuse de ballon* à l'été 2018, après qu'une série de jobs sans intérêt m'avaient convaincue que le monde du travail n'était pas fait pour moi. J'ai décidé que le seul moyen de réparer mon ego blessé était de faire quelque chose qui me réussissait. Ce livre en est le résultat. Au cours de deux années de folie, ce livre a survécu à un diplôme en affaires, une pandémie, trois confinements, d'innombrables réécritures et deux grossesses – oui, j'ai deux enfants de moins de deux ans… au secours ! Au milieu de tous ces changements, *La voleuse de ballon* a été ma constante, mon refuge quand le monde devenait trop dur à supporter. Et même si écrire un roman est une aventure solitaire, il y a une longue liste de noms sans lesquels ce roman n'existerait pas.

Lucky Irvine, mon merveilleux agent qui a vu le potentiel dans le fouillis de mon premier jet et m'a aidée à en faire un texte lisible. Merci à Tim Bates et Kimberley Chambers pour avoir organisé le Kickstart Prize pour les auteurs sous-représentés, qui m'ont ouvert une porte dans une industrie où je croyais, à tort, ne jamais trouver une place. Les fantastiques équipes chez Peters Frasers + Dunlop et Chicken House qui ont défendu le roman pendant les mois de correction et réécriture. À Rachel Hickman, Jazz Bartlett Love, Esther Waller, Elinor Bagenal, Rachel Leyshon et Sarah Wallis-Newman : une équipe brillante qui a porté le roman avec passion dès le début. Merci tout spécialement à Barry Cunningham qui, bien qu'il soit l'une des personnes les plus aimables avec qui j'aie eu le plaisir de converser par Zoom, me fera toujours un peu peur, tout simplement parce qu'il est l'un des plus grands noms de l'édition (même si j'avoue avoir tapé son nom dans Wikipedia !). Mon éditrice Kesia Lupo qui a travaillé avec énergie et passion sur le texte. Ce fut une expérience incroyable de travailler avec toi, de voir évoluer l'histoire en grande partie grâce à tes intuitions créatives et ta capacité à comprendre ce que je voulais dire quand moi-même je ne le savais pas.

Merci à Jenni Chapelle et à la communauté RevPit pour vos commentaires avisés sur la toute première version, sans lesquels ce roman aurait pu s'envoler dans une direction tout autre. À tous les auteurs de Twitter pour leurs conseils, leur soutien et leur écoute patiente quand j'avais envie de hurler face au parcours du combattant qui consiste à vouloir publier un livre.

Ma tante Shahnaz qui a décelé mes talents d'écriture avant moi et m'a encouragée à poursuivre mon rêve de devenir écrivaine. Mes parents, pour les innombrables visites à des librairies et des bibliothèques de mon enfance, et à mon frère Hamza qui a répondu à toutes mes questions idiotes concernant la navigation en montgolfière.

Et enfin, Reg, mon mari, qui m'a toujours encouragée et soutenue, qui m'a portée dans les moments de doute. Pour quelqu'un qui ne lit même pas de livres, qui ne lira probablement pas non plus celui-ci, tu ne t'es jamais plaint quand j'avais besoin de quelqu'un sur qui tester mes idées folles. Et ne t'inquiète pas, tu toucheras ta commission pour cette unique phrase que tu m'as aidée à écrire !